일본문학의
수용과 번역

지은이

이한정(李漢正, Lee, Han Jung)

2006년에 일본 도쿄대학에서 「표현에 있어서 월경(越境)과 혼효(混淆)−다니자키 준이치로와 일본어」로 박사학위 취득. 이후 전북대, 한양대, 건국대 등에서 강의했고, 동국대학교 일본학연구소 전임연구원을 마친 후 상명대학교 일본어문학과에서 가르치고 있다. 지금까지 식민지 시대에 일본인이 바라본 근대조선, 다니자키 준이치로 문학에 나타난 언어인식과 문화 경계성, 일본문학의 한국어 번역 양상과 특징, 재일한국인 문학과 자기 정체성 등을 주제로 한 연구를 수행했다. 번역서로는 다니자키 준이치로의 『열쇠』(창비)와 다케다 세이지의 『'재일'이라는 근거』(공역, 소명출판) 등이 있다. 최근에는 일본의 한국문학 수용사를 번역과 관련해서 살피고 있다.

일본문학의 수용과 번역

초판 인쇄 2016년 5월 15일 **초판 발행** 2016년 5월 20일
지은이 이한정 **펴낸이** 박성모 **펴낸곳** 소명출판
출판등록 제13-522호 **주소** 서울시 서초구 서초중앙로6길 15, 1층
전화 02-585-7840 **팩스** 02-585-7848
전자우편 somyungbooks@daum.net **홈페이지** www.somyong.co.kr

값 18,000원
ISBN 979-11-5905-085-5 93830
ⓒ 이한정, 2016

이 저서는 2010년 정부(교육부)의 재원으로 한국연구재단의 지원을 받아 수행된 연구임(NRF-2010-812-A00230)

일본문학의
수용과 번역

THE ACCEPTANCE AND TRANSLATION OF
JAPANESE LITERATURE IN KOREA

이한정 지음

소명출판

이 책은, 그러니까 1997년에 구상되었다고 말할 수 있다. 당시에는 이렇게 책으로까지 쓸 생각은 물론 하지 못했을 것이나, 그때 그 작업이 없었더라면 쓰일 수 없었다. 한양대학교 대학원 석사논문을 집필하기에 바빴던 그 무렵 '일본현대문학읽기'라는 소모임을 꾸리면서 우리는 자연스럽게 국내에 번역된 일본문학에 관심을 갖게 되었다. 지금 생각해보니 당시에는 사회적으로도 일본문학에 대한 관심이 높았던 시기였다. 1994년 오에 겐자부로가 일본작가로서 두 번째로 노벨문학상을 수상한 지 얼마 지나지 않았던 배경도 있었고 한림대학교 일본연구소에서 '일본현대문학대표작선'(1997년부터 2003년까지 전 40권 간행)을 기획하여 출간하기 시작한 것도 이 무렵이다. 문예지에서는 '왜 하필 지금 일본문학인가'라는 특집도 마련했다. 이런 가운데 일본문학을 공부하는 대학원생으로서 자연스럽게 국내에 번역된 일본소설에 눈길을 쏟았다. 그런 와중에 국내에 번역된 일본소설의 분량이 적지 않음을 깨달았다. 당시 대학원 지도교수였던 윤상인 선생님을 비롯하여 대학원 동료들은 소모임에서 이 문제를 다루었고, 그렇다면 한 번 어떤 작품들이 얼마나 번역되었는지를

조사해보자라는 데에 의견이 모아졌다. 이렇게 해서 논문으로 작성된 것이 윤상인, 이한정, 배미정, 정현주, 김근성이 함께 쓴 「일본문학의 한국어 번역 현황에 관한 조사(1945~1997)」(『漢陽日本學』 6, 1998)였다. 이 연구를 발판으로 2008년에는 『일본문학 번역 60년 현황과 분석 1945~2005』(공저)가 소명출판에서 간행되었다. 이를 보완한 일본어판 『韓国における日本文学翻訳の64年(한국에 있어서 일본문학 번역 64년)』이 2012년에 출판되었다. 이러한 연구 진행에서 번역이 실제로 어떻게 이루어졌는가, 그 번역 작품의 실태를 담당했던 저자는 2007년에 한국연구재단의 보호학문강의지원사업에 신청하여 일본문학의 한국어 번역을 주제로 한 강의를 전북대학교 일어일문학과에서 개설할 수 있었다. 이 연구 성과를 한국연구재단은 저술로 출간하는 지원을 해 주었고 이 책은 그 결과물에 해당한다. 이 책의 일부 자료는 강의에서 학생들과 함께 번역 작품과 원작을 대조하여 읽으면서 얻은 것도 있다. 수업에 참여해 준 학생들에게 깊이 감사드린다.

국내에서 일본문학 번역이 본격적으로 이루어진 것은 1960년에 들어서다. 4·19를 거치고 한일국교정상화를 시점으로 일본문학은 대량으로 번역되었다. 그리고 이러한 일본문학 번역의 붐은 거의 매 시기 누그러지지 않고 이어졌다. 그 흐름에서 큰 족적을 남긴 몇몇 작품을 들면 먼저 1965년에 번역된 미우라 아야코의 『빙점』을 꼽을 수 있다. 그리고 1970년에 번역된 야마오카 소하치의 『대망』, 1989년에 번역된 무라카미 하루키의 『상실의 시대』, 1994년에 간행되기 시작한 『오에 겐자부로 전집』(완간되지 못하고 중단)이 있다. 그리고 2000년에 들어서는 히가시노 게이고의 여러 작품이 속속 번역되었다. 그는 국내에서 가장 많이 읽히는 일본작가로 꼽혔다. 무라카미 하루키도 거의 모든 작품을 한국어로 읽을 수 있는 작가다. 일본에서 신작이 발행됨과 동시에 얼마 지나지 않아 그의 작품은 국내에 번역 소개되고 있다. 한국은 일본문학의 번역대국이라 할 수 있다. 그렇다면 과연 번역의 양이 이 정도로 방대하다면 번역의 질은 어떠할까. 이에 대해서는 연구가 매우 미비하다. 이 책의 마지막 장에서 이 문제를 다루고 있는데, '연구가 매우 미비하다'라는 표현은 설령 연구가 이루어졌더라도 그 연구의 대부분이 원문(출발언어)에 대한 '충실성'을 따지는 것에 치우쳐 있기에 하는 말이다. 이러한 연구가 중요하지 않다는 것이 아니다. 원문과 번역문의 비교를 통해 번역의 잘잘못을 따지는 데에 그치고 있는 점이 아쉽다.

이 책은 원문과 번역문의 '대조'를 통해 '충실성'이나 '오역'을 문제시하는 지점에만 머무르지 않고, 그보다 한 발 더 나가 번역 작품의 실태가 보여주는 다양한 '번역 현상'을 살피는 데에 주안을 두었다. 수록된 글은 2007년부터 2015년까지 발표한 것으로 그 집필기간이 결코 짧지 않다. 수년에 걸쳐 쓰인 논문을 다음과 같은 세 주제로 나누어 실었다. 제1부 '이국의 울림'에서는 번역이 한국문학과 한국사회에 일으킨 파장을 다루었고, 제2부 '이동과 생성'에서는 원문과 번역문을 대조 비교하면서 '충실성'과 '가독성'을 시야에 두고, 번역이 이루어지면서 그 결과로 어떤 번역 작품이 어떻게 새롭게 탄생되었는지 '번역 작용'에 주목했다. 제3부 '수용의 역학'에서는 번역이 이루어지는 현장에서 번역을 둘러싼 우열관계에 의해 어떠한 담론이 형성되는지를 살폈다.

번역 연구의 출발점인 '충실성'이나 '오역' 문제는 물론 간과할 수 없는 주제다. 그러나 이 책은 번역 작품에 초점을 맞추면서도 좀 더 다양한 관점에서 국내의 일본문학 번역 현상을 진단하려고 했다. 따라서 짧지 않은 몇 해에 걸쳐 쓴 논문을 모아 책으로 엮으면서 이것을 어떻게 보완하고 수정해야 할지 고민하지 않을 수 없었다. 그 이유는 그동안 국내에서 번역에 대한 논의가 상당히 진전되어 있고, 국외의 번역이론을 소개하는 문헌도 증가했기 때문이다. 또한 2009년에 쓸 당시에 아직 번역되지 않았던 나쓰메 소세키의 『도련님』이 그 이후에 수 권이나 새롭게 번역되어 간행되었고, 무라카미 하루키의 『노르웨이의 숲』도 논문 발표 직후에 민음사 세계문학전집의 한 권으로 다시 번역되었다. 그렇다면 국내에 소개된 번역이론을 충분히 반영해야 하고, 논문의 초출 당시에 번역되지 않았던 새로운 번역도 포함해 다시 고찰해야 한다. 그러자니 문제가 간단하지 않았다. 그래서 이 책은 글제목과 각 절의 제목에는 약간의 손질을 가하고 글 내용은 초출 논의를 그대로 살려 나가는 방향으로 했다. 논의가 반복되는 곳이 있을 수도 있고 최근의 번역 연구 성과를 충분히 담지 못한 부분도 없지 않을 것이다. 이에 대해서는 독자들의 양해를 구하는 바이다. 이 책에서 다룬 글은 각각 발표 시기에 맞게 논의가 전개되었고, 현재도 유효한 논점이 있기에 추후 연구의 징검다리로 삼고자 한다.

'번역'은 언어적 현상에서 출발하지만 그 지평은 문화, 사회, 사상, 정치 등 다양한 분야로 뻗어있다. 번역 종사자와 번역 연구자, 그리고 번역에 흥미를 가진 사람들에게 이 책이 조금이나마 '번역'의 지평을 생각하는 계기를 제공해 주기를 바랄 뿐이다. 저자의 연구는 여전히 미흡한 점 투성이다. 그래도 포기하지 않고 쓸 수 있도록 손을 맞잡고 이끌어 주신 분들이 계셨기에 뒤뚱거리면서더라도 여기까지 왔다. 지금 그분들의 모습을 일일이 떠올리자 가슴이 따뜻해진다. 손을 살며시 거기에 얹고서

감사의 마음을 전한다. 또한 부족함이 많은 책과 만나는 미지의 독자는 새로운 우정으로 질정과 격려의 목소리를 들려줄 것이기에 그분들께도 고맙습니다, 라고 쓰고 싶다. 이 책은 20대의 아들을 일본문학의 세계로 인도해 주신 고 이관호 아버님께 바친다.

목차

제1부
이국의 울림

제1장

1960년대의 일본문학 번역과 한국문학

1. 전집·선집 발간 붐 속의 일본문학

2005년 이후에 '한국소설'의 위기론이 확산되면서 일부 언론에서 그 주범으로 일본소설의 번역을 꼽았다. 예를 들어 2007년 6월 12일 자 시사주간지『뉴스메이커』는 '한국소설 그래도 희망은 있다' 특집을 꾸미면서 '일본소설에 점령당한 한국소설 상상력을 자극하라!'라는 캐치프레이즈를 내걸었다.[1] 이와 같이 번역은 '점령'을 동반하는 공격과 방어의 현장을 가리킨다. 한편으로는 일본문학이 서구문학의 '번역'을 기반으로 '근대문학'의 변모를 갖춘 예에서 볼 수 있듯이 번역은 새로운 자양분의 구실도 한다. 2014년 현재에도 무라카미 하루키와 히가시노 게이고 등

---

1   박주연,「일본소설에 점령당한 한국소설 상상력을 자극하라! 독자는 다시 돌아온다」,
     『뉴스메이커』 728, 경향신문사, 2007.6.12, 34~35쪽.

을 필두로 하는 국내의 일본문학, 주로 일본소설 번역의 기세는 여전히 누그러지지 않고 있다. 이러한 번역에 의한 일본문학의 국내 잠식은 새삼스럽지 않고 이미 1960년대에 세차게 몰아쳤었다.

김병철의 역작 『한국 현대 번역문학사 연구』에 의하면 "서구문화에 대한 갈증" 속에서 "지구촌의 자유 진영의 문학이 폭넓게 번역 소개"된 1950년대에는 전집류가 25종이나 발간되었고, 1960년대에 들어서는 '번역문학의 르네상스적 개화(開花)의 현상'이 도래하듯이 전집류 발간이 115종으로 증가하고 있다. 이 가운데에서도 1950년대에 단행본 대여섯 편 번역에 불과했던 일본문학이 1960년대에 수종의 전집류를 선보이고 있다는 점이 단연 눈에 띈다.[2] 그렇다면 일본문학의 번역에 의해 1960년대 한국문학은 '점령'당한 것일까. 아니면 '자양분'을 제공받은 것일까. 또한 대체 그 많은 일본문학을 누가 번역했을까. 이 글은 이러한 물음을 가지고 일본문학의 번역이 1960년대의 한국문학과 어떤 접점을 맺고 있었는지를 살펴보기로 한다.

우선 1960년대에 발간된 일본문학 작품만을 모은 전집과 선집의 리스트를 들어보면 『전후일본신인수상작품선(戰後日本新人受賞作品選)』(隆文社, 1960), 『전후일본문학선집(戰後日本文學選集)』(전 2권, 科學社, 1960), 『일본문학선집(日本文學選集)』(전 7권, 別冊 2권, 靑雲社, 1960),[3] 『일본걸작단편선집(日本傑作短篇選集)』(전 2권, 文興社, 1960), 『아쿠타가와상수상작품선[芥川賞受賞作品選]』(哲理出版社, 1960), 『여성을 주인공으로 한 최근일본문학작품선(最近日本文學作品選)』(전 3권, 受驗社, 1966), 『일본신예문학작가수상

<hr />

2 金秉喆, 『韓國現代飜譯文學史研究』 上, 을유문화사, 1998, 186·192·195쪽.
3 동일 전집명으로 1966년에 知文閣에서 재간행됨.

작품선(日本新銳文學作家受賞作品選)』(전 5권, 靑雲社, 1964),⁴ 『일본대표작가백인집(日本代表作家百人集)』(전 5권, 希望出版社, 1966),⁵ 『가와바타 야스나리 전집[川端康成全集]』(전 6권, 新丘文化社) 등이 있다.

그리고 세계문학 전집류 등에 포함된 일본문학 선집으로는 『일본아쿠타가와상소설집[日本芥川賞小說集]』(世界受賞小說選集 1, 新丘文化社, 1960), 『나는 고양이다 · 봇짱』(世界文學全集 33, 乙酉文化史, 1960), 『일본전후문제작품집(日本戰後問題作品集)』(世界戰後文學全集 7, 新丘文化社, 1962), 『세계전후문제시집(世界戰後問題詩集)』(世界戰後文學全集 9, 新丘文化社, 1962), 『파계(破戒) · 암야행로(暗夜行路) · 치인(痴人)의 사랑』(世界文學全集 35, 正音社, 1963), 『코 / 羅生門外 · 이즈의 춤아가씨外 · 敦煌 / 風濤』(世界文學全集 35, 正音社, 1972), 『세계단편문학전집 동양단편(世界短篇文學全集 東洋短篇)』(啓蒙社, 1966), 『여인의 문 · 유희(遊戲)』(世界異色作品選集 1, 新思潮社, 1967), 『비밀기관원(秘密機關員) · 소녀 미끼 · 시크리트』(世界異色作品選集 3, 新思潮社, 1967), 『20세기세계여류문학선집 3-동양편(20世紀世界女流文學選集 3 東洋篇)』(新太陽社, 1967), 『가와바타 야스나리 소설집 설국[川端康成 小說集 雪國]』(世界베스트셀러 북스 1, 三耕社, 1968), 『풍도(風濤) · 야화(野火) · 짓밟히는 싹들』(現代世界文學全集 6, 新丘文化社, 1968), 『금각사(金閣寺) · 모래의 여인 · 자유의 저쪽에서』(現代世界文學全集 12, 新丘文化社, 1968), 『제 구렁 속에서 · 바다와 毒藥』(現代世界文學全集 6, 新丘文化社, 1972), 『모래와 여인 · 금각사(외) · 돈황(敦煌)』(오늘의 世界文學10, 民衆書館, 1969)⁶ 등을 들 수 있다. 1960년대의 외국

---

4   이 선집은 『戰後日本短篇文學全集』(전 5권, 日光出版社, 1965)과 『日本受賞文學全集』(전 5권, 豊南出版社, 1969)으로 재간행되었다.

5   『日本短篇文學全集』(전 7권)으로 新太陽社에서 1969년 재간행됨.

6   『世界異色作品選集』1 수록 「女人의 문」과 『世界異色作品選集』 3 수록 「秘密機關員」은 서

문학 번역 가운데 일본문학은 467편으로 영국문학 246편, 미국 332편, 프랑스 372편에 비해 그 번역 비율이 가장 높았다. 이는 김병철의 분석에서 알 수 있듯이 "15년 동안 전연 접하지 못했던 일본문학에 대한 독자층의 호기심과 역자층이 두텁다는 것이 그 주요 원인이었을 것이다"라고 추정된다.[7]

이 글은 1960년대 일본문학의 번역물을 국내 독자층의 '호기심'과 '향수' 측면에서 살핀 선행연구[8]를 참고하면서, 앞에서 들었던 일본문학 전집류에 포함된 일본작가와 작품들의 면면을 개괄한 후, 어떤 번역자가 일본문학 번역에 착수했으며, 어떤 이유에서 일본문학이 1960년대에 국내에 광범위하게 소개되었는지를 전집류의 간행사 및 역자 후기, 해설기사 등 당시의 자료에 의거해 고찰하고자 한다.

1960년에 출간된 『전후일본신인수상작품선』의 역자 이종인(李鐘仁)은 후기에서 "몇몇 한정된 사람들에게만 읽히고 있던 일본문학이 4·19 이후로 번역 소개되기 시작했다. 원수의 나라라고는 하지만 그 문학마저도 우리 젊은이들이 통히 알지 못해왔던 게 퍽 섭섭했던 것이 사실이겠다. 한걸음 나아가서 일본과 우리와의 옛 관계에 옹졸한 집착을 두느니보다는 상호이해와 탐색으로써 그들이 우리를, 마찬가지로 우리가 그들을 알고 배우고 다듬어야 한다고 생각된다"[9]라고 적고 있다. 일본문단의 신인

양 작가의 작품이다.

7 金秉喆, 『韓國現代飜譯文學史研究』上, 을유문화사, 1998, 348쪽. 통계수치도 이 책에 의함.

8 강우원용의 「1960년대 일본문학 번역물과 한국—'호기심'과 '향수'를 둘러싼 독자의 풍속」, 『日本學報』 93, 2012와 「1960년대 초기 베스트 셀러를 통해 본 일본소설 번역물과 한국독자—하라다 야스코, 이시자카 요지로, 박경리를 중심으로」, 『日本學報』 97, 2013은 1960년대 일본문학의 번역을 독자수용의 측면에서 고찰하고 있다.

9 『戰後日本新人受賞作品選』, 隆文社, 1960, 214쪽.

작가를 소개하는 이유는 과거 역사에만 '집착'하지 않고 문학을 통해 한국과 일본의 '상호이해와 탐색'을 꾀해보자는 것이었다. 해방 후 15년이 지난 시점에서 '문학'작품 번역이 한일의 상호이해에 매개 역할을 하리라는 기대가 반영된 말투이다. 그렇지만 과연 이러한 기대에 부응하는 일본문학의 소개였을까. 35년간의 일제 강점기를 지나온 지 불과 15년의 시점에서 문학 번역을 통해 일본을 '이해'한다는 것은 무엇을 의미할까. 이 문제는 먼저 번역을 담당한 사람들의 면면을 살피고서 생각해 볼 사안이기도 한다.

2. 번역하는 일본어세대 문인들

1960년 12월에 출판된 『일본아쿠타가와상소설집』의 역자 가운데 한 사람이었던 시인 신동문(辛東門)은 「작가와 작품 해설」의 서두에서 "요즈음 일본의 전후 문학작품의 소개가 하나의 유행을 이루고 있다. 그리하여 가치상반(價値相反)하는 작품들이 한결같은 선전과 과장된 칭찬으로 독자들을 현혹하고 있다"[10]라고 쓰고 있다. 여기서 말하는 '유행'은 1960년 1년 동안에만 출판된 일본문학 작품이 40여 종을 넘고 있기 때문에 나온 말이다. 고미카와 준페이의 『인간의 조건』과 『자유와의 계약』을 비

---

10 『日本芥川賞小說集』世界受賞小說選集 1, 新丘文化社, 1960, 376쪽.

롯하여 다니자키 준이치로의 『열쇠』와 『세설(細雪)』, 이시하라 신타로의 『태양의 계절』, 하라다 야스코의 『윤창(輪唱)』과 『만가(晩歌)』, 하야시 후미코의 『浮雲』과 기타 모리오의 『밤과 안개의 구석에서』 등이 1960년에 출판된 단행본이다. 여기에 더해 같은 해에 『일본아쿠타가와상소설집』과 『일본문학선집』 1권과 2권, 『일본걸작단편선집』 전 2권이 간행되었으니, 1960년을 시작으로 일본문학은 봇물 터지듯이 갑작스럽게 대량 유입되었고 이 상황은 1960년대 내내 지속되었다.

번역을 담당했던 사람들은 일본문학 전문가가 아닌 문인이 다수를 차지했다. 1960년 8월에 쓴 『일본문학선집』의 간행사에는 번역자와 번역 형태에 대한 언급이 있다. 여기에서는 당시 일본문학 전문가는 없는 상태라고 말하면서, 번역자로 '기성작가'가 적임이라고 생각할 수 있으나, 충실한 번역을 맡아 줄지는 의문이며 오히려 '저명한 작가'가 아나나 10여 년 정도 소설을 쓰고 있는 '신인'이 참여하여 '공동' 검토로 번역 원고를 만들었다고 밝히고 있다.[11] 이 선집에는 야마모토 유조의 「파도」, 나쓰메 소세키의 「도련님」, 미시마 유키오의 「비틀거리는 미덕(美德)」, 다니자키 준이치로의 「나만 좋으면」과 「열쇠」, 이시자카 요지로의 「푸른 산맥」, 아쿠타가와 류노스케 「나생문(羅生門)・코」, 기쿠치 간 「제이(第二)의 접문(接吻)」, 이토 세이 「화조(火鳥)」, 하야시 후미코 「방랑기」, 오사라기 지로 「귀향」, 이노우에 야스시 「하구(河口)」, 가와바타 야스나리 「설국(雪國)」, 하라다 야스코 「폐원(廢園)」, 이노우에 야스시 「돈황(敦煌)」, 구메 마사오 「학생시대」, 겐지 게이타 「삼등중역(三等重役)」, 하야시 후사오

---

11 『日本文學選集』 1, 靑雲社, 1964(3판).

「꽃피는 숲」, 이시카와 다쓰조「사십팔세의 저항」, 시시 분로쿠「청춘괴담」이 수록되었다. 이들 작품 번역에 참여한 역자는 김용제(金龍濟, 시인, 1909년생, 1931년 등단), 이종열(李鍾烈, 언론인(?), 1945년『동신일보』창간), 홍성유(洪性裕, 소설가, 1928년생 1957년 등단), 박소이(朴唉里,『출판문화』편집부장), 이원수(李元秀)(?), 이강록(李剛綠)(?), 방춘해(方春海, 소설가, 1899년생, '방인근' 필명, 1924년『조선문단』창간), 최상덕(崔象德, 소설가, 1901년생, 1925년 등단), 이용희(李蓉姫)(?), 정을병(鄭乙炳, 소설가, 1934년생, 1963년 등단)이다. 김용제, 방춘해, 최상덕은 '기성작가'라 할 수 있고, 홍성유, 정을병 등은 '신인'이라고 보아야 할 것이다. 이종열, 이원수, 이강록, 이용희는 작가로 활동했는지 그 행적은 불분명하다. 같은 해 출판된『일본아쿠타가와상소설집』에 참여한 번역자는 아래와 같이 모두 문인이었다.

|표1|『일본아쿠타가와상소설집』(新丘文化社, 1960) 수록 작품과 번역자

작가	작품	번역자	비고
기쿠무라 이타루 [菊村到]	硫黃島	崔玄植	소설가, 1925년생, 1956년 등단
쇼노 준조[庄野潤三]	푸울싸이드 小景	鄭漢模	시인, 1923년생, 1955년 등단
고지마 노부오 [小島信夫]	아메리칸 스쿠울	車凡錫	극작가, 1924년생, 1956년 등단
마쓰모토 세이초 [松本淸張]	어느 고꾸라 日記傳	李元壽	아동문학가, 1911년생, 1926년 등단
고미 야스스케 [五味康祐]	喪神	金京鈺	극작가, 1925년생, 1956년 '제작극회' 창단
야스오카 쇼타로 [安岡章太郎]	惡의 季節	吳尙源	소설가, 1930년생, 1955년 등단
요시유키 준노스케 [吉行淳之介]	驟雨	金光植	소설가, 1921년생, 1954년 등단

작가	작품	번역자	비고
곤도 게이타로 [近藤啓太郎]	海人舟	桂鎔默	소설가, 1904년생, 1925년 등단
시바 시로[斯波四郎]	山塔	李浩哲	소설가, 1932년생, 1955년 등단
홋타 요시에 [堀田善衛]	廣場의 孤獨	辛東門	시인, 1928년생, 1953년 등단

이 소설집에 참여한 10명의 역자 가운데 해방 후에 문단에 데뷔한 문인은 8명에 달한다. '신인작가'들이라 할 수 있다. 이 소설집은 역자에 의한 '작가와 작품 해설', 그리고 일본작가들의 수상 소감도 수록하고 있다. 1962년에 신구문화사에서 '세계전후문학전집' 7권으로 발간된 『일본전후문제작품집』에도 다수의 문인이 참여하고 있다.

|표2| 『일본전후문제작품집』(新丘文化社, 1962) 수록 작품과 번역자

작가	작품	번역자	비고
엔도 슈사쿠 [遠藤周作]	白色人	鄭漢淑	소설가, 1922생, 1948년 등단
이시하라 신타로 [石原慎太郎]	太陽의 季節	辛東門	시인, 1928년생, 1953년 등단
가이코 겐[開高健]	뻘거숭이 임금님	金東立	소설가, 1928년생, 1959년 등단
오에 겐자부로 [大江健三郎]	飼育	吳尙源	소설가, 1930년생, 1955년 등단
후카사와 시치로 [深沢七郎]	楢山節考	桂鎔默	소설가, 1904년생, 1927년 등단
오오카 쇼헤이 [大岡昇平]	俘虜記	安壽吉	소설가, 1911년생, 1935년 등단
미시마 유키오 [三島由紀夫]	新聞紙	崔貞熙	소설가, 1912년생, 1935년 등단
다자이 오사무 [太宰治]	療養	辛東門	시인, 1928년생, 1953년 등단

작가	작품	번역자	비고
시이나 린조 [椎名麟三]	영원한 序幕	鮮于輝	소설가, 1922년생, 1955년 등단

『일본아쿠타가와상소설집』과 같은 출판사에서 간행된 이 작품집에도 10명의 번역자 가운데 계용묵, 안수길, 최정희 세 명을 제외하고 모두가 해방 후에 등단하여 활약하고 있는 작가들이다.

1964년부터 출판된 『일본신예문학작가수상작품선』에는 아쿠타가와상 수상 작가인 요시유키 준노스케, 소노 아야코, 야스오카 쇼타로, 아베 고보, 고지마 노부오, 기쿠무라 이타루, 이시하라 신타로, 엔도 슈사쿠, 가이코 겐, 아리요시 사와코, 오에 겐자부로와 요리우리문학상 작가 아가와 히로유키의 작품이 수록되어 있고, 여기에 참여한 번역자들은 김용제(金龍濟), 최운권(崔雲權), 이용희(李蓉姬), 한광수(韓光洙), 현상걸(玄相杰), 이원수(李元秀), 이종열(李鍾烈)이다. 앞서 출간된 『일본문학선집』에 참여했던 번역자가 다수이다. 그리고 1966년에 발간된 『일본대표작가백인집』에는 일본 근대작가 100명의 작품을 담고 있고, 작품 맨 앞에는 한 페이지를 할애해 작가 사진과 함께 '작가(作家)의 프로필'을 게재하고 있다. 이 작품에 수록된 일본 작가와 번역가는 다음과 같다.

표3| 『일본대표작가백인집』(전 5권, 靑雲社, 1966) 수록 일본작가와 번역자

수록작가	번역자(번역편수)	비고
森鴎外, 夏目漱石, 樋口一葉, 国木田独步, 石川啄木, 泉鏡花, 芥川龍之介, 田山花袋, 有島武郎, 鈴木三重吉, 徳田秋声, 島崎藤村, 武田麟太郎, 菊池寛, 横光利一, 北条民雄, 正宗白鳥, 永井荷風, 志賀	金龍濟(24)	시인, 1909년생, 1931년 등단
	表文台(14)	소설가, 1914년생, 1945년 등단
	張壽哲(6)	시인, 1916년생, 1932년 등단

수록작가	번역자(번역편수)	비고
直哉, 武者小路実篤, 野上弥生子, 谷崎潤一郎, 山本有三, 里見弴, 室生犀星, 江戸川乱歩, 宇野浩二, 広津和郎, 佐藤春夫, 小島政二郎, 尾崎士郎, 外村繁, 林芙美子, 堀辰雄, 火野葦平, 高見順, 獅子文六, 吉屋信子, 大仏次郎, 芹沢光治良, 井伏鱒二, 川端康成, 尾崎一雄, 石坂洋次郎, 上林暁, 阿部知二, 林房雄, 藤沢桓夫, 丹羽文雄, 丹橋聖一, 永井龍男, 石川達三, 伊藤整, 平林たい子, 野口赫宙, 円地文子, 湯浅克衛, 今日出海, 太宰治, 井上靖, 南条範夫, 大岡昇平, 井上友一郎, 松本清張, 椎名麟三, 田宮虎彦, 田村泰次郎, 檀一雄, 武田泰淳, 源氏鶏太, 新田次郎, 幸田文, 梅崎春生, 野間宏, 安岡章太郎, 小島信夫, 伊藤桂一, 柴田錬三郎, 土屋隆夫, 堀田善衛, 水上勉, 阿川弘之, 多岐川恭, 瀬戸内晴美, 遠藤周作, 吉行淳之介, 山崎豊子, 黒岩重吾, 安部公房, 三島由紀夫, 三浦朱門, 北杜夫, 梶山季之, 佐野洋, 開高健, 曾野綾子, 有吉佐和子, 石原慎太郎, 大江健三郎, 吉田満	方基煥(3)	소설가, 1923년생, 1947년 등단
	崔泰應(3)	소설가, 1916년생, 1940년 등단
	尹鼓鍾(1)	문학평론가, 1912년생, 1934년 등단
	柳呈(3)	시인, 1922년생, 1941년 시집 출간
	崔白山(4)	전국학생문학회 학생부장
	李柱訓(4)	동화작가, 1919년생, 1938년 등단
	金潤成(3)	시인, 1926년생, 1946년 시집 출간
	權純萬(5)	희망사 편집자
	金洙暎(7)	시인, 1921년생, 1945년 등단
	朴容淑(1)	소설가, 1934년생, 1959년 등단
	李相魯(2)	시인, 1916년생, 1953년 첫 시집 『귀로』 간행
	金東史(3)	시인, 1920년생, 1946년 등단
	崔貞順(1)	?
	閔丙山(2)	문학인, 1928년생
	崔一秀(1)	문학평론가, 1924년생
	趙能植(2)	수필가
	金元基(2)	출판인, 春秋閣 사장
	申東漢(3)	문학평론가, 1928년생, 1959년 등단
	朴松(2)	시인, 1925년생, 1958년 등단
	李東植(1)	?
	吳成鎭(1)	?
	朴淵禧(1)	소설가, 1918년생, 1946년 등단
	申智植(1)	아동문학가, 1930년생, 1956년 등단

이 작품집의 편집위원은 김소운(金素雲), 백철(白鐵), 정비석(鄭飛石)이며, 일본작가 100명의 작품 번역에 대부분 문인인 26명의 번역자가 참여하고 있다. 제3권에서는 노구치 가쿠추[野口赫宙], 즉 장혁주의 「풍습이 다른 남편[異俗の夫]」을 싣고 있는데, 이에 관해서는 번역자가 쓴 '작가의 프로필'에서 "이 작가를 『일본대표작가백인집』에 수록하는 데 있어

서는 여러 가지 문제점이 있었으나, 주로 이 작품내용이 귀화작가(歸化作家)의 불가피한, 운명적 약점을 드러내고 있다는 뜻에서 수록하게 되었다"[12]라고 설명하고 있다. 장혁주까지를 일본문학의 범주에 넣어 소개한다는 점은 특기할 사항이다. 그러나 일본 근대문학사의 주요 작가들 가운데 누락된 작가도 적지 않다. 예를 들어 의고전주의 작가 고다 로항[幸田露伴], 일제 강점기에 번안 · 번역된 『장한몽』의 원작자 오자키 고요[尾崎紅葉], 『불여귀』의 원작자 도쿠토미 로카[德富蘆花]와 프롤레타리아 작가 나카노 시게하루[中野重治], 고바야시 다키지[小林多喜二], 하야마 요시키[葉山嘉樹], 미야모토 유리코[宮本百合子], 사타 이네코[佐多稲子] 등 일본문학을 말할 때 빼놓을 수 없는 작가들이 누락되어 있다. 프롤레타리아 작가들은 1960년대 이념적 갈등이 심했던 사회 분위기로 제외되었을 것이다. 이 전집에 참여한 번역자 26명은 대부분 현역 문인들이다. 이 가운데 김용제, 장수철, 윤고종, 유정, 이주훈, 표문태, 김수영, 김동사, 박연희 등 10여 명은 해방 이전 또는 해방 직후에 등단한 문인들이며, 김용제, 표문태, 김수영 순으로 다수의 작품을 번역을 하고 있다. 이렇게 보자면 김용제, 표문태, 장수철 등과 같이 1920년 이전에 출생하여 일제 강점기에 문학 활동을 했던 기성 작가와 함께 방기환, 유정, 김수영 등 1920년 이후에 출생한 '전후세대' 작가들이 일본문학 번역에 참여했다는 것을 알 수 있다. '전후세대'는 "대체로 1920~1935년 사이에 태어나, 식민지시기에 일본 제국주의의 교육을 받고 자랐으며, 한국전쟁을 전후(前後)로 문학 활동을 시작했다. 이들은 대부분 모어인 한국어를 표현하

---

12 『日本代表作家白人集』 3, 希望出版社, 1966, 387쪽.

는 문자(= 한글)보다 일본어로 읽기와 쓰기를 먼저 배운 탓에, 해방이 되고 나서야 한글쓰기와 읽기를 배운, 문해자(文解者, literacy)로서의 독특한 이력을 지니고 있"[13]는 문인들이다. 1960년대 일본문학의 번역에서 전후세대의 문인들이 차지하는 비율이 적지 않았다.

그리고 일본문학 전집류가 아닌 세계문학전집류에 수록된 일본문학 작품과 번역자 현황을 살펴보면 다음과 같다. 1966년에 계몽사(啓蒙社)에서 발행한『세계단편문학전집, 동양편』에 수록된 일본작가는 나쓰메 소세키, 아리시마 다케오, 시가 나오야, 다니자키 준이치로, 아쿠타가와 류노스케, 요코미쓰 리이치, 오자키 시로, 가와바타 야스나리, 하야시 후미코, 이시카와 다쓰조, 시이나 린조, 다자이 오사무다. 동양편의 일본 쪽 편집담당은 조연현(趙演鉉)이고 번역은 김윤성(金潤成, 시인), 조연현(趙演鉉, 문학평론가), 정태용(鄭泰鎔, 문학평론가), 유정(柳呈, 시인), 이형기(李炯基, 시인), 박재삼(朴在森, 시인)이 맡았다. 1969년에 발간된『가와바타 야스나리 전집』전 6권의 번역자는 김세환(金世煥)(?), 구자운(具慈雲)(?), 유정(柳呈, 시인), 안동림(安東林, 소설가), 이원섭(李元燮, 시인), 김윤성(金潤成, 시인), 이호철(李浩哲, 소설가), 이원수(李元壽, 아동문학가), 한무숙(韓戊淑, 소설가), 양명문(楊明文, 시인), 민병산(閔丙山, 문학인), 천상병(千祥炳, 시인), 정한모(鄭漢模, 시인), 이형기(李炯基, 시인), 강민(姜敏, 시인), 전광용(全光鏞, 소설가), 김광식(金光植, 소설가), 최창희(崔昌熙, 소설가), 홍성유(洪性裕, 소설가), 김경옥(金京鈺, 극작가), 최인훈(崔仁勳, 소설가)이다. 당대에 활약했던 시인

---

13 한수영,「'상상하는 모어'와 그 타자들－'김수영과 일본어'의 문제를 통해 본 전후세대의 언어인식과 언어해방의 불／가능성」,『상허학보』42, 상허학회, 2014, 454~455쪽. 이후의 과제로 특히 이 '전후세대'의 번역에 주목해 한국어와 일본어 사이의 언어적 분열이 번역의 실천에서 어떤 양상을 띠는지를 살펴야 하겠다.

과 소설가, 극작가로 구성되어 있다. 을유문화사판『세계문학전집』에 수록된 나쓰메 소세키의『나는 고양이다・봇짱』은 소설가 김성한(金聲翰), 정음사판『세계문학전집』에 수록된 시마자키 도손의『파계(破戒)』는 소설가 김동리(金東里), 시가 나오야의『암야행로(暗夜行路)』는 소설가 박영준(朴榮濬), 다니자키 준이치로의『치인(痴人)의 사랑』은 소설가 김광식(金光植)이 번역을 맡고 있다. 신구문화사에서 간행한『현대세계문학전집』에 수록된 이노우에 야스시, 오오카 쇼헤이, 오에 겐자부로, 미시마 유키오, 아베 고보, 시이나 린조, 이시카와 다쓰조, 엔도 슈사쿠의 작품 번역에도 앞에서 언급한 김세환, 이원섭, 신동문, 유정, 홍성유, 김윤성 이외에 소설가 이동주(李東柱)가 참여하고 있다.

이에 반해 일본에서 베스트셀러작가로 1960년대에 국내에 다수 소개되었던 하라다 야스코[原田泰子]와 미우라 아야코[三浦綾子] 등 인기 작가의 단행본 번역에는 문인이 아닌 신문기자 이현자(李顯子)와 정성환(鄭城煥), 번역가 손민(孫玟)과 이시철(李時哲) 등이 참여했다. 문인들은 주로 전집류 번역을 담당하고 있었다. 물론 단행본 번역에도 이시자카 요지로의『엉큼한 사람들』을 소설가 천세욱(千世旭)이 번역하고 있는 예도 있으나이는 소수에 불과하다.

이와 같이 일제 강점기에 일본어를 습득한 문인들이 1960년대 일본문학의 번역에 대거 동원되었다는 사실을 어떻게 받아들여야 할 것인가. 일본문학의 번역이 한국 문인에게 어떤 영향을 끼쳤는지는 번역자의 문체 혹은 작품 경향이 일본문학과 어떤 관련을 맺고 있는지를 통해살필 수 있을 것이다. 이 점은 이후의 과제라 하더라도 만약 이들 일본어세대가 번역자로 참여하고 있지 않았다면 1960년대의 일본문학 번역

붐은 쉽게 일지 않았을 것이라는 점은 추측해 볼 수 있다. 그렇다면 이들이 단지 일본을 다시 이해하고 탐색하기 위해 일본문학을 번역했다고는 보기 어렵다. 일본어세대는 일본문학을 자의적으로든 타의적으로든 원문으로 읽었던 세대이며, 대부분 일본 현지에 유학하여 일본문학을 체득했다. 1960년대에 문인들은 일본문학의 번역을 통해 일본문학을 타자가 아닌 자기 안에 내면화시켰다고 보아야 할 것이다. 1960년대에 일본문학이 무조건 환영받은 것만은 아니다. 그런데도 일본문학은 여느 외국문학보다 대접을 받았다. 그 이유는 '서구문학' 대 '한국문학'이라는 구도에 일본문학을 개입시키고 있었기 때문이다.

3. 서구문학에 대응하는 동류의식

1960년 12월 28일 자 『경향신문』은 「새공화국탄생 전(前)과 후(后)」라는 특집기사의 8회째로 「왜색(倭色) 붐」을 다루고 있다. 이 기사의 표제는 '활개치는 일제상품(日帝商品) 화장품·잡지·유행가에 '카렌다'까지 번역된 소설책만 백여 종'이다. 번역된 일본소설에 관해서는 다음과 같이 말하고 있다.

4·19 이전에는 일본 것이라곤 공공연한 곳에서는 전혀 찾아 볼 수 없었던 것이 그 이후 일본소설책의 번역 '붐'이 일어나 일본에서 인기가 있었다는 책이

면 하루아침 사이에 출판되어 나와, 지금 서점가에 꽂혀 있는 일본소설 번역책만 해도 근 일백여 종이 있으며 이것은 이것대로 꽤 잘 팔린다는 상인들의 말이다. 특히『열쇠』『태양의 계절』『인간의 조건』『만가』등은 꽤 인기가 있다. 그런데 이처럼 인기가 있다는 흐름을 알아차린 장사치들의 해적행위가 노골화된 사실이다. 번역이야 잘 되었든 못되었든 간에 '일본 누구누구의 작품'이라는 표제만 붙여 마구 팔아먹는가 하면 일본 '레코드'만 해도 LP원판은 한 장에 5, 6천 환을 주어야하는 것을 그대로 판을 떠서 1천 환씩에 팔아먹고 있다.[14]

여기에서는 1960년 한 해에 일본문학의 번역이 얼마나 융성했는가를 생생하게 전하고 있다. 특히 1955년과 1956년 일본에서 발표된 화제작, 수상작, 베스트셀러 작품인 다니자키 준이치로의『열쇠』와 이시하라 신타로의『태양의 계절』, 고미카와 준페이의『인간의 조건』, 하라다 야스코의『만가』가 4, 5년 사이에 국내에 소개되어 마찬가지로 인기를 끌고 있다는 점은 주목할 만하다. 동시기 일본의 화제작과 베스트셀러를 그대로 소화하면서 이들 작품은 국내에서도 반향을 일으켰다. 1962년에서 1972년의 국내 베스트셀러 목록에 올라와 있는 이시자카 요지로의『가정교사』와『빗속으로 사라지다』, 미시마 유키오의『구멍 뚫린 인간 진리』, 미우라 아야코의『빙점』,『원죄』,『양치는 언덕』, 고미카와 준페이의『인간의 조건』, 가와바타 야스나리의『설국』[15] 등도 마찬가지로 동시

---

14 「새共和國誕生 前과后 8—倭色 붐」,『경향신문』, 1960.12.28.
15 이영희,「한국의 베스트셀러 유형 연구—1948년부터 1997년까지 50년간을 중심으로」, 이화여대 정보과학대학원 석사논문, 1999, 88~89쪽. 1962년부터 1972년 사이의 베스트셀러는 총 46권으로 한국문학 25권, 외국문학 21권이었다. 그리고 "외국문학 중에서도 일본문학은 11권으로 전체의 23.9%를 차지했고 외국문학 부분에서는 52.2%를 차지해 그 비중이 매우 높았다. 특기할 만한 점은 일본문학은 68년 이후 순위에는

기 일본의 베스트셀러 목록에 속해있다. 그렇다고 일본에서 베스트셀러가 된 모든 작품이 무차별적으로 번역된 것은 아니다. 1955년부터 1960년까지 일본에서 베스트셀러였던 작품을 살펴보면 아래와 같다.

|표4| 1955~1960년 일본의 베스트셀러 목록

년도	베스트셀러, 화제작	비고
1955	はだか随筆, 経済学教科書, 慾望, うらなり抄, 財閥, 裁判官, 広辞苑, うわばみ行脚, あすなろ物語, 不安の倫理	탐정소설 붐
1956	太陽の季節(태양의 계절), 帝国と墓と民衆, 異性ノイローゼ, あなたは煙草がやめられる, 夜と霧, モゴール族探検記, 大菩薩峠*, 女優, マナスル登頂記, 細胞生活	주간지 붐, '태양족'
1957	挽歌(만가), 楢山節考(나라야마 부시코), 鍵(열쇠), 美徳のよろめき(비틀거리는 미덕), 一日一言, 愛のかたみ*, いろ艶筆, 昭和時代, ロンドン東京5万キロ, 暖簾*	原田康子, 山崎豊子, 曽野綾子, 有吉佐和子, 宇野千代 등 여성작가 활약
1958	人間の条件(인간의 조건), 氷壁(빙벽), 南極越冬記, 少年少女世界文学全集, 陽のあたる坂道(가정교사), はだか人生, 自由との契約(자유와의 계약), 氾濫, つづり方兄弟, 人間の壁(인간의 벽), 森と湖のまつり, 頭脳, 女経, ネコは知っていた	
1959	にあんちゃん, 日本の歴史, 少年少女世界文学全集, 波濤, 催眠術入門, 論文の書き方, 日本文学全集, 私本太平記*, 世界文学全集, 敦煌, 告白的女性論, 不道徳教育講座(구멍 뚫린 인간 진리), ドクトル・ジバゴ, 日本唱歌集, インカ帝国, 井上靖集, われらの時代*, ロリータ	야스모토 스에코, 『구름은 흘러가도(にあんちゃん)』, 유주현 역, 신태양사, 1959.
1960	性生活の知恵, 頭のよくなる本, どくとるマンボウ航海記, 敦煌(돈황), 人生は芸術である, 私は赤ちゃん, 性格, 鳥葬の国, 河口(하구), 黒い樹海, トイレット部長, 日本残酷物語	

목록에서 밑줄 친 책은 국내에 번역된 문학작품이며 이 가운데 『태양의 계절』, 『만가』, 『가정교사』 등은 베스트셀러였다. 그런데 주목할 점

_____

한 권도 오르지 못하고 62년~68년의 기간에 집중돼 있다는 점이었다. 이는 63년 한일 협상의 결과 일본 문물의 수입에 따른 일시적인 현상으로 풀이할 수 있었다."

은 1962년에 일본에서 베스트셀러였던 야마오카 소하치의 『德川家康』가 1960년대에 번역되지 않았고, 1970년에 『대망』[16]으로 국내에 처음 번역되었다는 사실이다. 또한 위 표에서 *표시를 한 1956년의 나카자토 가이잔[中里介山]의 『다이보사쓰도우게[大菩薩峠]』, 1957년의 야마자키 도요코의 『노렌[暖簾]』, 다미야 도라히코의 『사랑의 유품[愛のかたみ]』, 1959년의 요시카와 에이지의 『사본 다이헤이키[私本太平記]』, 오에 겐자부로의 『우리들의 시대[われらの時代]』가 국내에 번역되지 않았다는 점이다. 『다이보사쓰도우게』는 1913년부터 1941년까지 몇몇 신문에 연재된 41권에 달하는 미완의 장편 검객 역사소설로 연재 당시부터 일본문단의 주목을 받은 작품이고, 『사본 다이헤이키』는 1958년에 신문에 연재되어 인기를 끈 시대소설이다. 청운사(靑雲社)에서 간행된 『일본문학선집』은 전 7권 이외에 별권 2권을 간행하고 있는데, 1권은 김용제가 번역한 요시카와 에이지의 『검호 미야모토 무사시[劍豪 宮本武藏]』, 2권은 조영암(趙靈岩, 시인, 1918년생, 1951년 시집 『시산(屍山)을 넘고 혈해(血海)를 건너』) 번역의 오사라기 지로 작품 『쾌걸 구라마뎅구[快傑 鞍馬天狗]』였다. 1권은 검객 역사소설이며, 2권은 시대소설이다. 모두 문인에 의한 대중역사소설의 번역이다. 하지만 일본에서 베스트셀러가 된 대표적 역사소설 『다이보사쓰도우게』와 『사본 다이헤이키』는 한국에 소개되지 않았다. 또한 야마자키 도요코와 「조선의 다알리아」를 쓴 다미야 도라히코도 『일본대표작가백인집』에 1966년에 소개되고 있으나, 그들의 베스트셀러작품은 번역되지 않았다. 그리고 1960년대에 국내에서 아쿠타가와상 수상작가,

---

16 박재희 역으로 동서문화사에서 전 32권(요시카와 에이지[吉川英治]의 다른 작품 포함)으로 간행되었다.

전후 일본의 문제작가로 주목받았던 오에 겐자부로의 베스트셀러 소설
『우리들의 시대』는 1994년에 정성호 번역으로 국내에 소개되었고, 1960
년대에는 번역되지 않았다. 이와 같이 일본의 베스트셀러라고 해도 1960
년대 당시 번역되지 않은 주요 작품도 있었다.

이밖에 1960년 이후의 일본에서 베스트셀러가 된 작품 가운데 1965
년의 베스트셀러『하얀 거탑[白い巨塔]』과 1966년의 베스트셀러『빙점[氷
点]』이 주목할 만하다. 미우라 아야코의『빙점』은 당시 아직 일본에서 신
문에 연재되고 있는 사이에 한국어 번역본이 출판되어 '졸속절도수입(拙
速竊盜輸入)'17의 가십에 오른 작품이며, 일본에서 단행본이 나오자마자 1966
년부터 여러 종의 번역본이 한꺼번에 출판되었고, 바로 그해 1966년에
국내에서 영화로도 제작되어 인기를 끈 작품이기 때문이다. 그에 반해 야
마자키 도요코의『하얀거탑』이 국내에 번역된 것은 1980년이며, 2007년
에는 국내에서 드라마로도 제작되어 방영되었다. 야마자키 도요코는 1960
년대에 일본에서는 인기 작가였으나, 국내에서는 1980년부터 그의 작품
이 수십 편 번역되면서 널리 알려진 작가인 것이다. 1960년대에 일본문
학의 어떤 작품이 어떻게 선별되어 번역되었는지는 알 수 없으나, 당시
번역은 출판계의 마케팅 전략과 독자의 호응과도 맞물려 있었다.18

그에 반해 국내의 일본문학 번역 '붐'과 함께 수종의 일본문학 전집류
가 발간된 상황은 단지 마케팅 차원에 머물지 않는, 한국문학의 동시대

---

17 "『水點』이라는 작품─. 이 작품은 8월 27일 현재 2百26回連載中日이다. 이『水點』이 單行
本으로 나왔다. 아담한 幀裝으로 꾸며져 書街에 기어나온 것이다. 그런데 나온 곳은 作品
의 본 고장인 東京 거리가 아니라 서울이다"(「日本小說의 拙速竊盜輸入」,『경향신문』,
1965.9.1). 그리고 1966년 국내 베스트셀러에 미우라 아야코의『水點』과『原罪』가 올
랐다.

18 이에 관해서는 앞서 각주 10에서 소개한 강우원용의 논문을 참고할 수 있다.

상황과 관련지어 생각해볼 수 있다. 앞에서 살펴보았듯이 전집류의 번역자는 거의가 문인들이기 때문에 한국문학의 동향을 염두에 둔 번역출판이었다. 그 방향성이 어디에 있는지를 생각해보자. 일본 근대작가 100명을 간추려 1인 1작품으로 100편을 소개하고 있는 『일본대표작가백인집』[19]을 발간한 희망출판사 발행인 김종완(金鐘琬)은 「일본대표작가백인집-그 발간에 즈음하여」라는 글에서 다음과 같이 말하고 있다.

> 이 작품집은 우리 문학계의 서구일변도를 지양하고, 비교문학상으로도 하나의 밑거름이 되기를 바라는 마음 간절하다. 또한 우리의 젊은 제너레이션이 문학작품을 통하여 그들의 좋고 그른 점을 발견, 이해를 올바르게 하여, 우리 국민이 갈망하는 후진이란 껍질을 벗어나는 데 적은 도움이라도 된다면, 그보다 다행은 없을 것이다.[20]

여기에서 말하는 '우리 문학계의 서구일변도'란 무엇을 가리킬까. 1950년대에는 이승만정권의 반일정책으로 일본문학의 번역은 아주 극소수였다고 말할 수 있다. 1945년 이전까지 일본문학은 번역이 아닌 원문으로 우리 문학계에 침투해 있었다. 그것이 약 15년 동안 표면에서 자취를 감추고, 일본문학의 번역 또한 이루어지지 않았다. 앞서 언급했던 김병철의 연구에서 알 수 있듯이, 1950년대에 '세계대중문학선집'을 필두로 수십 종의 세계문학전집류가 발간되었다. 여기에 일본문학의 번역은 전혀

---

19 1권의 부록으로 「日本 近代·現代文學의 흐름」과 3권의 부록으로 「日本 戰後文學의 動向」을 편집실에서 작성한 형식으로 수록하고 있다.
20 『日本代表作家百人集』1, 希望出版社, 1966, 456쪽.

포함되지 않았다. 이 세계문학전집류의 간행 붐은 1960년대에 접어들어서도 이어지는데, 김종완이 말하는 '서구일변도'는 이러한 세계문학전집류의 출판이 난무하는 현상을 가리킬 것이다. 그런데 '서구일변도'에 대한 반감에서 한꺼번에 일본작가 100명을 소개하는 전집 발간은 너무나도 기이하다. 1960년대에 들어선 일본문학 번역 '붐' 속에서의 기획이라고는 하지만, 이 『일본대표작가백인집』의 발행은 '세계문학'에 대항하는 태도를 드러내기 때문이다. 이는 '세계문학'과 대치하는 '일본문학'이 있다는 발상이 아니면 성립할 수 없다. 1945년 이전까지 일제 강점기에 '일본문학'은 이 땅에서 무엇이었을까. 일제 강점기에 일본문학 번역은 소수였고, 또 불필요했을지도 모른다. 그러므로 여기에서 '서구일변도를 지양'하고자 일본문학을 대거 수입한다는 발상은 해방 이후에 아직 국내에 남아있는 일본문학의 그림자를 벗어나지 못했다는 점을 엿보게 한다. 나아가 "우리국민이 갈망하는 후진이라는 껍질을 벗어나는 데"에 있어서 일본문학이 어떤 조력을 하리라는 기대는, 일본은 '선진' 우리는 '후진'이라는 도식이 없으면 성립할 수 없다. 왜 세계는 '선진' 우리는 '후진'이 아니라, 일본은 '선진' 우리는 '후진'일까. 동일 출판물의 서문에 백철(白鐵)이 쓴 다음 글에서는 그 단서를 찾아볼 수 있다.

나는 1965년도에 제33회 국제PEN대회에 참석하고 그 느낀 바를 적어서, 국내의 문학인들에게 호소한 일이 있었다. 영·불어를 쓰는 국가들의 스피커가 연단을 독점하다시피 하는 현상에 대하여, '서구문학의 제국주의적인 지배'라고 표현했던 것이다. 한국 현대문학에 있어서도 <u>우리는 사실 신문학 이래 필요 이상으로 서구문학의 영향을 받아왔고, 현재에 있어서도 그 방면에</u>

대하여 너무 사대주의적으로 추종하고 있는 경향이 있다. 여기에 대한 조치의 한 방법으로서는, 이 시기에 아세아 각국이 자주적인 문학운동의 의식과 개성을 뚜렷하게 하는 동시에, 한 번 서구문학 대 동양문학의 역사의식을 높이 해야 한다. 그리고 아세아지역의 주요국가가 서구문학에 대응하는 문학블록을 형성하고, 좀 더 밀접한 협력을 통하여 아세아문학이 특징을 강화해 갈 필요가 있다고 생각한다.[21] (인용문에 다수의 한자가 포함된 경우 한글로 대체했음. 밑줄은 인용자에 의하며, 이 책 인용문의 모든 밑줄은 동일함)

이 글은 1966년 9월 14일에 『일본대표작가백인집』의 서문으로 쓴 백철의 「일본문학의 진수를 감상하는 의미」의 일부이다. 여기에서도 '서구문학' 대 '동양문학'의 구도가 나타나 있고, 한국 현대문학이 '서구문학'의 영향에서 벗어나지 못하고 있다는 한탄이 표현되어 있다. '아세아문학'을 표방하는 말투인 "아세아지역의 주요국가가 서구문학에 대응하는 문학블록을 형성하고 좀 더 밀접한 협력을 통하여 아세아문학"이 연대하자는 취지는 자칫하면 1945년 직전에 열렸던 '대동아문학자대회'의 취지를 연상하게 만든다. 만약에 '서구문학'을 '제국주의'로 설정하지 않았다면 '아세아문학'이라는 발상은 성립할 수 없었을 것이다. 그런데 문제는 그 '아세아문학' 가운데에서도 일본문학이 특화된다는 점이다. 백철은 위 인용문에 이어서 "그런 관계에서 생각할 때, 아세아의 문화수준에 있어서, 일본의 문학작품의 질적인 것을 정당하게 평가해서 교류하는 것은 한국 현대문학을 위하여 필요한 과제가 되리라는 소론이다. 그러니까

---

21 위의 책, 3~4쪽.

일본문학작품에 대한 방어의 의견보다는, 그것을 올바르게 받아들이는 데는 어떻게 하느냐에 주안이 달려 있다고 본다"라고 말하고 있다. 『일본대표작가백인집』 전 5권은 1969년에 『일본단편문학전집』 전 7권으로 신태양사(新太陽社)에서 다시 출판되었는데(아마도 1968년 가와바타 야스나리의 노벨문학상 수상 특수에 편승한 출판일 것이다), 서문 타이틀이 「일본문학의 진수를 감상하는 의미」에서 「어느 외국문학보다 우선 일본문학을」로 바뀌었다. 서문 내용은 『일본대표작가백인집』의 것과 동일하다. 제목 변동이 의미하는 것은 역시 '일본문학'을 어느 '외국문학'보다도 특권화시킨다는 사실이다. 이 서문은 마지막을 "일본문학의 본격적인 이 번역사업이 한국 현대문학을 위해서도, 또 일본어를 전혀 모르는 우리 젊은 독서인을 위해서도 좋은 선물이 되리라고 확신하여 마지않는다"[22]라고 끝맺고 있다. 일본문학의 선진성을 일본어를 모르는 세대에게 한국문학의 한국어세대에게 부여하는 '선물'이라는 발언은 이 시기에 왜 일본문학을 여러 '세계문학'보다 더 극성을 부리며 번역하고 있었는지를 보여준다. 백철을 비롯한 한국의 문학자들에게 일본문학은 지근거리에 있었다. 일본이 가까운 나라이어서가 아니라, 일제 강점기를 통해 내면화된 일본문학이 '타자화'되지 않고 '동류'의식 속에 자리 잡혀 있었다. '서구문학'과 '동양문학'이라고 해도 이 시기에 중국은 '동양문학'의 내에서 멀어져 있었다.

　백철(白鐵), 유치환(柳致環), 조지훈(趙芝薰), 이어령(李御寧)이 편집위원을 맡았던 『세계전후문학전집』 전 10권은 '한국전후문제작', '미국전후

22　『日本短篇文學全集』V, 新太陽社, 1969, 5쪽.

문제작', '불란서전후문제작' '영국전후문제작' '독일전후문제작' '남북구(南北歐)전후문제작' '일본전후문제작'의 소설과 시, 희곡, 시나리오를 수록하고 있으나, 중국문학은 빠져 있다. 이처럼 백철이 『일본대표작가 백인집』에서 말하는 '서구문학' 대 '동양문학'의 구도에서 일본문학이 차지하는 비중은 컸던 것이다. 이 전집에서 『일본전후문제작품집』은 7권으로 발행되었고, 이 7권의 편집위원은 백철(白鐵), 최정희(崔貞熙), 안수길(安壽吉)이었다. 이 편집위원이 쓴 서문 '이 책을 읽는 분에게'서는 "진부하고 통속적인 말이기는 하나 문학에는 국경이 없다고 한다. 그러나 해방 후 일본과 우리나라 사이에는 분명히 문화에도 국경은 있었다"라고 시작하면서 이제 모든 것을 재검토해야 하는 '혁명'을 맞이한 시기에 "민족적 감정의 장막을 찢고 일본문학"을 대할 필요가 있다고 말한다. 일본이나 한국이나 똑같이 "제국주의의 기반에서 해방"되었다고 말하면서 일본문학을 소개하는 이유를 다음과 같이 표명하고 있다.

전후의 일본문학은 지금 세계에 널리 번역 보급되어 그 가치를 인정받고 있는 터이다. 우리만 쇄국주의적인 골목길에서 낮잠을 자서는 안 될 것이다. 일종의 문화교류에 대한 가치교환이 시급하다. 따지고 보면 그네들이나 우리는 다같이 아세아적 후진성에서 번민하고 있는 황색피부의 인종들이다. 서구문명의 바람 앞에서 같이 시련을 겪고 있는 사람들이다. 그들의 문학은 그런 의미에서도 우리의 호기심을 끌고 있으며 또 무엇인가 많은 암시를 던져 주고 있다. 뿐만 아니라 그들의 문학과 우리들의 문학을 비교할 수 있는 기회를 갖는다는 것은 흥미도 잇고 또한 의의도 깊다.[23]

여기에서는 '서국문명' 대 '우리(= 일본)'라는 구도가 도사리고 있으며, 일본과 한국을 '아세아적 후진성'이라는 동류로 포괄함으로 해서 한국문학이 나갈 길을 일본문학에서 찾고 '암시'받으려는 사고가 가능한 것이다. 여기에서 말하는 것처럼 일본문학에 대해 문을 닫는 폐쇄성은 물론 지양해야 할 것이나, 일제 강점기를 거치면서 내면화된 '일본문학'에 대한 어떤 신뢰가 엿보인다. 1925년 9월 2일 자『동아일보』에 실린 수주(樹州)의 「삼중역적문예(三重譯的文藝)」에서 필자는 "현금(現今) 우리 문단의 추세를 살피어보면 직간접적으로 일본문단의 영향권 내에 있음을 누구나 간파할 수 잇다"라고 말하면서 일본이 근대에 들어 "구미문학에 심취하야 그를 모방"하기에 급급한 것을 근래에 깨닫고 일본문학의 갈 길을 자각하고 있다고 하면서, 그런데도 '우리 문단'은 일본문단만을 따라가고, 세계문학사조를 직접 '번역'을 통해 흡수하지 않고 있다고 비판하고 있다.[24] 한일병합 후 15년이 지난 시점에 쓰인 이 글에 비하면, 백철이『일본전후문제작품집』의 서문에서 밝히고 있는 '일본문학'에 대한 태도는 자기 안에 내면화된 일본문학에 특권을 부여하는 자세라 할 수 있다.[25] 1968년에 발간된『현대세계문학전집』제6권은 이노우에 야스시의 「풍도(風濤)」, 오오카 쇼헤이의 「야화(野火)」, 오에 겐자부로의 「짓밟히는 싹들」의 번역을 수록했는데, 이 책의 서문에 해당하는 「이 책을 읽

23 『日本戰後問題作品集』世界戰後文學全集 7, 新丘文化社, 1962, 2~3쪽.

24 樹州, 「三重譯的文藝」, 『동아일보』, 1925.9.2.

25 이 글은 '편집위원'의 명의로 되어 있으나, 일본편의 편집위원이 백철(白鐵)이므로 그의 글로 여겨진다. 백철은 일본편뿐만 아니라『世界戰後文學全集』의 편집위원이었으나, 이 전집에 포함된 '美國戰後問題作', '佛蘭西戰後問題作' '英國戰後問題作' '獨逸戰後問題作' 등의 서문 어디에서도 이와 같이 강하게 그 나라 문학에 마음을 기울이는 기술은 찾아볼 수 없다.

는 분에게」는 "일본의 상황이 동양적인 것의 전형적인 반응은 아니라고 하더라도 동양인이기 때문에 겪게 되는 많은 생리적·감정적 함정은 계속적으로 전쟁의 와중에서 시달려 오느라고, 자신의 모습을 정확히 바라보기가 힘든 우리에게는 큰 자극제의 역할을 할 수 있을지도 모른다. 아니, 그렇다. 아마 반드시 할 수 있을 것이다. 그들의 피부 역시 누런 것이며, 그들의 언어 역시 목적어가 앞에 나오는 불리함을 감수하고 있기 때문이다"라고 쓰고 있다. 그리고 이 책에 수록한 세 편의 작품은 "그 누구보다도 우리들의 감각에 가까운 일본인의 눈에 보여진 전쟁의 파편들을 그 속에 담고 있다. (…중략…) 전쟁만을 다룬 작품을 특히 세 편이나 고른 이유는, 도대체 전쟁의 와중에서 동양인들은 어떻게 처신하는가를 밝히고, 그럼으로써 일본과 아주 가까운 거리에 있는 우리의 태도 역시 그것을 통해 그 편린을 짐작케 하고 따라서 우리 자신을 극복하는 데 도움을 주려하는 데 있다"라고 기술되어 있다.[26] 편집위원 명의의 이 글은 한국전쟁을 지나온 '우리'와 일본인들이 말하는 15년 전쟁을 지나온 '일본'을 '동양인'이라는 틀 안에 담아 동병상련의 처지에서 동일시하는 태도를 보여준다. '서구문학'과는 다른 일본과 '우리'를 하나로 묶는 '동류' 의식은 1960년대의 일본문학의 번역 현장에서 다수의 문인들이 공유하는 사상이었다.

---

26 『風濤·野火·짓밟히는 싹들』現代世界文學全集 62, 新丘文化社, 1968, 2쪽. 이 전집의 편집위원은 黃順元, 呂石基, 姜斗植, 鄭明煥, 金洙暎, 辛東門, 柳宗鎬, 崔仁勳이다.

4. '아쿠타가와상'이라는 롤모델

1964년에 『일본문학선집』 별책 1권으로 간행된 요시카와 에이지의 『검호 미야모토 무사시[劍豪 宮本武藏]』의 역자 김용제는 "이 소설이 일본 국민 문학의 최고봉의 작가 요시가와 에이지[吉川英治] 씨의 최대 걸작임을 부인할 사람은 하나도 없을 것이다"라고 시작하는 해설에서 다음과 같이 말하고 있다.

> 우리들은 이러한 일본의 시대소설을 흔히 참바라소설(칼로 찌르고 죽이고 부수고 하는 활극 위주의 저급 살벌한 스토리라는 뜻)이라고 얕잡아 경멸하기가 일쑤다. 일본의 유명무명의 작가들이 대량으로 갈겨써 내는 시대소설에는 우리나라 야담 같은 것을 신파극 쪼로 조잡하게 꾸며낸 것이 그 대부분이라 하겠다. 그러나 대작 『미야모도 무사시』를 일언지하에 그따위 참바라 소설과 동일시해서는 큰 잘못이다. 우리나라 지식층의 일부에는 스스로 세밀한 검토도 하지 않고 이따위 것을 우리나라에 소개하는 것을 마치 무슨 국치적 망동인 것처럼 혹평하는 이도 있으나, 이것은 마치 우리나라의 원작 『임거정(林巨正)』을 비문학적 야담이야기라고 일소에 붙이는 거와 같은 오류일 것이다. <u>무사시는 칼의 길[道]을 하나의 수도철학(修道哲學)이요 인간수업(人間授業)의 대도(大道)로 승화(昇華)하려 한 그 태도가 우리나라 신라 시대의 화랑도와 일맥상통하는 바가 있다.</u>[27]

27 吉川英治, 金龍濟 譯, 『劍豪 宮本武藏』 日本文學選集 別冊 1, 靑雲社, 1964, 5〜6쪽.

김용제는 1960년대에 다수의 일본문학 번역에 종사하고 있는 문인이다. 그는 여기에서 일본의 시대소설을 번역하면서 요시카와 에이지라는 일본의 대문호를 국내에서는 그저 허접한 소설을 쓰는 작가로 호도할 수 있다는 우려를 표명하고 있다. 홍명희의 『임꺽정』까지를 들면서 『미야모토 무사시』라는 작품의 작품성을 대변한다. 끝내는 이 사무라이 정신을 극명하게 보여주는 소설 주인공 '무사시'의 태도를 신라의 화랑도에 비유하고 만다. 일본과 우리의 '동류'의식의 발로가 아닐 수 없으며 자칫하면 김용제가 지나왔던 식민지시대의 유산 '일선동조'를 뒤집어 쓸 수 있는 발언이기도 하다. 그러나 이런 해석은 지나친 것일 수 있으며, 오히려 김용제는 일본의 대작가를 어떻게든 제대로 국내에 소개하자는 취지에서 이렇게 『임꺽정』과 '화랑도'까지 동원하는 것이다. 순수문학에서이든 대중소설에서이든 일본문학과 한국문학을 어떻게든 가깝게 엮어서 해석하려는 시도는 일본문학 번역에 참여했던 문인들에게 잠재하는 사고방식이었다. 그리고 일본에서 이름을 날린 작가나 작품이라면 이유를 불문하고 절대적 신봉을 받들어 번역하려는 태도의 소산이라고도 할 수 있다. 이 '신봉'의 또 다른 하나가 '芥川賞', 즉 아쿠타가와상이다.

『일본문학선집』은 근대문학부터 전후의 주요작가의 작품을 모으고 있으며, 『일본대표작가백인집』은 거의 모든 작가를 총망라하고 있다. 이에 비해 『일본아쿠타가와상소설집』과 『일본신예문학작가수상작품선』은 주로 아쿠타가와상 수상작을 싣고 있다. 『일본전후문제작선집』도 아홉 작품 가운데 엔도 슈사쿠의 「백색인」, 이시하라 신타로의 「태양의 계절」, 가이코 겐 「뻘거숭이 임금님」, 오에 겐자부로의 「사육」은 아쿠타가와상 수상작이며, 목차에도 '아쿠타가와상 수상작 4편'이라고 명기하고 있다. 아쿠타가와상은 1960년대 일본문학 소개에서 유난히도 강조되었다. 1960년 12월 5일에 『일본아쿠타가와상소설집』의 '편집실'에서 쓴 「아쿠타가와상 소설집을 읽는 분에게」라는 글은 그 '신봉'의 자세를 다음과 같이 선명히 표명하고 있다.

여기 이러한 아쿠타가와상 소설 10편이 한자리에 모여 있다. 책장을 넘길 때마다 참신하고 그윽한 향기를 맡을 수 있는 소설들이다. 뽑히고 뽑힌 작품들이고 보면 어느 것을 읽어도 다 그 특징이 있고 활력이 있고 새로움이 있다. 그러나 비단 좋은 작품을 소개하고 그저 독자에게 그를 읽히려는 의도에서만 이 책을 엮은 것은 아니다. 그보다 더 중요한 것은 말하자면 이 작품집이 문학을 공부하는 미래의 한국작가들에게 거울이 되고 자극제가 되어 줄 수 있다는 희망 때문이다. 한국문학의 음산한 자리를 차고 미래의 문학을 창조하는 숨은 우리 문학인에게 다시없는 힘의 반려가 되어 주리라 믿었기 때문이다. (…중략…) 이 소설집을 읽으며 우리들도 그와 같은 문학의 정원을 설계해 봄이 좋을 것이다. 그리하여 아쿠타가와상이라는 영광의 문을 통과한 일본신인들처럼 우리도 그렇게 떳떳한 문학의 '메인·스트리이트'로 가자. 내일의 우리 문학을 꿈꾸는 엄숙한 자세로 이 조그만 책자를 엮어 여러 독자에게 바친다.[28]

아쿠타가와상 수상작의 소개는 일본문학에 대한 동류의식에 머물지 않고, 한 발 더 나가 그 일본 문학작품을 어떻게 "문학을 공부하는 미래

---

28 『日本芥川賞小說集』世界受賞小說選集 1, 新丘文化社, 1960, 2~3쪽.

의 한국작가들에게 거울이 되고 자극제"가 되는 요소로 삼게 할 것인가에 있었다. 여기에는 '한국문학의 음산한 자리'라는 말이 암시하듯이 한국문학의 '음(陰)'에 일본문학의 '양(陽)'을 비추려는 시선이 나타나 있다. 또한 일본문학이 "우리 문학인에게 다시없는 힘의 동반"이 될 것이라는 바람에 이르러서는 일본문학에 '의존'하는 자세가 선명하게 나타나 있다. 더글러스 로빈스가 말하는 것처럼 "번역은 단순히 기술적 과정으로서 등가성을 획득하기 위한 것이 아니라 '속박하느냐, 속박되느냐' '족쇄를 채우느냐, 혹은 족쇄에 매이느냐' '포로로 삼느냐, 아니면 포로로 잡히느냐'라는 문제로서의 갈등이나 항쟁"[29]이라고 볼 때, 여기에서 말하는 일본문학은 한국문학을 '속박'하는 존재이다. '일본문학'을 번역하여 한국문학이 그들을 '포로'로 삼는 것이 아니다. 물론 아쿠타가와상 수상작품은 일본에서 충분히 검증을 마친 '좋은 문학' 작품이고, 이러한 작품을 번역하여 한국문학의 발전에 일조하기를 바라는 마음은 충분히 공감하나, 왜 일본의 아쿠타가와상을 수상한 작품이 한국문학에 '거울이 되고 자극제가 되어 줄 수 있다'는 신념에 차 있느냐가 문제이다. 더욱이 그 아쿠타가와상이 깔아 논 '메인·스트리트' 위를 한국문학이 뒤따라 밟고 가야 한국문학의 '미래'가 있다는 생각은 위험하기 짝이 없다. 아쿠타가와상은 해방 전부터 '조선문단'에서 선망의 대상이었다. 1960년대에 들어서도 이 관념은 사라지지 않고 있는 것이다.

이 작품집은 일본작가들의 「상을 받으며」라는 수상소감도 번역하고 있고, 부록에는 「아쿠타가와상이란 무엇인가」와 역자의 해설, 그리고 일

---

29 더글러스 로빈스, 정혜욱 역, 『번역과 제국』, 동문선, 2002, 91쪽.

본 선정위원의 「선평(選評)」, 「상을 타기까지」, 「작가약력」이 게재되어 있다. 「아쿠타가와상이란 무엇인가」는 '1. 아쿠타가와 류노스케의 소개'를 필두로 '2. 아쿠타가와상의 탄생' '3. 전형방법(銓衡方法)과 상' '4. 제1회 전형, 이시카와 다쓰조[石川達三]의 수상과 다자이 오사무[太宰治]의 항변' '5. 히노 아시헤이[火野葦平]의 출현' '6. 전시 중(戰時中)의 개황(概況)' '7. 전후(戰後)의 아쿠타가와상의 부활과 「태양의 계절」의 파문' '8. 문단 금석(文壇今昔)의 기상도(氣象圖)' '9. 아쿠타가와상의 영예와 그 그늘' '10. 제40회 아쿠타가와상 선고(選考)'까지 아쿠타가와상의 전모를 기술하고 있다. 제40회 선고에 대해서는 한국을 소재로 한 작품 김달수의 「박달(朴達)의 재판」과 식민지시기에 조선에서 태어난 하야시 세이고[林青梧]의 「뒤돌아보지 마오 기적(奇蹟)을」이 후보에 올랐다고 소개하면서 김달수 작품이 가장 우수했으나, 이미 장편소설『현해탄』을 낸 작가로 신인을 발굴한다는 상의 취지에 맞지 않아 선정되지 못했다고 소개하고, 선정위원의 한 사람인 "사토 하루오[佐藤春夫]는, 한국의 근황에 대하여 깊은 관심을 가졌다고 하면서, 「박달의 재판」은, 유우모러스한 필치로 한국의 현황과, 서민의 생활을 매우 극명하게 묘사하고 있으며, 문장과 수법이 숙달된 것이라고 평하고 있다"[30]고 소개하고 있다. 번역자 가운데 「역자의 말」에서 한국문학과 관련해 작품을 소개하는 내용을 들어보면 다음과 같다.

먼저 쇼노 준조의 「푸울 싸이드 소경(小景)」 번역을 맡은 정한모(鄭漢模)는 현대 소시민의 생활주변에서 소재를 가져와 구어체를 살려 쓴 쇼

---

30 『日本芥川賞小說集』 世界受賞小說選集 1, 新丘文化社, 1960, 346쪽.

노 준조를 "우리나라 작가 중에서 「213호 주택」이나 「의자의 풍경」을 쓴 김광식(金光植)과 동렬(同列)에 세워놓고 뜯어볼 작가"라고 말하고 있다. 그리고 고지마 노부오의 「아메리칸 스쿨」을 번역한 차범석(車凡錫)은 이 작품은 "인간이 가지는 열등의식과 약자의 비애와 자기모순"을 "미소와 냉소로서 묘파(描破)"하고 있다고 하면서 "이와 같은 현실은 해방 이후 우리의 주변에도 얼마든지 있었고 지금도 우리의 마음 한구석을 좀먹고 있지 않은가. 그러기에 나는 이 작가는 마치 우리를 염두에 두고 우리를 풍자하고 있다고 생각했던 것이다"라고 말했다. 이원수(李元壽)는 마쓰모토 세이초의 「어느 '고꾸라일기(日記)' 전(傳)」에 대하여 "이만큼 진지한 것에의 몰입이 우리에겐 얼마나 귀한 것으로 여겨지는지 모르겠다. 소설의 내용이 이러한 세계를 파고드는 것을 볼 때, 저속과 관능유희(官能遊戱)에 시종하는 작품과의 거리가 새삼스레 큰 것으로 느껴진다"라고 말했다. 이호철(李浩哲)은 시바 시로의 「산탑(山塔)」에 대하여 "이 작품이 우리들에게도 깊은 여운으로 울려오는 것은 역시 동양인이라는 공통의 생리(生理)를 밑받치고 있는 때문이 아닌가 한다. 정통의 소설이라는 느낌보다 아주 심오한 엣세이를 읽은 기분이다"라고 말했다.[31] 아쿠타가와상 수상작은 한국문학과 근접한 거리에 있는 것이다. 『일본아쿠타가와상소설집』은 『세계수상소설선집』의 1권으로 번역하고 있으나, 이 '선집'의 2권 등 후속은 발간되지 않았다. 아쿠타가와상소설집 1권으로 이 기획이 왜 끝맺어졌는지 그 이유는 모르겠으나, '세계수상소설'의 대표격으로 '아쿠타가와상'이 한국문인들의 생각 속에 있었다는 사실은 엿볼

---

31 위의 책, 353~358 · 372쪽.

수 있다. 그러므로 아쿠타가와상 수상작 번역은 다른 출판사에서도 지속
적으로 이루어졌다.

『일본문학선집』의 후속 성격으로 청운사(靑雲社)에서 발간한『일본신
예문학작가수상작품선집』전 5권은 1편을 제외하고는 아쿠타가와상 수
상 작가의 작품을 수록했다. 간행사에서는 다음과 말하고 있다.

> 우리나라에는 최근 2, 3년간에 산발적으로 수많은 일본문학 작품이 역간
> (譯刊)되었으나, 극히 무질서하게 소개된 점을 유감히 여기 본사는 일찍이 명
> 치시대(明治時代)부터 전후작품에 이르기까지 각유파(各流波)의 대표적 작
> 가의 대표적 작품을 비교적 잘 정리해서 일본문학선집 전 7권으로 간행하여
> 젊은 세대의 열렬한 지지를 받아왔었다. 그러나 일부 독자로부터 모든 면에
> 있어 하나의 역사적 전환기를 이루고 있는 한국전쟁 이후(1950년 이후)의
> 일본문학의 신경향작품을 계통적으로 엮은 역간본(譯刊本)이 발간되기를 요
> 망하는 이가 많았으므로 이번에 본선집(本選集)을 간행키로 한 것이다. 이런
> 요망으로 보아서도 본선집이 이 나라의 젊은 문학도에게 적지 않은 자극이
> 될 줄로 믿는다.[32]

이 작품집에 실린 아쿠타가와상 수상 작가는 1953년에서 1959년 사
이에 상을 수상한 작가 10명이다(후보작가 1명 제외). 수상작가의 3편에서
5편 정도의 작품을 번역하고 있고, 작가연보, 해설을 싣고 있는데, 해설
은 역자에 의한 것이 아니고, 일본에서 나온 작가론을 번역한 것이다.

---

32 『日本新銳文學作家受賞作品選集』1, 靑雲社, 1964, 1~2쪽.

1960년에 출판된 『일본아쿠타가와상소설집』은 1951년 수상작가 아베 고보부터 1959년 시바 시로까지 10명의 수상작품을 담았다. 두 수상 작품집에 소개되는 아쿠타가와상 작가는 모두 20명인데, 이 가운데 요시유키 준노스케, 야스오카 쇼타로, 아베 고보, 고지마 노부오, 기쿠무라 이타루는 겹치므로 1964년까지 아쿠타가와상 수상작는 15명이 국내에 소개되고 있는 셈이다. 그렇다면 1951년부터 1959년 사이에 실제 수상한 작가의 작품 가운데 누가 국내에 소개되지 않았을까. 1951년 상반기에 아베 고보와 함께 「봄풀[春の草]」 등의 작품으로 수상한 이시카와 도시미쓰[石川利光]만이 유일하게 국내에 소개되지 않았다. 이 밖에도 1960년 상반기 수상작 기타 모리오[北杜夫]의 「밤과 안개의 구석에서[夜と霧の隅で]」를 번역하여 이시하라 신타로의 「태양의 계절」과 함께 수록한 신경림(申庚林, 시인, 1955년 등단) 번역의 『아쿠타가와상수상작품선』(哲理出版社, 1960)[33]이 간행되었다. 그러나 1960년 하반기 아쿠타가와상 수상작가부터는 번역이 되지 않았고, 1971년 상반기에 이회성이 수상한 후 이회성 작품을 비롯해 1970년대의 아쿠타가와상 수상작 작가 몇몇이 김후란(金后蘭) 등이 번역한 『70년대아쿠타가와상소설집』(玄岩社, 1976)으로 간행되었다. 이는 아마 1970년에 들어서는 일본문학의 번역이 『대망』으로 대표되는 대중소설 번역 쪽으로 기운 탓에 기인할 것이다. 그러다가 1988년에 이양지가 아쿠타가와상을 수상한 것을 계기로 아쿠타가와상이 조명을 받았으나, 당시에도 아쿠타가와상에 대한 소개는 활발하게 이루어지지 않았고 1996년 유미리의 수상으로 다시 관심을 끌었다. 이

---

33 동일 선집이 1961년 育林社에서 간행되었다.

후 2000년대 들어서서는 모든 수상작들은 아니나, 대부분의 아쿠타가와상 수상작이 국내 뉴스에도 소개되었고 다수의 작품이 번역되었다.[34]

1950년대 일본의 아쿠타가와상 수상작은 국내에 대부분이 번역되었고 그 작품들이 한국문학에 뭔가 '자극제'가 되리라는 기대감이 팽배했다는 것을 알 수 있다. 그 이유는 일제 강점기에 출생한 일본어세대 번역자들이 대부분 아쿠타가와상의 인지도를 잘 알고 있었고, 그 상에 호응하면서 성장했기 때문일 것이다. 이를 식민지의 그늘에서 벗어나지 못했다고도 해석할 수 있고, 해방 후 한국문학에 뭔가 새로움이 필요로 할 때 검증이 잘 된 아쿠타가와상을 소환했고 여기에서 한국문학의 나갈 방향을 모색하려고 했다고도 볼 수 있다. 아쿠타가와상의 번역에서만 보자면 1960년대 일본문학은 '너무나 가깝고도 가까운 문학'으로 한국문학 안에 내면화되어 있다는 사실은 부정하기 어렵다고 하겠다.

5. 거울로서의 '가와바타 야스나리'

지금까지 살펴본 대로 1960년대에 일본문학의 번역은 광범위하게 이루어졌다. 지나친 일본문학의 이입은 1960년대 초반부터 우려의 대상

---

34 2005년 이후 국내 일본소설의 번역 붐에 호응해 아쿠타가와상 수상 소식은 국내에서도 뉴스거리가 되었고, 발표와 동시에 다수의 작품이 번역되었다. 이한정, 「일본소설의 한국어 번역 현황과 특성−2006년 이후를 중심으로」, 『일본어문학』 51, 일본어문학회, 2010 참고. 이 책의 제7장에 해당함.

이었다. 중앙대학교 국문과의 용인준(龍仁濬)은 1961년 2월 28일 자『동아일보』에 실은 「일본문학번역출판의 문제점 민족적 긍지를 위하여」라는 글에서 4·19 이후 일본문학의 수입이 급격하게 이루어지는 현상에 우려를 표명하면서 "일본문학(문화)은 한국에 비하여 기십년 앞섰다고한다. 이런 점을 들어 서구문학을 받아들이는 것보다 정도의 차이가 비교적 적은 일본문학이 우리에게 적합하다는 견해도 될 수 있다. 그러나우리 문학이 반드시 외국문학의 섭취에서만 발전할 수 있다고 보는 것은 지나친 사대적 의견이라 아니할 수 없다. 그런 외세의존의 구태를 벗어나 우리만이 가질 수 있는 독창적인 문학이 더 시급할 줄 안다. 이것은또한 전통을 찾자는 말도 될 것이다"라고 말하고 있다. 이 칼럼에서는일본문학작품집의 간행을 "민족적 수치를 자초하는 파렴치한 상술" 한국문학에 대한 "일본문학의 침식성"이라고까지 말했는데,[35] 이러한 작품집 번역은 1968년 가와바타 야스나리의 노벨문학상 수상을 계기로 다시이어졌고, 생존 외국작가로서 가와바타 야스나리는 아마 최초로 한국에서 '전집'을 간행한 작가일 것이다. 그런데 가와바타 야스나리에 대한 기대는 단지 그가 일본작가여서라기 보다는 앞서 용인준이 말하는 '전통'에 대한 한국문학의 관심과 맞물려 있었다. 1968년 10월 19일 자『경향신문』은 노벨문학상 수상자 가와바타 야스나리의 문학세계를 「전통감각지닌 서구적 화법 노벨문학상 가와바타 야스나리 씨의 작품세계」라고 소개하고 있다.

---

35 龍仁濬, 「日本文學飜譯出版의 問題點 民族的 矜持를 위하여」, 『동아일보』, 1961.2.28.

동양문학의 세계문학으로의 편입은 동양의 작가들에게는 오랫동안의 관심
이 되어 온 것이 사실이다. (…중략…) 그러므로 동질의 가치개념과 상응할
만한 언어의 체계로서 서구문학에 접근하느냐아니면 고유하고도 독자적인
동양세계(흔히 로컬칼러라고 말해지는 것)를 그대로 살리느냐는 문제는 일
본문단의 오래된 테마였다. 최근 한국에서도 이와같은 문제는 활발하게 제기
되고 있는데 가와바타의 노벨상수상은 결국 로컬·칼러를 무시할 수 없다는
견해를 더욱 뒷받침해 준 셈이다.[36]

가와바타 야스나리는 '동양문학'이 어떻게 자기 나라 언어로 작품을
써서 '세계문학'의 반열에 오를 수 있는지를 보여주었다. 1960년대에 한
국문학에서도 관심을 갖고 있던 문제에 대한 해답처럼 가와바타 야스나
리는 등장했던 것이다. 역시 같은 날짜의 『경향신문』 '여적(餘滴)'란에서
는 가와바타 야스나리가 '30대 이상의 한국인한테는 굉장히 낯익은 이
름'이며 그의 대표작 "『설국』은 문학에 뜻을 둔 사람이라면 누구나 읽었
을 작품"이라고 말하면서 우리와 가장 가까운 이웃나라 일본작가의 수
상은 "노벨문학상이란 결코 먼 이국의 하늘에서 따는 별 같은 것만은 아
니라는 생각이 들며 그 면에서 일본작가가 수상했다는 것은 작가 자신
의 영예일 뿐만 아니라 전일본의 영예이며 아울러 우리한테는 큰 자극
과 용기를 주었다고 하겠다"라고 쓰고 있다. 타고르 이후 두 번째 동양
에서의 노벨문학상을 매우 기쁘게 생각하는 글로, 특히 타고르가 영어
로 작품을 쓴 데 반해 가와바타 야스나리는 "일본말로써 일본의 전통적

---

36 「전통감각지닌 서구적 화법 노벨문학상 川端康成씨의 작품세계」, 『경향신문』, 1968.10.19.

인 미에다 정서의 뿌리를 박고 작품을 썼다는 점이 중요하다"라고 말하고 있듯이, 한국어로 써도 노벨상에 다가갈 수 있다는 매우 고무적인 느낌의 글이다. 그래서 마지막은 "한국의 작가들도 한번 분발해 볼만한 일이다"라는 말로 '여적'란은 끝을 맺고 있다.[37] 그리고 이 글을 뒷받침 하듯이 삼경사(三耕社)에서 발행한 세계베스트셀러 북스의 제1권을 장식한 『설국 '68 노오벨문학상작가 가와바타 야스나리 소설집』의 서문에서는 다음과 같이 가와바타 야스나리를 한국문학의 '타산지석'으로 삼을 것을 주문하고 있다.

가와바타 야스나리의 소설은 일본정신의 전달에서 뛰어나다. 일본 고전문학의 문체를 활용하여 일본인의 마음의 명암을 소설이라는 필름에 정착시킨 데 그의 문학의 특질이 있다. 그 자신 「일본문학의 전통이 아마 나의 작품을 통해 서양 사람들에게 인식된 것인지도 모른다」고 말하고 있다. 이것은 유럽정신에 대한 비 유럽 세계의 응전(應戰)의 한 형식이라는 뜻을 가지고 있다. (…중략…) 이것은 유럽의 도전에 적극적으로 응하기에 앞서서 먼저 자기 자신의 모습을 객관화시키는 일이 앞서야 하는 같은 처지의 여러 문학에 타산지석의 몫을 할 수 있다. 일본적인 것 그 자신이 문제가 아니라 일본적인 것을 객관화시킨 그 방법이 더 중요한 의미를 가지고 있으며, 우리가 그에게서 얻고자 하는 것은 이런 방향에서 찾아야 할 것 같다.[38]

1960년대에 전통은 '민족의식'과 동일한 것이었다. 가와바타 야스나

37 「餘滴」, 『경향신문』, 1968.10.19.
38 『설국 '68 노오벨文學賞作家 川端康成 小說集』世界베스트셀러 북스 1, 三耕社, 1968, 1쪽.

리는 일본의 민족의식, 즉 '일본정신'을 견지하면서 세계문학으로 인정 받았다. 이 글은 '전통'을 한 걸음 더 나가 '민족의식'을 어떻게 '객관화' 시켜야 하는지를 가와바타 야스나리의 수상으로 알았다는 것을 말하고 있다. 그런데 가와바타의 노벨문학상 수상과 함께 수상작 『설국』의 번역 이 범람하는 현상이 일었고, 이를 우려하는 글이 1968년 11월 27일 자 『경향신문』에 문예평론가 김치수(金治洙)의 「『설국』 번역판의 범람과 일 본문학 수용의 문제점」이란 제목으로 실렸다. 약 10여 곳에서 『설국』이 출판되었다고 하면서 "그의 수상은 어떤 의미에서 서구인의 문화적 우 등의식 때문에 가능했다고 볼 수 있다. 왜냐하면 가와바타는 이국적 정 서에 대한 서구인의 딜레탕티즘을 만족시켜주었을테니까. 따라서 우리 와 문학적 경지가 비슷한 일본문학이 노벨상을 받았다고 해서 우리에게 도 노벨상이 가까워졌다고 흥분할 이유가 없는 듯하다. 노벨상의 정치성 을 인정하고 그 상의 한계를 인식하지 않으면 안 된다"[39]라고 말하고 있 다. 노벨문학상을 탄 가와바타 야스나리 문학에 대한 지나친 기대를 경 계하는 목소리이다. 하지만 가와바타 야스나리의 노벨상 수상에 대한 흥 분은 국내 문인들 사이에서 쉽게 가시지 않았다.

신구문화사(新丘文化社)는 가와바타 야스나리 전집 전 6권을 1969년에 발간하고 있다. 백철(白鐵), 이헌구(李軒求), 황순원(黃順原), 안수길(安壽吉), 구상(具常), 유정(柳呈), 신동문(辛東門)이 편집위원을 맡았다. 당시의 중 진 문인이 이 전집에 심혈을 기울이고 있는 양상이다. 1969년 4월 22일 『동아일보』 1면 하단에는 가와바타 야스나리가 노벨문학상을 받는 사진

---

39 金治洙, 「『雪國』 번역판의 범람과 日本 문학 受容의 문제점」, 『경향신문』, 1968.11.27.

|그림1| 『가와바타 야스나리 전집』 발간 광고(『동아일보』, 1969.4.22, 1면)

과 함께 이 전집 간행을 알리는 커다란 광고가 게재되었다. 이 광고에서 문학평론가 조연현은 "가장 민족적인 것이 가장 세계인 것"이라고 말하고 있고, 『설국』의 영어 번역자인 사이덴스테커는 "오랜 전통에 새로운 생명을 준 작가"로 가와바타 야스나리를 평하고 있다. 이들에게 공통적인 말이 '전통'이다. 이 '전통'이란 단어는 가와바타 야스나리 전집의 간행사에 해당하는 「이 전집을 읽는 분에게」라는 글에서도 두드러진다.

　　오늘날 한 나라의 고유 문화란 끊임없이 외래 문화의 도전을 받고 있다. 이러한 상황에서 전통적인 것을 지키고 발전시키기 위해서는 문화권의 충돌에서 야기되는 여러 가지 문제와 혼란을 극복하려는 노력이 필요한 것이다. 따라서 가와바따 문학에 대한 우리의 관심은 그가 과연 서구 문학의 도전에 얼마나 고민했으며 어떻게 극복하였는가에 있다. 전통문화에 집착하고 있는 작가라면 골동품을 대하듯이 회고적 감상주의(感傷主義)에 젖어서는 안 된다. 전통이란 외래문화의 도전 앞에서 쉽게 굴복할 수 있는 것이 아니고 정당한 마주침을 통하여 변증법적인 변모를 해야 하는 것이다. 이때 전통은 창조적

발전을 할 수 있으며 그것의 현존성을 인정받게 된다. 엘리어트가 말한 '과거의 현재성'이란 바로 이것을 말한다. 따라서 이 전집을 내는 의의는 세계적으로 인정받은 걸작을 소개하는 것 외에, 첫째 노오벨상을 받게 한 일본적인 것이란 무엇인가, 둘째 일본적인 것이 외래적인 것과의 충돌에서 어떻게 자신을 극복했는가, 셋째 한국문학이 진정으로 지향해야 할 목표가 무엇인가를 간파하는 데 있다. 그러기 위해서는 문학적 경지가 같은 우리에게 가와바따 문학의 전체적인 검토가 필요한 것으로 보인다.[40]

여기에서 가와바타 야스나리 문학은 '우리'와 동류 선상에 놓인다. 이로써 가와바타 야스나리 문학이 한국문학의 미래를 제시해주고 있는 것이다. '전통'이 중시되던 1960년대에 일본의 '전통'에 의해서 작품 활동을 펼쳐 노벨문학상을 수상한 가와바타 야스나리는 단지 '민족의식'에만 고착되지 않는 '전통'의 세계성, 보편성을 예시한 작가로 한국문학에는 비쳤던 것이다. 흥미로운 사실은 1960년대의 전통 논의는 "심정적이고 맹목적인 반일의식"[41]에서 나왔는데, 일본작가 가와바타 야스나리가 '전통의식'을 논의하는 데에 있어서 적합한 표본으로 등장했다는 점이다. 그래서인지 『가와바타야스나리 전집』의 번역에 참가했던 문인들의 작품 해설에서 '전통'은 그다지 강조되지 않았다. 작품해설의 타이틀을 보면 김세환(金世煥) 「일본적 정서의 아름다움『설국』」, 구자운(具慈雲) 「미진(未盡)한 예술성의 추구『꽃의 왈츠』」, 유정(柳呈) 「다채로운 로마네스트『아름다움과 애처로움과』」, 이원섭(李元燮) 「유미적(唯美的) 세계의 정착

---

40 『川端康成全集』1, 新丘文化社, 1968, 3쪽.
41 김주현, 「1960년대 소설의 전통 인식 연구」, 중앙대 박사논문, 2007, 35쪽.

『고도(古都)』」, 최정희(崔貞熙)「고독과 자부(自負)의 정착『여자라는 것』」, 유정(柳呈)「본능과 사유(思惟)의 교차『잠든 미녀』」, 「처녀성에의 동경 『이즈[伊豆]의 무기(舞妓)』」, 양명문(楊明文)「여성미(女性美)의 상징『무지개』」, 민병산(閔丙山)「기성(棋聖) 이야기『명인(名人)』」, 천상병(千祥炳)「관념과 환상의 신비『서정가(抒情歌)』」, 이형기(李炯基)「허무의 미학『명인(名人)』」, 정한모(鄭漢模)「비정한 고아의 감정『십육세의 일기』」, 강민(姜敏)「선의(善意)에의 의지『북녘 바다에서』」, 김세환(金世煥)「시적인 환상과 과거의 파편들『호수』」, 전광용(全光鏞)「천사와 여성의 아름다움『백설(白雪)』」, 김광식(金光植)「무상(無常)과 비애와 미의 찬가『날마다 달마다』」, 이호철(李浩哲)「슬픔의 아름다움과 관능의 세계『천우학(千羽鶴)』」, 이원수(李元壽)「가와바타의 리얼리즘『무희(舞姬)』」, 유정(柳呈)「산 소리의 의미『산 소리』」, 한무숙(韓戊淑)「예술가의 고독『마지막 눈길』」, 최인훈(崔仁勳)「신화의 음계(音階)『도쿄 사람』」 등으로 가와바타 야스나리 작품을 번역한 문인들은 '전통'이란 단어를 해설 타이틀로 직접 사용하고 있지 않다. 가와바타 야스나리는 작품에 따라 다양한 측면으로 해석되었다. 그리고 이를 통해 '한국문학'에 어떤 형식으로든 참고를 삼으려고 했던 것이다.

1972년에 간행된 노벨문학상전집의 한 권에 실린 가와바타 야스나리 편의 서문에서 백철은 "이 전집에『설국』등 7편의 작품을 수록한 의의는, 세계적 걸작을 만난다는 것 외에, 우리 자신의 문학을 비추어 볼 수 있다는 것이다. 우리와 비슷한 감수성을 가진 일본의 문학이, 일본적인 것을 객관화시킴으로써 얻은 수확을 주목해야 한다. 이상의 여러 가지 문제를 생각하면서 이 전집을 읽는 분에게는 이들 작품보다 더 큰 수확

이 있을 것이다"[42]라고 말하고 있다. 단지 가와바타 야스나리를 작품으로서 '향유'하는 것에 머물지 않고 이를 통해 한국문학의 '수확'으로까지 확장시켜야 한다는 생각이다. 백철(白鐵)의 견해는 가와바타 야스나리가 '전통'을 어떻게 '작품'으로 살렸는지에 주목할 필요가 있음을 역설한 것이다. 1967년 8월에서 9월에 걸쳐 『매일경제신문』은 광복 22돌을 맞아 '한국을 찾자'라는 특집기사를 며칠에 걸쳐 연재하고 있다. '국토'를 시작으로 '한국인' 한국의 '외교' '정치' '경제' '문학' '예술' '사상' '언어' '교육' '풍속' '언론' '가요' '농어촌' '여성' '멋' '자랑' '미래상' 등 다양한 '한국'의 문제를 다루고 있는데, 「한국의 문학」을 쓴 필자는 백철이었다. 그는 「전통······ 발굴과 정선(精選)」이란 소제목의 칼럼에서 다음과 같이 말하고 있다.

근래 60년대에 들어와서 이 전통의 문제가 우리 현대문학운동의 본의제 (本議題)로써 상정되고 있는 사실을 지적할 수 있다. 해방 시에는 민족문학론을 자기 것을 되찾았다는 실감 속에서 자연발생적으로 정열적으로 감격을 한 시기였다고 하면, 근년의 것은 더 의식적으로 구체적으로 이 본론에 접근하고 있는 사실이라 할 수 있다. (···중략···) 한국에서 전통을 이야기할 때에 혼히 『은근성』이니 『끈기』니 하는 말도 하지만 그것들이 정말 어떤 것인가는 작품의 구체적인 장면 또는 수사기교(修辭技巧)로써 파악할 때에만 어떤 정체를 붙잡을 수 있다.[43]

---

42 白鐵, 「나는 이 전집을······」, 『노오벨賞文學全集 10—川端康成編』, 新丘文化社, 1972, 3쪽.
43 白鐵, 「韓國을 찾자 7—韓國의 文學」, 『매일경제신문』, 1967.8.25.

백철은 1960년대에 한국문학 등의 분야에서 일었던 '전통론'이 '정신적인 것'으로만 기우는 데에 우려를 표명하면서 전통이 '테크닉'과 관계가 없다는 말에 반박하는 형태로 전통은 '작품'이라고 언명하고 있다. 그리고 '작품'의 구체성은 '고전작품'을 아끼고 연구하는 데에서 발굴할 수 있다고 보았다. 이러한 기운 속에서 일본의 전통적 미의식에 바탕을 둔 가와바타 야스나리의 『설국』이 노벨문학상을 수상했다는 것은 한국문학에 큰 자극이었고, 이 일본문학이 한국의 '고전작품'은 아니지만, 그에 버금가는 한국문학의 '전통' 찾기에 거울 역할을 했다는 점은 부인할 수 없을 것이다.

분명 1960년대 일본문학의 번역은 무분별하게 이루어졌다. 여기에 현역 문인들이 번역 종사자로 활동했다는 것도 확인할 수 있었다. 그렇다면 이러한 번역이 한국문학과 어떤 접점에 있었느냐는 다음 세 가지로 정리할 수 있다. 첫째, 많은 문인들이 일본문학의 번역에 참여하여 다양한 일본문학을 소개하여 한국문학의 확충을 위한 '자극제'로 삼으려 했다는 것이다. 아쿠타가와상 수상작 번역이 그 견인에 있었으며 이는 한국문학에 어떻게든 다양성을 안겨주었다. 둘째, 일본문학은 한국문학과 함께 서구문학에 대항할 수 있는 '동류'로 의식되었다. 여기에서 문학을 통한 한일의 상호이해가 싹텄다. '서구'에 대한 '동양', 심지어 '황색피부'를 들먹이면서까지 말한 동류의식은, 그러나 진정한 '상호이해'로 나가지 못했고 일방적 구애와 같은 형태를 보였다. 또한 식민지시기에 내면화된 일본문학은 전쟁과 해방 등 비슷한 역경을 거친 동시대 일본과 한국이 동질선상에 있다는 의식에서 그 문제를 공유하자는 차원에서 '우리' 안에 들어왔다. 1960년대 한국문학의 '서구'에 대한 의식이 일본문학을 '타자'가 아닌 '우리'의 지근거리에 두게 하였다. 하지만 이는 식민지가 끝나고 불과 15년이 지난 시점에서 '서구'의 소환으로 인해 15년 전의 일본제국주의의 '서구' 대항이라는 역사 속으로 한국문학이 곤두박질칠 위험성을 내포하고 있었다. 셋째, 1960년대에는 한국정신 등의 회복을 위한 '전통론'이 무성하던 시기였다. 한국문학도 이 한 축을 담당했으며 가와바타 야스나리로 대표되는 일본의 전통을 흡수한 문학자가 노벨문학상을 수상해서 좋은 표본으로 등장했고, 그래서 그의 문학 전모를 엿볼 수 있는 가와바타 야스나리 전집의 간행이 이루어졌다. 이는 번역이 한국문학에 선사한 '자양분'이었고, 한국의 '전통'을 세계 속에서 살피는 시야를 제공했겠으나, 한편으로는 아직 한국작가의 전집조차 제대로 정비되지 못하던 시기에 가와바타 야스나리로 대표되는 일본문학에 대한 과도한 치우침, 의존, 기대 현상을 수반하고 있었다는 점을 부인하기 어렵다.[44]

---

[44] 이 글은 또한 1960년대의 정치사회적 풍토 속에서 일본문학의 번역이 어떤 의미와 문제성을 띠고 있었는지를 제대로 짚지 못했다. 일본어세대의 이중어 상황에서의 '내면적 분열'도 번역과 관련지어 충분히 논하지 못했다. 1960년대에 일본문학의 번역은 성행했으나 한편으로는 금기시되는 측면도 있었다. 이러한 사회문화적 맥락에서 앞으로 번역의 정치성 등을 시야에 두고 일본문학의 번역을 살필 필요가 있을 것이다. 당시의 한국문학자들의 일본문학 수용의 찬반논리에 관해서는 본고 집필 후에 발표된 이종호의 「1960년대 일본번역문학의 수용과 전집의 발간─신구문화사 『일본전후문제작품집』을 중심으로」(『대중서사연구』 21-2, 대중서사학회, 2015)를 참고할 수 있다.

제2장

대중소설 『대망』의 유통과 수용

1. 장편 대하소설의 반향

　야마오카 소하치[山岡莊八]의 『도쿠가와 이에야스[德川家康]』는 1970
년에 국내에 『대망(大望)』으로 번역된 이후 오늘날까지 일본의 대중소
설 가운데 가장 오랫동안 널리 읽히고 있는 스테디셀러이다. 이에 힘입
어 2013년에는 일본에서 방영된 지 20년이나 지난 야마오카 소하치 원
작의 일본 NHK대하드라마 〈도쿠가와 이에야스〉(1983)가 한국어자막
을 입힌 13개짜리 DVD로 제작되어 국내에서 〈대망〉이란 타이틀로 정
식 판매되고 있다. 일본의 저명한 만화가 요코야마 미쓰데루가 작화한
『만화 도쿠가와 이에야스』 전 13권 한국어판도 이미 2006년에 출판되
었다. '대망'과 '야마오카 소하치'를 키워드로 인터넷사이트를 검색해

보면 이 책에 대한 국내 독자들의 관심사가 바로 눈에 들어온다. 앞으로 살펴보겠으나 여러 번역 판본의 존재가 눈에 띄고 정치가, 경영인, 학자 등 다양한 계층의 사람들이 이 책을 '가장 감명 깊게 읽은 책'으로 추천하며 권유하는 문구를 곳곳에서 발견할 수 있다. 수십 권에 달하는 책의 분량에도 불구하고 아버지나 선배가 권해서 여러 번 읽었다는 독자들의 코멘트도 더러 보인다. 2004년 10월에 서울대 총장과 국회의원 사이에서 오간 서울대폐지론을 둘러싼 질의응답에서는 한 국회의원은 서울대는 '권력지향적'이라는 말을 꺼내면서 서울대의 "3년간 도서대출 부동의 1위가 권력지향적인 불세출의 영웅을 다룬 『도쿠가와 이에야스』"라고 언급했다.[1] 대학가에서 『대망』의 인기 또한 높은 것이다. 2008년도 주요 30개 대학도서관의 대출현황에 의하면 고려대 도서관 대출도서 8위에 『대망』, 9위에 『도쿠가와 이에야스』가 올라 있고, 홍익대 도서관 대출도서 9위, 경북대 도서관 대출도서 9위, 경희대 도서관 대출도서 13위 역시 『도쿠가와 이에야스』가 차지하고 있다.[2]

『대망』은 1970년대와 1980년대에 일반 가정의 장서에서 흔히 볼 수 있었던 책이었다.[3] 지금은 어느 도서관에 가든지 일본문학 코너에 전 36권의 『대망』이 즐비하게 꽂혀 있고, 그 옆에 역시 『대망』과 원저가 동일

1 구영식, 「정운찬 서울대 총장 향해 여·야, 창-방패 설전」, 『오마이뉴스』, 2004.10.18.
2 김남인, 「판타지·일본소설·만화…… 대학생 '독서편식' 심해」, 『조선일보』, 2009.2.14.
3 일본에서 발간된 만화 『도쿠가와 이에야스』를 한국어판으로 낸 AK커뮤니케이션즈의 편집자 대표 이동섭이 "처음으로 『도쿠가와 이에야스』란 책(당시 제목 '대망')을 접하게 된 때는 아마 고교(1970년대) 시절이었던 것 같다. 집안의 누군가가 월부로 사 들여와 책장에 장식해 두었던 것을 읽어 보면서 등장인물의 길고 비슷비슷한 이름으로 헷갈리다 그만 둔 것이 그 첫 만남이라 할 수 있을 것 같다"라고 회상한 데에서도 장식장을 차지한 『대망』을 떠올 수 있을 것이다(「만화 『도쿠가와 이에야스』 한국어판이 출간되기까지」, 『만화 도쿠가와 이에야스』 1, AK커뮤니케이션즈, 2005).

한 『도쿠가와 이에야스』 전 32권도 나란히 진열되어 있다. 이와 같이 『대망』은 수십 년에 걸쳐 지금까지도 한국인들의 사랑을 받고 있는 일본 대중소설이다. 이 글에서는 『대망』으로 상징되는 야마오카 소하치의 『도쿠가와 이에야스』의 한국어 번역본의 현황을 개괄한 후 그 한국적 수용의 특징을 살펴보고자 한다.

이제까지 『도쿠가와 이에야스』가 어느 정도로 번역되었는지 그 현황은 『일본문학 번역 60년 현황과 분석』의 부록 서지목록[4]에서 확인할 수 있다. 이 목록을 바탕으로 이 글은 각 번역 판본의 전모를 다시 조사하여 각 권의 권별 내역을 파악해 볼 것이다. 『대망』의 수용 양태를 구체적으로 조명하기 위함이며, 『대망』 지류를 형성하는 일본 대중소설의 번역도 시야에 두려는 의도에서다. 『대망』에 관해서는 홍정선이 「일본 대중소설에 나타난 전쟁과 평화의 양면성」에서 『대망』에 나타난 "전근대적 영웅주의"와 "전근대적 피라밋형 사회구조"를 통하여 일본 대중소설이 전쟁과 평화를 얼마나 이중적 모순 속에서 묘사하고 있는지를 논하고 있다.[5] 또한 신인섭은 「일본의 영웅서사와 역사소설」에서 "도쿠가와 이에야스의 인물상은 미국과 소련 사이에서 견디는 '일본' 그 자체이기조차 하다. 뿐만 아니라 '실무형 영웅'의 고난 극복은 경제성장 논리 하에서 견디는 '실무형 대중'의 모습과 그 맥을 같이한다"라고 말하면서 "『도쿠가와 이에야스』의 저자가 열성적 전쟁협력자로서 공직에서 추방된 인물이라는 것과, 연재 당시의 일본의 상황(독자의 기대 지평과 관련하여)을 염

---

4   윤상인 외 『일본문학 번역 60년 현황과 분석』, 소명출판, 2008.
5   홍정선, 「일본 대중소설에 나타난 전쟁과 평화의 양면성 – 『대망』과 『오싱』을 중심으로」, 『실천문학』, 7, 1985 여름, 110~111쪽.

두에 두고 읽어야 할 것이다"라고 지적했다.[6] 이들 선행연구의 논점을 시야에 두고 그렇다면 한국 독자들에게 『대망』은 어떻게 읽혔는지를 생각해 보고자 한다.

2. 『대망』의 출현과 그 대열

『대망』의 원작 야마오카 소하치의 『도쿠가와 이에야스』는 1950년 3월부터 1967년 4월까지 『홋카이도신문』, 『도쿄신문』, 『주니치신문』, 『니시니혼신문』에 연재되었다. 1953년에 제1권 『출생난리의 권[出生乱離の巻]』부터 제5권 『소용돌이 조수의 권[うず潮の巻]』까지 고단샤에서 간행된 이후, 1967년까지 매년 1~3권 분량으로 총 26권이 출판되었다. 초판본 이후 총권수가 상이한 판본들도 간행되었으나 현재 초판 형태의 전 26권이 '야마오카 소하치 역사문고' 판으로 일본에서 유통되고 있다. 1964년에는 『소년 도쿠가와 이에야스』 전 5권이 청소년용으로 간행되기도 했다. 『도쿠가와 이에야스』는 일본에서 약 4억 권이 팔렸다고 한다. 이 책을 원작으로 한 영화 〈도쿠가와 이에야스〉(1965), 아사히TV드라

---

6 신인섭, 「일본의 영웅서사와 역사소설—현대 일본소설에서 본 내셔널리즘과 '지식인 대중'」, 『비교문학』 32, 한국비교문학회, 2004, 210~211쪽. 이 밖에 이선이, 「일본문학의 '번역'에서 보이는 역사인식 고찰—역사소설 『도쿠가와 이에야스』를 중심으로」(『아세아문화연구』 18, 가천대 아시아문화연구소, 2010)는 '역사'가 번역을 통해 어떻게 수용되고 있는지를 살피고 있다.

마(총 70회, 1964~1965), NHK대하드라마(총 21회, 1983), 아사히TV애니메이션 〈소년 도쿠가와 이에야스〉(총 20회, 1975), 만화 『도쿠가와 이에야스』(전 23권 1984, 문고판 전 8권 2002)도 제작되었다. 『도쿠가와 이에야스』는 전 26권의 방대한 분량임에도 불구하고 발간 당시부터 현재까지 일본에서 대단히 인기를 얻고 있다.

이 장의 말미에 수록한 〈표 2〉는 이제까지 국내에서 출판된 야마오카 소하치 『도쿠가와 이에야스』의 주요 번역본을 권별 내역까지를 포함하여 담고 있다. '대망'이라는 번역본의 표제는 1970년에 동서문화사에서 간행된 박재희 역 『대망』에서 기인한다. 1970년 9월 16일 자 『동아일보』 1면 광고에는 '현대인의 허와 실을 찌르는 감동의 실록대하소설'이라는 카피와 함께 『대망』 전 20권의 간행을 알리며 전질 판매를 선전하고 있다. 이 전 20권은 이후 1973년까지 전 32권으로 출판되는데, 21권에서 25권까지는 야마오카 소하치의 다른 작품이며, 26권부터 32권까지 요시카와 에이지의 작품을 수록하고 있다. 또한 『대망』 전 20권과 함께 『후대망』 전 15권도 발간하고 있는데, 이는 시바 료타로의 작품을 번역한 것이다. 1970년의 박재희 번역본은 2005년에 『대망』 전 36권으로 출판되어 시중에 유통되고 있다.[7] 전 36권 중에서 제12권까지가 야마오카 소하치의 『대망』에 해당하며, 13권부터 22권까지는 요시카와 에이지의 작품, 23권부터 36권까지는 시바 료타로의 작품을 수록하고 있다. 이를 모두 『대망』의 이름으로 간행한 것이다. 박재희 번역본은 2005년판

---

[7] 2005년판은 옮긴이로 박재희를 비롯해 추영현 서울대 사회학 전공, 김인영 숙명여대 미술학 전공 등 7명의 이름이 적혀 있다. 『대망』의 번역은 수명의 공동번역으로 이루어졌다고 볼 수 있다.

『대망』뿐만 아니라 이 글 말미의 〈표 3〉에서 알 수 있듯이 1992년에는 『도쿠가와 이에야스』 전 20권으로, 1993년에는 다시 『대망』 전 20권으로도 출판되었다. 시대의 변화에 따라 세로쓰기에서 가로쓰기로 판형을 새로이 한 출판물이고, 권별 제목도 한자에서 한글제목으로 바꾸어 달았다. 『대망』이 대대적으로 국내에 수용된 사례라 할 수 있다. 야마오카 소하치의 『도쿠가와 이에야스』는 뭐라 해도 『대망』으로 통용되는데, 1970년 번역본에서 역자 박재희는 제목을 '대망'으로 붙인 이유를 다음과 같이 말하고 있다.

> '대망'이란 제(題)는 원제 도꾸가와 이에야스를 바꾼 것이다. 작자의 참뜻이 인간 군상 속에서 다음에 오는 빛을 모색하는 것이라고 말하였거니와, 이 소설에 등장하는 인물 모두가 의식적으로든 무의식적이든 간에 '생존'과 '평화'의 뜻을 기원하며 살아간다는 의미에서도 대망이란 이름은 원작자의 뜻에 어긋나지 않으리라 생각한다.[8]

'대망'이란 제목은 미래의 '생존'과 '평화'를 바라는 큰 소망을 의미하는 정도에서 붙여진 것이다. 1970년 12월 7일 자 『동아일보』 1면에는 일본의 원저 제목을 그대로 살린 김가평 역 『도쿠가와 이에야스』 전 26권의 간행 소식을 알리는 광고가 실렸다. '본 작품의 특장(特長)'으로 "본 작품은 전 26권으로 된 일본 원본을 그대로 무삭제 완역(完譯)한 본방(本邦) 유일의 전집이다"[9]라고 말하고 있다. 번역본의 제목을 원작 그대로

---

8 박재희, 「역자의 말」, 『大望』 1, 동서문화사, 1972, 416쪽.
9 『동아일보』, 1970.12.7. 이 광고는 "무삭제 본방 완역한 유일의 전집"이라고 쓰고 있으

붙인 출판물이다. 그러나 김가평 역은 박재희 역에 비해 널리 읽히지 못했다. 〈표 2〉와 〈표 3〉에서 알 수 있듯이 그간 『도쿠가와 이에야스』라는 번역본도 간간이 나왔으나 『대망』이라고 붙인 출판물에 비해 널리 보급되지는 못했다. 이는 재판(再版)의 현황에서 알 수 있다. 그러나 전 6권짜리 번역본, 다이제스트판 전 2권, '한 권으로 읽는' 축약판 『야망』의 간행 등이 보여주듯이 『대망』은 여러 출판 형태로 꾸준히 소비되었다.

　『대망』의 붐을 타고 1973년에는 류일근 역의 『대야망(大野望)』, 1978년에는 안동민 역의 『대웅(大雄)』이 출판되었다. 이는 『대망』의 성공에 입히어 그를 모방하는 출판현상이라 할 수 있다. '대망'이란 제목은 '생존'과 '평화'에 대한 소망만이 아니라 인간의 '큰 야망'을 가리키는 말로 받아들여졌던 것이다. 『대망』의 파급력은 여러 번역 판본의 양산에 그치지 않고 『대망』 이후에 번역된 일본의 역사소설, 시대소설, 기업소설 등의 제목에 '대(大)'자를 붙이는 경향으로 이어졌다. 1973년에 간행된 시바 료타로와 가이온지 조고로의 역사소설에 원제와 무관한 『대지(大志)』라는 타이틀이 붙은 데에서도 엿볼 수 있다. 두 명의 작가의 작품을 모은 『대지』는 10권으로 출간되었다. 1권 『입지천하(立志天下)』를 시작으로 2권 『열풍로(熱風路)』, 3권 『비룡와룡(飛龍臥龍)』, 4권 『영웅태동(英雄胎動)』, 5권 『승천무(昇天舞)』, 6권 『상극보(相剋譜)』, 7권 『인과지문(因果之門)』, 8권 『난세핵(亂世核)』, 9권 『허허실실(虛虛實實)』, 10권 『일월천(日月天)』으로 이루어져 있다. 10권 형태의 출판물은 일본에서 간행된 것이 아니다. 국내의 『대망』 붐에 편승한 독특한 번역 출판물이다.

───────

나, 『대망』의 광고에도 "原書 컬러畵 · 參考圖 收錄 完譯版"이라고 쓰여 있다.

『대지』는『대망』에서 다루었던 도쿠가와 이에야스보다 한 세대 앞선 무장들의 이야기다. 1973년 7월 27일 자『동아일보』1면에는『대지』간행을 알리는 광고가 실렸다. 이 책은 "도쿠가와 이에야스(大望)의 전대(前代) 실록편이다!"라는 캐치프레이즈와 함께『대지』는 사이토오 도산, 오다 노부나가, 아케미 미쓰히데, 우에스기 겐신, 다케다 신겐의 활약을 그린 소설이라고 선전하고 있다. "인간경영·처세의 허실을 찌르는⋯⋯" 이라는 광고 카피는『대망』의 선전물과 별반 다르지 않다.『대지』와 같이 '대(大)'를 일본의 대중소설 번역본에 붙인 예는 〈표 1〉에서 좀 더 확인할 수 있다. 아래의 〈표 1〉은『대망』과『대지』의 뒤를 이어 일본 대중소설의 대부분이 '대(大)'자를 붙인 이름으로 대량 출판된 양상을 보여준다.

|표1| '大'자를 표제로 한 일본 대하소설 번역서

번역서명	원작자	역자	출판사	출판 연도	권별 내역
大成 전 10권	花登筐	尹淑寧	大河出版社	1973	1.人生出發 2.苦難克服 3.好事多魔 4.空手再起 5.所望成就 6.企業戰線 7.經營試鍊 8.致富圓天 9.人生自活 10.未來의 꿈
經營大望 / 人間大望 전 20권	城山三郎 淸水一行 梶山季之 紫田鍊三郎	康曙海	鮮京圖書公社 / 韓國法曹社	1975 / 1980	1.百戰百勝 2.最高機密 3.黑字經營 4.計略達道 5.無資巨富 6.快男大成 7.快速突破 8.七顚八起 9.經世大望 10.雄將大起 11.盲人重役 12.人生三昧 13.巨物大欲 14.惡人設計 15.假名會社 16.商略達人 17.投機大業 18.社長天下 19.上流人生 20.虛業集團
大物 전 16권	花登筐 柴田棟三郎	孫楠	祐成出版社	1977	1.立志 2.奮鬪 3.戰亂 4.激流 5. 波濤 6.再生 7.蓄財 8.大成 9.跳躍 10.得意 11.野望 12.商敵 13.試鍊 14.肉薄 15.突破 16.快調

번역서명	원작자	역자	출판사	출판 연도	권별 내역
大閥 전 28권별권	山崎豊子 城山三郎	石仁海	三韓文化社	1979	1.出人 2.悅樂 3.强謀 4.諸行 5.拔擢 6.機斷 7.高層 8.逆法 9.黑攻 10.人間 11.白欲 12.野望 13.勝負 14.命運 15.人脈 16.女業 17.決斷 18.社賓 19.野雄 20.重役 21.本懷 22.官僚 23.停年 24.聖域 25.年輪 26.乘取 27.風雲 28.歷史 別卷 大望經世語錄
大家 전 2권	南條範夫	沈河燮 申洙徹	靑山社	1980	全篇 後篇
大人間經營 전 20권	梶山季之 外	李京南	信一出版社	1981	1.夜行派 2.四角派 3.背德派 4.破戒派 5.凶器派 6.鍍金派 7.僞惡派 8.强占派 9.快樂派 10.野獸派 11.妄想派 12.奇妙派 13.賭博派 14.惱殺派 15.大望派 16.攻略派 17.執念派 18.逆行派 19.猛進派 20.反骨派
大業 전 16권	司馬遼太郎 子母澤寬	許文列	三韓文化社	1981	1.日月 2.權謀 3.朝野 4.民章 5.國運 6.立身 7.巨人 8.政爭 9.逆潮 10.虛實 11.轉變 12.女道 13.財魂 14.經綸 15.內閣 16.大權
大權 전 15권	司馬遼太郎 戶川猪佐武	許文列	瑞友	1982	1.內閣 2.經綸 3.軍閥 4.長征 5.土道 6.起兵 7.天運 8.勝敗 9.保守 10.党人 11.火山 12.金脈 13.新流 14.回生 15.大權
大財實錄 전 16권	梶山季之	李京南	한국출판사	1982	1.無賴 2.背德 3.快樂 4.術數 5.集金 6.破壞. 7.投錢 8.攻略 9.商才 10.勝負 11.挑戰 12.黑字 13.權謀 14.强食 15.女策 16.出世
大傑 전 8권	山岡莊八	張根五	학원서적	1983	1.無門三略 2.自中之亂 3.田樂狹間 4.侵略怒濤 5.天下布武 6.長篠決戰 7.謀叛前夜 8.大傑落
大望의 25時 전 12권	淸水一行	柳甲淸	鍾路書籍公社	1983	1.춤추는 商事 2.정글非情 3.多國籍企業 4.政商 5.倒産魔 6.弱者의 노래 7.惡黨들 8.一攫千金 9.夜行動物 10.巨大被害者 11.대망의 25時 12.企業라이벌.
大顎 전 3권	山岡莊八	李進珩	삼영사	1984	1.발달편 2.기습작전편 3.침략편
大物 전 3권	淸水一行	설영환	오늘	1987	1.投機인생 2.上場帝王 3.投資명령

번역서명	원작자	역자	출판사	출판 연도	권별 내역
大道 전 12권	吉川英治	이유리	박우사	1993	1.지하초의 권 2.구중의 권 3.호겐의 권·로꾸하라 행차의 권 4.도끼와끼의 권 5.석선의 권 6.미찌노구의 권·화국의 권 7.해산의 권·윤회의 권 8.단교의 권 9.가마꾸라님의 권 10.삼계의 권 11.꾸리까라의 권 12.일문도락의 권·기소님의 권
大夢 전 5권	津本陽	임종한	매일경제신문사	1993	1.웅지를 품다 2.상경의 꿈을 이루다 3.큰 물고기는 물살을 거슬러 오른다 4.천하평정을 하다 5.죽음이 두려운 것은 아니다.

　　1973년에 간행된 『대성(大成)』의 번역자는 "요즈음 독서계의 롱 베스트 셀러가 되고 있는 대하소설 『대망(大望)』이 정치인, 경영가, 군인, 그 외 모든 분야의 활동가들에게 인생 경쟁의 '좌우명서(座右銘書)'가 되어 큰 센세이션을 일으킨 것처럼, 이 소설은 돈 꿈을 품은 모든 현대인들의 경서 (經書)가 될 특이한 장르의 소설이다"라고 말하고 있다. 『대성』은 역사소설 도 아니고 "맨 몸의 한 처녀가 억대의 재산을 쌓아 가는 파정을 집요할 만큼 파고들어 추구한 이색적인 소재"[10]를 다룬 이야기다. 그런데 이러한 대중소설도 『대망』과 견주어 '경서', 경영의 책이라고 말하고 있다.

　　『대망』의 지류로서 '대(大)'자를 붙인 소위 일본 대하소설에는 역사소 설이나 시대소설만이 아닌 '기업소설'도 동참하고 있으며 모두 '경서'라 고 불린다. 1975년에 『경영대망(經營大望)』으로 출판된 소설은 1980년 에는 『인간대망(人間大望)』으로 이름과 출판사를 달리해 중복 간행되고

10　윤숙영, 「역자의 말」, 『大成』 1, 大河出版社, 1973.

있는데, 이 소설이 '대(大)'자를 붙인 최초의 기업소설이다. 이 책의 번역자는 '인간승부(人間勝負)의 경전(經典)'이라는 제목을 붙인 역자서문에서 다음과 같이 말하고 있다.

> 기업소설(企業小說)은 기업 경영에 따른 모든 인간 역학(人間力學)을 주제로 보다 차원 높은 인생 경영(人生經營)의 현장을 리얼하게 원색적(原色的)으로 보여주는 소설이다. 그리고 맹렬 인생(猛烈人生)들의 경세소설(經世小說)이기도 하다. (⋯중략⋯) 경영 경쟁 시대에 살고 있는 현대인의 본성을 예리하게 파헤치면서 인간의 적나라한 모습과 조직의 냉혹성을 고발하고, 지금까지 볼 수 없었던 충격적인 새 인간상을 창조해 낸 '멋진 신세계'가 바로 이 기업소설이다. (⋯중략⋯) 우리나라도 바야흐로 기업 전국 시대(企業戰國時代)에 돌입하고 있다. 시대가 영웅을 만든다는 말이 정말이라면 이때를 당하여 기업 영웅들이 속출할 것을 우리는 기대한다.[11]

여기에서 '기업소설'의 정의는 '인생 경영의 현장'을 보여주는 것으로 이는 앞서 말했던 역사실록대하소설 『대지(大志)』와 상통한다. '경세소설'이면서 '영웅'소설이기도 하다. 이와 같이 『대망(大望)』이 한국에 수용되면서 일본 대중소설의 번역본에 '대(大)'자라는 제목을 붙이는 유행을 낳았다. 이러한 현상은 역사소설이나 시대소설 혹은 기업소설 등 가릴 것 없이 모두 '인간경영' 인생의 '경륜'을 그린 소설로 선전하면서 『대망』의 대열에 합류하고 있었다.

---

11 康曙海, 「人間勝負의 經典—머리말」, 『人間大望』 1, 韓國法書社, 1980.

3. 공감과 반감, 나아가 포용

『대망』은 일본의 에도[江戸]시대를 연 전국(戰國)시대의 무장 도쿠가
와 이에야스의 어머니가 군웅 할거하던 지방 무사들의 알력 속에서 정
략결혼을 하게 되는 이야기로 시작하여, 도쿠가와 이에야스가 죽기까지
의 70여 년 간을 다루고 있는 방대한 양의 '실록대하소설'이다. '실록대
하소설'은 일본에서 사용되지 않은 용어로 국내에서는 1967년에 간행
된 유주현의 『조선총독부』에서 처음 사용되었다. 1970년에 『대망』이 출
판되면서 이 말을 사용한 것은 여기에서 연유하는지도 모른다. 이후 특
히 '대(大)'자를 붙인 일본 대중소설 번역서에 '대하소설'이란 말이 수식
어로 딸린 예를 볼 수 있다. 그리고 일본 대하소설은 단지 이야기의 재미
와 즐거움만을 선사하는 소설이 아닌 험난한 삶을 살아가는 인간들에게
삶의 처세술 알려주는 책이라는 식으로 독자들에게 받아들여졌다.

『대망』의 역자인 박재희는 이 소설을 처음 번역하려고 시작했을 때와
달리 번역을 마치고 인생의 철학을 말하는 책으로 읽혀 남다른 감회를
받았다고 말하고 있다.

    솔직히 말해서 역자는 이 소설을 처음 대했을 때 하나의 커다란 회의를 갖
    지 않을 수 없었다. 즉 이 소설이 십칠 년이라는 장구한 기간 신문에 연재된
    신문 회수로 사천칠백이십오 회, 원고지(사백 자 원고지)로 일만 칠천 사백
    팔십 이 매를 메운 놀라운 대하소설이고, 현재 보급판, 장서판 등등 …… 단행
    본으로 출간되어 약 천칠백만 부가 매진되었다는 엄청난 사실에, 무엇이 그

토록 읽힐 수 있게 했던 것인가 하는 의혹이었다. 하지만 결국은 대중소설이요, 하나의 시대소설에 지나지 않는 것이라고 대수롭지 않게 여긴 것도 사실이었다.

그러나 막상 다 읽고 난 역자로선 너무나 많은 느낌을 갖지 않을 수 없었다. 이 소설에는 인생이 있고 철학이 있고 또한 이상이 있다. 비록 시대를 달리한 이민족(異民族)의 전국 무장(戰國武將)들 생애를 그린 소설이지만, 오늘을 사는 우리들에게 공감을 주는 인간의 투쟁이 넘쳐흐르고 있다.[12]

여기에 인용한 번역자의 소감에서 주목하고 싶은 점은 다음 두 가지이다. 첫째 '대중소설' '시대소설'을 대수롭지 않은 소설로 바라보는 번역자의 시선이다. 둘째는 『대망』을 '인생'의 '철학'이 담긴 소설로 받아들이면서 민족과 시대를 초월한 현재에도 공감을 불러일으키는 '인간의 투쟁'을 담은 서사시로 규정하고 있다는 점이다. 야마오카 소하치의 『도쿠가와 이에야스』에 대한 역자의 인식은 이후 국내의 『대망』 수용의 현장에서도 통용되었다. 즉 『대망』은 '대중소설'로 저급문화로 인식되어 반감을 불러 일으켰고, 다른 한편으로는 인생의 철학과 경영 전략이 담긴 '경서'로 받아들여지는 경향이 현저했다.

1971년 8월 17일 자 『경향신문』은 '서울의 새풍속도'를 전하는 글에서 "한동안 짭짤한 매상고를 올렸던 한국번역판 『대망』(전 20권)은 1만 6천 원인데 비해 원판인 『도쿠가와 이에야스』(전 26권)은 1만 3천여 원으로 값도 싸 일본어해독이 가능한 40대 이상에게는 인기를 끌어 어떤

---

12 박재희, 「역자의 말」, 『大望』 1, 동서문화사, 1972, 415쪽.

직장에서는 부장급인 40~50대에게 『도쿠가와 이에야스』가 뇌물로 인기가 있었다는 얘기도 있다"[13]라고 쓰고 있다. 『대망』은 출판과 동시에 일제 식민지시대에 일본어를 익힌 중년 남성들에게도 향수를 자극하는 대상이기도 했다. 식민지배가 끝난 후 식민문화에 다시 끌려가는 형상인데, 『대망』은 그 식민문화의 잔존으로만 해석할 수 없는 다양한 양상을 띠면서 한국 독자들의 정서를 자극했던 것이다. 1978년에 안동민 역으로 번역된 『대웅(大雄)』 전 26권은 일본어판 문고판 원저와 같은 권수와 동일한 문고 판형으로 출판되었다. 책 띠에는 "웅지(雄志)를 품은 엘리트의 시공을 초월한 인생경륜서(人生經綸書)!"라는 문구가 새겨있다. 『대망』이나 『대웅』은 분명 '인생경륜서'라고 선전되었고, 독자들도 이에 공감했다. 소설의 등장인물의 대사에서도 『대망』이 언급되었다. 1974년에 『동아일보』에 연재되었던 박경리의 소설 『단층(斷層)』을 보면 "야망을 크게 가져라 그겁니까? 저 일본사람 소설 덕천가강(德川家康)이 이곳에선 대망(大望)이란 제목으로 나돌더군요. 대망······ 그래서 그런지 삼국지만큼 팔린다는 소문이고 독자는 정치인들에게 많다던가?"[14]라는 말이 나온다. 『대망』이 전하는 메시지는 '포부'나 '야망'이었다. 독자들의 '야망'을 자극하는 책으로 『대망』은 읽혔던 셈이다.

박재희 역 『대망』은 1992년에 『도쿠가와 이에야스』란 제목으로 재판되었다. 이 번역물의 광고에는 '키워주고 싶은 후배에게'라는 카피가 달려 있고 그 아래에 "삼국지보다 더 재미있고 웅장한 스케일의 도쿠가와 이에야스. 손자병법의 전술, 전략을 능가하는 신세대 삶의 지혜"[15]라

---

13 『경향신문』, 1971.8.17.
14 박경리, 「斷層(56)」, 『동아일보』, 1974.4.24.

는 글귀가 새겨있다. 『대망』은 세대를 넘어 공감하는 소설이라는 메시지다. 『대망』이 다른 사람에게 권하는 책으로 유통되었다는 것은 독자의 반응에서도 종종 엿보이는데, 『대망』에 나오는 명구를 모아 엮은 『대망경세어록(大望經世語錄)』을 펴낸 석인해는 머리말에서 한 육군 장교가 『대망』을 읽고 너무나 감동한 나머지 명언들을 나름대로 발췌하여 프린팅하여 동료 장교와 장병들에게 읽혔다는 에피소드를 전하고 있다.[16] 이에 부응하기 위해 『대망』의 명언록을 펴낸다는 취지다.

『대망』은 어록까지 출판할 만큼 인기를 모았다. 박재희 역은 1993년에는 다시 『대망』이란 제목으로 발간하면서 권별 제목을 「난세에 태어나서」, 「잠자는 호랑이」, 「풍운의 움직임」 등 현대적 어휘로 고쳤다. 시대에 따라 『대망』은 판형을 현대 감각에 맞게 바꿔가면서 독자들에게 다가갔고, 2005년에 간행된 『대망』 전 36권에 이르렀다. 여기에서 해설자 김인영은 다음과 같이 『대망』 붐을 개괄하고 있다.

1970년 봄, 동서문화사가 한국어판 『대망』을 펴내자, 삽시간에 전국의 독서계를 석권하여, 이른바 '대망 독자층'을 형성하는 경이적인 독서 붐을 일으키며 중판을 거듭했다. 이는 그 무렵 침체일로에 있던 출판계에 돌풍 역할을 하여 『대망』을 흉내낸 역사소설·시대소설 등이 잇따라 출판되었으나, 어느 것 하나 『대망』의 열화 같은 감동과 인간과 역사를 꿰뚫는 그 폭풍적 충격에 맞서지 못했다. 그리하여 『대망』은 실록대하소설의 종주로서, 평생 책을 손에 잡고 읽어본 일이 없던 사람들로부터 지식인·대학가·산업사회·경제

---

15 『경향신문』, 1992.9.16.
16 石仁海, 『大望經世語錄』, 동서문화사, 1981, 14쪽.

계 · 정계 · 학계 등 이 사회의 구석구석까지 읽혀지며 독자를 넓혀갔다.[17]

2005년의 시점에서『대망』이라는 출판물에 보내는 과장된 찬사처럼
도 들리지만, 사실『대망』의 영향은 사회 각 방면의 어느 곳에 미치지 않
은 예가 없었을 정도다. 2005년판의 표지의 안 날개에는 '완역명역「대
망」을 보는 거장들의 시각'이라는 문구와 함께 유진오 전 고려대 총장, 김
소운 일문학 원로, 장덕조 작가, 곽종원 전 문예진흥원장, 김진홍 전 주택
은행장, 유주현 소설가의 사진과 함께 추천사가 실려 있다. 이들 추천사
속에서 반복되는 말은 '인간경영' '경영자 필독서' '인간경영자 백과사
전' '인간치세 경략서'라는 문구다.

이렇듯『대망』은 1970년에 출판되어 한국의 독자들에게 많은 공감
을 불러일으켰다. 하지만 반감도 출판 당시부터 적지 않았다. 1970년
12월 2일『동아일보』의 가십란「횡설수설」은 "이즈음 일본의 번역소설
이 왜 이렇게도 판을 치고 있을까"라는 말로 시작하여 '문공정책(文公政
策)'까지를 언급하며 '흥미본위(興味本位)'의 일본 대중소설의 난무를 우
려하고 있다.

같은 번역소설이라 해도 건전한 내용을 지닌 것으로서 국민의 교양(教養)
을 일깨워 준 것이라면 모르되 거개가 피비린내 나는 싸움을 그려내는 것들
이라는 데 있어서는 말문이 막힌다. 이를테면『대망(大望)』이라든지 또는
『풍운아(風雲兒)』(도요토미 히데요시를 그린 요시카와 에이지의 소설 — 인

---

17 김인영,「인간시대 대망시대」,『大望』1, 동서문화사, 2005.

용자)와 같은 대하소설(大河小說)을 들 수 있겠다. (…중략…) 기왕 흥미본위(興味本位)로서 일본의 저속문학(低俗文學)을 읽히는 한이 있더라도 개중에는 참고가 될 만한 것이 있는 반면 또 십분 경계해야 할 대목도 한두 가지가 아닌 것이다. 일본민족이란 그 습성이 호전성(好戰性)을 갖는 데다가 파리대가리 만한 이해(利害)가 있는 곳에는 피를 보고야 마는 것이 십상팔구다.[18]

『대망』을 필두로 하는 일본의 대중소설에 대한 무분별한 수용에 경각심을 일깨우는 이 글은 무엇보다도 사무라이 소설에 담긴 일본의 '호전성(好戰性)'을 경계하고 있다. 이러한 반응은 12월 25일 자 『동아일보』에 실린 「반주체적(反主體的) 일무사소설(日武士小說) 붐」이란 글에서도 나타난다. 특히 여기에서는 『대망』 등 사무라이 소설의 붐을 "일본(日本)의 문화식민지화(文化植民地化)"로 파악해 "사십대의 복고조(復古調)와 젊은 세대의 막연한 호기심이 큰 원인을 이루고 있는데 이것은 결국 국민의 주체의식의 결여 때문이다"[19]라고 진단하고 있다. 이 밖에도 『대망』 등을 일본의 '저속문학'이나 '저질문화'로 규정하는 논조는 잇따랐다. 이는 당시 한국사회에서 공유되었던 시각이었고, 일본의 '저질문화'에 경도되는 독자들에게는 '국민의 주체의식'이 부족하다는 타박도 이어졌다. 1971년 『월간중앙(月刊中央)』 3월호에 게재된 「소설 덕천가강(德川家康)이 웬말이냐 포장지문화(包裝紙文化), 표피문화(表皮文化) 배격론(排擊論)」이란 제목의 지명관의 글이 대표적이다. '국민의 주체의식'을 일제강점기와 관련시켜 말하는 이 글은 한국독자들이 『대망(大望)』을 읽기 위해

---

18 『동아일보』, 1970.12.2.
19 『동아일보』, 1970.12.25.

서는 "일본식 발상과 감정에 익숙해져 있어야" 하는데, 국내 독자들은 "일제하의 교육과 훈련"으로 이를 쉽게 받아들인다고 질타한다. 『대망』을 읽으면서 자칫 "과거를 미화하기 쉽"고 "일제하에 우리가 겪었던 고난은 탈락해 갈"수 있다[20]라는 식민지문화에 대한 예속화를 우려하고 있다.

또한 1972년에 「『대망』 유감(有感)」을 쓴 정치학자 김진은 『대망』이 시중에서 날개 돋친 듯이 팔리고 있으나 "한 가지 생각해야 할 일은 술수나 기교의 효험을 과신하고 또 그것에만 치중하는 경향은 무엇인가 위태롭고 선후(先後)가 뒤바뀐 것은 아닌가 하는 점이다. 가뜩이나 도덕과 윤리에 냉담한 작금의 세태라 더욱 그러한 의문이 짙어진다"라고 말하고 있다. 『대망』에서 그려지는 난세를 살아가는 사무라이들의 술수 등이 "반인간적(反人間的) 출세광(出世狂)의 행동을 합리화시키고 오히려 조장" 시키지는 않을까라는 걱정의 표명이다.[21] 『대망』을 '인생경륜서'로 받아들이는 출판사의 선전이나 독자들의 호응과 더불어 한국사회 일각에서 일본의 '저급문화'로 『대망』을 지칭하며, 그 무분별한 수용에 심각한 우려를 나타냈다.

그러나 『대망』의 수용에서 일본 '저급문화'에 대한 비판은 끝내 미풍에 그쳤다. 1992년에 『도쿠가와 이에야스』로 재판된 박재희 역의 『대망』은 아래와 같은 광고 문구로 독자들을 자극했다.

주군에게 충성을 바치는 무사, 정략의 도구로 팔려가는 여자, 권력자의 횡

---

20 지명관, 「小說 德川家康이 웬말이냐 包裝紙文化, 表皮文化 排擊論」, 『月刊中央』 36, 중앙일보사, 1971, 291쪽.

21 金憙, 「『大望』有感」, 『동아일보』, 1972.9.16.

포와 압제에 체념하면서도 무섭게 변하는 백성 ……. 숱하게 명멸하는 이들 인간군상의 면면을 통해 정치지도자 특히 대권주자의 덕목과 자질, 강자의 도량과 약자의 처세술이 제시되고 있다는 점에서 매우 의미심장하다. 그러기에 오늘을 사는 모든 사람, 정치지도자, 군인, 기업인, 샐러리맨 등 조직원들이 읽어야 할 필독서이다.[22]

『대망』에서 그려지는 '사무라이들의 술수'를 오히려 '처세술'로 받아들이는 현상이다. 출판물에 대한 광고문구이긴 하나 『대망』에 대한 반감을 보일 때에 나열된 말들이 1990년대의 시점에서는 다시 '처세술'로 둔갑하고 있다. 1993년에 재판된 박재희 역의 『대망』의 표지 안 날개에도 "도쿠가와 이에야스의 심오한 인생경영(人生經營)과 달관된 통치철학(統治哲學)은 오늘을 사는 우리에게 역경을 극복하는 방법과 기회를 기다리는 인내의 종요로움을 일깨워 준다"라는 말이 새겨져 있듯이 『대망』은 줄기차게 '인생경영'을 가르쳐 주는 책으로 선전되었으며, 이에 독자들의 호응도 뒤따랐다. 이는 『대망』이 재판을 거듭하고 있는 점에서도 알 수 있다.

처세술의 '교본'으로 선전되고 그에 부응해 재판을 거듭하던 『대망』은 2000년에 뜻하지 않는 복병과 조우한다. 즉 야마오카 소하치의 『도쿠가와 이에야스』가 2000년에 일본과 정식 계약을 맺고 『대망』이 아닌 『도쿠가와 이에야스』라는 원제를 그대로 살린 제목으로 번역 출판되었기 때문이다. 전 32권의 이길진 역으로 솔출판사에서 간행된 이 책(〈표 2〉참고)을 2001년 4월 26일 자 『매일경제』는 「책방 휘도는 일(日)전국시

22 『경향신문』, 1992.9.16.

대」라는 제목의 기사로 소개하고 있다. "우리는 일본 전국시대를 통해 분명 배우는 것이 있다. 전국시대의 부활은 과거로의 회귀나 사대주의와는 거리가 멀다. 그때의 진리가 21세기를 사는 우리에게 너무나 정확하게 들어맞기 때문이다."[23] 이제 일본 전국시대의 사무라이들의 이야기를 다룬 『대망』은 당당하게 한국 독자들에게 배울 거리를 제공하는 책으로 받아들여진다. 그 배울 거리 중의 하나는 일본에 관한 것이기도 하다. 솔출판사의 번역본은 이를 목표로 충실한 역사적 고증을 통해 이야기를 일본의 역사적 맥락에서 충분히 이해하면서 읽을 수 있도록 여러 자료를 각 권에 배치하고 있다. 일본의 사무라이를 다룬 『대망』과 같은 소설은 이제 '저급문화'나 '반인간적 술수'가 난무하는 책이 아니다. 솔출판사에서 간행된 『도쿠가와 이에야스』는 범례 앞에 '『도쿠가와 이에야스』를 바로 읽기 위해'라는 내용을 특별히 배치하여 "일본의 대표적 역사소설 『도쿠가와 이에야스』는 수준 높은 문학작품일 뿐만 아니라 일본의 역사, 문화, 사회, 전통 생활, 정신세계 등 일본을 총체적으로 이해하는 데 훌륭한 길잡이 역할을 할 것입니다"라는 말을 적어 놓고 있다. 이제 『대망』, 즉 『도쿠가와 이에야스』는 '저속문학'이 아니라 '수준 높은 문학작품'으로 거듭나게 된 것이다.

이 책의 역자 후기에서 이길진은 패전 후 일본의 경제 부흥기에 "일본의 새로운 경영 마인드와 합치되어 이에야스 붐을 조성하게 되어 이 작품이 '경영의 지침서'로 폭발적인 인기를 끌게 되었다"고 소개하면서 무엇보다 이 작품에서 "진정으로 우리가 주목해야 할 것은 바로 작가가 추

---

23 『매일경제』, 2001.4.26.

구한 평화에 대한 희원(希願)이다"라고 말하고, "작가는 이에야스가 만년에 이 사상(무소유 사상-인용자)을 바탕으로 하고 주자학(朱子學)을 통치 이념으로 삼아 엄격히 실천함으로써 평화를 정착시키고 전쟁이 없는 265년간에 걸친 에도 바쿠후[江戸幕府]의 기틀을 다지게 되었다는 사실을 설득력 있게 피력하고 있다"[24]라고 쓰고 있다. 이 역자의 논리를 쫓아가면 『도쿠가와 이에야스』는 '경영의 지침서'이자 '평화'를 희구하는 책이며 '주자학'의 '통치 이념'을 구현한 사상을 담고 있는 문헌이다. 여기에서 흥미로운 사실은 '주자학'에 관한 언급이다.

『도쿠가와 이에야스』가 주자학을 실현한 책이라는 주장은 2005년에 간행된 『대망』 전 36권에서 더욱 강화된다. 1970년 출판본에는 전혀 없는 내용이 2005년 번역본의 제1권의 역자 서문에 보인다. "세상이 올바로 다스려질 수 있도록 이에야스는 교학(教學)에 힘썼다. 과일에 씨가 있듯이 사물에는 모두 중심이 있으므로 가장 중요한 것은 교학이라고 생각한 것이다. 이를 위해 퇴계의 경(敬) 사상 공부에 힘을 기울였다"[25]라는 식으로 뜬금없이 '퇴계의 경 사상'과 도쿠가와 이에야스를 연관시켜 말하고 있다. 이 글의 전후 문맥에서는 이 양자의 관련성은 설명되지 않는다. 그런데 이를 보완하듯이 제1권의 마지막에 「『대망』 이데올로기와 퇴계 경 사상」이란 장문이 게재되어 있다. 일본의 퇴계 연구자였던 아베 요시오[阿部吉雄] 도쿄대 명예교수의 "조선 퇴계 이황의 경 사상은 도쿠가와 정권 이데올로기에 크게 영향을 주었다"로 시작되는 한 구절을 서두에 인용한 후, 이 글은 무려 21쪽에 걸쳐서 도쿠가와 막부와 퇴계 사상

---

24 이길진, 「무소유를 가르친 '이상 소설'」, 『도쿠가와 이에야스』 32, 솔출판사, 290~291쪽.
25 김인영, 「인간시대 대망시대」, 『大望』 1, 동서문화사, 2005, 16쪽.

의 관련성을 피력하고 있다. 결국 이 글은 "일본은 전국시대에 조선을 침략하여 처참한 고통을 주었다. 그리고 조선에서 가져간 퇴계학으로 근대 정신을 일깨웠다. 그러나 퇴계 이황의 경 사상은 도쿠가와 막부, 메이지 시대를 거쳐 오늘의 일본에까지 면면히 흐르는 『대망』 이데올로기 형성의 근간이 되었다. 오다 노부나가, 도요토미 히데요시, 도쿠가와 이에야스는 이를 어떻게 생각할 것인가"[26]라는 말을 하기 위해 『대망』과 퇴계 이황의 경 사상을 연관시키고 있다. 이 지점에서 『대망』은 한국과 긴밀한 연관성을 맺고 있는 책으로 변모한다. 한국에서 싹튼 '경 사상'이 일본에서 숙성되어 빛을 발했고, 『대망』은 그 스토리를 담고 있다는 것이다. 『대망』이 한국의 품에 안기는 형상이다. 『대망』을 처음 수용할 때 보였던 '사무라이의 술수' 등의 반감은 전혀 고려 대상이 되지 않는다. 문화 수용의 현장에서 나타나는 반감이 아닌 동조의 포즈를 취한 무분별한 수용의 양태가 2005년의 시점에서 재현되고 있다. 이제 『대망』은 일본의 '저급문화'가 아니라 한국문화와 유대관계에 놓이게 된 것이다.

야마오카 소하치의 『대망』에 '퇴계의 경 사상'이 어떻게 투영되었는지를 가늠하기는 어렵다. 아니 「『대망』 이데올로기와 퇴계 경 사상」에서는 그러한 시각보다는 도쿠가와 막부와 퇴계의 경 사상이 관련을 맺고 있다는 전제에서 말하고 있을 뿐이다. 『대망』이 한 작가의 소설이라는 점을 경시하고 있다. 1973년 8월 11일 자 『경향신문』에 게재된 출판평론가 한태석은 『도쿠가와 이에야스』가 일본에서 인기가 있는 점을 아래와 같이 소개하고 있다.

---

26 김인영, 「『대망』 이데올로기와 퇴계 경 사상」, 위의 책, 622쪽.

흔히 역사상 이름을 남긴 인물들에 관한 문헌에는 주로 그들의 업적이 기록되어 있을 뿐 사생활 같은 건 아예 빠져 있기가 일쑤다. 『도쿠가와 이에야스』의 작자는 바로 이러한 면을 살려 사실(史實)과 픽션의 배합을 수없이 시도하고 있다. 가끔 그것이 좀 엉뚱한 데로 비약, 독자를 어리둥절케하는 결함도 없는 건 아니지만 도쿠가와 이에야스의 인간조종술(人間操縱術)과 근대경영으로 통하는 치밀한 통찰력과 실천성, 적기(適期)의 포석(布石)은 대중소설이 지니는 재미를 업고 복잡다단한 현대를 지혜롭게 살려는 독자들에게 쉽사리 영합(迎合)되었다고 본다.[27]

이 칼럼은 『대망』의 국내 인기를 직접 다루고 있는 것이 아니라 『도쿠가와 이에야스』가 일본에서 언제 어떻게 출판되어 어떤 식으로 공전의 히트작이 되었는지를 말하고 있다. 한 대중작가의 작품 1천만 부 판매 기록 행사에 일본의 수상, 일본은행총재, 정계, 재계, 문화계의 대표가 '몰려들어 축사'를 하는 일본은 세계 어디에서도 찾아보기 힘들 것임을 짚어 주고 있다. 여기에서 『도쿠가와 이에야스』가 "대중소설이 지니는 재미를 업고 복잡다단한 현대(現代)를 지혜롭게 살려는 독자들에게 쉽사리 영합(迎合)되었다"는 지적은 한일 양국의 문화적 차이를 떠나 '대중소설'로서의 『대망』이 지닌 본질을 적시한 말이다. 그렇다면 대중의 독서물로 퇴계의 경 사상과 『대망』의 이데올로기를 관련짓는 것은 좀 생뚱맞은 이야기가 아닐 수 없다. 다만 2005년에 발간된 『대망』에서 이러한 해설을 붙이고 있는 것은 『대망』을 한국의 문화적 조건 속에서 수용하

---

27 한태석, 「홀러간 萬人의 思潮 베스트셀러 23—山岡莊八작 『德川家康』」, 『경향신문』, 1973.8.11.

려는 의도에 따른 것이다.

이처럼『대망』과『도쿠가와 이에야스』는 국내에서 출간되자마자 인생경륜서로서 독자들의 공감을 샀으며, 한편으로는 저급한 일본문화의 한 예로 폄하되고 반감의 대상이 되었다. 그럼에도 한편으로 이 책은 일본을 이해하는 길잡이로 수용되었다. 나아가 한국과 역사적으로 관련성을 맺는 이야기로 소개되어 '역사소설'이라는 허구성을 탈각시키면서 한국문화에 안기는 형상도 특기할 만하다.

4. 사무라이 정신과 '인간경영'

『대망』은 '인생경륜서'나 '경영 지침서'의 성격을 띠고 있으나, 이 소설에는 '전쟁'이 그려지고 있다. '퇴계의 경 사상'과는 동떨어진 내용이 주를 이룬다. 이야기의 배경이 일본의 '전국(戰國)시대'라는 점에서 '전쟁'이 배경이 되고 있고, 여기에는 일본 사무라이들의 활약이 뒤따른다. 즉 사무라이 정신이 이 작품의 저변에 깔려 있다. 이것을 상쇄시키기 위해 '퇴계의 경 사상'이나 저자 야마오카 소하치가 서문에서 언급한 '평화'의 염원이 번역서의 해설 등에 동원되고 있다. 그리고 일본 사무라이들의 이야기는 한편으로는 일본이해의 길잡이로도 받아들여졌다.

그런데『대망』이 나타내는 사무라이의 이미지는 1970년에 처음 번역된 출판물의 선전에서부터 이용되었다. 다음의 〈그림 1〉에서 알 수

|그림1| 『동아일보』 1970년 9월 16일 자 1면 광고

있듯이 『동아일보』 1면에 걸린 출판사의 광고를 보면 한 중앙에 사무라이의 투구가 형상화되어 있다. 『대망』은 국내에 수용되면서 이야기에 담겨있는 사무라이라는 이미지를 숨기지 않고 드러내고 있었다. 아직 일본에 대해 국민감정이 좋지 못했던 시기에 『대망』의 수용에서 당당하게 사무라이가 전면에 내세워진 이유는 무엇일까. 광고지의 내용에 주시하면 그 단서를 엿볼 수 있다.

광고 카피 '현대인의 허와 실을 찌르는 감동의 실록대하소설'의 오른쪽에는 『대망』이 정치인에게는 '치도(治道)의 안전(安全)', 사업가에게는 '경영의 요령', 군인에게는 '병법(兵法)의 구도(構圖)', 관리에게는 '공복(公僕)의 진수(眞髓)', 주부에게는 '자기의 재발견', 청년에게는 '내일의 진로', 실의에 우는 자에게는 '혼미(昏迷)의 청산(淸算)'을 제시해 주는 책이라는 선전 문구가 적혀 있다. 『대망』의 국내 수용은 어쩌면 이 광고의 글귀로 결정지어졌다고 말할 수 있다. 주부에 이르기까지 『대망』을 통해서 '자기'를 '재발견'할 수 있다는 이 선전 문구는 그 상업적 기대감의 발로임에 분명하다. 그러나 『대망』의 수용에서 이러한 맥락이 독자들의 관심을 이끈 것도 부인하기 어렵다. 또한 오른쪽 하단의 '폭발적 화제의 핵(核)!'이라는 문구 옆에 나열된 '세상─냉혹한 도박장', '인간─궁지에 몰리면 울부짖는다', '처세─강한 자가 이긴다. 인내심이 강한 자가'라는 캐치프레이즈와 '시대를 만드는 자는 권력의 안배만으로는 안 된다.' '사나이란 책략이라는 가지 위에 계획과 야심(野心)의 둥지를 짓고 사는 동물.' '기회와 결단은 천하를 다스리는 자의 제일법칙(第一法則)'이라는 말은 『대망』에서 독자들이 무엇을 읽어야하는지를 제시한다. 즉 한국 독자들의 현실적 삶을 그야말로 일본의 '전국시대'와 병치시키는 광고 전략을 구사하고 있었던 것이다. 이는 주효했다. 물론 앞에서도 살펴보았듯이 일본의 사무라이 이미지나 그 정신이 식민지에서 해방된 지 25년째를 맞이하는 1970년의 한국 땅에서 아무런 거부감 없이 수용되었을 리는 없다.

1972년 6월 14일 자 『경향신문』에 요시카와 에이지의 『미야모토 무사시』 광고가 유력 일간지 1면에 실린 것에 대해 독자로부터 "대문짝만한 출판광고가 2면이나 3면도 아닌 유력지(有力紙) 1면에 칼 든 무인삽화(武人挿畵)와 함께 게재되면서 북을 치고 있"다고 우려하는 목소리가 투고된 것[28]을 보더라도 알 수 있다. 이는 독자들의 반응만이 아니었다. 1972년 6월 16일에 개최된 제26차 도서잡지윤리위원회는 성명서를 통해 "『대망』 등 일본시대소설이 각 매스컴을 통해 과대 선전되고 판매되는 것은 살벌한 검객 예찬과 살인을 예사로 저지르는 정신적인 위해성

---

28 김종식, 「有力紙의 1面에 日小說廣告 웬말 國民感情上으로 容納못해」, 『경향신문』, 1972.6.14.

(危害性)이 있음을 지난 70년 12월에 경고 했다고 환기시키고 아직도 일부 출판사에서 독자의 흥미에만 영합하여 문화적 사명감을 외면하고 있는 것은 지탄을 받아 마땅하다고 경고했다."[29] 하지만 아이러니하게도 『대망』이나『미야모토 무사시』등 사무라이가 등장하는 일본 역사소설이나 검객소설의 국내 인기는 이 사무라이 정신이 뒷받침하고 있었다.

예를 들어 1984년에 출판된 '다이제스트'판『도꾸가와 이에야스』는 야마오카 소하치의 일본 원저를 바탕으로『대망』을 참고하여 두 권으로 "압축·재구성한" 것인데, 앞표지에는 역시 투구를 쓴 무사의 표정을 전면에 배치하고 "무장(武裝)들의 칼에 올려진 희비(喜悲) 엇갈리는 한판 승부, 일본인 기질의 원류(原流)를 극명하게 밝혀 주는 대하소설!"이라는 큼직한 글귀를 새겨 넣고 있다. 뒤표지에는 "일본인의 참모습에 비로소 눈을 뜨게 할 일본인 지침서로서, 우리 세대 필독의 서이다"라고 쓰여 있다. 역자 후기에서도 이 책을 통해 "일본의 국민성을 알 수 있게 되기 바란다"라고 하면서 "살생을 가볍게 여기는 국민성"이나 "기만성"이 전국시대의 사무라이 정신에서 기인한다는 점을 언급하면서도 "인간 도꾸가와 이에야스의 권력을 위한 파란 만장의 끈질긴 집념만은 우리로도 참작해야만 할 일"이라고 말하고 있다.[30] 『대망』은 '일본인 지침서'로서 한국인들이 일본인에 대해 품고 있었던 '전쟁' 등 사무라이 이미지를 확인시켜 주는 것이었다. 그렇지만 한편으로는 '전쟁' 속에서 '집념'과 '인내'로 목표를 달성해간 '인간 도꾸가와 이에야스'의 이야기는 지금의 '세상'을 '도박장', 아니 '전국시대'로 여기는 독자들로 하여금 '인간 도꾸가

---

29 『매일경제』, 1972.7.5.
30 박준황 편역,『도꾸가와 이에야스 다이제스트』下, 고려원, 1984, 466·468쪽.

와 이에야스'와 '자신'을 동일시하도록 만들었다. 그러나 간과할 수 없는 것은『대망』은 '전쟁'과 관련성 속에서 탄생되었다는 점이다.

기실『대망』의 집필은 '전쟁'과 깊은 관련을 맺고 있다. 이 작품은 일본 사무라이의 활약을 그리고 있으며, 그 정신을 되새기는 차원에서 쓰였다.『대망』의 작가 야마오카 소하치는 실제 '전쟁'을 체험했고 목격했던 인물이다. 그는 전쟁 시기에 '보도반원'이었고, 가고시마의 특공대기지에서 패전을 맞이했다. 이렇게 전쟁의 한 가운데를 지나온 직후 일본의 패전과 맞닥뜨렸고, 그 사실을 받아들이지 않을 수 없는 허탈감 속에서『도쿠가와 이에야스』를 쓰게 된 것이다.

> 그 무렵 내가 살던 집의 이웃집은 진주군(進駐軍)에 접수되어 장교 클럽식 접대소(接待所)가 되었던 모양으로, 매일 한낮부터 술에 취한 군인들이 국적도 알쏭달쏭한 부인들과 희롱하며 드나들고 있었다.
>
> 비좁은 골목 하나를 사이에 둔 이웃집이라, 재즈의 소음, 이따금 들리는 권총 소리 …… 뿐만 아니라 술에 취한 군인이 가끔 내 집 문 안으로 잘못 들어오기도 한다. 특공대 기지(特攻隊基地)에서 애처롭기만 한 마음의 상처를 짓누르고 갓 돌아온 보도반원(報道班員)이었던 나는 끝내 집에 있을 수가 없어 날마다 낚시대를 들고 바다로 피해 나갔다.[31]

이 인용문은 야마오카 소하치가 1946년 1월에『도쿠가와 이에야스』

---

31 야마오카 소하치, 박재희 역,『大望』1, 동서문화사, 1972, 1쪽. 이 저자 서문은 2005년 판에는 「인간 평화 역사를 생각하며—야마오카 소하치[山岡莊八]」라는 제목으로 저자 후기로 들어가 있다.

를 쓰려고 했던 심정을 담고 있는『대망』서문의 초입부에 해당한다. '진주군'이 일본인 여성들을 '희롱'하는 장면을 목격하고 전장에서 갓 돌아온 야마오카 소하치는 '평화'를 생각하게 된다. 그래서 그는 "도꾸가와 이에야스. 난세에 태어나 난세에 인고(忍苦)하며 평화를 이룩한 인물"을 통해 인간 세상의 '평화'를 다시 생각해 보는 소설을 착상했다고 위 인용문에 이어서 말하며, 서문 말미에서는『도쿠가와 이에야스』에 대해 "말하자면 나의 '전쟁과 평화'이며 오늘날의 나의 그림자여서, 그려 나가는 과거의 인간 군상에서 다음 대의 빛을 모색해 가는 이상소설(理想小說)이라고도 하고 싶다"고 밝혔다. 서문의 내용은 언뜻 보면 '전쟁'이 없는 세상, 즉 '평화'를 희구하는 '이상소설'로『도쿠가와 이에야스』를 규정하고 있다. 하지만『도쿠가와 이에야스』를 쓰려고 마음먹었을 때의 작가의 심정은 전쟁에 참가했던 패전국 일본의 '국민'으로서 비통한 심정에 휩싸여 있었다. 이는 위 인용문의 '진주군'이라는 어휘 등에 나타나 있다. 이 작가 서문의 도입부는 2000년에 정식계약을 맺고 간행된 솔출판사 번역본에 실려 있는 저자서문과는 약간 상이하다. 이 부분이 솔출판사 판에서는 "제2차 세계대전이 종식되었을 때만큼 역사라는 것이 이상한 무게로 나를 억누르고, 나를 채찍질한 적은 없었다. 나는 약 1년 정도 호구(糊口)를 위한 붓을 던져버리고, 태어나서 처음으로 점령군의 모습과, 시책(施策), 변해가는 풍속 등을 바라보며 시간을 보냈다"로 바뀌었다. '진주군(進駐軍)'이란 말은 '점령군(占領軍)'이란 말로 바뀌었고, 그 '진주군'이 '여성들'을 희롱하는 장면이나 작가 자신이 '특공대 기지(特攻隊基地)'에서 돌아온 '보도반원(報道班員)'이었다라는 문구도 삭제되었다. 솔출판사 판의 저본이 현재 일본에서 유통되는 1987년의『도쿠가와 이에야스』문고본이기 때문일 것이다.[32] 야마오카 소하치가 『도쿠가와 이에야스』를 집필한 동기에 38살에 전쟁에서 특공대기지의 보도반원으로 근무했던 것이 크게 작용했다. 그러므로 더욱이 그가 '특공대 기지'에서 특공대원 들의 죽음을 전송하며 패전을 맞이했다는 점과 『도쿠가와 이에야스』 집 필을 관련시키고 있는 작가 후기의 다음 대목은 의미심장하기도 하다.

나는 이것(『德川家康』-인용자)을 먼저 내 집 뜰 한구석에 모신 '공중관음 (空中觀音)'의 영(靈)들에게 바친다. 공중관음은 쇼와 이십년 봄, 내가 가고 시마 현[鹿児島縣]의 시까야[鹿屋] 비행장에서 하늘로 전송한 특공대 젊은 이들의 여러 영이다.

영들이여, 나는 당신들이 '뒤를 부탁한다!'라고 하던 말을 잊고 있지는 않 다. 그러나 미력(微力)한 문학도였던 나에게 이러한 방법의 공양밖에 할 수 없다는 것을 웃으며 용서해 줄 것인지. (…중략…) 이 소설을 계기로 하여, 더 욱 더 이에야스가 구상한 '싸움 없는 세계(당시의 일본)'가 여러 가지로 세계 의 조명을 받게 된다면 반갑겠다.[33]

---

32 솔출판사의 번역본 역자 후기에서는 저본으로 "고단샤에서 발행한 1987~1988년 판 본"을 사용했다고 밝히고 있으나, 고단샤 문고본의 초판은 1973년 간행되었고, 여기에 수록된 서문이 솔출판사에서 싣고 있는 내용과 동일하다. 그런데 필자가 1953년 초판 을 입수해 살펴보았는데도 박재희 번역본의 서문 내용의 '진주군' 운운은 보이지 않고, 솔출판사의 서문과 동일했다. 따라서 박재희 번역본의 서문이 어느 저본에 의한 것인지 는 알 수 없으나, 야마오카 소하치의 아들이 쓴 에세이에 의하면 이 『대망』의 작가 서문 에서 말하는 '진주군' 운운은 야마오카 소하치가 문예지에 발표한 수필에 나온 글로 추 정된다(山岡賢次, 『いまなぜ家康か―父・山岡荘八と徳川家康』, 講談社, 1982, 159~160쪽).
33 야마오카 소하치, 박재희 역, 『大望』20, 동서문화사, 1972, 398쪽. 이 후기는 2005년 판에는 수록되어 있지 않다.

『대망』의 저자 야마오카 소하치는 『도쿠가와 이에야스』를 전쟁에 희생당한 '특공대 젊은이들의 여러 영들'에게 바친다고 말하고 있다. 이 저자 후기는 1970년대에 출판된 『대망』에만 수록되어 있고 현재 유통되고 있는 2005년 판 『대망』이나 2000년에 출판된 솔출판사의 번역본 『도쿠가와 이에야스』에는 실려 있지 않다. 그러므로 『대망』이 일본의 특공대에게 바치는 책이라는 사실은 현재 입수 가능한 출판물에서는 알기 어렵다. 이러한 작가의 비장한 심정이 더욱 명확히 나타나 있는 것은 1973년에 간행된 일본의 문고판 『도쿠가와 이에야스』의 '문고판 후기'에서다.

> 『소설 도쿠가와 이에야스』는 제2차 세계대전이 끝날 무렵, 가고시마현의 시카야기지에서 최후의 종군을 명받았던 나의 전후 최초의 신문소설이었다. 어떤 의미에서는 시카야기지에서 차례차례 날아올라 오키나와의 미국 함정에 돌입하고 있었던 해군특별공격대의 전사(戰士)들에게 바치는 나의 헌화(香華)인 셈이다. 물론 당시에는 전쟁에 대해서는 그대로 쓸 수 없었다. 그래서 그 장렬함, 담담함, 또는 그것을 관철하는 성실함을 이에야스의 초창기라는 시대에 빌려서 쓰려고 생각했던 것이다.[34]

야마오카 소하치나 소설 『대망』의 역사인식을 어떻게 보아야 할지는 좀 더 숙고가 필요할지 모른다. 하지만 국내 번역본은 '실록대하소설' 등으로 수용하고 있으나, 이 소설이 일본의 전쟁수행의 선봉에 섰던 '해

---

34 山岡荘八, 「文庫版に際して」 『徳川家康 1－出生乱離の巻』, 講談社, 441쪽.

군특별공격대', 즉 일명 '가미카제특공대'의 특공대원 전사들에게 바치는 소설이라는 점은 상기할 필요가 있다. 앞의 인용문에서 야마오카 소하치는 '해군특별공격대의 전사(戰士)들'이라는 표현을 쓰고 있다. 여기에서 '전사'는 전쟁에서 죽은 '전사(戰死)'가 아니라 전쟁에 나가 싸우는 자들을 가리킨다. 야마오카 소하치는 일본의 군국주의 전쟁에 희생당한 일본 젊은이들인 전사(戰死)자들의 영령에 『도쿠가와 이에야스』를 집필해 바치는 것이 아니라, 전쟁에서 투철하게 싸우는 전사(戰士)들에게 헌화하는 것이다. 전쟁이 없는 '평화'로운 세상을 희구한다는 명목은 그가 전쟁의 희생자로서 '전사자'가 아닌 전쟁을 수행하는 '전사들'을 호명하는 순간 퇴색하고 있다. 그러므로 『도쿠가와 이에야스』의 집필은 쓰보이 히데토가 지적하고 있듯이, 패전 후 일본이 '평화'를 말하면서 야스쿠니 정신이나 일본을 '신의 나라[神國]'로 '숭배'하는 것을 정당화하는 논리에 바탕에 두고 있다. 오로지 도쿠가와 이에야스라는 인물을 '강자'로 하고 거기에만 집중해 신격화하는 태도에서 쓰였던 것이다.[35] '해군특별공격대의 전사(戰士)들에게 바치는 나의 헌화(香華)'라는 말에는 승리만을 우위로 삼는 '강자'의 논리가 도쿠가와 이에야스 이미지에 클로즈업되어 있다.

야마오카 소하치의 『도쿠가와 이에야스』는 그간 일본에서 알려졌던 도쿠가와 이에야스의 이미지를 완전히 새롭게 한 작품이다. 도쿠가와 이에야스는 일본에서는 '너구리 / 능구렁이 영감[狸親父]'이란 별명으로도 통하는 인물이다. 좋게 말하면 전략가이고 나쁘게 말하면 교활한 인

---

35 坪井秀人, 「山岡荘八」, 『国文学解釈と鑑賞』 49-15, 至文堂, 1984, 122~124쪽.

물이다. 대개 후자의 의미로 도쿠가와 이에야스를 비판하는 말로 이 별명이 사용된다. 역사적으로도 "견실하고 타산적이며, 매우 용의주도하며" 도요토미 히데요시 집안을 멸망시킬 때 보여주었듯이 어린 아이까지 죽이는 "인정미가 없는" 인물로 평가되어 전략을 구사할 때에도 "수단을 가리지 않는 방법"을 취하는 것으로 알려져 있다.[36] 야마오카 소하치는 이러한 도쿠가와 이에야스의 단점을 완전히 새롭게 그려 계산이 치밀하며 주도면밀하고 '인내심'을 갖고 참고 기다릴 줄 알며 부하에 대한 배려가 깊은 '인간경영'의 수완자로 묘사했던 것이다. 동일한 도쿠가와 이에야스를 소설의 소재로 삼은 시바 료타로는 '모략에 통달한 별 볼일 없는 현실주의자'로 '너구리 / 능구렁이 영감'의 이미지를 살려 도쿠가와 이에야스를 묘사했다. 따라서 도쿠가와 이에야스를 좋아하는 일본 독자들은 시바 료타로의 작품을 선호하지 않는 경향이 있다. 시바 료타로는 1979년에 간행된 『패왕의 집[霸王の家]』(전 2권)에서 도쿠가와 이에야스를 그렸다. 이 작품은 1990년에 『도쿠가와 이에야스』(상·하)란 제목으로 국내에서 번역 출판되었다. 그런데 이 책 역시 『대망』과 마찬가지로 뒤표지에 '『도쿠가와 이에야스』를 읽고 그 지혜를 배우자!'라는 문구와 함께 "일본이란 나라를 260여 년 동안 그의 후손에 의해 통치할 수 있도록 모든 것을 완전무결하게 조처한 그의 전략 전술, 권모술수, 인간 통솔법, 처세 철학, 정치 철학, 행정 원리 등은 오늘의 '전국시대'를 살아가고 있는 우리에게 많은 것을 가르쳐 주리라"라고 쓰고 있다.[37] 『대망』에서 말하는 도쿠가와 이에야스의 인물상이 시바 료타로의 작품

---

36 児玉幸多, 「德川家康」, 『人物日本の歴史 11―江戸の開府』, 小学館, 1975, 74~75쪽.
37 시바 료타로, 안동민 역, 『德川家康』상, 인문출판사, 1990.

에도 그대로 적용되고 있다. 일본의 원작에서 나타나는 야마오카 소하치와 시바 료타로가 도쿠가와 이에야스를 그린 차이는 무시되고 국내에서 도쿠가와 이에야스는 좋은 인물로 받아들여진 것이다. 이는 도요토미 히데요시라는 한국을 침략한 원흉을 무찌른 인물이 도쿠가와 이에야스라는 점도 작용했을 것이다.[38]

1983년 7월 5일 자 『경향신문』의 가십란 '여적(餘滴)'은 몇 해 전에 "정치인들은 물론이고 지식인, 학생들 가운데 대망이란 장편소설을 읽지 않은 사람이 드물 정도"로 『대망』 선풍이 거세게 휘몰아쳤다고 소개하면서 "사람들은 이 소설에서 난세를 헤쳐 나가는 지혜라든지 상사의 마음을 사로잡아 출세하는 법, 인간을 조종하는 기술, 때를 기다리는 인내심을 기르는 법을 터득하려고 했다. 특히 권좌에서 물러나 낭인 생활을 하는 사람들에게는 필독의 서처럼 여겨지기도 했다. 말하자면 인간 처세술의 교본이었던 셈이다"라고 쓰고 있다.[39] '권좌에서 물러나 낭인 생활을 하는 사람들에게 필독의 서'였다고 하듯이 전두환 전 대통령은 수감 생활 중에 『대망』을 종일 정독했다는 기사도 이후에 실리기도 했다.[40] 국내의 독자들이 『대망』을 읽고 얻으려고 했던 것은 '난세를 헤쳐 나가는 지혜'이고 '인간을 조종하는 기술' 즉 '인간경영'이라는 사고방식이

---

38 야마오카 소하치는 오다 노부나가, 도요토미 히데요시, 도쿠가와 이에야스를 그린 소설을 1950~60년대 사이에 집필했는데, 국내에 번역되지 않은 것은 도요토미 히데요시를 주인공으로 한 『異本太閤記』(전 7권, 1965)는 『대망』의 인기에도 불구하고 국내에서 번역되지 않았다. 오다 노부나가를 그린 『織田信長』(전 8권, 1955~1960)이 『대명청이』(1971), 『大傑』(1983), 『大顎』(1984), 『울지 않는 새는 죽여라』(1992), 『천하평정』(1993), 『야망은 꿈인가』(1993), 『오다 노부나가』(2002) 등으로 번역된 것과는 대조적이다.

39 『경향신문』, 1983.7.25.

40 『경향신문』, 1996.8.28.

었으며, 이는『대망』에 그려진 사무라이의 정신이라고도 말할 수 있다. 1984년에 6권으로 출간된 신동욱 역의『도쿠가와 이에야스』책표지에는 "이 책이 바로『대망』도꾸가와 이에야스다!"라는 큼지막한 문구가 새겨져 있다. 그 아래에는 "난세에 태어나서 대역전의 인간 승리를 거둔 덕천가강(德川家康)의 영웅적 야망과 굴절된 삶의 모든 것! 그는 과연 역사의 연출가인가? 주인공인가? 경쟁 사회의 비정한 능력주의에서 살아남아야하는 현대인에게 덕천가강이 남긴 위대한 교훈을 집중 조명한다!!"라는 표현이 적혀 있다. 앞표지 안쪽 날개에는 '덕천가강상(德川家康像)'의 사진과 함께 "영웅의 인간학! 영웅의 통솔학! 영웅의 결단학! 영웅의 승부학! 천하를 놓고 쟁패하는 사나이 대 사나이의 피끓는 결사! 모험! 승부욕!"이란 수식어가 나열되어 있다. 이러한 문구들은 이제까지 살펴보았듯이『대망』이 한국에서 소비되는 양태의 단면을 보여준다. 국내에 수용된『대망』에는 '평화'가 있는 것이 아니라 '전쟁'이 있고, 사무라이 정신이 살아있다. 이는 현실적 삶 그 자체를 '험한 세상' '전란'으로 파악하도록 독자들을 유인하여『대망』을 소비하게 만든 출판 전략에 따른 것이기도 하나,『대망』의 다양한 번역본의 존재가 설명해 주듯이 독자들은 이러한 출판 전략에 동조하며『대망』을 사무라이 정신이 투영된 것으로 받아들이고, 거기에서 전란 같은 현실적 삶을 타개해 가는 '인간경영'의 처세술을 얻으려 했던 것이다.

　2015년도 현재에도『대망』은 주로 기업경영인, 학자, 정치가 등이 추천하는 책으로 등장한다. 예를 들어 김봉영 제일모직 대표이사는『대망』을 "정말 좋아해서 네 번이나 읽었다"라고 말하면서 "숱한 역경을 이겨내고 결국 바라는 바를 이뤄낸 도쿠가와 이에야스의 삶에서 인내라는 것이 무엇인지를 아주 깊이 있게 배웠다"고 밝히고 있다.[41] 또한 유영제 서울대 화학생물공학 교수는 "10권이 넘는 전집이라 책을 다 읽는데 꽤 오랜 시간이 걸렸다. 그렇지만 임진왜란을 전후한 일본의 역사를 이해하는 데 도움이 되었고, 나라를 통일하고 리더가 된다고 하는 것은 아무나 하는 것이 아니구나라는, 그리고 정치란 이렇게 복잡한 것이구나 하는 생각을 하게 되었다. 무엇보다 이 복잡하고 험한 세상을 살아나가려면, 또 나를 지키기 위해서는 지혜가 필요함을 절실히 느끼게 해준 책이다"[42] 라고 말하고 있다. 이와 같이 『대망』은 조직 경영자에서 한 개인에 이르기까지 '자기계발'의 지침서와 같은 역할을 수행하고 있다. '자기계발'은 1970년대 한국이 산업화사회로 접어들면서 1980년대와 1990년대에 널리 유행한 담론이며, 이는 '성공학'이나 '자기관리' 등의 다른 말이기도 하며, 근래에는 '자기경영'이라고도 불린다.[43] '나를 지킨다'라는 것은 '나를 계발한다'는 것이고, 곧 자기를 '경영'하는 것이다. 『대망』은 이러한 '경영'이 '나'를 비롯해서 회사라는 조직과 국가, 나아가 '인간' 그 보편적 차원에까지 확장된 세계에서 그려지는 소설로 받아들여졌다. 『대망』에 뒤따르는 '난세' '경쟁' '쟁패' '지혜' '전략' '경영'이라는 수식어는 어쩌면 '인간'의 삶을 새롭게 문제화하는 언어이기도 하다. 그러나 여기에는 인간 사회를 '전쟁'의 축도로 바라보는 태도가 잠재하며, 이는 결국 『도쿠가와 이에야스』를 '이상소설'로 규정한 야마오카 소하치가 염

41 「책 읽기 좋은 계절, 삼성 CEO들이 추천한 책 살펴보니……」, 『머니투데이』, 2015.4.25.
42 「유영제 내 인생의 책 4−대망: 지혜로운 리더의 조건이란」, 『경향신문』, 2015.3.4. 이 밖에도 김황식 전 총리를 비롯해 많은 정치인들이 『대망』을 감명깊게 읽은 책으로 꼽고 있다.
43 서동진, 『자유의 의지 자기계발의 의지』, 돌베개, 2009, 263~292쪽.

원하는 '평화'와는 동떨어진 세계인 것이다.

『대망』에서 그려지는 전쟁 속의 삶은 일본적 사무라이 정신에 바탕을 둔다. 『대망』를 읽는 국내의 독자들은 자신들의 '현실'을 일본의 '전국시대'에 투영시키면서, '전란'이나 '난세'로 규정해 도쿠가와 이에야스와 같은 '인간경영'에 뛰어난 '강자'의 꿈을 『대망』에 실었던 것이다.

5. 출판시장의 기획과 번역

1960년대에 일본에서 간행된 야마오카 소하치의 『도쿠가와 이에야스』는 전쟁에 참여했던 작가가 패전의 허탈감 속에서 집필한 것이었다. 도쿠가와 이에야스라는 인물에 투영된 작가의 평화 염원이 이 책에 담겨있다. 국내에서는 '평화'와는 거리감이 있는 현실적 삶을 '전쟁'과 대치시키는 독자들에 의해, 이 현실을 인내하고 이겨내는 '처세술'을 배울 수 있는 책으로 받아들여졌다. 출판사의 전략도 애초부터 여기에 있었고, 국내의 『대망』 인기는 야마오카 소하치가 그린 도쿠가와 이에야스의 삶에서 '처세술' 등을 배우려는 독자들의 요망에 뒷받침되고 있었다. 2013년의 8월 16일 자의 『경인일보』는 국내의 "해적판으로 최고의 베스트셀러는 단연 야마오카 소하치의 '대망'으로 2천만 부가 팔렸다"[44]

---

44 이영재, 「베스트셀러와 인세」, 『경인일보』, 2013.8.16.

는 기사를 내보내고 있는데,『대망』은 수십 년 동안 한국인의 각별한 사랑을 받았다. 판매부수의 양이 문제가 아니라 하나의 사회 현상으로 이해할 수 있을 정도로 그 수용은 방대하고 한국 사회 곳곳에 미쳤다.『대망』의 수용을 정리하자면 다음 세 가지로 말할 수 있겠다.

첫째로 다양한 번역 판본 가운데에서도『대망』의 존재가 돋보인 점을 알 수 있었다. 야마오카 소하치의『도쿠가와 이에야스』번역본은 완역판부터 초역판, 다이제스판, 1권짜리 축약판에 이르기 까지 수종의 여러 형태가 존재한다. 심지어『대망』의 명언을 뽑은 '어록'도 출판되었다. 번역 타이틀도『대망』,『도쿠가와 이에야스』,『대야망』,『대웅』,『야망』이 있다. 현재는『대망』과『도쿠가와 이에야스』,『야망』이 판매되고 있다.『대망』의 붐을 타고『대성(大成)』,『대지(大志)』,『대벌(大閥)』,『대권(大權)』,『대가(大家)』,『대걸(大傑)』,『대물(大物)』,『대도(大道)』,『인간대망(人間大望)』,『대몽(大夢)』등이 '대(大)'자를 붙인 일본 대중소설이 1990년대까지 출판되었다. '대(大)'를 지향하는 한국사회의 단면을 보여준다. 여기에는 역사소설뿐만 아니라 기업소설도 포함되어 있다.

둘째로『대망』은 그 이름만으로도 한국 독자들에게 '대망'을 선사하는 책이었으나, 그래도 일본의 대중소설이라는 점에서, 아직 일본에 대한 반감이 남아있는 국민정서에 배치되는 작품으로 받아들여졌다. 특히 이『대망』은 '실록대하소설'이라 붙어 있으나 일종의 역사소설이면서 전쟁을 살아가는 사무라이의 이야기 가운데 하나이다. '도덕이나 윤리'와 무관한 '출세광(出世狂)의 행동을 합리화시키고 오히려 조장'하는 작품으로도 비추어졌다. 그럼에도 출판사의 전략과 대대적인 신문 광고 등의 선전에 힘입은 탓인지 독자들은 이 소설에서 인생의 '지혜'를 구했다.

'인생경륜서' 혹은 '처세술의 교본'으로『대망』은 1970년부터 현재까지 지속적인 관심의 대상이 되고 있으며,『도쿠가와 이에야스』라는 이름으로 2000년에 정식 계약을 맺은 작품이 출판되면서부터는 일본을 이해하는 길잡이로 일본의 '고급문화'를 내포한 책으로 읽혔다. 한국문화와 접목하는 시도에서 '퇴계의 경 사상'과 이 작품의 연관성이『대망』에서 소개되기도 했다.

셋째로『대망』은 오로지 삶의 지혜를 터득해 주는 '인생경륜서'로서 받아들여지는 측면이 강했다. 그러나 삶은 곧 '전쟁'의 다른 이름이라는 전제가 이 수용 양태 속에 자리 잡혀 있었다. 이 작품은 실제 '전쟁'과 깊은 관련을 맺고 있다. 사무라이 정신이 저변에 자리하며, 작가는 전쟁에 참여한 후 패전 속에서 이 작품을 구상했다.『대망』의 수용에서 이 사항은 양면의 동전과도 같았다. 독자들은 자기들의 '현실'을 '전란'과 동일시함으로 해서『대망』의 도쿠가와 이에야스를 한 '인간'으로 파악하고 그의 '역경'에 '자기'를 투영시켜, 자기계발 및 인간경영의 책으로『대망』을 수용했다. 한편으로 사무라이 정신은 일본의 근간을 이루며, '전쟁'과 불가분의 관계에 있다. '평화'란 전쟁의 승리에서 온다. 야마오카 소하치가『도쿠가와 이에야스』에 담으려는 것도 이러한 사상일 것이다. 그러나『대망』은 '평화'와 무관한 현실적 삶을 '전쟁터'로 인식하는 각계각층의 독자들로부터 공감을 이끌어 내면서 일본적 이미지의 하나인 사무라이 정신을 한국적 방식으로 수용하는 양상을 띠었다. 그래서『대망』수용의 초반에는 반감과 공감이 동시에 작용했던 것이다.

이와 같이『대망』의 국내 수용은 다양한 면모를 지녔다. 이 글은 아직『대망』이 한국에서 전폭적인 지지를 받게 된 이유를 제대로 밝히진 못했다. 시대적 배경과 추이, 사회적 환경의 변화에 따른『대망』수용의 영향이 충분히 논의되지 않았기 때문이다. 출판사의 전략도 적지 않게 작용했으리라 보나 이에 관한 추적도 미흡했다. 또한 여러 번역 판본의 번역 실태라든가 각각의 번역 차이가 번역과 문화 수용의 관련성에서 어떻게 작용을 하고 있는지도 파악하지 못했다. 이를 포함하여『대망』을 비롯한 '대'자라는 타이틀을 단 일본 대중소설이 한국 독자들의 어떤 욕망과 결부되어 한결같이 '인간경영'의 '지혜'를 일깨워주는 소설로 다가 갔는지에 관한 논의에도 접근하지 않았다. 이는 앞으로 남겨진 과제일 것이다.

표2) 야마오카 소하치 『도쿠가와 이에야스』와 주요 한국어번역본 대조표

	1. 山岡莊八『德川家康』(講談社, 1953~1967)	2. 박재희 역『도쿠가와 이에야스「大望」』(동서문화사, 1970~1973 / 중앙문화사, 1983)	3. 김가명 역『德川家康』(希文社, 1970)	4. 류엔근 역『大野望』(雷正出版社, 1973 / 民衆書林, 1981)	4. 인동민 역『大望』(知文社, 1978)	5. 이길진 역『도쿠가와 이에야스』(솔, 2000)	6. 박재희 외역『大望』(동서문화사, 2005)
1권	出生亂離の巻	出生亂離	出生亂離の卷	出生風離 / 出生風離	出生風離	(제1부 대망) 출생의 비밀	출생
2권	獅子の座の巻	獅子の座	獅子座の卷	獅子座 / 獅子座	獅子座	인질	새벽
3권	朝露の巻	朝路	朝路の卷	朝露 / 胡蝶	朝路	호랑이의 성장	운명
4권	葦かびの巻	天下布武	葦華の卷	葦華 / 葦華	黎明	첫 출진	인생
5권	うず潮の巻	颶風	渦潮の卷	渦潮 / 渦潮	業火	갈대의 싹	승부
6권	燃える土の巻	心火	燃土の卷	燃土 / 燃土	颶風	미카타가하라 전투	영웅
7권	颶風の巻	無相門	颶風の卷	颶風 / 颶風	心火	불타는 喬	승패
8권	心火の巻	龍虎	心火の卷	心火 / 心火	碧雲	불붙는 강	태풍우
9권	碧雲の巻	山茶花	碧雲の卷	碧雲 / 碧雲	和平契物	혼노사의 변	전생
10권	無相門の巻	試練	無相門の卷	無相門 / 無相門	龍虎	(제2부 승자와 패자) 기요스 회의	소군
11권	龍虎の巻	難波	龍虎の卷	龍虎 / 龍虎	華嚴	두 건세	인간
12권	日蝕月蝕の巻	日蝕月蝕	華嚴の卷	華嚴 / 華嚴	前夜	용호상박	왕성
13권	侘茶利の巻	軍茶利	侘茶利の卷	侘茶利 / 侘茶利	明星	비명	다이코1 (요시가와 에이지)
14권	明星瞬くの巻	關原	明星瞬く卷	明星瞬 / 明星瞬	破局	정략결혼	다이코2 (요시가와 에이지)
15권	難波の夢の巻	泰平胎動	難波の夢の卷	難波 / 難波	日蝕月蝕	모략의 바다	다이코3 (요시가와 에이지)
16권	日蝕月蝕の巻	春雷遠雷	日蝕月蝕の卷	日蝕月蝕 / 日蝕月蝕	偶話	동쪽으로 난 길	다이코4 (요시가와 에이지)
17권	軍茶利の巻	蕭風坡	軍茶利の卷	軍茶利 / 軍茶利	決戰	야마토붼의 빛	다이코5 (요시가와 에이지)
18권	關ヶ原の巻	歌爭平和	關原の卷	關原 / 關原	太平胎動	叶루에 부는 바람	무사시1 (요시가와 에이지)
19권	泰平胎動の巻	孤城落月	泰平胎動の卷	泰平胎動 / 泰平胎動	正統異端	열어진 태양	무사시2 (요시가와 에이지)
20권	江戸・大坂の巻	立命往生　後大望1 立志 (시바 료타로)	江戸・大坂の卷	立命往生 / 立命往生		분열	무사시3 (요시가와 에이지)
21권	春雷遠雷の巻　天地演出 (야마오카 소하치 소장처)	春雷遠雷　天地演出 (야마오카 소하치 소장처)	春雷遠雷の卷	春雷遠雷 / 春雷遠雷	春雷遠雷	(제3부 천하통일) 과멸의 조짐	무사시4 (요시가와 에이지)

구분	1. 山岡荘八 『德川家康』(講談社, 1953~1967)	2. 박재희 역 『大望』(동서문화사, 1970~1973 / 종합문화사, 1983) ①	2. 박재희 역 『大望』 ②	3. 김기평 역 『德川家康』(希望社, 1970)	4. 류은근 역 『大望』(書正出版社, 1973 / 民衆書林, 1981)	4. 안동민 역 『大望』(知文閣, 1978)	5. 이길진 역 『도쿠가와 이에야스』(솔, 2000)	6. 박재희 외역 『大望』(동서문화사, 2005)
22권	百雷落つるの巻	人間貯藏罐 (야마오카 소하치) / 人間愛貯罐 (야마오카 소하치)	後大望2 風雲 (시바 료타로)	百雷落下의 卷	/ 百雷落下	百雲落下	세기가하라 전투	나루토비켭 (요시카와 에이지)1
23권	蕭風城の巻	日光權武 (야마오카 소하치)	後大望3 狂瀾 (시바 료타로)	蕭風城의 卷	/ 蕭風城	蕭風城	새로운 지도	나루토를 훔치다1 (시바 료타로)
24권	戦争と平和の巻	獨眼龍 (야마오카 소하치)	後大望4 流轉 (시바 료타로)	戰爭과 平和의 卷	/ 戰爭과 平和	戰爭平和	태평시대의 태동	나루토를 훔치다2 (시바 료타로)
25권	孤城落月の巻	開道 (야마오카 소하치)	後大望5 怒濤 (시바 료타로)	孤城落月의 卷	/ 孤城落月	孤城落月	에도와 오사카	사카모토 료마1 (시바 료타로)
26권	立命往生の巻	前夜(아마오카 소하치, 하곤민)	後大望6 回天 (시바 료타로)	立命往生의 卷	/ 立命往生	立命往生	오사카의 고민	사카모토 료마2 (시바 료타로)
27권		大悟(아마오카 소하치, 하곤민)	後大望7 濁世 (시바 료타로)		※ 『대망』은 전 20권으로 1979년에 『新大望』으로도 출간됨		낙뢰	사카모토 료마3 (시바 료타로)
28권		樹石問答 (요시카와 에이지)	後大望8 越後行 (시바 료타로)		※ 『民衆書林』판 표제는 『民衆 大望』으로 각각 20권과 26권 간행됨. 전 20권 판본은 삼성문화사(1981), 現代文化社(1986)에서도 간행됨.		유성	사무라이1 (시바 료타로)
29권		門 (요시카와 에이지)	後大望9 戰塵 (시바 료타로)				격랑의 파도	사무라이2 / 불타라 검1 (시바 료타로)
30권		菩提一刀 (요시카와 에이지)	後大望10 破勢 (시바 료타로)				전광과 명화	불타라검2 / 나는 듯이1 (시바 료타로)
31권		心形無業 (요시카와 에이지)	後大望11 列國 (시바 료타로)				고성낙월	나는 듯이2 (시바 료타로)
32권		逃水記 (요시카와 에이지)	後大望12 碰火 (시바 료타로)				임명왕생	나는 듯이3 (시바 료타로)
33권		魚歌水心 (요시카와 에이지)	後大望13 覇道 (시바 료타로)					나는 듯이4 (시바 료타로)
34권			後大望14 動盪 (시바 료타로)					언덕 위의 구름1 (시바 료타로)
35권			後大望15 大會戰 (시바 료타로)					언덕 위의 구름2 (시바 료타로)
36권								언덕 위 구름3(시바 료타로)

|표3| 그 밖의 번역본

번역자	책명	권수	출판사	출판년도	권수 내역
박재희	德川家康	20	동서문화사	1992	1.난세의 불모 2.잠자는 호랑이 3.용호상박 4.매화성의 꾀꼬리 5.대지의 탄식 6.낙화유정 7.그 다음에 부는 바람 8.노루와 호리병박 9.진동하는 봄 10.江戶의 본심 11.난파의 시련 12.일식 월식 13.하늘을 찢다 14.패자의 말로 15.뜨는 해와 지는 해 16.여인의 가을 17.음모의 심야회의 18.유랑의 별 19.전야의 결단 20.입신왕명
	大望	20	중앙문화사	1993	1.난세에 태어나서 2.잠자는 호랑이 3.풍운의 움직임 4.매화의 성 5.대지의 탄식 6.회오리바람 7.강북출병 8.용호의 계략 9.진동하는 봄 10.동으로 가는 별 11.용을 부르는 구름 12.분열의 싹 13.태풍의 눈 14.승자와 패자 15.태평의 태동 16.빛나는 물결 17.거성의 부름 18.죽이지 않는 검 19.패장의 투구 20.입신왕명
김석만	大望	16	梧谷文化社	1982	未詳
나명호	德川家康	1	盤石	1984	1.亂世之亂
안동민	德川家康	20	지경사	1984	1.亂世에 태어나다 2.흐르는 별. 3. 질풍의 소리 4.권력의 제물 5.불기둥 6.멸망의 노래 7.불타는 태양 8.시위를 떠난 화살 9.사슴과 호리병박 10.두 영웅의 해우 11. 책모와 평화 12.대륙으로 부는 바람 13.풍운아의 두 얼굴 14.분열과 도전 15.이긴 자의 포부 16.조용한 폭풍 17.방울이 울리는 숲 18.베지 못하는 칼 19.패장의 투구 20.뿌리와 열매
신동욱	德川家康	6	고려문화사 / 한얼	1984 / 1992	1.어지러운 세상에 태어나다 2.불타오르는 땅 3.용과 호랑이의 싸움 4.성난파도의 꿈 5.대결전이 다가오다 6.고성(孤城)에 달이지다
박준황	도꾸가와 이에야스 다이제스트판	2	고려원	1984	
이성현	야망 도쿠가와 이에야스	1	큰방	1999	

제2부

이동과 생성

/제3장/

미우라 아야코 『빙점』 번역본의 여러 양상

1. '재번역'이라는 현상

가와바타 야스나리의 『설국』과 더불어 미우라 아야코의 『빙점』은 현재 약 30여 종에 달하는 한국어 번역본이 출판되었다. 한 작품에 대하여 30여 명의 번역자가 새로 번역하고 있는 것이다. 근래의 무라카미 하루키나 히가시노 게이고의 작품을 예외로 한다면, 미우라 아야코의 작품은 국내에서 가장 많이 번역되었다. 그럼에도 『빙점』이나 미우라 아야코 작품의 한국어 번역에 관한 논의는 제대로 이루어지지 않았다. 미우라 아야코의 『빙점』 번역본에 관해서는 김응교가 번역이 왜곡된 현상에 대해 한국어 문장의 가독성과 관련해 지적하고 있을 뿐이다.[1] 이러한

---

1   김응교는 일본어텍스트의 "院長！首をしめられましたよ、これは"라는 표현에 대해 한국어 번역본은 각기 "원장님, 목을 졸렸어요. 이건", "원장님, 목을 졸렸군요. 이건 ……", "원

'왜곡'을 바로 잡기 위해서라도『빙점』은 다시 번역되어야 할 것이다. 하지만 수십 종에 이르는 한국어판『빙점』을 일별해보면, 재번역이 반드시 '왜곡'의 시정이나 일본어텍스트에 대한 충실성, 혹은 한국어 번역본의 가독성을 개선하는 방향으로 이어지고 있는 것은 아니다.

오경순은 한국어에 내재하는 일본어 '번역투'의 문장을 번역된 일본소설 등에서 실례를 들어 한국어로 읽었을 때의 '가독성'의 문제, 일본어 번역투가 한국어 문장에 미친 영향을 어휘나 문장표현 등을 통해 되짚고 있으며,[2] 유은경은 다년간 일본소설을 번역한 경험을 바탕으로 일본소설을 번역할 경우에 발생하는 각종 오역 사례 등을 나쓰메 소세키『도련님』의 번역 분석을 통해 실증해 보이면서 번역 연구가 바람직한 번역 풍토 조성에 일조하기를 희망하고 있다.[3]『도련님』도 수종의 번역본이 존재한다. 그러나 '재번역'의 관점에서는 아직 충분히 논의되지 못했다. 여기에서는 이러한 선행연구를 바탕으로 현재까지 국내에 소개된 일본소설 가운데 가장 많은 한국어 번역본을 양산한 미우라 아야코의『빙점』을 대상으로 '재번역'의 의미에 대해서 생각해 볼 것이다.

재번역의 현상을 검토하기 위해 먼저 최신 번역본에 해당하는 2004년에 출판된 정난진 번역본과 최초 번역본인 1965년에 출판된 손민 역을 주요 자료로 삼는다. 2004년 번역본인 정난진 역을 일본어텍스트와

장님, 루리코는 목이 졸렸어요" 등으로 번역했다면서, 부자연스러운 한국어 표현이 가독성을 떨어뜨린다고 말하면서, 일본문화 관련 어휘에 대해서 대부분의 번역본이 역주를 달지 않아, 번역이 언어만이 아닌 문화의 번역이라는 점을 경시하고 있다고 지적하고 있다(「일본문학 번역의 교두보인『빙점』을 중심으로」,『문학사상』34-4, 문학사상사, 2005, 202~205쪽).

2 오경순,『번역투의 유혹』, 이학사, 2010, 23~36쪽.
3 유은경,『소설 번역 이렇게 하자』, 향연, 2011, 4~9쪽.

비교 대조하여, 현재 『빙점』 번역본으로서 최신역임에도 불구하고 재번역으로서 안고 있는 문제점을 살핀다. 나아가 이 밖의 1970년대, 1980년대, 1990년대의 일부 재번역본도 참고하여 "번역은 원문을 대신할 수 있을 뿐, 원문과 같은 위상을 지닐 수는 없다는 사실"[4]에서 재번역의 현상을 살펴볼 것이다.

2. 번역본 현황과 번역 원칙의 부재

미우라 아야코의 데뷔작이라 할 수 있는 『빙점』은 1964년 7월 10일 『아사히신문』 '천만 엔 현상 공모 소설'에 당선되어 당시 커다란 주목을 받은 작품이다. 『아사히신문』에 같은 해 12월 9일부터 이듬해 1965년 11월 14일까지 연재된 직후, 곧바로 단행본으로 간행되었다. 국내에 최초로 번역된 것은 1965년 11월 20일에 춘추각에서 전 2권으로 간행된 손민 번역본이다.[5] 1960년대에는 손민 역을 포함해 6종의 『빙점』 번역본이 출판되었고, 1970년대에는 4종, 1980년대에는 10종, 1990년대에는 9종, 2000년대에 들어서서는 1종, 합계 30종이 다음 〈표 1〉과 같이 번역되었다.[6]

---

4   김시몽, 「번역을 향한 증오」, 『비교문학』 54, 한국비교문학회, 2011, 19쪽.
5   상권 간행일이 1965년 6월 10일이므로 『아사히신문』에 연재되고 있는 연재물을 번역했다고 추정할 수 있다.
6   윤상인 외 『일본문학 번역 60년 현황과 분석』, 소명출판, 2008 수록 「일본문학 번역

|표1| 『빙점』 한국어 번역본 현황

순번	작품명	역자	출판사	출판년도	중복출판
1	氷點 上·下	손민	春秋閣	1965	풍성각, 1972 / 태운출판사, 1978 / 우리문화사, 1985
2	氷點 上·下	이시철	韓國政經社	1965	무등출판사, 1978
3	氷點, 일명 無花果	남문	上智社	1967	
4	氷點	권웅달	松仁出版社	1967	新文出版社, 1972
5	빙점	현상걸	不二出版社	1967	오륜출판사, 1972 / 대일출판사, 1972
6	氷點 上·下	역자미상	서동사	1975	
7	氷點 上·下	정성환	주부생활사	1975	문화서적, 1981 / 학원사, 1987
8	氷點 上·下	한점수	유림당	1979	
9	氷點 上·下	김진영	삼문사	1979	
10	氷點	이설영	인문출판사	1980	
11	氷點 上·下	최현	범우사	1981	
12	氷點 1~6	맹사빈	도산문화사	1982	良友堂, 1983 / 한림문화원, 1987 / 한국매일출판사, 1990 / 성도문화사, 1994
13	氷點 1~6	공인순	오곡문화원	1982	
14	氷點	홍인섭	서한사	1983	
15	氷點 上·下	박기동	청한문화사	1983	부림출판사, 1984
16	氷點	이영조	풍림출판사	1983	
17	빙점 上·下	강태정	일신서적공사	1987	
18	氷點	윤문섭	한국문서선교회	1987	
19	세계명작소설 빙점	편집부	지성교육사	1987	
20	빙점	이정예	청목	1990	
21	빙점 상·하	김정욱	소담출판사	1991	
22	빙점 상·하	최호	홍신문화사	1992	
23	빙점 상·하	강인수	한얼	1993	
24	빙점	이용현	삼성기획	1994	육문사, 1995
25	빙점 상·하	오희민	문화광장	1995	

60년 서지목록」을 바탕으로 작성함, 244~245쪽. 동일 작가가 출판사를 달리해 번역한 경우는 출판년도에 관계없이 기타에 명시함.

순번	작품명	역자	출판사	출판년도	중복출판
26	빙점	유한준	대일출판사	1996	
27	빙점 상·하	이재신	한국장로교출판사	1997	
28	영상테마소설 빙점 상·하	이원구	무한	1998	
29	빙점 상·하	정난진	눈과마음	2004	

　이와 같이 『빙점』의 한국어 번역본은 현재 30여 명의 역자에 의해 30
여 종이 간행되었다.[7] 출발어텍스트(source text) 1종에 도착어텍스트
(target text)가 30여 종에 이른다는 사실은 번역의 '불확정성'을 보여준
다. 출발어텍스트가 여러 도착어텍스트를 양산하는 것은 "번역이 출발
어텍스트로만 '결정되어지는' 일은 있을 수 없다"는 사실에서 기인할 것
이다. 즉 번역자에 따라 "차이와 불일치"가 발생한다.[8] 그렇다고 여기에
서 번역의 '불가능성만'을 한탄할 수는 없다. 다양한 번역본이 양산되어
유통되는 상황은 목전에서 벌어지고 있다. 만약 번역의 충실성을 기하
는 측면에서 출발어텍스트와 도착어텍스트의 '등가성'을 따진다면, 한
작품의 출발어텍스트에 대해서 왜 수십 종에 달하는 도착어텍스트가 존
재하는지 묻지 않을 수 없다. 따라서 최초 번역본과 재번역본 사이에 존
재하는 동일성과 차이에 주목하여 최초 번역을 시작으로 재번역이 '최
종 번역'에 이르지 못하는 상황을 고려해야 한다.

---

[7]　재번역본은 〈표 1〉에서 알 수 있듯이 동일역자가 출판사와 시기를 달리 '재출판'한 경
　　우도 많다. 중복 출판물은 동일역자가 재번역한 예는 찾아보기 힘들며, 출판년도, 판형
　　과 제본 등 출판물의 외적 요인으로 양산된 것에 불과하다. 그리고 〈표 1〉의 순번 가운
　　데 13과 14의 1~6권, 즉 전 6권의 『빙점』 상, 하 2권에 『속 빙점』 전 2권, 『운명』(원제
　　積木の箱)의 2권을 합쳐 발간한 번역본이다.
[8]　Anthony Pym, 武田珂代子 訳, 『翻訳理論の探求』, みすず書房, 2010, 154~158쪽.

물론 완벽한 번역이 필요하다는 점을 말하려는 것이 아니다. 완벽한 번역을 추구하며 이루어지는 재번역의 흔적 위에 새겨진 '번역 공간'을 과연 어떻게 파악해야 할 것인가. 여기서 말하고자 하는 '번역 공간'은 베르만의 지적처럼 "하나의 고유한(sui generis) 공간이며, 이 공간은 그 독창성으로 인하여 틈새적 성격을 가지고 있"으며 "하나의 번역이 있는 것이 아니라 모든 유형화의 틀을 벗어나는 풍요롭고도 전복적인 <u>여러 개</u>의 번역들이 있으며, 이 여러 개의 번역들이 있는 공간은 <u>번역되어야 할</u>(à traduire) 것이 존재하는 모든 공간을 아우른다."[9] 한 작품에 대해 복수의 번역본에 존재하는 '틈새적 성격'은 번역 작품의 좋고 나쁨만으로 재단할 수 없는 '번역되어야 할' 공간이라고 말할 수 있다. 위에 나열된 『빙점』의 30여 종의 번역본도 제각각 '하나의 고유한 공간'을 확보하고 있는 것이다. 그렇다면 최초 번역본을 제외한 28종의 재번역본이 간직하고 있는 '번역 공간'은 어떠한 공간일까.

임순정이 말하듯이 '재번역'은 "번역 시점에서 도착어 국가의 언어 법규, 번역문의 상업성을 고려한 출판사의 기획 방향, 작가, 학자, 비평가, 언론인 등에 의해 조성되는 도착어 국가의 문학 경향 등 다양한 변수의 영향"아래에서 이루어지며, 또한 "기존의 번역에 결함(번안, 중역(重譯), 생략과 오류, 표절 등)이 있는 경우, 보다 원문을 충실히 소개하기 위해서 재번역"이 수행된다.[10] 이와 같이 재번역은 '원문'에 충실한 양질의 번역을 추구하는 가운데 이루어지며, 도착어텍스트를 둘러싼 시대 변동과 출판

---

9 앙트완 베르만, 윤성우·이향 역, 『번역과 문자―먼 것의 거처』, 철학과현실사, 2011, 30쪽. 인용문의 강조는 원문.
10 임순정, 「고전문학 작품의 재번역 양상―스탕달의 『적과 흑』을 중심으로」, 『번역학 연구』 11-2, 2010 여름, 128쪽.

환경 등 여러 요인이 상호 작용한 결과에서 수행된다. 그 중 하나로 번역을 '평가'할 때 가장 먼저 손쉽게 지적하는 번역의 '오류'를 바로 잡기 위한 방편으로서 재번역이 요구된다. 『빙점』은 1965년에 번역된 이래로 28종의 번역본을 거쳐 2004년에 최신 번역본으로 출판되었다. 그러나 이 최신 번역본은 재번역에도 불구하고 여러 오류가 있었다.

출발어텍스트 "ほっそりとした首すじから、けずりとったようにまっすぐな、後頭部の形までがよく似ていた"(上, 129쪽)[11]라는 표현에 대해 2004년의 정난진 번역본은 "갸름한 이목구비나 깎아낸 듯이 똑바른 후두부의 모습에 이르기까지 루리코를 꼭 닮은 아이였다"(1권, 159쪽)[12]로 번역하고 있다. '목덜미'를 뜻하는 '首すじ'를 '이목구비'로 잘못 번역했다. 이 장면은 요코의 뒷모습을 묘사하고 있으나, 번역본은 얼굴의 정면을 그리고 있다. 또한 "啓造はふいに足をすくわれたような、不安定な心のままにいった"(上, 175쪽)라는 일본어 문장은 "게이조는 갑자기 구제라도 받은 것 같은 착잡한 마음으로 말했다"(1권, 212쪽)로 바꾸어 번역되었다. '상대방에게 그만 약점을 들키다, 허점을 찔리고 만다'의 뜻을 지닌 '足をすくわれる'를 정반대의 의미로 번역했다. 이와 같이 어휘나 표현이 잘못된 번역문은 곳곳에서 눈에 띈다. 뿐만 아니라 등장인물의 주체를 뒤바꾼 오류도 발견된다.

(一人ねむっている徹の姿を想像しただけでも、かわいそうだとは思わないのか)

---

11 『빙점』의 원문은 三浦綾子, 『氷点』上・下, 朝日新聞社, 1978에 의한다.
12 한국어 번역본은 미우라 아야코, 정난진 역, 『빙점』 전 2권, 눈과마음, 2004에 의한다.

そう思った時、啓造はふいに不安に襲われた。(上、143쪽)

　　그러나 게이조는, '혼자서 잠들어 있을 도오루의 모습을 머릿속에 그려보기만 해도 가엾어서 견딜 수 없다' 하는 생각이 들자 갑자기 불안해졌다.(1권, 176쪽)

　　출발어텍스트의 괄호는 게이조의 심리를 묘사하고 있다. 이 부분에서 게이조는 마음속으로 나쓰에에게 반감을 품으면서 불안감에 사로잡힌다. 아들 도오루조차 '가엾다'고 생각하지 않는 나쓰에에 대한 게이조의 불만과 불안한 모습이 겹쳐져 그려지고 있다. 그러나 번역문은 게이조 자신이 도오루를 가엽게 생각하는 장면으로 바뀌었다. 게이조의 내면 묘사에 포함된 "생각하지 않는 걸까"라는 '思わないのか'에 대한 번역 오류로 인해 나쓰에에게 향하는 마음속 독백이 나타나지 않게 되었다. 번역 오류뿐만 아니라 아래 인용에서 볼 수 있듯이 등장인물 간의 대화에서도 한 마디 말의 누락으로 인해 출발어텍스트의 문맥을 전혀 다르게 바꾸어 놓는 경우도 볼 수 있다.

　　部屋に入ると炭火があかくおきていた。
　　「おかあさんは、おふろにはいらないわ」
　　だれにともなく夏枝はいった。
　　「どうしたの」
　　徹と陽子が左右から夏枝にとりすがった。(上、191쪽)

방에 들어가니 석탄불이 빨갛게 피어오르고 있었다.

"목욕 안 할 거야?"

특별히 누구에게랄 것도 없이 나쓰에가 말했다.

"왜 그러니?"

도오루와 요코가 양쪽에서 나쓰에의 팔에 매달렸다.(1권, 231쪽.)

이 장면에는 엄마인 나쓰에와 아들 도오루, 딸 요코가 등장한다. 출발어텍스트에서는 나쓰에가 자신은 목욕을 하지 않을 거라고 말한다. 도착어텍스트는 나쓰에가 도오루와 요코에게 목욕을 같이 하자는 장면으로 전환되었다. 그래서 아이들이 엄마의 팔에 매달리는 식으로 받아들여질 수 있다. 도착어텍스트에서는 나쓰에의 대사 가운데 "엄마는"이라는 "おかあさんは"가 누락되었다. 이와 같이 현재 한국어로 번역된 『빙점』 가운데 가장 최신 번역본에 해당하는 정난진 역은 곳곳에서 번역 오류를 범하고 있는 것을 알 수 있다.

재번역을 통해 번역 오류가 개선되지 않는 이유는 딱히 어떤 요인이 작용한다고 단정하기 어렵다. 왜냐하면 2004년 최신 번역본은 출발어텍스트를 앞에 두고, 1965년의 최초 번역본을 비롯해 수십 종의 재번역본을 참고할 수 있겠으나, 이 번역본 어디에서도 작품해설이나 역자의 번역 기준 등을 명시한 「역자 후기」를 찾아보기 어렵기 때문이다.[13] 그

---

13 『빙점』 한국어 번역본 29종 가운데 「역자 후기」를 싣고 있는 번역본은 작가와 작품 해설에 그치고 있다. 어느 후기에도 번역의 저본이나 번역 방침을 밝힌 경우는 찾아보기가 매우 어렵다. 다시 말해, '재번역'이 이루어져도 앞선 번역본을 어떻게 참고했다고 하는 문구 등은 전무하다. 이와 같이 번역 저본이나 번역 기준 등에 대한 언급은 일본문학 한국어 번역본의 대부분이 명기하지 않는 사항이다. 그러므로 어느 번역본을 펼치더라도 직역과 의역이 혼재하는 등 번역의 일관성이 결여된 점을 엿볼 수 있을 것이다.

러므로『빙점』의 재번역본이 어떤 선행 번역본을 참고했는지 알 수 있는 방법은 서로 비교 대조해서 살펴보지 않으면 알 수 없다. 재번역본 간의 대조 작업을 통해 표절의 시비를 가리는 것도 중요하다. 그러나 이 글은 최신 번역을 분석해 오류가 개선되지 않는 사항을 지적하고, 나아가 출발어텍스트와 거리가 있는 재번역본 오류의 흔적이 어떻게 도착어텍스트의 '고유한 공간'으로 자리 잡히는지를 살필 것이다.

3. 조형되는 등장인물

앞에서 살펴보았듯이 출발어텍스트의 'おかあさんは'라는 말이 번역되는 과정에서 누락되는 바람에 번역문에서 등장인물의 행동은 완전히 달라졌다. 'おかあさんは'는 번역자의 사소한 실수로 번역되지 않았다고 생각할 수도 있다. 그러나 아래와 같은 부분은 출발텍스트의 문장 가운데 일부를 번역문에서 누락시킨 사례다.

夏枝は声をたてずに泣いた。涙があとからあとから、ほおをぬらした。何かに耐えているように、夏枝は声をころして泣いた。(上, 141쪽)

나쓰에는 소리를 죽여가며 울었다.(1권, 173쪽)

『빙점』에서 남편 게이조와 아내 나쓰에의 갈등은 아내가 남편의 병원에 근무하는 의사 무라이와 부정을 저지른 데에서 촉발되었다. 게이조가 출장을 떠난 사이에 나쓰에는 자택에서 무라이와 만나면서 엄마를 찾는 딸 루리코를 잠시 방치한다. 이 틈에 밖에서 놀던 루리코가 아기의 울음소리에 히스테릭하게 반응하는 사이시라는 남자에게 살해당한다. 남편 게이조는 아내의 부정을 정도가 심한 것으로 다소 오해하면서 우연한 계기로 알게 된 딸을 죽인 범인 사이시의 자식을 양녀로 들여와 키우기로 한다(이야기의 결말에서 이 양녀는 사이시의 딸이 아닌 것으로 밝혀진다). 게이조의 생각은 나쓰에에 대한 복수심에서 초래되었다. 앞의 인용 장면에서 나쓰에는 양녀가 범인의 딸이라는 것은 꿈에도 생각 못하고 양녀에게 친딸의 이름 '루리코'를 붙이자고 게이조에게 제안한다. 게이조는 당연히 반대하고 나쓰에는 친딸을 대신해서 기르는 마음으로 양녀를 맞이한 심정을 몰라주는 게이조 앞에서 눈물을 흘린다. 도착어텍스트에서 누락된 부분을 포함해서 살펴보면 출발어텍스트는 "<u>나쓰에는 소리를 내지 않고 울었다. 눈물이 계속해서 볼을 적셨다. 뭔가를 참고 있는 것과 같이</u> 나쓰에는 소리를 죽여가며 울었다"라고 묘사하고 있다. 출발어텍스트는 나쓰에가 양녀를 맞이하면서 자신의 과오로 죽음에 내몰린 '루리코'를 애절하게 생각하는 모습을 극명하게 드러내고 있으나, 도착어텍스트는 이를 누락시켜, 나쓰에의 심정을 약화시켰다.[14] 이와 같이 나쓰에에 대한 인물 묘사가 일부 누락되어 도착어텍스트에서는 다른 모습으로 그려지는 장면은 아래 인용문에서도 알 수 있다.

---

[14] 다른 번역본의 예로 들더라도 범우사에서 나온 최현의 번역본도 이 부분을 "나쓰에는 소리를 죽여가며 울었다"(상, 139쪽)라고만 번역되어 있다.

夏枝は、かたい表情をみせて食卓の前にうつむいていた。啓造が茶碗をさし
だしても、顔をあげなかった。(上、172쪽)

나쓰에는 굳은 표정으로 고개를 떨구고 식탁 앞에 서 있었다. (1권, 208~
209쪽)

　게이조는 범인의 자식을 양녀를 데려온 후 아직 생일을 모른다는 핑
계로 40여 일이 지났는데도 출생신고를 하지 않고 있었다. 아이가 범인
의 딸이라는 사실을 모르는 나쓰에는 죽은 친딸처럼 아이를 정성껏 키
웠고, 게이조는 이러한 나쓰에의 모습에 안쓰러워하면서도 한편으로는
죄의 대가를 치르고 있다고 생각하고 있었다. 게이조는 나쓰에가 아이
에게 온 정성을 쏟자 이번에는 아이를 되돌려주자고 나쓰에에게 제안한
다. 이 말에 나쓰에는 양녀를 호적에도 올리지 않은 게이조에게 강한 반
감을 나타낸다. 위 인용문은 평소 게이조에게 상냥했던 나쓰에가 양녀
의 출생신고를 문제로 게이조에게 화를 내는 모습을 그리고 있다. 출발
어텍스트의 밑줄 부분은 역시 생략되었다. "게이조가 밥그릇을 내밀어
도 얼굴을 들지 않았다"라는 말이 도착어텍스트에서 누락되어 평소에는
전혀 볼 수 없는 나쓰에의 행동이 잘 드러나지 않고 있다. 양녀를 맞이해
속죄하는 심정으로 죽은 친딸처럼 기르려는 나쓰에의 생각이 도착어텍
스트에서는 쉽게 읽기 어렵다. 평소 게이조에게 보이지 않던 모습으로
표출되는 나쓰에의 의지를 한국어 번역본 독자는 접할 수 없게 된 것이
다.[15] 이와 같이 출발어텍스트의 누락으로 나쓰에의 모습이 도착어텍스
트에서 바뀌었다.

그런데 반드시 출발어텍스트의 누락만이 나쓰에라는 인물상의 변형을 가져오는 것은 아니다. 출발어텍스트를 온전히 번역했다 해도 도착어텍스트와의 차이에서 나쓰에의 모습이 바뀌는 예도 볼 수 있다.

本心は、陽子を愛することではない。夏枝に犯人の子を育てさせたかったのだ。おれをうらぎり、<u>村井と通じた夏枝のために、あの日ルリ子は殺されたのだ</u>。おれはその夏枝が陽子の出生を知って苦しむ日のために、あの子を引きとったのだ。(上, 177쪽)

내 본심은 요코를 사랑하려는 것이 아니었다. 나쓰에게 범인의 자식을 키우게 하고 싶었던 것이다. 나를 배신하고 <u>무라이와 추잡한 짓을 한 나쓰에</u>가 요코의 정체에 대해 알고 괴로워하는 것을 보기 위해 그 애를 맡은 것이다. (1권, 214쪽)

위 인용문은 나쓰에게 범인의 자식을 양육시킨 게이조의 '본심'이 그의 독백으로 그려지고 있는 부분이다. 출발어텍스트의 밑줄 친 부분 '村井と通じた夏枝'는 '무라이와 내통한 나쓰에' 정도로 옮길 수 있는 표현이다. 이를 도착어텍스트는 '추잡한 짓'이라는 한국어로 번역해 나쓰에의 행위를 강하게 비난하는 뉘앙스를 풍기고 있다. 더욱이 출발어텍스트의 점선 부분에 해당하는 '때문에 그날 루리코는 살해된 것이다. 나

---

15 역시 범우사에서 출판된 최현의 번역본도 이 부분을 "나쓰에는 굳은 표정으로 식탁 앞에 고개를 떨어 뜨리고 있었다"(상, 166쪽)라고만 옮겼다. "게이조가 밥그릇을 내밀어도"라는 묘사가 생략되었다.

는 그 나쓰에가'라는 의미의 표현이 도착어텍스트에서는 누락되었다. 출발어텍스트는 나쓰에의 '내통'도 문제를 삼고 있다. 그러나 도착어텍스트는 이 부분을 번역하지 않아서 '루리코의 죽음'이라는 이야기의 초점을 흐리게 하고 있다. 도착어텍스트는 나쓰에의 '내통'만을 게이조가 힐난하는 장면으로 옮겨서 나쓰에를 대단히 부도덕한 여성으로 그리고 있다. 그러므로 아래와 같이 무라이와 나쓰에 사이에서 긴 시간동안 왕래가 없었고, 나쓰에는 아이들 돌보기에 여념이 없었다는 출발어텍스트의 밑줄 친 부분이 도착어텍스트에서는 다시 생략된다.

村井が死ぬところだったと、啓造から聞かされても、夏枝は単純におどろいただけであった。何の切迫した感情もわかなかった。

村井が療養所に入ってからの七年を、夏枝は徹と陽子のことに心をうばわれてきた。

村井のことは、夏枝にとっては一時の心のゆらぎにすぎなかった。(上, 195쪽)

무라이가 죽을 뻔했다는 말을 게이조에게서 들었을 때도 나쓰에는 단지 놀랐을 뿐이었다. 조금도 절박한 느낌이 들지 않았다. 무라이와의 일은 이제 나쓰에에게는 한때 마음의 동요에 지나지 않았다. (1권, 235쪽)

출발어텍스트의 밑줄 부분은 '무라이가 요양소에 들어가고 나서 7년 동안 나쓰에는 도오루와 요코의 일에만 마음을 빼앗겼다'라는 내용이다. 나쓰에가 무라이와의 '내통'을 잊고 사는 것은 출발어텍스트에 묘사된 것처럼, 아들 도오루를 돌보며 양녀로 맞이한 범인의 딸 요코를 키우는데 정신이 팔려 있기 때문이다. 하지만 도착어텍스트에서는 이 부분을 생략해서 나쓰에는 무라이와의 일을 단지 과거사로 흘려보내고 있다는 것처럼 묘사하고 있다. 출발어텍스트는 '도오루와 요코에게 마음을 빼앗기고 있다'는 점을 복선으로 해서, 이야기의 후반부에서 요코가 범인 사이시의 딸이라는 것을 나쓰에가 알고 나서 다시 게이조에게 복수하기 위해 나쓰에가 무라이에게 마음을 주려는 장면을 삽입하고 있다. 그러나 도착어텍스트는 이러한 이야기 전개의 전후 문맥에서 중요한 연결 부분의 일부를 생략해서 나쓰에의 심리에 변화가 생기는 과정을 알 수 없게 했다.[16] 번역자에 의한 생략이 작품 전개에 미치는 영향은 아무리 강조해도 지나치지 않을 것이다. 그런데 도착어텍스트에서 나쓰에의 인물상이 매우 부도덕한 여성으로 변형되면서 게이조는 출발어텍스트와는 다른 인물로 그려진다. 이 문제는 단지 번역의 누락과는 다른 차원에서 나타난다.

答えられまい。わたしの出張中、村井を引き入れて、なにをしていたか。いいか！ お前がわたしを裏切っている最中に、ルリコが殺されたのだ。ルリ子は三つだった。あの暑い日盛に外に出ていたら、家の中につれてくるのが母親

---

16 앞서 언급한 최현 번역본 역시 이 부분을 누락한 채 "무라이가 죽을 뻔했다는 말을 게이조오에게서 들었을 때에도 나쓰에는 단지 놀랐을 뿐이었다. 조금도 절박한 느낌이 들지 않았다. 무라이와의 일은 나쓰에에게는 한때의 마음의 동요에 지나지 않았다"로 옮기고 있다. 각주 12, 13에서와 같이 1981년 최현 번역본과 2004년 정난진 번역본은 유사한 부분이 많다는 점을 알 수 있다. 그렇다고 완전히 일치하는 것은 아니다. 예를 들어 앞에서 언급한 나쓰에와 무라이의 '밀통'을 2004년 정난진 번역본은 '추잡한 짓'으로 번역하고 있는 데 반해 1981년의 최현 번역본은 '내통'(171쪽)으로 번역하고 있다. 이 양자의 동일한 부분과 차이를 대조 분석해 재번역본 사이의 표절 문제도 드러낼 수 있을 것이다. 이는 다른 논문에서 추후에 다룰 것이다.

じゃないのか。お前は村井と二人っきりでいたいために、それを怠った。ルリ子にいわせると殺されたのは、おかさんのせいだろう（下, 112쪽）

대답할 수 없을 테지. 내가 출장 가고 없는 동안에 무라이를 끌어들여 무얼 하고 있었소? 똑똑히 들어둬요! 당신이 나를 한창 배신하고 있을 때 루리코가 죽임을 당했소. 그때 루리코는 세 살이었소. 그렇게 무더운 날 밖에 나가 있으면 집 안으로 데려오는 것이 어머니의 할 일이 아니오? 당신은 무라이와 단둘이 있고 싶었기 때문에 그것을 소홀히 했소. 루리코가 살아나서 말한다면 자기가 죽임을 당한 것은 엄마 때문이었다고 할 거요 (2권, 133쪽)

이 장면에서 양녀 요코가 루리코를 죽인 범인의 딸이라는 것을 안 나쓰에는 요코를 맞이해서 자신에게 복수를 하려 했던 게이조를 원망하지만, 오히려 게이조는 더 나쓰에의 '부정'을 꾸짖는다. 출발어텍스트에서는 밑줄 친 부분에서 알 수 있듯이 아내의 부정을 원망하는 게이조의 대사는 '무엇을 한 거야'라는 'なにをしていたか'와 '잘 들어둬'라는 'いいか!' 등의 반말투로 쓰여 있다. 그런데 번역문은 "무얼하고 있었소?"와 "똑똑히 들어둬요!" 등의 다소 정중한 어투로 바뀌어 있으며, 호칭에서도 '너'라는 의미의 'お前'를 "당신"으로 옮기고 있다. 이로써 앞에서 언급했듯이 도착어텍스트에서 표현한 나쓰에의 '추잡한 짓'에 대해서도 다소 점잖은 말투를 사용하는 게이조로 묘사되고 있다. 출발어텍스트의 인물상과는 다른 인물로 그려지고 있는 것이다. 그렇다면 1965년에 출판된 최초 번역본에서는 이 부분이 어떻게 번역되었을까.

대답할 수가 없겠지. 내 출장 중에 무라이를 불러들여 놓구 뭣을 허구 있었나? <u>이것봐!</u> 네가 날 배반하구 있을 동안에, 루리꼬가 <u>살해당한 거야</u>. 루리꼬는 세 살짜리였어. 그렇게 무더운 날, 바깥으로 나간 아이두 집안으로 데리고 들어오는 게 어머니로서의 본분이 아니겠어? 넌 무라이와 두 사람만이 있구 싶어서, 그것을 게을리 내버려 둔 거란 말야. 루리꼬에게 말을 하라고 한다면 자기의 죽음은 어머니 탓이라구 말할 거야!¹⁷

2004년의 최신 번역본과는 달리 밑줄 친 부분은 "뭣을 허구 있었나?"와 "이것봐!" 등으로 번역되었다. 1965년 당시의 다소 구식 표현이 들어있지만 게이조의 말투는 출발어텍스트에 가깝고 침착한 모습은 찾아보기 힘들다. 게이조는 나쓰에에 대해서도 '당신'이 아니라 '너'라는 표현을 쓰고 있다.¹⁸ 이에 반해 게이조의 대사를 정중한 어투로 옮긴 2004년의 정난진 역은 게이조가 나쓰에의 부정에도 침착함을 잃지 않는 남편으로 그려졌다. 따라서 앞서 언급했던 나쓰에의 부정을 도착어 '추잡한 짓'으로 표현해 부도덕한 여성임을 강조했던 게이조의 심리는 오히려 실제 대사에서 나쓰에에게 정주한 말투를 구사하는 것으로 강조된다. 도착어텍스트를 읽는 독자는 출발어텍스트를 읽는 독자와는 달리 나쓰에의 '추잡한 짓'에 더 집중하게 된다. 이러한 나쓰에의 부도덕함이 2004년 최신 번역본의 다른 장면에서도 증폭된다. 게이조와 나쓰에 사이에

---

17 三浦綾子, 孫玟 譯, 『氷點』 下, 春秋閣, 1965, 529쪽.
18 각주 14에서 지적했듯이 정난진 역과 유사한 최현 번역본은 이 부분을 "대답할 수 없을 테지. 내가 출장가고 없는 동안에 무라이를 끌어들여 무얼 하고 있었어? 똑똑이 들어둬? 당신이 나를 한창 배반하고 있을 때 루리꼬가 죽임을 당했어"(하, 106쪽)와 같이 게이조의 대사를 반말투(다만 나쓰에에 대한 호칭은 '너'가 아닌 '당신'으로 번역하고 있다.

오고간 요코의 출생비밀, 어머니의 부정을 우연히 엿듣게 된 아들 도오루는 어머니 나쓰에에게 다음과 같이 말한다.

> おかあさん！ぼくは……自分のおかあさんがそんな、そんなに<u>だらしのない</u><u>人</u>だとは、今の今まで<u>知らなかった</u>。（下, 116쪽）

> 엄마! 전…… 엄마가 그런, 그런 <u>쓸개 빠진 사람</u>인 줄은 지금까지 <u>미처 몰랐어요</u>. （2권, 139쪽）

먼저 출발텍스트를 살펴보면 도오루 역시 게이조와 마찬가지로 어머니에 대해 반말투를 사용하고 있다. 하지만 번역문에서는 공손한 말투로 바뀌었다. 또한 어머니의 부정을 알게 된 도오루는 출발텍스트에서는 나쓰에에 대해 '칠칠치 못한 사람' 정도의 뜻을 지닌 'だらしのない人'로 표현하고 있는데, 도착어텍스트에서는 "쓸개 빠진 사람"으로 번역했다. 즉 도오루는 어머니가 무라이와 내통한 사실을 알고 강한 반발심에서 반말투로 말하고 있으나, 그 행위에 대해서는 '형편없는 사람' 정도의 표현을 사용하고 있다. 사실 출발어텍스트에서는 나쓰에에 대해 아들이 'だらしのない'라는 표현을 입에 담는 것조차 허용하지 않고 게이조가 도오루를 꾸짖는 장면으로 이어진다. 이렇듯 아무리 나쓰에가 부정을 저질렀어도 아들이 함부로 쓸 수 없는 말이 'だらしのない人'라는 표현인데, 도착어텍스트에서는 한국어에서도 비난의 강도가 높은 '쓸개 빠진 사람'이라는 말로 그렸다. 이로써 2004년 최신 번역본은 나쓰에의 부정은 아들에게도 비난받아 마땅한 부도덕한 행위로 묘사하고 있

는 것이다. 1965년 초역본은 도오루의 말을 "어머니! 난, 어머니가 그렇
게 형편없는 사람인 줄은 지금까지 몰랐어!"[19]라는 표현으로 번역하고
있다. 다시 말해, 번역의 충실성에서 보자면 최신 번역본보다 초역본이
더 출발어텍스트를 충실하게 옮기고 있다. 그러나 충실성과 의역성의 문
제만이 아니라 최신의 재번역본이 등장인물의 인물상을 다르게 만들어
내고 있는 점에 주의해야 한다. 2004년 번역본은 출발어텍스트에서 그
려진 나쓰에와는 다소 상이한 나쓰에와 게이조의 모습을 조형해 내고 있
기 때문이다.

미우라 아야코는 「『빙점』을 다 쓰고 나서」라는 글에서 "평화를 되찾
은 집 안에서도 급기야 흐트러지는 모습, 여기에 인간을 근본적으로 불
행하게 만드는 무엇인가가 느껴지지 않는가. 그 근본적인 원인을 나는
추구하며, 호소하고 싶었다. 법률적으로는 물론 도덕적으로도 대단히 훌
륭한 분도 있다. 그럼에도 여전히 우리가 사는 세상에는 항상 서로 오해
하고 서로 상처를 주며 살아가는 것이 현실이며, 우리가 스스로 경험하
고 있는 점이기도 하다. 여기에 법률과 도덕률로써 판단할 수 없는 가장
근본적인 죄를 생각할 수 있다"라고 말하고 있다.[20] 결국 미우라 아야코
는 인간관계 속에서 발생하는 '흐트러지는 모습'은 반드시 '법률과 도덕
률'의 잣대로만 판단할 수 없는 '근본적인 불행' '근본적인 죄'를 안고 있
다고 말하고 있다. 여기에 『빙점』의 주제가 있다고 말할 수 있다. 그러나
이제까지 인용한 부분만 살펴보더라도 2004년에 번역된 최신판 『빙점』
은 나쓰에에게 '도덕률'의 잣대를 들이대고 있다. 인간이라면 누구나가

---

19 三浦綾子, 孫玟 譯, 『氷點』 下, 春秋閣, 1965, 543쪽.
20 岡野裕行, 『三浦綾子 人と文学』, 勉強出版, 2005, 185～186쪽.

안고 있는 숙명적인 '불행'과 '죄'가 아니라, 어머니의 부정, 아내의 부정이 '도덕률'에 의해 비난받아 마땅한 '추잡한 짓'으로 묘사되고 있는 것이다.

4. 번역 작품의 시공간

그렇다면 재번역이 오히려 출발어텍스트와 멀어지는 사태가 발생한다면 재번역의 위상은 어디에서 확인해야 할 것인가. 최초의 번역을 비롯해 기존 번역본의 오류나 결함을 보완하지 못하는 최신 번역본을 『빙점』의 재번역본으로서 어떻게 받아들여야 할 것인가. 우선 최초 번역본과 최신 번역본의 서두 부분을 비교 대조해 보면서 출발어텍스트와 도착어텍스트가 일대 일의 관계로 성립되지 못하는 현상에 접근해보자. 1965년의 최초 번역본과 2004년의 최신 번역본은 도착어의 언어 규범, 어휘 의미의 변화 등의 영향아래에 놓여있다. 하지만 단지 도착어 언어환경의 시차만이 문제가 되지 않으며, 출발어텍스트와 상관없이 도착어텍스트는 제각기 다른 번역본으로서 자리를 차지하고 있다.

바람 한 점 없는 날씨다.
동쪽 하늘 높이 둥실 떠 있는 뭉게구름이 햇빛에 반사되어 <u>황금빛으로 번쩍이면서 못에 걸리기라도 한 것처럼</u> 움직이지 않는다.

스트로브 소나무의 숲 그림자가 짙게 땅에 깔려 있었다.

그리고 그 그림자는 마치 생명이라도 지닌 것처럼, 괴상하게 숨을 쉬는 것 같았다.

아사히가와 시[旭川市], 가구라마찌[神樂町]의 바로 이 소나무 숲[松林] 곁에는 화양(和洋)식으로 지은 쓰지구찌 병원장 댁이 외로이 서 있었다. 그 이웃에는 집이라고는 거의 없었다. 쇼오와[昭和] 이십일 년 칠월 이십일 일, 하계제일(夏季祭日)의 늦은 오후, 젯날[祭日]을 알리는 큰 북소리가 멀리서 은은히 울려 온다. (손민 역, 1965년, 가로쓰기, 11쪽)

바람 한 점 없다. 동쪽 하늘 높이 햇빛에 반짝이며 떠 있는 뭉게구름은 한 폭의 그림처럼 꼼짝도 하지 않는다. 지면에는 스트로브 소나무 숲의 짤막한 그림자가 짙게 드리워져 있다. 그림자는 마치 살아 있기라도 한 것처럼 숨을 쉬고 있는 듯이 보인다.

아사히가와旭川 시 教外 가구라神樂 읍의 이 소나무 숲 바로 옆에 일본식과 양식을 절충하여 지은 쓰지구치辻口 병원장의 저택이 고즈넉이 서 있다. 인근에는 집이라곤 몇 채밖에 눈에 띄지 않는다.

멀리서 축제의 북소리가 울려왔다. 1946년 7월 21일, 가미가와上川 신사제神社祭가 한창인 어느 오후였다. (정난진 역, 2004년, 세로쓰기, 7쪽)

일본어텍스트를 상정하지 않고 최초 번역본과 최신 번역본을 대조하여 읽어보면 두 번역본이 서로 다른 출발어텍스트 저본을 사용하고 있는 듯한 느낌마저 든다. 그 차이점을 간단히 짚어보면, 우선 문단 구성이 다르다. 또한 1965년판은 첫 단락의 일부를 제외하고 '－였다'라는 과거형 문장으로 끝맺고 있는데 반해 2004년판은 마지막 단락의 '오후였다' 이외는 점선으로 표시한 것처럼 모두 문장을 '보인다'와 같이 현재형으로 끝맺고 있다. 1965년판은 2004년판에 비해 한자를 괄호 안에 병행한 '화양(和洋)식' '하계제일(夏季祭日)' '젯날[祭日]' 등 생소한 구식 어휘를 사용하고 있는데, '젯날'과 같이 반드시 한자음의 표기만은 아니다. 그리고 '쇼오와[昭和]'라는 일본 연호 사용은 오늘날 번역본의 표기 방식과 색다르다. 이는 도착어의 언어 변화에 기인한다. 그런데 반드시 최신 번역본이 현대적이며 오늘날의 언어 양태에 부합하는 번역문을 생산하는 것이 아니다. 고유명사의 일본어 표기는 2004년 번역본에 비해 1965년 초역본이 현대식이다. 예를 들면 지명 '가구라마찌[神楽町]'와 '가구라 神楽 읍'은 서로 상반된다. 1965년 표기법인 전자가 오늘날 방식에 가깝다. 후자는 '마찌(町)'라는 일본 행정구역명을 도착어 국가의 행정구역명으로 대신했다. 이와 같이 1965년 최초 번역본과 2004년 최신 번역본은 제각기 장단점을 지니고 있다. 나아가 1965년 번역본은 첫 문장에서 하늘에 떠 있는 구름을 "황금빛으로 반짝이면서 못에 걸리기라도 한 것처럼"으로 묘사했고, 2004년 번역본은 "한 폭의 그림처럼"이란 표현을 사용했다. 그렇다면 이 두 번역본의 출발어텍스트는 어떤 문장일까. 아래에 일본어텍스트 『빙점』을 인용하여 확인해 보자.

風は全くない。東の空に入道雲が、高く陽に輝いて、つくりつけたように動かない。ストローブ松の林の陰が、くっきりと地に濃く短かった。その影が生あるもののように、くろぐろと不気味に息づいて見える。

旭川市郊外、神楽町のこの松林のすぐ傍らに、和、洋館からなる辻口病院

長邸が、ひっそりと建っていた。近所には、かぞえるほどの家もない。

遠くで祭りの五段雷が鳴った。昭和二十一年七月二十一日、夏祭りのひる

下りである。(上、5쪽)

우선 단락나누기를 보면 2004년판이 일본어텍스트와 동일하다.[21] 일본어텍스트의 문말 표현은 두 번째 단락의 'ひっそりと建っていた'와 마지막 단락의 '鳴った'만이 'た'형의 과거형이고, 그 밖의 문장은 모두 '全くない'와 같은 현재형으로 끝맺고 있다. 1965년판이나 2004년판의 문말 표현은 모두 일본어텍스트를 그대로 옮기고 있는 것이 아니다. 출발어텍스트와 도착어텍스트의 의미를 비교해보면 2004년판의 첫째 단락은 출발어텍스트를 충실히 옮기고 있다. 이에 비해 1965년판은 출발어텍스트에 없는 '날씨'와 같은 수식어를 덧붙였으며, '붙박이처럼'을 의미하는 'つくりつけたように'를 '황금빛으로 번쩍이면서 못에 걸리기라도 한 것처럼'으로 번역했다. 2004년판은 이 부분을 '한 폭의 그림처럼'으로 옮겼으나, 일본어텍스트에서는 적란운(積亂雲, 소나기구름)이 붙박이처럼 햇살을 받으며 꿈쩍이지 않고 떠있는 모습을 나타내는, 회화적 이미지는 살리지 못하고 있다. 그러나 일본어텍스트를 '동쪽 하늘에 소나기구름이 높게 햇살을 받아 빛나고 있고 붙박이처럼 꼼짝하고 있지 않다'라는 식으로 직역하면, 그 이미지가 살아나지 않아 한국어 번역본은 '황금빛'이라는 수식어나 '그림처럼'이라는 말로 회화적 이미지를 담았다. 출발어텍스트의 구체적인 묘사가 도착어텍스트에서는 추상적 표현으로

---

21 그렇다고 2004년 번역본이 일본어텍스트의 단락을 계속 그대로 유지하면서 번역하고 있지는 않다. 다른 부분도 많다.

바뀐 것이다.

일본어텍스트의 두 번째 단락에 대해서는 1965년판과 2004년판이 출발어텍스트의 문장을 충실히 번역했으나, 문말 표현에서 '建っていた'를 1965년판은 일본어텍스트와 동일하게 과거형으로 옮겼고, 2004년판은 현재형으로 옮겼다. "셀 정도의 집도 없다"라는 의미의 'かぞえるほどの家もない'를 1965년판은 "집이라곤 거의 없었다"의 과거형으로, 2004년판은 "집이라곤 몇 채밖에 눈에 띄지 않는다"의 현재형으로 서로 정반대의 시제를 채택하고 있다. 그리고 '불꽃놀이'를 뜻하는 '五段雷'를 두 번역본 모두 '북소리'로 잘못 옮기고 있다. 불꽃놀이에서 가장 큰 소리를 내는 것 중의 하나가 '雷'이며, 평, 평, 평 소리를 내면서 세 번 연속 터지는 불꽃놀이는 '三段雷'라고 말하며, 다섯 번 연속 큰 소리를 내면서 터지는 불꽃놀이를 '五段雷'라고 부른다. 이를 '북소리'로 옮긴 것은 도착어텍스트의 언어 문맥에서 '축제'는 '북소리'와 연상된다고 판단했기 때문일 것이다.

마지막 단락을 보면 1965년판은 어순을 바꾸어 번역하고 있다. 2004년판은 일본어텍스트에서는 '여름축제'에 해당하는 곳에 '가미가와[上川] 신사제[神社祭]'라는 특정 지역의 축제명을 삽입했다. 약 40여 년의 시차를 두고 번역된 1965년판과 2004년판은 일본어텍스트를 앞에 두고 뚜렷한 번역 원칙을 정하지 않고 표기나 표현 등의 오류가 혼재해 있으며, 충실성과 가독성을 기준으로 번역 평가를 해도 어느 것도 충실성이나 가독성의 기준을 일관성 있게 유지하고 있다고 말할 수 없다. 시대의 흐름에 따른 한국어 어법에 맞추어 세로쓰기에서 가로쓰기, 쉼표와 마침표의 변경 등 현대 독자를 위해 낡은 문장 부호법은 개선되고 있으나, 출발어텍스트에 대해 최초 번역과 재번역은 동일한 내용과 단락을 구성하고 있지는 않다. 다시 말해 출발어텍스트와의 관계에서 보자면 『빙점』의 한국어 번역의 재번역은 이전의 번역보다 출발어텍스트에 근접한다든지 도착어텍스트로서 더 나은 가독성을 확보하고 있다고 말할 수 없다. 1970년대, 1980년대, 1990년대에 재번역되어 출간된 아래의 세 번역본을 비교 대조해보더라도 일목요연하게 드러난다.

바람이라곤 한점 없다. 동녘 하늘의 뭉게구름은 한 폭의 그림같이 꿈쩍도 않는다. 그 아래로 펼쳐진 『스토로-부』 솔밭 그늘은, 살아있는 생물같이, 숨을 쉬고 있는듯하다. 〈아사히가와〉시 교외 〈가구라 쬬오〉의 이 솔밭 언저리에, 반 양옥으로 지은 〈쓰지구찌〉 병원장 사택이 자리잡고 있다. 주변에 딴 집이라곤 몇집 없어, 쓸쓸할만치 조용하다. 무더운 칠월하순 어느날 하오. (이시철 역, 무등출판사, 1978년, 세로쓰기, 11쪽)

바람 한 점 없다.
동쪽 하늘에 높이 뜬 뭉게구름은 햇빛에 반짝이면서 마치 한 폭의 그림같이 움직이지 않는다. 스트로브 소나무숲의 그늘이 짙게 땅바닥에 깔려 있다. 그 그림자가 마치 살아 있는 것처럼 거뭇거뭇하며 숨을 쉬고 있는 것같이 보인다.
아사히가와[旭川]시 교외 가구라마찌[神楽町]의 소나무숲 바로 옆에 화양절충식으로 지은 쓰지구치[辻口] 병원장 사택이 호젓하게 서 있다. 근처에는 두세 채의 집이 있을 뿐이다.
멀리서 축제의 폭죽 소리가 울려 왔다. 1946년 7월 21일 여름 축제의 늦은 오후였다. (이설영 역, 1986년, 인문출판사, 가로쓰기, 17쪽)

바람 한 점 없다. 동쪽 하늘에 높이 뜬 뭉게구름이 햇살을 받아 빛나면서 한 폭의 그림처럼 움직이지 않는다. 스트로부스 소나무숲의 그림자가 땅바닥에 짧고 짙게 깔려 있다. 그 그림자가 마치 살아 있기라도 한 듯 거무죽죽한 모습으로 숨쉬고 있는 것처럼 보인다.

아사히카와[旭川]시 교외 가쿠라마치[神楽町]의 소나무숲 바로 옆에 일본식 건물과 양옥을 절충해 지은 쓰지구치[辻口] 병원장 저택이 조용히 서 있었다. 근처에는 두세 채의 집이 있을 뿐이다.

멀리서 축제의 우레 같은 함성이 울렸다. 1946년 7월 21일 여름 축제일의 늦은 오후였다. (최호 역, 홍신문화사, 1992, 세로쓰기, 11쪽)

1992년판을 제외하고는 일본어텍스트의 문장 단락과 다른 번역문이다. 1978년판의 첫째 단락을 보면 출발어텍스트의 '高く陽に輝いて', 'くっきりと地に濃く短かった', 'くろぐろと不気味に' 등의 표현을 생략했고 문장부호 사용 원칙도 정해져 있지 않다.[22] 1986년판과 1992년판은 먼저 문말 표현에서 일본어텍스트에 근접하지만, 두 판본 모두 마지막 단락인 '여름 축제의 늦은 오후다'로 번역할 수 있는 '夏祭りのひる下がりである'를 '-였다'로 번역하고 있다. 또한 앞서 언급한 첫 번째 단락의 'つくりつけたように'는 모두 '한 폭의 그림처럼'과 같은 번역문으로 이루어졌다. 나아가 '五段雷'는 1986년판이 '폭죽소리'로 불꽃놀이의 소리와 근

---

22 이 번역본은 1965년 동일역자에 의해 韓國政經社에서 간행된 중복출판물이다. 표지에는 '日本朝日新聞1000萬円懸賞當選作品'이라는 글귀가 있으며, 판권란의 도서명은 '長篇小說 氷點(完譯本)'으로 적혀 있다. 그런데 한 가지 특기 사항은 각장 타이틀을 일본어텍스트의 제목과는 무관하게 '第二의 戀情(敵)', '비오는 날의 키스(雨後)', '아내의 바람기(淵)' 등과 같은 선정적인 제목으로 붙인 경우도 있다(괄호는 일본어텍스트의 타이틀).

접하게 옮겼지만, 1992년판은 '우레 같은 함성'으로 잘못 번역하고 있다. 이 두 재번역본은 위 인용에서 일본어텍스트의 「和、洋館からなる」를 '화양 절충식'과 '일본식 건물과 양옥을 절충해 지은'의 어구차이를 보이는 부분 이외에는 거의 유사한 번역문이다. 두 번역본의 본문 전체를 아직 상세히 비교 대조하지는 않았으나, 역자와 출판사가 다른 1986년판과 1992년판은 이 밖의 부분을 살피더라도 단락, 어투, 어구 등에서 약간의 차이만 보일 뿐 표절 번역본에 가깝다.[23]

이렇게 보자면 모든 재번역이 기존 번역본의 오류를 바로잡고 나아가 출발어텍스트에 더 충실하다거나 도착어텍스트의 가독성을 살린 번역으로 거듭 태어난다고 말하기는 쉽지 않다. 오히려 도착어텍스트의 환경에 따라 '재번역'은 출발어텍스트와 상관없는 별개의 새로운 도착어텍스트로서 존재한다고 말할 수 있다(물론 표절 번역본은 예외로 한다). '오역'이나 '충실성', '가독성'으로만 재번역을 평가하는 것은 이러한 도착어텍스트 안에 존재하는 '여러 개의 번역들'이 만들어 내는 '번역 공간'을 살피지 못하게 하며, 재번역으로 인한 도착어의 확장성을 고려하지 않게 만든다. 재번역의 오류에만 초점을 맞추면 다시 번역되는 행위는 비생산적인 것으로 평가 절하되기 쉽고, '원전'주의는 더 강화될 우려를 낳는다. 번역은 도착어텍스트 안에서 다양한 의미를 산출하는 과정이기도 하다. 『빙점』을 재번역한 수십 종의 한국어텍스트가 존재하는 이유다.

그러나 〈표 1〉에서 제시한 1의 최초 번역을 제외한 28종의 '재번역'본이 모두 다양한 '독창성'을 지닌 '하나의 번역'이라고 보아야 할지 어

---

23 조심스럽게 덧붙이자면 1992년의 재번역본은 일본어텍스트를 펼치지 않고 선행 번역본인 1986년판만을 참고해 편집해서 출판했을 가능성도 배제할 수 없다.

떨지는 쉽게 단정할 수 없다. 이 글에서는 위 28종의 재번역본을 일일이 대조하여 그 차이를 분석하지는 못했지만, 각주 16과 앞에서 몇 가지 사례를 들어 제시했듯이, 2004년 정난진 번역본이 1981년의 최현 번역본과 유사하다는 점에서도 재번역 사이의 유사성이나 표절 관계 등도 따져볼 필요가 있다. 이를 하나하나 지적함으로써 일본소설의 번역에 내재하는 갖가지 문제점이 드러나고 그에 따라 일본소설의 번역 환경이 보다 개선될 것이다. 〈표 1〉의 21 이정예 번역본과 22의 김진욱 번역본과 같이 수시로 출발어텍스트의 문장을 통째로 생략하여, 어떤 의도로 번역본을 출판하고 있는지 전혀 짐작하기 어려운 번역본도 버젓이 유통되고 있기 때문이다. 이는 초역(抄譯)이라고도 말할 수 없다. 출발어텍스트와 별개의 재번역된 도착어텍스트로 간주하기에도 민망할 정도로 무분별한 출발어텍스트의 삭제를 일삼고 있다. 번역 원칙을 둔 번역편집본도 아니며, 그저 『빙점』이라는 작품의 유행을 쫓아 책의 타이틀만을 앞세운 상업출판의 본보기라 할 수 있다. 이러한 출판 관행은 재번역을 검토하는 데 빠트릴 수 없겠으나, 번역 풍토의 쇄신과 번역 작품 독자층의 선별력으로 바꾸어지지 않을까 생각한다.

미우라 아야코의 『빙점』은 1965년에 최초로 한국어 번역이 이루어졌다. 이후 2004년에 최신 번역본이 출판되기까지 약 28종의 재번역본이 양산되었다. 이 글은 이를 모두 '재번역'의 현상으로 포괄하지 못했으나, 재번역의 정점에 위치하는 2004년 최신 번역본을 중심으로 재번역이 반드시 선행 번역본의 개선이나 출발어텍스트에 충실한 방향에서 이루어지지만은 않았다는 사실을 밝혔다. 2004년 최신 번역본은 여전히 번역 오류와 결함을 안고 있었다. 또 「역자 후기」도 딸려 있지 않아 작품

해설뿐만 아니라 번역 저본, 번역 기준이나 원칙 등에 관한 정보가 전무했다. 따라서 28종의 선행 번역본을 참고했는지, 어떤 기준을 마련한 번역인지도 알기 어려웠다. 『빙점』 한국어 번역본은 모두 선행 번역본과의 관련 사항이나 번역 기준을 명시하지 않고 있었다.

또한 2004년 최신 번역본은 40여 년 전에 번역된 최초 번역보다도 뒤떨어진 고유명사 표기나 표현도 담고 있었고, 출발어텍스트에서는 그려지지 않은 등장인물의 모습이 도착어텍스트 안에서 조형되고 있었다. 이는 번역자의 의도일지도 모르나, 번역에 내재한 무의식적인 출발어텍스트와 도착어텍스트 사이의 거리가 낳은 새로운 텍스트성이라 할 수 있다. 재번역은 도착어의 언어변화로 인해 요구되지만, 출발어텍스트와의 관계에서는 고유한 '번역 공간'을 창출한다. 그렇다고 『빙점』의 모든 재번역본이 각각 독창적인 텍스트로 존재한다는 것은 아니다. 30여 종의 『빙점』 한국어 번역본 중에는 아무런 번역 원칙도 없이 출발어텍스트의 많은 부분을 누락한 번역본, 선행 번역본을 참고하기보다는 아예 그대로 표절하는 번역본 등도 더러 있기 때문이다. 『빙점』의 번역이라는 이름하에 정체불명의 도착어텍스트로 유통되는 상황에는 주시해야 할 것이다. 이는 출판 관행에서 바로잡혀야 할 사안이라 생각한다. 하지만 출발어텍스트에 대한 충실성이나 도착어텍스트에 대한 가독성의 잣대로서 재번역을 평가할 수만은 없다. 재번역이 지니고 있는 독창성과 도착어 안에 생성된 언어적 다양성은 번역의 새로운 현상으로 살필 수 있을 것이다.

제4장

나쓰메 소세키 『도련님』의 번역과 이질적 공간

1. 문화접촉의 현장

문학작품의 번역에 관한 논의에서 주로 쟁점이 되는 것은 원작을 얼마나 충실히 옮겼는가와 얼마나 읽기 쉽게 번역했는가라는 '충실성'과 '가독성'의 문제이다.[1] 원작의 구조와 표현을 최대한 살리는 충실한 번역과 번역된 작품으로서 자연스럽게 읽히는 번역이 모두 충족되기란 쉽지 않아, 이 두 문제는 번역을 논하는 자리에서 끊임없는 논쟁을 낳고 있다. 이와 더불어 번역은 단지 언어적인 문제만이 아니라 문화접촉의 전형으로서도 논의된다.[2] 1906년에 발표된 나쓰메 소세키의 『도련님[坊っ

---

[1] 번역에서 '충실성'과 '가독성'의 문제가 어떻게 논쟁되고 있는가와 그 개념에 대한 설명은 이은숙의 『번역의 이해』(동인, 2009, 71쪽)를 참고할 수 있다.

ちゃん]』의 한국어 번역본은 충실성과 가독성의 문제로만 해소될 수 없는 문화접촉의 장으로서의 번역을 보여준다. 일본어로 쓰여진 『도련님』과 한국어로 번역된 『도련님』은, 각각 원천텍스트(source text)와 목표텍스트(target text)로 어떤 차이를 나타낸다. 번역은 다른 언어끼리의 변환에만 그치는 것이 아니라, 언어와 언어 사이, 문화와 문화 사이의 경계를 가로지르면서 목표텍스트에 이질적 공간을 생성한다.

그런데 한국어로 번역된 『도련님』에 대한 기존연구는 대상 독자층을 염두에 둔 독자지향적 경향과 원전에 대한 충실도를 벗어난 오역의 문제가 주로 논의되었다.[3] 이 글은 선행연구를 참고하면서 첫째로 원천텍스트와 목표텍스트 간의 차이가 발생하는 양상을 파악한다. 둘째로 차이를 낳는 요인을 분석하면서 차이가 발생하여 한국어로 번역된 『도련님』의 작품 이미지가 어떻게 다르게 만들어지는가를 살펴본다. 셋째로 번역된 텍스트는 원천텍스트와는 다른 목표텍스트로서 어떤 위치를 차지할 수 있는가를 생각해보겠다.

2   손지봉, 「번역과 문화」, 한국문학번역원, 『문학 번역의 이해』, 북스토리, 2007, 27쪽.
3   김정경, 「일한문학 번역의 독자지향적 경향 연구―『도련님』 번역본을 중심으로」, 『일어일문학』 35, 2007, 184~202쪽; 유은경, 「오역의 양상과 오역방지를 위한 제안―번역본 『도련님』 1·2장을 중심으로」, 『일본어문학』 42, 2008, 266~294쪽.

2. 텍스트의 변형과 언어적 특성

『도련님』의 첫 한국어 번역본은 1960년에 이종열에 의해 번역되어 청운사(靑雲社)에서 간행한『일본문학선집(日本文學選集)』1권에 수록되었다. 이후 김성한(1962), 오유리(2001), 정희성(2001), 육후연(2002), 정치훈(2003), 한은미・이소연(2003), 박현석(2005), 지희정(2005), 김상수(2007), 양윤옥(2007), 권남희(2007), 이민영(2009) 등의 역자에 의해 재

|그림1|『논술대비 초등학생을 위한 세계 명작 도련님』표지

번역되었다.[4] 2000년 이후 집중적으로 번역되는 현상이 엿보이는데, 이는 서울대에서 '청소년이 읽어야 할 필독서'의 한 권으로『도련님』을 선정한 이유도 있을 터이다. 나쓰메 소세기가 쓴『도련님』은 본래 청소년용으로 집필된 것도 아니며, 특유의 문체로 쓰여져 읽기가 쉽지 않는데, 국내에서 이 작품은 청소년용으로 유통되는 경향이 있다. 일본문학 번역 작품 중에서『도련님』은 논술용과 청소년 대상 작품으로 다수 출판되었다.[5] 특히 논술시리즈와 청소년 대상 번

---

4 윤상인 외,『일본문학 번역 60년 현황과 분석』, 소명출판, 2008, 188쪽. 2005년도 번역본까지의 서지 목록은 이 책을 참조하기 바란다. 2007년 김상수 역은 신세계북스에서 출판되었고, 그 외 양윤옥, 권남희, 이민영 역에 대한 서지는 본문 중에서 언급하겠다.

5 예를 들면『도련님』논술대비 초등학생용 세계명작 34(정희성 역, 지경사, 2001),『중학생이 보는 도련님』(강영숙 역, 신원문화사, 2005),『도련님』청소년 세계명작(양정화 편, 꿈꾸는아이들, 2005),『도련님』아이세움 논술명작 19(이규민 역, 아이세움,

역본 중에는 원작을 누락한 부분이 많으며, 기존에 출판된 번역본을 엮어 재출판한 것도 눈에 띈다. 여기에서는 논술용이나 청소년 대상으로 엮어진 번역본은 고찰 대상에서 제외했으며, 아래의 다섯 역자에 의한 번역본을 다루겠다.

> 이종열 역, 「도련님」, 『일본문학선집』 1, 청운사, 1960
>
> 김성한 역, 『봇짱』 을유문고 28, 을유문화사, 1984(초판 1962)
>
> 오유리 역, 『도련님』, 문예출판사, 2001
>
> 양윤옥 역, 『도련님』, 좋은생각, 2007.7
>
> 권남희 역, 『도련님』, 책만드는집, 2007.12

이종열 역은 최초의 번역본으로서 의미가 있으며, 김성한 역은 1962년에 번역된 이래 1984년에 을유문고로 재판되어 2000년도까지 유통되며 읽힌 대표적인 번역본이다. 오유리, 양윤옥, 권남희는 일본소설만을 주로 번역하는 일본문학 전문 번역자로 활동하고 있다.[6] 분석대상은 원천텍스트를 온전히 옮긴 번역서라 할 수 있다.

그러나 이 가운데에도 번역본에 임의로 목차를 붙이거나, 원천텍스트

2006), 『도련님』 통합논술 다(多)지식 세계명작 시리즈 39(서인영 역, 대교베스테만)과 같은 번역서를 가리킨다. 이러한 흐름 속에서 2009년에 논술시리즈와는 다른 '완역본'이란 문구를 걸고 이민역 역이 평단문화사에서 간행되었다.

6 각 번역본에 기재된 역자 프로필에 의하면, 오유리는 시게마쯔 기요시와 요시다 슈이치, 다자이 오사무, 나쓰메 소세키 작품을 번역하고 있다. 양윤옥은 2005년 고단샤 제15회 노마문예번역상 수상자로 일본문학 전문 번역가이며, 권남희도 일본문학 전문 번역자로 요시다 슈이치와 무라카미 하루키의 작품 등 80여 편의 일본문학을 번역하고 있다.

와 달리 단락을 나누고, 원천텍스트에는 없는 그림 삽화를 다수 삽입한 번역서도 있다. 또 원천텍스트에서는 지문과 대화문이 섞인 부분이 많은데, 김성한 번역본을 제외하고는 대부분의 목표텍스트는 지문과 대화문을 명확히 구분하고, 문장과 단락을 짧게 끊어 읽기 쉬운 문장 구조로 바꾸었다. 먼저 권남희 역을 보면 다음과 같이 원천텍스트에는 없는 소제목이 각장에 달려있다. 아래 인용은 그 목차인데, 원천텍스트에는 없는 목차와 각 장의 제목이다. 원천텍스트는 전체 11장으로 구성되어 있을 뿐이다.

1 개구쟁이 시절－장난꾸러기 / 하녀 기요 / 홀로 서기 / 졸업

2 도련님, 선생님이 되다－시코쿠의 중학교 / 인사 돌기 / 첫 수업 / 골동품 강매 / 튀김 선생님

3 대책 없는 학생들－숙직 / 메뚜기 사건 / 함성 사건 / 낚시 놀이 / 빨강 셔츠의 험담

4 교무실－센바람과의 싸움 / 교무 회의 / 이사 / 하숙집 할멈 / 기요의 편지 / 온천에 가다 / 월급 사건

5 가엾은 끝물 호박 선생 / 끝물 호박 선생의 전근 이야기 / 빨강 셔츠의 집으로 / 센바람과의 화해 / 끝물 호박 선생의 송별회 / 승전 기념일 / 스키야키 / 뒤풀이

6 도련님, 난동 부리다－중학교와 사범학교의 싸움 / 신문 기사 / 센바람의 사직 / 빨강 셔츠의 퇴치 / 귀경[7]

7　이러한 각 장의 소제목은 2002년에 인디북에서 출판된 육후연 번역의 목차를 그대로 따르고 있다.

이로써 목차를 보고 전체 내용을 일목요연하게 파악할 수 있다. 하지만 이러한 목표텍스트는 원천텍스트를 변형한 것이나 다를 바 없다. 11장으로 구성된 원천텍스트가 각각 잘려져 6장으로 재구성되어 있다. 원천텍스트를 훼손했다는 점을 지적하려는 것이 아니라, 출판물의 구성 차원에서 원천텍스트와는 별개의 한국어판 『도련님』이 존재한다는 점을 말하고자 한다. 권남희 번역본은 원천텍스트에도 없는 컬러 삽화도 본문 곳곳에 삽입하고 있다. 문자뿐만 아니라 시각으로도 읽는 재미를 느끼게 한다. 읽기는 편한 구성이라 할지라도 원천텍스트와 다른 구조와 형식, 삽화 등으로 번역된 텍스트는 외관상으로만 보면 독립된 텍스트인 것이다. 내용면에서도 권남희 역은 원천텍스트의 일부를 누락하고 있다.

県庁も見た。古い前世紀の建築である。兵営も見た。麻布の聯隊より立派ではない。大通りも見た。神楽坂を半分狭くした位な道幅で町並みはあれより落ちる。二十五万石の城下だって高の知れたものだ。(27~28쪽)[8]

현청(縣廳)도 보았다. 오래된 구세대 건축물이다. 병영도 보았다. 25만석의 성하(城下)라고 하더니 별것 아니었다. (권남희, 44 : 숫자는 쪽수, 이하 각 번역자 이름 뒤 숫자는 쪽수를 가리킨다)

이 대목은 막 시골 학교에 부임한 주인공이 주변을 돌아보며 자기가 살던 도쿄와 비교하는 장면이다. 번역이 생략된 부분은 '아자부에 있는

---

8 원천텍스트의 인용은 『坊っちゃん』新潮文庫(新潮社, 1950)에 의한다. 인용문 뒤의 숫자는 쪽수를 가리킨다.

연대의 병영보다 훌륭하지 않다. 큰길가도 보았다. 폭이 가쿠라자카의 반 정도로 좁고 주택들은 그것 보다 뒤떨어진다'로, '아자부'나 '가쿠라자카'는 도련님이 이제까지 살았던 도쿄의 거리를 가리킨다. 번역에서 빠진 부분은 주인공이 시골을 도쿄에 비유하며 시골 경치가 도쿄보다 못하다고 생각하는 장면이다. 도쿄와 시골의 대비가 선명하며, 도쿄에서 온 사람으로서 시골을 내려다보는 시선을 읽을 수 있다. 그에 비해 권남희 역에서는 도쿄와 대비되는 시골의 모습을 번역하지 않아, 주인공이 어떤 위치에서 시골을 바라보고 있는지를 파악할 수 없다. 청소년 독자를 염두에 둔 구성에서 문화와 관련된 부분을 삭제하는 것은 불필요한 설명을 간결하게 해 읽기 쉽게 하기 위함인지 모른다. 그런데 '성하(城下)'와 같은 애매모호한 말이 들어가 가독성을 저해하고 있다. '성하'는 한국어에서는 찾아볼 수 없는 단어이다. 일본어 '城下'는 '성벽 아래, 성벽 밖'을 뜻하며, 여기에서는 '城下町'와 동일어로 사용되고 있다. 이 말을 다른 번역본은 각각 '성중(城中)'(이종열, 217), '고을'(김성한, 30), '성'(오유리, 35), '영지'(양윤옥, 42)로 옮겼다. '城下町'는 다이묘가 살던 성을 중심으로 형성된 도시를 말한다. 권남희 번역본은 청소년을 염두에 둔 구성을 하고 있으나, 원천텍스트의 한자말을 그대로 한국어 음으로 바꾸어 사용해 목표텍스트에서 불분명한 '성하'라는 말을 생성했다.

또 원천텍스트의 일부분을 삭제함으로써 등장인물 간의 갈등이 축소되어 독자들에게 전해지며, 등장인물의 성격이 왜곡되기도 한다.

そうして、そんな悪い教師なら、早く免職さしたらよかろう。教頭なんて文学士の癖に意気地のないもんだ。蔭口をきくのでさえ、公然と名前が云えな

い位な男だから、弱虫に極まってる。弱虫は親切なものだから、あの赤シャツ
も女の様な親切ものなんだろう。親切は親切、声は声だから、声が気に入ら
ないって、親切を無にしちゃ筋が違う。それにしても世の中は不思議なもの
だ、虫の好かない奴が親切で、気に合った友達が悪漢だなんて、人を馬鹿に
している。(70쪽)

그리고 그렇게 나쁜 선생이라면 일찌감치 파면시키지 않고. 세상은 참 요지
경 속이다. 주는 것 없이 미운 인간은 친절하게 굴고 마음이 맞는 친구는 나쁜
놈이라니, 세상이 사람을 바보로 만들고 있다. (권남희, 108)

삭제된 밑줄 부분은 교감선생을 험담하는 장면이다. 원천텍스트에서
주인공인 도련님과 교감선생의 갈등은 중요하게 다루어지고 있다. 교감
선생에 대한 험담이 삭제되어 그 갈등요소가 잘 드러나지 않는다. 삭제된
부분을 다른 번역본에서 인용해보면 다음과 같다. "문학사라면서 참 기
백도 없는 위인이다. 뒤에서 속닥속닥할 때조차 떳떳하게 이름을 대지
못하다니, 두말할 것도 없는 졸장부다. 대개 졸장부들은 겉으로만 친절한
척하는 법이라 저 빨간 셔츠도 여자처럼 상냥한 것이다. 어쨌든 친절한
건 친절한 것이니 목소리가 마음에 들지 않는다고 그 친절한 것까지 무시
하는 건 이치에 맞지 않다"(양윤옥, 111~112). 이 부분이 생략되어 도련님
과 가장 갈등을 빚는 빨간 셔츠에 관한 인물 묘사가 평이하게 되었다.
　이와 같은 원천텍스트 일부의 누락과 달리 원천 언어와 목표 언어의
특성에 따라 목표텍스트의 표현이 바뀐다. 일본어에서는 같은 단어로
반복되고 있는 표현을 한국어로 번역된 텍스트에서는 다음과 같이 대응
하고 있다.

大概顔の蒼い人は痩せてるもんだがこの男は蒼くふくれている。(…中略…)
そうじゃありません、あの人はうらなりの唐茄子ばかり食べるから、蒼くふく
れるんですと教えてくれた。それ以来蒼くふくれた人を見れば必ずうらなりの
唐茄子を食った酬いだと思う。(26쪽)

대체로 얼굴이 창백한 사람은 마른 편인데 이 남자는 퍼러면서도 통통했다.
(…중략…) "그렇지 않아요. 그 사람은 끝물 호박만 먹어서 푸르뎅뎅하게 부
은 거예요"라고 가르쳐 주었다. 그후 퍼렇게 부은 사람을 보면 끝물 호박을 먹
어서 그런 거라고 생각했다. (권남희, 41~42)

영어 교사인 고가(古賀)에 대한 인물묘사가 이어지는 장면에서 원천
텍스트는 '蒼い'라는 한 단어를 반복하여 사용하고 있다. 목표텍스트는
밑줄 부분에서 보는 바와 같이 각각 다른 말로 옮겼다. 밑줄 부분에 대해
다른 번역본을 참조해도 원천텍스트에서 구사되는 '蒼い'의 반복 사용
을 피하고 있다. 양윤옥 역은 '창백한 사람', '핼쑥한데도 뚱뚱했다', '허
옇게 부은', '창백하고 뚱뚱한 사람'(양윤옥, 40)으로 번역하고 있다. 처음
으로 번역된 이종열 역도 '햇슥한 사람', '창백하고도 부은', '부숙부숙하
다', '부숙기 있는 사람'(이종열, 216)으로 각각 다른 어휘로 옮겼다.[9] 이
것은 목표텍스트에는 '蒼い'에 해당하는 말이 발달되어 있음을 알 수 있
다.[10] 원천텍스트에서는 맛 볼 수 없는 감각 표현이 목표텍스트에서 실

---

9 오유리 역과 김성한 역은 '蒼い'를 '푸르딩딩하다'와 '퍼렇다'(오유리, 32~33), '창백
   하다'와 '퍼렇다'(김성한, 28)로 각각 번역하고 있다.
10 한국어에는 감각적인 말이 풍부하다. 예를 들어 노란색을 나타내는 말로 노랗다, 노르
   께하다, 노르끄레하다, 노르무레하다, 노르스름하다, 노릇하다, 노릇노릇하다, 노르톡

현되고 있는 것이다.

또한 경어 사용의 차이에서 원천텍스트와 거리를 둔 목표텍스트가 탄생된다.

亭主が云うには手前は書画骨董がすきで、とうとうこんな商売を内々で始める様になりました。あなたも御見受け申すところ大分御風流でいらっしゃるらしい。ちと道楽に御始めなすっては如何ですと、飛んでもない勧誘をやる。(33쪽)

① 하숙집 주인의 말에 의하면, 자기는 서화 골동(書畵骨董)을 좋아하는 탓으로 결국 이런 장사를 실금실금 하게 되었습니다. 당신도 보아하니 풍류를 즐기는 것 같습니다. 한번 도락(道樂)으로서 시작해 보는게 어떠냐고, 가당치도 않은 권유를 한다. (이종열, 221)

② 영감이 말하기를, 저는 서화 골동을 좋아해서, 결국에는 이런 장사를 안속으로 시작하게 되었습니다. 당신도 뵈옵자니 퍽 풍류객이신 것 같습니다. 어디 한 번 도시락으로 시작해 보시면 어떻시겠습니까 하고 당치도 않은 권유를 한다. (김성한, 37, '도시락' 원문대로)

③ 집 주인이 차를 홀짝거리면서 이야기를 시작했다. "나는 말이죠, 오래 전부터 옛 그림이나 골동품이 그렇게 좋더라구요. 그래서 지금은 그쪽으로 매매업을 시작하게 됐지 뭡니까. 내 처음 선생님 얼굴을 이렇게 보니까 풍류를

톡하다, 노리께하다, 노리끄레하다, 노리무레하다, 노릿하다, 노릿노릿하다, 노리톡톡하다, 누렇다, 누리께하다, 누르끄레하다, 누르무레하다, 누르스름하다, 누릇하다, 누릇누릇하다, 누르톡톡하다, 누르칙칙하다, 샛노랗다, 싯누렇다와 같은 말이 있는 것을 볼 수 있다(전용태, 『한국어의 모든 것』, 언어논리, 2007, 648쪽).

꽤 아실 것 같더라구요. 어때요. 예술품들 한번 구경해보실랍니까?" 말도 안
되는 소리를 늘어놓고 있다. (오유리, 42)

④ 주인이 말을 꺼냈다. "제가 서화 골동품을 좋아하다 보니 이런 장사를 시
작하게 됐답니다. 선생님도 보아하니 풍류를 즐기실 것 같은데요. 취미 삼아
한번 시작해보는 게 어떠십니까?" 주인이 뜬금없는 유혹을 했다. (권남희, 53)

⑤ 하숙집 주인이 하는 말이 "나는 그림과 글씨, 골동품을 너무너무 좋아하
다가 결국 나도 모르게 이런 장사를 시작하게 됐소이다. 선생님도 보아하니
풍류를 퍽 즐기는 분 같은데 취미로 한 번 시작해 보시는 게 어떻겠습니까?"
(양윤옥, 54)

원천텍스트에 사용된 '手前'라는 말이 목표텍스트에서는 '자기', '저',
'나'로 번역되었다. 이 대목은 도련님이 처음 하숙을 하게 된 집 주인과
이야기를 나누는 장면이다. 주인은 스스로를 낮추어 겸손하게 도련님에
게 높임말을 쓰고 있다. '나'로 번역된 것 가운데 ③의 오유리 역을 보면
밑줄 친 부분에서 알 수 있듯이, 도련님을 대하는 주인의 말투는 원천텍
스트의 표현과 달리 그다지 깍듯하지 않다. 그리고 주인은 도련님을 '당
신'을 뜻하는 'あなた'로 부르고 있는데, ①과 ②를 제외하고 나머지는
'선생님'으로 번역하고 있다. 이 부분에서도 원천텍스트는 '御見受け申
すところ'와 같이 ②의 '뵈옵자니'를 나타내는 경어로 표현되는데, 다른
텍스트는 '보아하니'와 '보니까'로 옮겼다. 목표텍스트에서 제각기 다른
경어 표현이 등장한 것은 원천텍스트에 비해 경어 사용이 더 엄격하지
않기 때문일 것이다.

3. 문화 격차와 혼종성

번역은 언어 표현의 이동만이 아닌 문화적 상호 관계 속에서 이루어
진다. 앞에서 본 것처럼 언어 표현은 원천텍스트의 의미와는 상관없이
목표텍스트에서 다른 형태로 바뀔 수 있다. 언어 표현 중에서도 문화와
깊이 관련된 어휘는 원천텍스트와 목표텍스트의 문화가 다른 이유로 충
돌하며 서로를 포섭한다. 문화적 충돌을 야기하는 요인은 원천텍스트와
목표텍스트의 문화체계에 간격이 있기 때문이다. 예를 들면 시골 중학
교로 전근 온 도련님이 도쿄에서 즐겨먹던 '소바[蕎麦]'를 파는 가게에
들어서며 주문하는 장면을 들 수 있다.

> おい天麩羅を持ってこいと大きな声を出した。(37쪽)

"여보 튀김 국수를 하나 주우" 하고 큰 소리를 질렀다. (이종열, 224)

여봐, 뎀뿌라 국수를 가져와 하고 큰 소리를 질렀다. (김성한, 41)

"이봐, 여기 튀김국수 좀 가져와봐" 하고 큰 소리로 주문했다. (오유리, 46)

"여기 튀김요" 하고 큰 소리로 주문했다. (권남희, 58)

"이봐요, 여기 튀김 메밀 주시오"라고 큼직하게 말했더니, (양윤옥, 59)

'소바'에 대해 이종열 역은 '모밀 국수'로 옮기고 있으며, 나머지 역자
는 '메밀국수'로 옮겼다. 한국어 간의 미묘한 차이를 읽을 수 있다. 또 '소
바'를 목표텍스트 안에서 통용되는 문화로 바꾼 것은 '자국화(domestica

tion)'¹¹ 전략이라 할 수 있다. 그러나 원천텍스트의 '天麩羅'는 '메밀국수'에 '튀김'을 얹은 '天麩羅蕎麦'를 가리킨다. '소바'는 예전부터 오늘날까지 일본에서 대중적으로 즐겨먹는 음식이다. 한국에서도 '메밀국수'를 많은 사람들이 즐겨먹지만, '메밀국수'에 튀김을 얹어 먹는 습관이 한국 문화에는 없다. '튀김 국수'나 '뎀뿌라 국수'라는 말이 목표텍스트 독자들에게는 생소할 수밖에 없다. 양윤옥 역의 '튀김 메밀'은 메밀을 소재로 만든 튀김 음식이라고 오해받을 소지가 있다. 원천텍스트의 문화 요소를 목표텍스트 안에 자국화해서 번역해도, 목표텍스트의 독자들이 느끼기는 불분명함은 해소되지 않는다. 이질적인 음식명으로 번역된 '뎀뿌라 국수'나 '튀김 메밀'은 목표텍스트 안에서 새로운 음식으로 인식될 수 있다. 그렇다고 '소바'로 번역하는 '이국화(foreignization)' 전략이 목표텍스트를 읽는 독자들에게 '소바'라는 음식을 정확히 전달하는 것은 아니다. '소바'라는 일본어 음을 차용했을 때 '소바'를 모르는 독자들에게 설명을 달아 주어야 하는 번거로움이 따르며, 그로 인해 더 오해가 가중될 수도 있다. 번역자들은 문화적 요소를 설명하기 위해 다음과 같이 역자 주를 목표텍스트 안에 첨가한다.

　　船頭は真っ裸に赤ふんどしをしめている。(19쪽)

　　사공은 발가벗은 몸에 붉은 훈도시(들피) 한 오리로 살만 가리고 있다. (이

---

11 Jeremy Munday, 정연일·남원준 역, 『번역학 입문』, 한국외대 출판부, 2006, 208쪽. 자국화에 대응되는 말로 '이국화(foreignization)'가 있다. 이국화는 원천텍스트의 문화 요인을 자국의 요소로 번역하지 않고 그대로 이질적으로 받아들이는 것을 말한다. '소바'를 '메밀국수'라고 하지 않고 '소바'로 번역하는 전략이다.

종열, 212)

　사공은 벌거벗은 몸에 붉은 훈도시(일본 남자의 음부를 가리는 헝겊—역자
주)를 차고 있다. (김성한, 22)

　노를 젓는 뱃사공은 벌거벗은 몸뚱이에 빨간 훈도시만 차고 있었다. (오유
리, 25)

　사공은 홀딱 벗은 몸에 벌건 훈도시(일본의 남자 속옷—옮긴이) 하나만 걸
치고 있었다. (양윤옥, 31)

　사공은 벌거벗은 몸뚱어리에 빨간 훈도시*를 차고 있었다. (*남자의 국부
를 가리는 폭이 좁고 긴 천. (권남희, 33)

　원천텍스트에 등장하는 'ふんどし'는 사전적 의미로는 '남자의 음부
를 가리는 천'이다. 그러나 일본에서 훈도시는 단순한 '천'이 아니라 지
역에 따라서는 남자들의 '속옷'이 되며, 이 속옷은 마쓰리와 같은 축제
에서는 집 밖에서 입기도 한다. 김성한 역과 권남희 역은 사전적인 풀이
로 역주를 달았고, 양윤옥 역은 일본 문화에서 훈도시가 함의하는 뜻으
로 풀이하고 있다. 오유리 역은 주를 달지 않고 훈도시라는 일본 음을 그
대로 차용하여 목표텍스트 독자들에게 훈도시가 낯선 것으로 다가오게
한다. 이종열 역은 '들피'라는 다른 명칭도 병행하고 있지만, 이 말은 목
표텍스트에서도 이해되기 어려운 말로, 오유리 역보다도 더 혼란을 유
발시키는 번역이라 할 수 있다. 이국화 전략으로 번역을 해도 역주의 설
명은 같지 않다. 훈도시는 원천텍스트와 목표텍스트의 문화 환경에서
공유되지 못하는 요소이다. 이러한 요소가 여러 개 뒤섞여 등장할 때 목
표텍스트는 적당한 타협 지점을 모색한다.

あんまりないが、子供の時、小梅の釣堀で鮒を三匹釣ったことがある。それ
から神楽坂の毘沙門の縁日で八寸ばかりの鯉を釣で引っかけて、しめたと思っ
たら、(56쪽)

별로 없으나, 어릴 때 고우메[小梅]의 쯔리보리[釣堀](고기를 길러 놓고,
요금을 받고 오락으로 고기를 낚게 하는 연못—역자 주)에서 붕어를 세 마리
낚은 일이 있다. 그리고 가구라자가의 비샤몽[毘沙門](四天王의 주신의 하나
인, 북쪽의 多門天王의 일컬음—역자 주)에 엔니찌[縁日](神佛에 무슨 연고
가 있음으로 해서 祭典・供養을 집행하는 날—역자 주)에 여덟 치쯤되는 잉
어를 낚시로 걸어서, 옳다구나 하고 생각한 순간에 (김성한, 59쪽)

원천텍스트의 밑줄 친 '釣堀', '毘沙門', '縁日'라는 문화 어휘에 대해
목표텍스트는 장황한 역자 주를 달고 있다. 역자 주가 계속 이어지고 있
어 '쯔리보리'나 '비샤몽', '엔니찌'를 이해하기에 급급할 수밖에 없는
독자들은 전체 장면을 떠올리기가 쉽지 않을 것이다. 이종열 역은 아예
역자 주를 달지 않고 각각 '둠벙', '비샤몽[毘砂門]', '야시장'(이종열, 237)
으로 옮기고 있다. 그러나 '釣堀'를 '둠벙', '縁日'를 '야시장'으로 번역
한 것은 원천텍스트의 문화적 요소를 목표텍스트로 가져오는 '자국화'
전략이라고도 할 수 없다. 2000년 이후에 번역된 텍스트는 세 단어를
아래와 같이 옮기고 있다.

유료 낚시터, 비샤몬(일본 신화에서 칠복신의 하나—옮긴이), 잿날 (오유
리, 66)

유료 낚시터, 수호신, 잿날 (권남희, 87~88)

낚시터, 비샤몬(사천왕 중 하나로 북방을 지키는 수호신-옮긴이), 축제날

(양윤옥, 87~88)

권남희 역이 이종열 역과 마찬가지로 역자 주를 일체 붙이지 않고 있다. 이종열 역이 '비샤몽'을 일본어 음대로 옮긴 것과 달리, '수호신'으로 옮겨 철저한 자국화 전략을 취하고 있음을 알 수 있다. 그런데 '엔니찌'에 대한 번역에 주목해 보자. '잿날'과 '축제날'로 옮겨지고 있다. 이종열 역에서는 '야시장'으로 번역되었는데, 김성한 역에서는 "神佛에 무슨 연고가 있음으로 해서 祭典·供養을 집행하는 날"이라는 설명을 첨가하고 있다. 일본에서는 '엔니치'에 신사나 사찰에 참배를 하면 공덕을 얻는다고 믿는다. '잿날'은 불교에서 사용되는 '재일(齋日)'의 다른 말로, '재가 불자가 팔재계를 지키는 날. 이날은 특히 행동·언어·생각 따위를 조심하여, 선행을 닦는 정진일(精進日)로 삼는다'는 날이다. 따라서 '엔니치'와 '잿날'은 서로 상반된 뜻을 지니고 있다. '잿날'에 낚시를 한다는 것은 있을 수 없는 일일 것이다. 지금 '엔니치'를 오역해서 '야시장'이나 '잿날'로 번역했다는 점을 지적하려는 것이 아니라, 나열되는 문화적 요소가 서로 뒤섞여 번역된 텍스트에서는, 원천텍스트와 별개의 이질적 문화 요소가 만들어 진다는 점을 말하려는 것이다.

그리고 원천텍스트에 있는 문화 요소가 목표텍스트에서 받아들이기 쉽지 않거나, 독자들에게 이해시키기 어려울 때는 삭제되는 예도 있다.

「うん、あの野郎の考えじゃ芸者買は精神的娯楽で、天麩羅や、団子は物質

的娯楽なんだろう。精神的娯楽なら、もっと大べらにやるがいい。何だあの様
は。馴染の芸者が這入ってくると、入れ代りに席をはずして、逃げるなんて、
どこまでも人を胡魔化す気だから気に食わない。そうして人が攻撃すると、僕
は知らないか、露西亜文学だとか、俳句が新体詩の兄弟分だとか云って、人
を烟に捲く積りなんだ。あんな弱虫は男じゃないよ。全く御殿女中の生れ変り
か何かだぜ。ことによると、彼奴のおやじは湯島のかげまかも知れない。」
　「湯島のかげまた何だ。」
　「何でも男らしくないもんだろう。――君そこの所はまだ煮えていないぜ。そ
んなのを食うと條虫が涌くぜ。」(149〜150쪽)

　"그러게요. 그자는 <u>게이샤</u> 오입은 정신적 오락이고, 튀김 메밀이나 경단은
물질적 오락으로 아는 모양이지요. 정신적 오락이라면 좀 더 내놓고 떳떳이
할 것이지, 그 숨는 꼴 좀 보세요. 단골 게이샤가 들어오자 살짝 꽁무니를 빼
다니, 그렇게 항상 사람을 속이려고 드니 더욱 얄밉지요. 그러고서는 누가 공
격을 하면 나는 모른다, 러시아 문학이다, 하이쿠는 신체시와 형제지간이다
해 가며 연막작전을 쓰니……. 그런 소인배는 사내대장부가 아니에요. 무슨
시녀 따위가 사내로 태어난 거죠. 아니, 어쩌면 그자의 아버지가 <u>유시마 사내</u>
<u>(에도시대 유시마 찻집에서 행했던 남색―옮긴이)</u>였는지도 모르겠네요."
　"유시마 사내가 뭔데?"
　"몰라요, 나도. 아무튼 사내답지 못하단 소리예요. 아 그 고기, 아직 안 익었
는데. 그런 거 먹으면 촌충 생긴다고요."(양윤옥, 220〜221)

　'芸者'라는 일본어는 '게이샤'로 널리 인지되고 있어 일본어 음을 그

대로 살린 '게이샤'로 자주 번역된다. 그렇지만 이종열 역과 김성한 역, 오유리 역, 권남희 역은 모두 '기생'으로 번역하였다. '게이샤'와 '기생'은 일정 부분은 같은 의미를 지닐 수도 있지만 차이도 있다. 그러나 '湯島のかげま'는 원천텍스트에만 존재할 뿐 목표텍스트의 문화에서는 찾아보기 힘들다. 따라서 '게이샤'와 '남창'은 이어지는 말이지만, '기생'과 '남창'의 연결은 생소하다. 이 말에 대해서 다른 번역본은 각각 '유시마의 남창(男娼)'(이종열, 296), '유지마[湯島]의 남창(男娼)'(김성한, 153), '유지마의 가게마(에도 시대에 아직 무대에 서보지 않은 소년을 일컫는 말이다. 여기선 남창을 의미한다—옮긴이)'(오유리, 158)로 번역되었다. 권남희 역은 이 부분에서 다음과 같이 러시아문학, 하이쿠, 신체시에 관한 이야기와 남창에 관한 부분을 대폭 누락해 번역했다.

> 그러게요. 그 인간의 사고방식으로는 기생을 사는 건 정신적인 즐거움이고, 튀김과 경단을 먹는 건 물질적인 즐거움이겠죠. 정신적인 즐거움이라면 좀 더 내놓고 할 것이지. 뭡니까, 그 꼴은. 단골 기생이 들어오자마자 냅다 도망가다니. 어디까지 사람을 속일 생각인지 정말 괘씸해 죽겠어요. 그건 아직 덜 익었어요. 그런 걸 먹으면 촌충 생겨요. (권남희, 188)

'남창'이란 말이 정서적으로 목표텍스트 독자들에게 받아들여지기 어렵다고 판단했기 때문일 것이다. 일본에서 '남창'은 에도 시대부터 있었다. 그에 비해 한국에서 '남창'은 존재하지 않는 문화 요소로, 이를 번역하기가 불편할 수도 있다. 청소년을 대상으로 번역된 권남희 역에서는 삭제되었다고 볼 수 있다.[12] 그렇다고 앞에서도 언급했듯이 권남희

역은 청소년용으로 구성되었으면서도, 그 번역어에는 어려운 단어가 삽입되어 있다. 예를 들면 "おや釣れましたね、後世恐るべしだと"(61)를 "오호, 잡은 건가요? 청출어람이라더니"(권남희, 93)로 옮겼다. 양윤옥 역이 이 부분을 "어라, 잡혔어요? 늦게 배운 도둑질이 더 무섭다더니"(양윤옥, 94)라고 옮긴 것과 대조적이다. 즉 대상 독자를 청소년으로 함으로써 일부 문화적 요소를 삭제했더라도, 번역된 텍스트의 문장은 독자 대상과 상관없이 다양한 어휘가 뒤섞여 이루어지고 있다. 이것은 번역자의 개성과도 연관이 있다.

4. 번역자의 개입과 등장인물 이미지 변경

지금까지 원천텍스트와 달리 목표텍스트가 바뀌어가는 과정을 살폈다. 번역자의 의도와 관계없이 목표텍스트는 원천텍스트와 별개의 존재로 탄생된다. 이제부터 의식적이든 무의식적이든 번역자가 개입되는 과정을 통해, 원천텍스트를 벗어나는 목표텍스트의 상황을 목격할 것이다. 언어적 특성이나 문화적 간격과 달리 번역자의 의도, 감정 등이 번역된 텍스트 안에 이질적 공간을 형성하며, 등장인물의 이미지마저 바꾸어 버

---

12 「서울대학교가 선정한 '꼭 읽어야 할 책'」(육후연 역), 「서울대 인문과학연구소에서 선정한 '청소년이 읽어야 할 필독서!!'」(지희정 역, H&book, 2005)와 같은 청소년 혹은 논술시리즈의 번역본을 보면 대부분 이 부분을 삭제했다.

리는 예가 종종 있다. 아래의 문장은 원천텍스트에서 묘사되는 언어 유희적 표현이다.

全く済まないね。今日様どころか明日様にも明後日様にも、いつまで行ったって済みっこありませんね。(97쪽)

죄송하구말구요. 오늘의 님께뿐 아니라, 내일의 님께, 모레의 님께로 한량없이 죄스럽게 될는지 모르지요 (이종열, 264)

안 되구 말구요. 오늘 햇님은커녕 내일 햇님한테도 모레 햇님한테도, 언제까지 간대도 안 될 일이지요 (김성한, 101)

절대 못 들고 다니지요. 낯이 뭡니까? 낯을 들고서도 못다니고말고요. (오유리, 107)

똑바로 못 보고말고요. 해는 물론이고 달도 별도 똑바로 못 쳐다볼 일이지요. (양윤옥, 148)

정말 너무했네요. 하늘 아니라 땅도 못 보고 다니겠어요. (권남희, 131~132)

이 대목은 마돈나라는 별명이 붙은 여성이 미술선생과 혼약을 파기하고 빨간셔츠인 교감선생에게 마음을 준 사실을 동네 할머니에게 듣고 도련님이 하는 말이다. 원천텍스트의 한 표현에 대해 다섯 번역자의 표현이 모두 다르다. 원천텍스트의 표현을 목표텍스트 안에 살리기 위한 다양한 방안이 구상되었음을 엿볼 수 있다. 그리고 다양한 번역 표현은 번역자의 태도를 보여주는 부분이기도 하다. 원천텍스트는 '두고두고 얼굴을 못 들고 다닐 일'이라는 정도의 의미를 담고 있다. 이종열 역은 원천텍스트를 그대로 직역하고 있어 목표텍스트에서 쉽게 독해되지 않는다. 김성한 역은 원문에 충실하면서 '오늘 햇님', '내일 햇님', '모레 햇님'으로 옮기고 있는데, 목표텍스트에서 이 표현은 낯설다. 양윤옥 역도 '해', '달', '별'로 번역해 원문의 뉘앙스를 살려 옮기려 하지만, '해'와 '달'은 몰라도 '별'까지 들어간 말이 원천텍스트와 동떨어진 의미를 낳는다. 그래서 권남희 역은 '하늘'과 '땅'으로 두 예만 들어 번역했다. 오유리 역이 '낯'과 '낫'이라는 언어유희를 구사하고 있지만 '낫을 들고서도 못 다닌다'라는 표현 역시 애매모호할 뿐이다. 원천텍스트의 문화를 목표텍스트로 가져오는 것이 아니라, 이 표현은 번역자가 스스로 선택해야 할 사항이다. 여기에서 번역자는 독자와 함께 원천텍스트의 수용자로서 번역된 '텍스트의 성립에 참여한다'.[13] 그러나 이러한 번역자의 참여는 독자보다 더 앞서 이루어진다. 원천텍스트에 번역자의 개성이 가미되어 작품의 이미지가 뒤섞인다.

소설 도입부에서는 도련님의 무모한 행동이 묘사되고 있다. 친구들과 말썽을 일으키는 장면 중에 다음과 같은 표현이 있다. "それなら君の指を切ってみろと注文したから"(5). 이 표현에 대해 김성한은 "그럼 네 손을 잘라보라고 주문하기에"(김성한, 7)로 옮겼으며, 양윤옥은 "그럼 네 손을 베어 보라고 을러대는지라"(양윤옥, 10)로 옮겼다. '切る'와 '注文'의 해석을 달리했다. 김성한 역은 직역조로 번역했고, 권남희 역도 "그랬더니 그렇다면 네 손가락을 잘라봐" 하고 주문하는 것이었다"(권남희, 10)

13 히라코 요시오, 김한식 · 김나정 역, 『번역의 원리』, 한국외대 출판부, 2007, 16쪽.

로 옮겼다. 양윤옥 역은 '注文'을 '을러대다'로 번역해 친구의 태도가 강압적임을 암시했다. 또한 바로 이어지는 장면에서 이웃집에 사는 간타로를 원천텍스트에는 "勘太郎は無論弱虫である"(6)로 묘사했다. 이 부분을 양윤옥은 "간타로는 <u>지독히도 못나 빠진</u> 녀석이었다"로 옮긴데 반해, 김성한은 "간타로는 물론 겁쟁이다"로, 권남희는 "간타로는 겁쟁이다"로 옮겼다. 양윤옥 역의 '지독히도 못나 빠진 녀석'이란 표현은 간타로를 전혀 다른 인물로 묘사했다. 번역자의 감정 혹은 개성이 투영되면서 번역된 텍스트는 등장인물의 성격까지도 바꾸었다고 말할 수 있다. 다음 장면도 마찬가지다.

誰を捕まえても片仮名の唐人の名を並べたがる。(62쪽)

누구를 붙들면, <u>코쟁이들의 버타 냄새 나는 이름</u>을 늘어놓으려 한다. (이종열, 241)
누구를 붙잡든지 가닷가나[片假名](일본의 가나 문자의 일종-역자 주)로 쓴 <u>서양놈들의 이름</u>을 늘어놓고 싶어한다. (김성한, 65)
누굴 만나든 <u>외래어</u>를 주절주절거린다 (오유리, 73)
아무나 붙잡고 걸핏하면 <u>서양사람 이름</u>을 들먹거린다. (양윤옥, 96)
누구를 만나든 <u>외국인 이름</u>을 들먹인다. (권남희, 95)

도련님이 교감선생의 엘리트 의식을 비판하는 서술이다. '片仮名の唐人の名'는 다른 나라 사람의 이름을 일본에서는 가타카나로 쓰기 때문에 사용된 말이다. '唐人'은 서양 사람에만 한하지 않고 이방인을 가리

킨다. 이종열 역과 김성한 역은 지나치게 번역자의 감정이 몰입되어 있다. 도련님이 마치 '서양사람'을 혐오하는 것처럼 옮기고 있으나, 원천 텍스트에서는 교감선생의 거들먹거림을 비유적 표현할 뿐 '唐人'에 초점이 맞추어져 있지 않다. 이종열 역과 김성한 역을 읽는 목표텍스트의 독자들은 도련님이 서양인을 혐오하는 배타적인 인물이라고 이해할 것이다. 이종열 역과 김성한 역이 1960년대에 번역된 텍스트라는 점에서 번역자의 서양에 대한 관념이 시대적 상황과 관련이 있는지도 모른다.

이렇게 등장인물의 성격을 바꾸는 것은 단지 번역자의 감정 차원뿐만 아니라 번역자의 개성적인 어투가 요인이 되는 예도 있다.

利いた風な事をぬかす野郎だ。そんならなぜ置いた。(77쪽)

간교스런 소리를 하는 녀석이다. 그렇다면 어째서 하숙인을 둔단 말인가 (이종열, 251)

똑똑한 척하는 녀석이다. 그래 처음에는 어째서 두었나? (김성한, 81)

별 거지 깽깽이 같은 소리를 다 들어보는군요. 그렇다면 왜 하숙을 쳤답니까? (권남희, 113)

참 웃기는 소리를 하는 사람이네. 그러면 왜 하숙생을 들인 거랍니까? (양윤옥, 121)

수학선생과 도련님이 하숙집 주인에 대해 이야기하는 장면인데, 원천 텍스트의 밑줄 부분을 역자마다 다르게 번역하고 있다. '利いた風な事をぬかす'는 '지껄이면 다인 줄 안다' 정도의 뜻을 지닌 말로, 여기에서는

양윤옥 역이 가장 근접한 표현으로 옮기고 있다. 권남희가 옮긴 '별 거지 깽깽이 같은 소리'라는 말은 번역자가 하숙집 주인에게 감정을 가지고 있지 않은 이상, 번역자의 어투가 그대로 반영된 것이라 할 수 있다. 원천텍스트에서 읽을 수 없는 도련님의 경박한 이미지가 생생하게 표출되어 있다. 이러한 등장인물의 이미지 변화는 번역자가 문체를 변경시키는 경우에도 나타난다. 도련님이 도쿄에 있는 기요에게 보낸 편지는 다음과 같다.

> きのう着いた。つまらん所だ。十五畳の座敷に寐ている。宿屋に茶代を五円やった。かみさんが頭を板の間へすりつけた。夕べは寐られなかった。清が笹飴を笹ごと食う夢を見た。(…中略…) 校長は狸、教頭は赤シャツ、英語の教師はうらなり、数学は山嵐、画学はのだいこ。(28～29쪽)

이것은 도련님이 시골 중학교로 내려온 후 처음으로 기요에게 보낸 편지이다. 목표텍스트의 전체 문장의 길이를 조절하는 번역은 번역자의 의도일 수도 있고, 출판사의 의도일 수도 있다. 그러나 이 짧은 편지 문구는 등장인물의 성격을 반영하므로 어떻게 번역하느냐는 전적으로 번역자 태도에 달려있다. 이 편지를 쓰기에 앞서 도련님은 자기는 원래 글을 잘못 쓴다고 전제하고 있다. 그래서 기요에게 보내는 편지글이 단문으로 나열되고 있다. 그에 반해 번역된 텍스트는 이 부분을 각각 다음과 같이 옮겼다.

① 어제 도착했오. 보잘것 없는 곳이요. 여관에 팁을 五원 주었드니 안주인이 땅에 코가 닿도록 절을 합디다. 어제밤은 잠을 못이루었오. 「기요」할멈이

갈대엿을 갈대잎마저 먹는 꿈을 꾸었오. (…중략…) 영어는 가지꼬타리(「우리나리」) 수학은 「고슴도치」, 도화는 「들북」 (이종열, 218 : 교장과 교감의 별명은 누락되었다)

② 어제 도착하였소. 보잘것없는 곳이요. 십 오 조 방에 묵고 있소. 여관에 손씻이를 오 원 주었소. 그랬더니 안 주인이 코가 땅에 닿도록 절을 합디다. 간밤에는 잠을 못 잤소. 할멈이 갈엿을 갈대 잎째로 먹는 꿈을 꾸었소. (…중략…) 교장은 너구리, 교감은 빨강 샤쓰, 영어교사는 막물, 수학은 멧돼지, 미술은 엉터리 어릿광대. (김성한, 31)

③ 어제 도착했다. 별볼일 없는 동네다. 다다미 열다섯 장이 깔린 방에 누워있다. 여관집 종업원에게 덧돈으로 5엔을 주었다. 오늘 주인 마누라가 책상에 이마가 닿도록 절을 했다. 어제는 제대로 잠을 자지 못했다. 기요가 에치고의 갈엿을 껍질까지 먹는 꿈을 꾸었다. (…중략…) 교장은 너구리, 교감은 빨간 셔츠, 영어는 끝물 호박, 수학은 거센 바람, 미술은 떠버리. (오유리, 36)

④ 어제 도착했음. 보잘것없는 곳임. 아주 큰 방에서 지내고 있음. 여관에 찻값으로 5엔을 주었음. 여주인이 마루에 코가 닿도록 절을 했음. 어젯밤은 잠을 못 잤음. 기요 할머니가 갈잎엿을 잎까지 먹는 꿈을 꾸었음. (…중략…) 교장은 너구리, 교감은 빨간 셔츠, 영어는 꽁지 호박, 수학은 고슴도치, 미술은 알랑쇠. (양윤옥, 43~44)

⑤ 어제 도착했어. 변변찮은 마을이야. 다다미 열다섯 장짜리 방에 누워있어. 여관에 팁으로 5엔 주었더니 여주인이 머리를 마룻바닥에 닿을 정도로 숙이더군. 어제밤에는 잠을 잘 수 없었어. 기요가 갈엿을 갈잎째 먹는 꿈을 꾸었어. (…중략…) 교장은 너구리, 교감은 빨간 셔츠, 영어 선생은 끝물 호박, 수학은 센바람, 미술은 딸랑이야. (권남희, 45)

⑤의 양윤옥 역은 단문을 그대로 살려 번역하고 있다. ②의 김성한 역도 단문으로 번역하고 있으나, '그랬더니'라는 접속사를 넣어 문장을 다듬었고, ③의 오유리 역도 '오늘'이란 말을 추가했다. ①의 이종열 역과 ④의 권남희 역은 원천텍스트의 두 문장을 한 문장으로 이어 도련님이 글에 서툴다는 것을 알 수 없게 했다. 편지의 문체도 제각기 달리 번역되어 있어, 도련님과 기요의 관계를 엿볼 수 있는 편지글에 번역자의 문투가 개입되어 있음을 알 수 있다. 편지 첫머리는 이종열 역부터 보면 각각 '어제 도착했오', '어제 도착하였소', '어제 도착했다', '어제 도착하였음', '어제 도착했어'로 되어 있다. ①의 '어제 도착했오'와 ③의 '어제 도착했어'의 차이는 도련님의 나이와 기요와의 친소관계를 달리 읽히게 한다.

그리고『도련님』에 등장하는 선생님들의 별명을 보면 영어 선생과 수학 선생, 미술 선생은 각각 다르게 번역되었다. 수학 선생 '山嵐'에 대해서만 살펴보면 각각 '고슴도치', '멧돼지', '거센 바람', '센바람'으로 번역되어 있다. '山嵐'는 보통 '거센 바람'이나 '센바람'의 뜻을 지니지만, '고슴도치'와 '멧돼지'의 뜻도 함의한다. 등장인물의 별명은 작품 전체를 일관해서 중요성을 띠고 있는데, 역자들은 제각기 고심하며 번역어를 대응시키고 있으나, 한국어로 번역된 텍스트는 '山嵐' 한 사람에 대해 다양한 인물상을 창조했다.

또한『도련님』은 무대가 도련님이 살았던 도쿄와 동떨어진 지방이므로 그 지방 사투리가 곳곳에 등장한다. 이에 대해 역자들의 대응은 각기 다르다. 도련님이 처음 시골에 도착하여 만난 아이에게 중학교를 물었을 때, "小僧は茫やりして、しれんがの、と云った(20)"라고 묘사되고 있다. 시골 아이의 대답은 사투리로 되어 있는데, 한국어역은 각각 '난 모

르겠어유'(이종열, 212), '몰라라우'(김성한, 22), '몰랑'(오유리, 26), '모르는데유'(양윤옥, 32), '몰라예'(권남희, 34)로 옮겨져 있다. 원천텍스트의 사투리를 목표텍스트의 사투리로 번역했다. 번역자에 따라 목표텍스트의 사투리는 제각기 다르다. 도련님과 시골 중학교 학생들이 처음 학교에서 대면하는 장면에서 좀 더 살펴보자.

そら来たと思いながら、何だと聞いたら、"あまり早くて分からんけれ、もちっと、ゆるゆる遣って、おくれんかな、もし"と云った。(31쪽)

이제 시작이로구나, 생각하면서 뭐냐고 물었더니, "너무 빨라서 알 수가 없읍니다, 조금 천천히 해 줄 수 없으라우" 하는 것이었다. (이종열, 220)
이크, 하고 생각하면서 무엇이냐고 물었더니, "너무 빨라서 못 알아먹겠응께, 좀, 천천히 못 해주겠능게라우, 예" 하고 말한다. (김성한, 35)
올 것이 왔구나 생각하며 "뭔가" 하고 목소리에 힘을 주어 물었다. "너무 빨러서 당최 무슨 소린지 모르갔구만요, 쪼께 설설 해 주실 수는 없을랑가요이" 하고 말했다. (오유리, 40)
오호, 올 것이 왔군 생각하면서 "뭐야?" 하고 물었다. "무슨 말인지 못 알아듣겠어예, 그라고 쪼매 천천히 해주이소" 하고 말했다. (권남희, 49)
이크 시작이구나, 하면서 왜 그러냐고 물었더니 "너무 빨라서 무슨 말인지 모르겠는데유, 쬐께만 천천히 해 주실 수 없을랑가유?"라고 한다. (양윤옥, 50)

여기서 알 수 있는 것은 역자에 따라 원천텍스트의 사투리가 한국어의 경상도 사투리, 전라도 사투리, 충청도 사투리로 번역되고 있다는 점이다. 그러나 이들 사투리 역시 역자에 의해 만들어진 것일 뿐이다. 사투리 자체가 문장어가 아니라 구어이기 때문이다. 확인할 수 있는 것은 원천텍스트에 묘사된 시골 사투리가 목표텍스트에서는 이와 같이 다양한 말로 분화되고 있다는 점이다. 이로써 한국어로 번역된 텍스트 『도련님』을 읽는 독자는 무대가 일본의 어느 시골 마을인데, 그곳에서 한국의 어느 지방 말을 쓰는 등장인물들과 조우하게 된다. 그래서 클리포드 랜더스가 말하듯이 "의식적으로나 무의식적으로라도 도착어권에 존재하는 기존의 지역 방언을 사용해서 번역하는 것은 아마도 자멸의 선택이되기 쉽다."[14] 대개 번역자는 원저자와 대치하는 것처럼 이해되지만, 원저자와 상관없이 목표텍스트의 언어와 문화 상황에도 번역자는 끊임없이 고민할 수밖에 없다.

5. 문화의 이질성이 타협되는 현장

이상에서 살펴본 바와 같이 『도련님』의 한국어 번역 수종을 대조하여 분석한 결과 다음과 같은 이유로 번역된 텍스트가 각기 다른 이질적 성

---

14 클리포드 랜더스, 이형진 역, 『문학 번역의 세계 – 외국문학의 영어 번역』, 한국문학사, 2009, 223쪽. 이 책에서 저자는 방언은 원천텍스트의 지리적, 문화적 환경과 워낙 밀접하게 연결되어 있기 때문에 목표텍스트에서 이에 해당하는 방언을 찾으려는 시도는 실패로 끝난다고 말하면서, 방언은 표준어와는 달리 "구어체 효과를 강조하는 변안을 통해 번역하는 수밖에 없다"고 말하고 있다.

격을 드러내고 있는 것을 알 수 있었다.

첫째로 대상 독자들을 의식해 원천텍스트를 목표텍스트에서 변형시
킨 점이다. 원천텍스트의 체재, 구성, 단락, 문장의 길이, 지문과 대화문
의 형식 등을 번역된 텍스트는 자유로이 변경하여 읽기 쉬운 번역텍스
트를 제공하고 있다. 원천텍스트와 목표텍스트의 차이는 원천텍스트와
별개의 한국어 번역본이 존재한다는 인식을 갖게 한다. 둘째로 일본어
와 한국어의 언어적 특성으로 인해 번역된 텍스트는 바뀐다. 셋째로 원
천텍스트와 목표텍스트 사이의 문화적 간격과 문화의 상호작용으로 인
해 번역된 『도련님』에서는, 일본문화와 한국문화가 뒤섞이는 현상을 볼
수 있다. 넷째로 번역자의 개성이 발현되어 원천텍스트의 등장인물의
묘사를 바꾸기도 하며, 번역자의 개입은 일괄적으로 이루어지는 것이
아니므로, 번역된 텍스트는 원천텍스트와 다른 별개의 텍스트로 생성된
다고 볼 수 있다. 위와 같은 사항은 번역을 충실성과 가독성의 문제로만
파악할 수 없음을 보여준다. 과연 번역된 텍스트는 원천텍스트와 어떤
관계에 놓이는 것일까. 번역 논의에서 둘의 관계는 상보적이지만, 목표
텍스트는 앞에서 살펴본 것처럼 원천텍스트와 거리를 두면서 이질적 성
격을 띠고 있다.

번역은 시대에 따라 다시 번역되어야 한다는 말이 있는데, 이는 독자
들을 의식한 말일 것이다. 한국어 번역 『도련님』도 독자들을 의식해서
새로 번역되고 있다. 그리고 번역된 텍스트가 한 종이 아니라 여러 종이
면, 시대와 번역자에 따라 한국어 번역본 『도련님』이 제각기 다른 형태
를 띤다는 점도 확인할 수 있었다. 여러 종의 번역된 텍스트는 1960년
대와 2000년대에 번역되었다는 시대적 차이가 있다. 이러한 시대 상황

을 좀 더 면밀히 고려해보면 일본 문학작품의 한국어 번역본이 어떤 흐름으로 변천되었는가를 파악할 수 있을 것이다. 번역의 역사적 현장과 더불어 한국어의 변천 과정도 들여다 볼 수 있다. 본고는 그에 관한 단편적인 보고이며, 번역된 텍스트가 원천텍스트와 얼마나 거리를 두며 새로이 생성되어 스스로 자립한 텍스트로 존재하는가를 제시했다. 그리고 번역된 텍스트는 원천텍스트를 벗어나, 언어적 특성과 문화적 간격의 경계선을 걷어내고 다양성을 내포하는 혼합물로 자리하고 있다는 점도 살폈다. 번역된 텍스트의 이질적 공간은 충실성 혹은 가독성이라는 한쪽으로만 치우쳐 닫혀 있는 지점이 아니며, 번역을 매개로 원천텍스트와 목표텍스트의 차이가 서로 타협점을 찾는 공간이라 말할 수 있다.

제5장

무라카미 하루키의 『노르웨이의 숲』과 『상실의 시대』

1. 번역이 일으키는 잡음

　1988년에 『노르웨이의 숲』이 한국어로 번역되면서 무라카미 하루키는 국내에 본격적으로 소개되었다. 어언 28년째를 맞이하고 있다. 2013년 4월 일본에서 발매되어 불과 일주일 만에 100만 부 간행이라는 경이적인 기록을 보인 신작 『색채가 없는 다자키 쓰쿠루와 그가 순례를 떠난 해』에서는 『노르웨이의 숲』에서 전개된 '과거'와 관련된 주인공의 '상실감'이 그대로 변주되고 있다. 이 점에서 이번 신작은 무라카미 하루키가 『노르웨이의 숲』에서 묘사한 '100퍼센트의 리얼리즘'이 20여 년 만에 재차 선보여진 작품이라고 말해지기도 한다. 그렇다면 『노르웨이의 숲』이 한국어로 번역되어 발생한 현상을 번역과 관련해 현 시점에서 살펴보는 일도 필요할 것이다. 『노르웨이의 숲』은 한국에 소개된 후 일 년이 지난 1989년에 『상실의 시대』라는 일본어텍스트의 제목과는 별개의 한국어타이틀을 달고 재번역 출판되었으며, 이 『상실의 시대』는 현재까지도 매년 수만 부의 판매실적을 올리고 있다. 『상실의 시대』는 무라카미 하루키가 일본어로 쓴 『노르웨이의 숲』을 원작으로 하지만, 그것과 별도로 한국 사회에 존재한다. 번역을 매개로 탄생한 『상실의 시대』가 한국문학에 미친 파장도 적지 않기 때문에 그 존재감도 가볍지 않다.

본고에서는 문화와 문화가 만나는 지점으로서의 번역에 주목하며, 번역에 내재하는 '차이'가 어떤 문화적 교차 현상으로 나타나는지를 고찰한다. 상이한 문화가 만나고 엇갈리는 상황에서 빚어지는 혼란과 변화 등에 관심을 기울일 것이다. 일본어텍스트에서 한국어텍스트로 번역된 후 그 양자 사이에 발생한 틈새와 간극은 번역의 오류와 불가능성을 보여주는 것만이 아니다. 이것은 서로 다른 문화가 교차하는 표식의 흔적이며, 번역의 '등가성'과는 다른 차원에서 두 언어로 구성된 문화적 영위의 관계성을 드러낸다. 『노르웨이의 숲』의 한국어 번역본을 통하여 한 언어로 쓰여진 작품이 또 다른 언어로 번역될 때에는 출발어텍스트(source text)와 도착어텍스트(target text) 각각의 단일 문화, '일본어'와 '한국어'라는 국가 언어의 일대일 관계는 미끄러진다는 점을 살필 것이다. 이는 출발어텍스트와 도착어텍스트가 안고 있는 양자의 문화적 특성을 안정적인 것으로 파악하는 작업이 아니다. 오히려 문화 교차점에 자리하는 번역을 통해 상이한 문화의 존재를 인식하는 계기를 마련하려는 데에 본고의 목적이 있다.

국내의 일본문학 번역 연구는 출발어텍스트와 도착어텍스트가 당연히 안정적으로 양립한다는 점을 상정한 후에 양자의 '차이'를 밝히면서, 어느 한 쪽 위주의 논증으로 기울어지는 경향이 있다. 그러므로 번역에서 발생된 오류를 추적하는 작업에는 출발어텍스트는 부동으로 위치한다. 또한 번역 오류 등이 도착어텍스트의 언어문맥과 동떨어진 점이 타박의 대상이 되기도 한다. 이러한 '비교' 연구는 번역이 서로 다른 언어의 경계를 암묵적으로 전제한다는 사실에서 출발하여, 주로 오역이나 작가의 문체, 문화와 관련된 어휘 등의 '차이'를 규명하거나, 양자의 '차이'를 각각의 문화적 특징으로 정립시키는 방향으로 치우친다. 이제까지 일본문학의 번역 연구나 『노르웨이의 숲』의 번역본 고찰도 이러한 관점에서 크게 벗어나지 못했다.[1] 번역은 일차적으로 서로 다른 두 나라의 언어 간 교통으로도 이해되며, 이를 바탕으로 오류의 지적도 수행되어 마땅하다. 나아가 번역을 통해 일본어텍스트를 맞이하면서 한국의 문화와 한국어 문맥이 혼란스러워지는 과정에서, 안정적인 양자 간의 관계에 대한 성찰과 회의가 발생한다는 사실도 살펴보아야 한다.[2] 이로써 '한국문화'와 '일본문화', 혹은 '한국어'와 '일본어'의 유사함과 상이함을 넘어서, 번역은 서로 다른 문화가 맞닿고 어긋나는 과정에서, 맞이하는 문화를 개방시킨다는 인식에 도달할 수 있을 것이다. 국내 일본문

---

1 최재철·정인영, 「일본현대소설의 한국어 번역 고찰-무라카미 하루키[村上春樹]『세계의 끝과 하드보일드 원더랜드』의 번역본 대조를 통하여」, 『일어일문연구』 58, 한국일어일문학회, 2011; 정인영, 「무라카미 하루키[村上春樹] 소설의 한국어 번역 연구」, 한국외대 박사논문, 2012; 유은경, 『소설 번역 이렇게 하자』, 향연, 2011.
2 『노르웨이의 숲』의 국내 수용에 관해서는 최성실, 「일본문학의 한국적 수용과 특징-무라카미 하루키 소설과 '문화' 번역」, 『아시아문화연구』 13, 경원대 아시아문화연구소, 2006과 ユンヘウォン, 「韓国における村上春樹の役割と意義-代表作『ノルウェイの森』の受容様相」, 『専修国文』 89, 専修大学日本語日本文学文化学会, 2011이 참고된다.

학 번역의 커다란 성과라고 할 수 있는 무라카미 하루키의『노르웨이의 숲』한국어 번역본은 번역 현장에서 생성되는 '잡음'이 서로 다른 문화와 문화가 교차되는 관계 속에서 어떻게 각각의 문학 또는 문화의 불안정한 지점을 표출시키고 있는지를 보여준다.[3]

2. 변형으로서의 번역

무라카미 하루키의『노르웨이의 숲』은 1987년에 일본에서 초판이 발매되었다. 이듬해 1988년에 한국어로 옮겨진 이후 2013년 상반기까지 6종의 번역본이 간행되었다.[4] 이 가운데 원작의 타이틀을 벗어던진『상실의 시대』가 한국어판『노르웨이의 숲』으로서 단연 그 왕좌를 차지하고 있다. 이 장에서는 6종을 모두 시야에 두고, 그 가운데 특히『상실의 시대』가 다른 5종에 비해 외장과 구성면에서 일본어텍스트와는 어떻게 색다르게 한국어판『노르웨이의 숲』으로 자리매김하고 있는지를 살펴보기로 하겠다.『노르웨이의 숲』이 한국어로 번역되면서 책 장정이나 표지를 마케팅 차원에서 달리할 수 있다. 판매 전략을 고려한 외관의 변

---

3 본고의 '문화적 교차'에 관한 개념은 Jeremy Munday, 정연일·남원준 역,『번역학 입문―이론과 적용』(한국외대 출판부, 2006)에서 제시된 베누티의 이론인 번역 '불가시성(invisibility' of translation)'과 조재룡,『번역의 유령들』(문학과지성사, 2011)을 참고했다.
4 2013년 9월에 민음사에서 세계문학전집의 한 권으로 양억관 역의『노르웨이의 숲』을 간행했다. 본고는 이 번역본은 연구대상으로 하지 않았다.

모는 발생할 수 있으나, 나아가 일본어판에는 없는 목차를 임의로 붙이거나 하여 변형되는 책 구성은, 번역된 한국어판이 일본어판과는 다른 텍스트라는 관점을 부여한다.

우선 일본어텍스트의 외형을 살펴보면 상권과 하권 두 권으로 출판되어, 각각 빨강과 초록 표지의 장정을 하고 있다. 상권의 첫 장을 펼치면 에피그람 '多くの祭りのために'라는 문구가 하얀 여백의 상부에 등장한다. '수많은 축제를 위하여'의 정도로 번역되는 이 말에서 '축제'에 해당하는 일본어 '祭り'에는 '축제'를 의미하는 프랑스어 'fête'의 가타카나 글자가 후리가나로 작게 달려 있어, 타이틀에 포함된 '노르웨이'와 에피그람의 '페트'라는 말의 조합이 이국적 정서를 빚어내고 있다. 그리고 목차는 따로 마련되어 있지 않고 바로 본문이 시작되어 전 11장의 내용으로 구성되어 있다. 초판본의 하권 말미에는 소제목을 붙이지 않은 저자의 '후기'가 실려 있다.[5] 일본어텍스트의 이와 같은 외모는 각각 다음과 같은 형태를 띠고서 한국어판으로 출판되었다. 일본어텍스트와는 별개의 『상실의 시대』의 존재감을 확인하기 위해서, 좀 장황할지 모르겠으나 우선 『상실의 시대』를 제외한 5종의 한국어 번역본의 외형을 구체적으로 적시하기로 하겠다.

---

5 현재 시중에 유통되는 일본어텍스트 문고본에는 저자의 '후기'가 빠져 있다. 표지도 초판본과 동일한 것과 그렇지 않은 것으로 간행되고 있다. 본고에서 인용하는 일본어텍스트는 초판본 村上春樹, 『ノルウェイの森』上・下, 講談社, 1987에 의한다. 인용문 말미에는 '上, 30쪽'과 같이 상・하권과 페이지만 명기한다.

1) 노병식 역, 『노르웨이의 숲』(상·하), 삼진기획, 1988

이 최초의 번역본은 상권과 하권으로 간행되었고, 표지 역시 일본어 텍스트와 마찬가지로 빨강과 초록 표지의 장정을 하고 있다. 표지 뒷면에는 "인간은 나름대로 추억의 씨를 부리며 산다. 얻은 것만큼 잃어버린 나날들을 아쉽게 절규하며 몸부림치는 우리들의 젊음······ 꿈과 현실, 갈등과 저항. 방황과 좌절, 그리고 사랑과 증오. 달콤한 키스에 황홀한 섹스가 있었어도 번지 없는 삶의 의미와 죽음의 허무를 환희의 추억으로 승화시킨 슬프고도 아름다운 우리들의 사랑이야기. 끝내버린 이야기보다는 가슴에 간직되는 작은 추억을 위하여 ······ 더 나아갈 수도 물러설 수도 없는 캄캄한 숲속 깊숙이 목 메인 갈구는 말이 없었고. 끝없는 상실과 재생의 몸부림 속에서 못다한 생애의 이야기와 함께 가슴에 간직되는 추억의 꽃이파리들 ······ 그리고 애절한 젊은 날의 우리들의 사랑이야기"라는 글귀가 새겨져 있다. 이렇게 일본어텍스트와 같은 장정을 하고 있으나 일본어텍스트에는 없는 글귀가 첨가되어 있는 것이다. 물론 이 글귀는 소설 내용의 일부도 아니다.

그런데 이 표지와 다른 표지로 된 같은 역자의 같은 출판사 번역본도 동시에 간행되었다. 표지에는 소설 첫머리의 과거 회상 장면을 반영한 듯이 초원 풍경이 그려져 있고, 상부에 큰 글씨로 "벅찬 감동의 청춘소설"이라는 카피가 달려 있다. 그리고 중간 부분에 "아! 청춘의 꿈이여, 찬란한 그 생명의 불꽃이여, 감미로운 속삭임으로 수놓인 영원한 추억이여, 젊은 날의 축제여 ······"라는 문구가 작은 글씨로 새겨져 있다.

또한 이 번역본에는 '제1장 지루한 서곡, 제2장 애벌레의 꿈, 제3장

반딧불의 추억, 제4장 방황하는 영혼들, 제5장 공허한 세월, 제6장 벌레 먹는 무지개, 제7장 날고싶은 파랑새, 제8장 아물지 않는 상처, 제9장 벼랑 위의 몸부림, 제10장 푸른 계절의 축제, 제11장 추억은 아름다워라'와 같은 일본어텍스트에는 마련되어 있지 않은 목차도 달려있다. 이어 에피그람은 「젊은 날의 축제를 위하여」라는 말로 번역되었고, 그 하단에는 일본어텍스트에 없는 "지나가버린 날의 감미롭던 한 시절을 즐겁게 회상하는 것은 인생을 또 한번 사는 것이 된다. —M. V. 마르티 아릴스"라는 경구가 박혀 있다.

2) 이미라 역, 『노르웨이의 숲』, 동하, 1993.2

상·하권 구분 없이 한 권으로 출판된 이 책은 표지에 여성의 뒷모습을 스케치한 삽화가 들어가 있으며, 책 띠 앞면에는 "젊음, 그 격렬하면서도 무섭도록 조용한 영혼들의 사랑!"이라는 카피와 함께 "허무의 분위기를 짙게 풍기는 비틀즈의 〈노르웨이의 숲〉을 배경음악으로 하여 펼쳐지는 열정적이고 고요하고 슬픈, 고독한 청춘들의 사랑. 얄팍한 섹스와 지켜야 할 성(性), 투명하고 신비한 사랑과 발랄하고 정겨운 사랑의 대비가 무라카미 하루키의 짧고 감각적인 문체에 실려 있다"라는 문구가 적혀 있다. 첫 장에는 에피그람은 누락되었고 대신 〈노르웨이의 숲〉 영문 가사와 함께 이 노래에 대한 간략한 소개가 곁들여지면서, 소개 말미에서는 "삶의 아름다움과 슬픔, 그리고 아픔을 선명한 이미지로 다가오게 하는 명곡이다"라는 말로 〈노르웨이의 숲〉을 설명하고 있다. 목차

없이 일본어텍스트와 마찬가지로 11장으로 구성되어 있으며 뒷면에 「저자 후기」가 실려 있다.

3) 김난주 역, 『노르웨이의 숲』, 한양출판(모음사), 1993.6

이 책도 한 권으로 번역 출판되었다. 표지에는 "비틀스의 음악이 흐른다─〈노르웨이의 숲(Norwegian Wood)〉 내가 지금 서 있는 자리는 어디인가. 텅빈 자리를 끝내 채울 수 없는 고독한 청춘들의 격렬하고도 투명한 비애감 가득한 사랑 소설"이라는 글귀가 쓰여있다. 앞면에 「옮긴이의 말」이 들어가 있고, 에피그람이 「그 모든 제의(祭儀)를 위하여」로 번역되고 있으며, 일본어텍스트와 마찬가지로 목차 없이 11장의 본문으로 구성되어 있고 뒷면에 「작가 후기」가 실려 있다.

4) 허호 역, 『노르웨이의 숲』, 열림원, 1997

이 책도 한 권으로 번역 출판되었으며, 표지에는 "원작을 제대로 읽자. 하루키 자신이 결정본이라 일컫는 개정판의 완역본 열림원의 '무라카미 하루키 소설'"이란 문구가 새겨져 있다. 첫 장을 넘기면 에피그람 「이 세상의 모든 의식을 위하여」가 명기되어 있고, 다음으로 저자의 「한국어판을 위한 서문」이 수록되어 있다. 목차가 마련되어 있으나 각 장 타이틀은 붙어 있지 않다. 뒷면에 「내 작품을 말한다 / 무라카미 하루키

－1백 퍼센트 리얼리즘에의 도전」이란 문장이 게재되어 있고, 이어서 「옮긴이의 말」이 실려 있다.

5) 임홍빈 역, 『노르웨이의 숲』(상·하), 문사미디어, 2008

이 책은 일본어텍스트 초판본과 마찬가지로 빨강과 초록 표지의 장정을 하고서 상·하권으로 간행되었다. 앞면에 "한국어판에 부치는 저자의 서문－사람이 사람을 사랑한다는 것의 의미를 한국의 독자 여러분과 함께 생각하고 싶습니다"(『상실의 시대』 서문과 동일)가 실려 있고, 이어서 "이 책의 제목 '노르웨이의 숲'은, 하룻밤의 사랑 이야기를 통해 오늘날 젊은 세대들의 사랑과 번민, 상실감을 노래한 비틀즈의 노래 〈Norwegian Wood〉를 상징적으로 원용한 것임"이란 책 타이틀에 대한 설명이 붙어 있다. 뒷면에 「저자 후기－외부와 단절한 채 오직 글쓰기에만 매달려 완성한 나의 자전적 소설－죽음으로 이별한 친구와 멀리 떨어진 친구에게 바친다」가 실려 있으며 이어서 「역자의 말」이 등장한다.

이와 같이 1)번역텍스트의 이듬해에 출판된 『상실의 시대』를 제외하고 1)에서 5)까지의 번역본의 특징을 간략히 개괄해 보면, 1)에서는 '청춘소설'이라는 점이 부각되고 있다. 2)는 '청춘'에 남녀의 '사랑'이 첨가되어 '청춘사랑소설'이란 점을 선전하고 있다. 3)과 4)는 한 권으로 묶여 번역 출판되었으나, 비교적 일본어텍스트의 구성을 충실히 반영하고 있다. '청춘'이나 '사랑'의 강조보다도 일본에서 출판될 때에 책 띠에 새겨진 '100퍼센트 리얼리즘 소설'이란 문구를 통해 순수 연애소설임을 보여주고 있다. 5)는 책 표지에 쓰인 '한국에서 『상실의 시대』로 널리 읽혀온 하루키의 대표작 『노르웨이의 숲』을 한 자 한 자 소홀함 없이 가장 원문에 가깝게, 현대적 감각으로 되살려 새롭게 번역했다'라는 문구가 나타내고 있듯이 일본어텍스트에 최대한 근접한 번역본을 지향하며, 현대에 맞는 번역본이라는 점을 표방하고 있다.

이렇게 보자면 위 5종이 모두 일본어텍스트와는 별개의 형태로(비록 5)가 '원문'에 가까운 번역을 지향하고 있어도), 출판되었다는 것을 알 수 있다. 1)과 2)가 청춘사랑 소설에다 어느 정도 통속소설의 성격을 가미한 출판 전략을 보이고 있는 데 반해 3), 4), 5)는 일본어텍스트를 한국어로 충실히 옮기고 있는 편이다. 1)을 제외한 번역본은 1989년에 출판된 『상실의 시대』를 의식하고 있다. 『상실의 시대』는 내용은 우선 차치하더라도 일본어텍스트 『노르웨이의 숲』과는 제목에서나 외형적인 면에서도 별개의 텍스트성을 확보하고 있다. 그런데 아이러니하게도 현재 위 1)에서 5)까지의 번역본은 시중에서 새 책으로 입수할 수 없다. 모두 절판되었기 때문이다. 1989년에 번역된 『상실의 시대』만이 현재 판을 거듭하며 새 책으로 유통되고 있다. 『상실의 시대』는 1989년에 초판, 1994년에 2판, 2000년에 3판이 간행되었고, 판본들마다 책 구성이나 내용에서도 다소의 차이를 보인다. 새 판을 낼 때마다, 역자 혹은 편집자에 의해 어느 정도 손질이 가해졌기 때문이다. 현재 입수가 가능한 것은 3판이다. 그렇다면 『상실의 시대』는 도대체 어떤 형태로 출판되었는지 각 판본의 외형을 개괄해 보기로 하자.

6) 유유정 역, 『상실의 시대 原題 · 노르웨이의 숲』, 문학사상사, 1989

상 · 하권이 아닌 한 권으로 출판되었고, 첫 장을 넘기면 에피그람은 보이지 않고 무라카미 하루키의 「『상실의 시대』한국의 독자들에게 – 사람이 사람을 사랑한다는 것의 의미」라는 글이 실려 있다. 이어서 노래 〈노르웨이의 숲〉 한국어와 영어 버전에 게재되어 있으며, "이 소설의 원제『노르웨이의 숲』은 오늘의 젊은 세대들의 원색적인 욕망과 절망적인 상실의 갈등을 노래한 비틀즈의 유명한 노래 〈노르웨이의 숲〉을 상징적으로 쓴 것임"이란 노래에 대한 설명 문구가 덧붙어져 있다.

목차는 마련되어 있지 않고, 각 11장의 본문이 전개되고 있으며, 뒷면에는 「옮긴이의 말 – 상실의 시대를 충격적으로 드러낸 마성적인 소설미학」이란 글과 「『아시히신문[朝日新聞]』1988년 12월 27일 자 사설(私說) 전문(全文) – 우리는 지금 어디에 있는가」가 번역 게재되어 있다. 『상실의 시대』는 현재 3판까지 출판되었는데 각 판본의 구성과 본문에는 약간의 상이점이 보인다.

먼저 <u>1994년의 2판</u>을 살펴보면 초판과 마찬가지로 첫 장을 넘기면 「한국 독자들에게」라는 저자 서문이 실려 있고, 이어서 초판에서는 후면에 있던 『아사히신문』 사설이 앞면에 배치되어 있다. 또한 「감상을 위한 도움말 – 다시 찾은 상실과 재상('재생'의 오자 – 인용자)의 시대」라는 초판에는 없던 번역문학가 김이진의 글이 게재되어 있다. 이어 「옮긴이의 말」이 나오고, 노래 〈노르웨이의 숲〉 영문과 한국어문이 실려 있다. 특이한 점은 1989년 초판에는 없었던 「차례」가 마련되어 있다는 점이다. 그 목차는 다음과 같다.

제1장 나를 꼭 기억해 주었으면 해요, 제2장 죽음이 찾아왔던 열일곱 살의 봄날, 제3장 비와 눈물이 섞인 하룻밤, 제4장 부드럽고 평온한 입맞춤, 제5장 아미료에서 날아온 편지, 제6장 정상적인 세계와 비정상적인 세계, 제7장 조용하고 평화롭고 고독한 일요일, 제8장 하지만 쥐는 연애를 하지 않아요, 제9장 봄철의 새끼곰만큼 네가 좋아, 제10장 자기 자신을 동정하지 말 것, 제11장 계속 살아가는 일만을 생각해야 한다

이어서 본문 맨 뒷면에는 「저자 후기―외부와 단절한 채 오직 글쓰기에만 매달려 완성한 자전적 소설」이 실려 있다. 일본어텍스트의 저자 후기에는 이러한 소제목이 없다.

다음으로 <u>2000년의 3판</u>을 살펴보자. 첫 장에는 2판과 동일한 「한국어 독자에 부치는 저자의 서문―사람이 사람을 사랑한다는 것은 무슨 의미인가를 한국의 독자 여러분과 함께 생각하고 싶습니다」가 게재되어 있다. 차례는 2판의 문구와 다르게 다음과 같이 붙어 있다.

제1장 18년 전 아련한 추억 속의 나오코, 제2장 죽음과 마주했던 열입곱 살의 봄날, 제3장 잃어버린 시간 속을 날아간 '반딧불이', 제4장 피가 통하는 생기 넘치는 여자, 미도리, 제5장 마음의 병을 앓는 나오코의 실종, 제6장 요양원에서 만난 나오코와 레이코, 제7장 너무나 가깝고도 먼 미도리, 제8장 나가사와와 하쓰미가 그리는 평행선, 제9장 미도리와 청교도처럼 보낸 밤, 제10장 갈등의 벼랑 끝에서, 제11장 나는 지금 어디에 있는가

본문의 말미에는 2판처럼 「저자 후기」가 실려 있다. 그리고 2판에는

없는 일본 문학평론가 가와무라 미나토의 「작품해설」과 「감상노트 / 문학사상사 자료조사연구실」, 「해외반향 / 일본 언론에 비친 한국의 '하루키 현상'」, 「역자의 말」이 순서대로 게재되어 있다.

　이상으로 앞에서 살펴본 1)에서 5)까지의 번역본과 달리 『상실의 시대』는 그 제목뿐만 아니라, 구성면에서도 판이 거듭될 때마다 일본어텍스트와는 전혀 다른 한국어텍스트 『상실의 시대』로 재구성되고 있다는 점을 엿볼 수 있다. 『노르웨이의 숲』 한국어 번역본의 다양한 면모는 아마도 "아무리 뛰어난 번역이라 하더라도 시간이 지나면 언젠가는 낡은 번역이 될 수밖에 없다는 사실"[6]에서 기인할지도 모른다. 하지만 『상실의 시대』는 '낡은 번역'으로 퇴화되지 않고 현재에도 생존하면서 "번역문학이 자국문학보다 훨씬 더 영향력 있는 위치에 놓이면서 문학의 소재뿐만 아니라 기법에서도 그 나라 문학의 흐름을 주도하게 된다"[7]는 사실을 여실히 보여주는 '번역문학'으로 국내에서 자리하고 있다. 『노르웨이의 숲』 6종의 한국어판 가운데 외적 변형을 가장 심하게 겪은 『상실의 시대』가 다른 번역본을 물리치고, 『노르웨이의 숲』 한국어판의 '정본'처럼 현재 자리를 굳건히 지키고 있다는 사실은 번역이 어떻게 변형의 형태를 거쳐 생산되는지, 그 일면을 보여주는 실례라고 말할 수 있겠다.

6　Clifford E. Landers, 이형진 역, 『문학 번역의 세계 — 외국문학의 영어 번역』, 한국문화사, 2009, 32쪽.

7　이형진, 「문학 번역 평가의 딜레마와 번역비평의 방향」, 『안과밖』 24, 영미문학연구회, 2008, 101쪽.

3. '성(性)'을 둘러싼 논쟁과 문화 간극

그렇다면『상실의 시대』는 일본어텍스트와는 외형이나 구성을 달리하면서도 어떻게 이렇게 오랫동안 생존할 수 있었던 걸까. 원제대로 '노르웨이의 숲'을 번역본 타이틀로 삼은 다른『노르웨이의 숲』한국어 번역본과는 달리『상실의 시대』가 여전히 한국 독자들에게 다가가는 것은, 소설의 내용과 맞아 떨어지는 '상실의 시대'라는 번역 제목이 주효했다는 사실을 우선 들 수 있다.[8] 1988년에 국내에서 최초로 번역된 1) 번역본은 일본어텍스트의 장정과 그 타이틀을 충실하게 옮겨왔다. 하지만 국내에서 전혀 반향을 일으키지 못했다. 출판사의 마케팅전략이 실패한 케이스일수도 있겠으나, 그 한국어제목이『노르웨이의 숲』이었다는 사실도 무시할 수 없을 것이다. 현재까지 국내에서 출판된 6종의 한국어 번역본에서 두드러지는 점은 일본어텍스트의 타이틀 '노르웨이의 숲'에 대해 각 번역본마다 장황한 설명을 덧붙이고 있다는 사실이다. 이 '노르웨이의 숲'이란 말이 한국어 독자들에게는 생소하리라 판단했기 때문에 불필요할 수도 있는 설명이 첨가되었을 것이다. 그렇지만 일본어 독자들에게도 이 가타카나어가 붙은 'ノルウェイの森[노르웨이의 숲]'이라는 타이틀이 생소하기는 매한가지일 것이다. 일본어텍스트에서 이 제목에 대한 언급은 본문의 한 장면에서 언급될 뿐이다. 소설을 읽어야

---

8 '상실의 시대'라는 제목에 대한 직접적인 언급은 없지만, 한국에서 무라카미 하루키 소설이 1990년대에 386세대의 상실감에 어떻게 작용했는지에 대해서는 김춘미,「한국에서의 무라카미 하루키[村上春樹] – 그 외연과 내포」,『일본연구』8, 2007, 33~37쪽을 참고할 수 있다.

만 이 제목이 비틀즈의 노래에서 유래했다는 것을 알 수 있다.

한국어 번역본은 일본어텍스트의 타이틀 '노르웨이의 숲'을 그대로 가져오든 그렇지 않든 이 말에 대해 설명을 첨가하여 우선 독자들에게 타이틀을 이해시키기에 바빴다. 그에 반해 소설이 함축하고 있는 내용을 드러내고 있는 것이 '상실의 시대'로 변형된 타이틀이었으며, 한국어 독자들에게 이 말은 직접적으로 소설의 주제를 명시하는 성격을 띠고 있다. '노르웨이의 숲'이란 제목은 어떤 암시를 나타내고 있으나, 그 제목이 함의하는 바는 일본어텍스트나 한국어텍스트에서 쉽게 종잡을 수 없다. '상실의 시대'라는 제목이야말로 소설의 주제를 드러내는 직설적인 표현이다. 일본어텍스트『노르웨이의 숲』이 '상실감'의 내용을 담고 있다는 점은 일본에서 출간되자마자 회자되었다. 『상실의 시대』는 일본어텍스트『노르웨이의 숲』이 함의하는 '상실의 시대'를 그대로 전면에 노정시켜 국내에서 성공을 거두었다. 그만큼 한국 독자들은 소설 주제가 책 제목에 직접적으로 명시되어 있는 쪽을 선호한다고 말할 수 있겠다. 그러므로 한국어 번역본은 저마다 '노르웨이의 숲'이란 제목을 붙이든 그렇지 않든 이 말을 책 표지와 속지에서 굳이 설명하고 있다. 그리고 '노르웨이의 숲'이라는 말은 '상실'이나 '섹스', '사랑'과 '원색의 욕망' 등의 다른 이름으로 한국어 독자들에게 다가왔던 것이다.

『상실의 시대』는 전면에 일본어텍스트『노르웨이의 숲』의 '상실감' 을 표출하고 있으나, 여기에 수반된 성적 묘사가 한국문학에 파동을 일으킨 점도 간과할 수 없다. 『상실의 시대』가 어떻게 1990년대 초반의 한국 작가들과 접점을 이루었는지에 대해서는 "80년대 학생운동을 소설화해서 몇 달째(1992년 당시-인용자) 베스트셀러 목록을 장식하고 있는 일군의 신세대 소설가들. 박일문·장석주·이인화·장정일 등"의 소설에 두드러지게 그려지는 "성(性)과 연애에 대한 가볍고 자유로운 묘사"가 『상실의 시대』의 '표절'이라는 시비까지 낳았다는 당시의 평론[9]을 통해서도 엿볼 수 있다. 1990년대 한국의 '신세대작가'에게 『상실의 시대』는 적잖은 영향을 끼쳤다.[10] 1990년대 당시 '신세대 소설가'들의 소설 『살아남은 자의 슬픔』(박일문), 『낯선 별에서의 청춘』(장석주), 『내가 누구인지 말할 수 있는 자는 누구인가』(이인화), 『아담이 눈뜰 때』(장정일) 등의 타이틀만 언뜻 보더라도, 친구와 그 애인의 자살 뒤에 살아남은 주인공의 슬픔, 자기가 어디에 있는지를 말할 수 없는 주인공의 상념, 낯선 곳에 내던져진 것 같은 자신에 대한 상실감을 마지막에 호소하고 있는 『상실의 시대』의 내용이, 당시 한국의 신세대 소설가들의 작품 제목에 반영되고 있다는 점을 알 수 있다. 일본의 1960년대 말 전공투 세대의 상실감을 배경으로 하는 『상실의 시대』의 영향권에서, 이 한국의 신세대 소설들이 1980년대 운동권의 상실감을 대변하고 있다. 이와 함께 그 상실감이 '사랑과 성'을 주제로 하여 '섹스' 묘사로 그려지고 있다는 점에서도 『상실의 시대』의 성적 묘사가, 한국 '신세대' 문학에 활로를 열어 주었다는 사실은 섣불리 부인하기가 어려울 것이다.

그러나 『상실의 시대』에 그려진 성적 묘사는 또 다른 측면에서 파장

---

9 장필선, 「한국의 무라카미 하루키, 신세대 소설들」, 『월간 말』 11월호, 1992, 214~215쪽.

10 이에 관해서는 곽승미, 「무라카미 하루키 수용 양상─구효서의 경우」, 『비교문학』 22, 한국비교문학회, 1997, 유상하, 「무라카미 하루키와 김영하 소설의 상관성 고찰」, 경희대 석사논문, 2013, 그리고 앞에서 언급한 최성실, 「일본문학의 한국적 수용과 특징─무라카미 하루키 소설과 '문화' 번역」, 『아시아문화연구』 13, 경원대 아시아문화연구소, 2006 등의 논문을 참고할 수 있다.

을 낳았다. 2006년 6월호의 『현대문학』에 실린 '한국문학의 원로 비평가' 유종호의 「문학의 전락—무라카미 현상에 부쳐」는 낯선 시선으로 『상실의 시대』를 독해하고 있다. 유종호는 『상실의 시대』를 대학생들이 '가장 감명 깊게 혹은 흥미 있게 읽은 문학책'으로 꼽는 작금의 현상에 우려를 표명하면서, 『상실의 시대』를 "요컨대 감상적인 허무주의를 깔고 읽기 쉽게 씌어진, 성적 일탈자와 괴짜들의 교제 과정에서 드러나는 특이한 음담패설집"이라고 폄하하고 있다.[11] 『상실의 시대』는 80년대 운동권 세대 작가들에게는 '상실감'과 '성'이라는 자기 정체성의 새로움을 눈뜨게 했다. 한편으로는 『상실의 시대』가 지닌 영향력을 타개하는 지점에서, 이 번역 작품은 한국문학에 자기 정체성의 혼돈을 초래하게 만드는 작품이 되었다. 이러한 점에서 『노르웨이의 숲』의 번역본 『상실의 시대』는 상이한 문화가 교차하는 과정에서 빚어지는 혼란과 갈등, 충돌의 양상, 나아가 번역을 통해 받아들이는 측에게 자기 성찰과 회의를 수반시킨 작품이라고 말할 수 있다. 이는 번역 수용의 차원에서뿐만 아니라 번역의 현장에서도 드러난다. 일례를 들어 말하자면, 『상실의 시대』에 등장하는 성적 묘사에 대한 번역가(혹은 편집자)의 주저함와 과잉 대응이 그것이다.

『상실의 시대』 3판에는 '해설과 참고자료 정리'라는 코너가 마련되어 「『상실의 시대』 감상을 위한 노트—12년간 지속중인 베스트셀러의 특성과 그 매력의 포인트를 중심으로」라는 '문학사상사 자료연구실'의 '대

---

11 유종호, 『과거라는 이름의 외국』, 현대문학, 2011, 113쪽. 이 글에 대해서 조영일이 「비평의 빈곤—유종호와 하루키」, 『문예중앙』 가을호(2006)에 기고한 평론도 일독할 가치가 있다.

표집필 소설가 김문숙'의 글이 무려 약 50쪽에 걸쳐 게재되어 있다. 이 글 중에는 '표현의 멋과 아름다운 문장은 특히 섹스 묘사에서 이채'라는 소항목이 들어 있다. 이 항목에서는 『상실의 시대』의 "탁월한 표현의 멋과 아름다움은 특히 관능묘사에서 찾을 수 있다"고 기술하고 있으며, "특히 19세 연상의 여자와의 하룻밤 4회의 섹스 장면은, 가히 이 작품 속 핑크 무드 짙은 성묘사의 클라이맥스 부분이라고 할 만하다. (…중략…) 그래서 평론가 중에는 하루키의 『상실의 시대』는 포르노 소설적 요소가 강하다고 혹평하는 이도 없지 않다"[12]고 설명하고 있다. 일본어텍스트 『노르웨이의 숲』을 읽고 어떤 소설로 받아 들이냐는 독자의 몫이다. 한국어텍스트 『상실의 시대』는 '섹스 묘사'에서 '표현의 멋과 아름다움'을 찾도록 독자들에게 주문하고 있는 양상이다. 어떻게 보면 일본소설에서 그려진 '섹스 묘사'가 음지가 아닌 양지에서 이처럼 한국사회에서 각광을 받기는 『상실의 시대』가 처음이 아닌가 싶다.

1976년에 일본에서 간행된 무라카미 류의 『한없이 투명에 가까운 블루[限りない透明に近いブルー]』는 아쿠타가와상 수상 직후 보름 만에 졸속 번역으로 『끝없이 투명(透明)에 가까운 블루』(大宗出版社) 등으로 한국어로 번역 출판되었으나, 번역상의 문제는 제쳐두더라도 '그룹섹스' 묘사라는 '외설성'의 시비에 휘말려 출판 금지 조치를 당했다. 겨우 1990년대 후반에 들어서서 '19세 미만 구독불가'라는 빨간 딱지를 붙이고 다시 번역되어 간행되었다.[13] 1989년에 번역된 『상실의 시대』의 '섹스 묘사'가 공인된 이후에나 가능했던 것일까. 그렇다면 『상실의 시대』를 비롯

---

12 무라카미 하루키, 유유정 역, 『상실의 시대』, 문학사상사, 2000(3판), 497~498쪽.
13 무라카미 류, 한성례 역, 『한없이 투명에 가까운 블루』, 동방미디어, 1999.

해 한국어 번역본에서는 이러한 묘사가 어떻게 번역되었는지를 살펴보기로 하겠다. 여러 성적 묘사 장면 중에서도 한국사회에서 쉽게 용납될수 없다고 판단되는 '동성애'가 다루어지는 부분의 일례를 들어 보자. 일본어텍스트 『노르웨이의 숲』에는 레이코라는 중년여성이 와타나베에게 자신의 과거를 이야기하면서 레즈비언 소녀와의 성관계를 상세하게 풀어놓는 장면이 삽입되어 있다. 그 일부 묘사가 1989년판 유유정 역 『상실의 시대』에서는 다음과 같이 그려지고 있다.

> 하지만 그 앤 그만두지 않았어요. 그 앤 그때 내 속옷을 벗기곤 그곳을……
> 난 부끄러워서 남편한테도 그런 짓은 거의 하지 못하게 했었는데, 글쎄 열세
> 살짜리 여자애가…… 질렸지 뭐예요. 그런데 그게 또 하늘에 날아오른 것처
> 럼 기가 막히단 말예요. (264쪽)

같은 장면을 1993년의 김난주 번역본은 다음과 같이 옮기고 있다.

> 하지만 그녀는 멈추지 않았어요. 그 아이, 그때는 내 팬티를 벗기고 쿤닐링
> 구스(cunnilingus : 여성의 성기를 구강으로 애무하는 성행위 = 역주)를 하
> 고 있었어요. 난, 부끄러워서 남편에게조차 그런 건 거의 못 하도록 했더랬었
> 는데, 열세 살짜리 여자애가 나의 그곳을 날름날름 핥고 있는 거였어요. 질려
> 버렸어요, 난 눈물이 나올 지경이었죠. 그런데 그 기분이 또 천국으로 올라간
> 듯 기가 막힌 거예요. (258쪽)

불과 4년의 간격을 두고 번역된 두 번역본의 상이함은 쉽게 드러난다.

1989년에 번역된 『상실의 시대』의 "그곳을 ……"이란 부분이 1993년 번역본에서는 보다 상세하게 번역되었고, 여기에 역주까지 달려있다는 점이 다르다. 또한 "여자애가 ……"라는 부분의 성행위 장면이 김난주의 『노르웨이의 숲』에서는 구체적으로 묘사되고 있다. 김난주 역의 "난 눈물이 나올 지경이었죠"도 유유정 역에서는 보이지 않는다는 점도 시야에 두고, 그렇다면 일본어텍스트에서는 이 장면이 어떻게 묘사되고 있는지 살펴보자.

> でも彼女止めなかったわ。その子、そのとき私の下着脱がせて<u>クンニリング</u>
> <u>スしてたの</u>。私、恥かしいから主人にさえ殆んどそういうのさせなかったの
> に、十三の女の子が<u>私のあそこぺろぺろ舐めてるのよ。参っちゃうわよ、私。</u>
> <u>泣けちゃうわよ</u>。それがまた天国にのぼったみたいにすごいんだもの。(下, 17
> ～19쪽)

일본어텍스트 『노르웨이의 숲』과 대조해보면 1989년판 유유정 역은 밑줄 친 부분을 옮기지 않고 말줄임표 '……'로 대체하고 있다. 1994년의 『상실의 시대』 2판은 밑줄 부분을 "내 속옷을 벗기곤 그곳을 <u>입으로</u>"(269)라고 번역하고 있으며, 2000년의 3판 역시 2판과 동일하다. 김난주 번역에서 역주까지 달린 '쿤닐링구스'라는 말에 해당하는 한국어 표현으로 '입으로'라는 말이 첨가되었을 뿐이다. 남녀의 이성 간 '섹스 장면'에서와는 달리 동성애가 극적으로 표출된 부분에서 『상실의 시대』는 번역자(혹은 편집자)의 '자기검열'에 의해 그 묘사가 축소되고 있으며, 김난주 역의 『노르웨이의 숲』은 역주까지 달리면서 이 장면이 지나치게

도드라지고 있다. 『상실의 시대』 번역자는 필요 이상의 신중함을 보이고 있는지는 모르겠으나, 번역자가 속한 도착어텍스트의 문화 환경에 의해 '점잖은 표현'으로 대체되고 있으며, 여기에 '자기검열'이 암암리에 이루어지고 있는지도 모른다. 그러나 김난주 역은 굳이 '역주'를 통해 한국어 독자들에게 일본어에서도 가타카나로 표기된 외래어인 이 말의 의미를 노출시키고 있다. 무라카미 하루키가 사용한 일본어텍스트 속의 'クンニリングス'라는 단어는 이 말을 모르는 일본어 독자들에게는 낯선 외래어에 불과하다. 물론 전후 맥락에서 이것이 어떤 말인지를 감지할 수 있겠으나, 의미를 정확히 모르는 독자가 사전을 찾지 않는 이상, 이 말에 신경을 곤두세우지는 않을 것이다. 하지만 김난주의 번역본을 읽는 한국어 독자는 신경을 곤두세우지 않을 수 없는 처지에 내몰릴 수 있다. 허호 역은 이 말을 "입으로 애무하고 있었죠"(247쪽)라고 번역하고 있어서 일본어텍스트에서 표출된 'クンニリングス'라는 말의 이국적인 느낌이 사라지도록 했다. 그렇다면 '원작에 최대한 가깝게' '현대적 감각'을 살려 번역한 2008년의 임홍빈 번역본은 위 장면을 어떻게 옮기고 있을까. "하지만 그 앤 그만두지 않았어. 그 앤 그때 이미 내 속옷을 모두 벗기고 그곳을 입으로 ……. 난 부끄러워서 남편한테도 그런 행위는 거의 하지 못하게 했는데, 열세 살짜리 여자애가 내 거기를 핥고 있는 거야. 어이가 없어서 난 울어버릴 것 같았어"(하, 22쪽)라고 번역하고 있다. 『상실의 시대』보다 조금 더 '원작'에 가깝게는 다가가고 있으나(레이코의 말을 반말투로 옮기고 있는 점에서도), 'クンニリングスしてたの'의 번역을 누락시키고 있다. 역시 번역자가 이 장면에 대해 '혐오감'을 느끼고 있었기 때문인지도 모른다.

또 한 가지 문제는『상실의 시대』에서는 "난, 눈물이 나올 지경이었지 (私。泣けちゃうわよ)"라는 말을 살리지 않고 있다는 점이다. 이 말에서 엿볼 수 있는 레이코의 당황스러움 등을『상실의 시대』를 읽는 한국어 독자는 알아차릴 수 없게 되었다.

그렇다면『상실의 시대』에서 생략된 "クンニリングスしてたの"와 같은 표현이 일본어로 읽는『노르웨이의 숲』의 독자들에게는 어떻게 받아들여졌을까. 'クンニリングス'라는 낯선 외래어의 의미를 모르는 일본어 독자도 있을 것이다. 이 말을 알지 못하는 독자에게 이 낯선 단어는 그다지 의미를 가지지 않는다. 무라카미 하루키는『노르웨이의 숲』에서의 성적 묘사에 대해 다음과 같이 말하고 있다.

나는 이 소설에서, 성적인 장면은 리얼하지만, 혐오감을 주지 않도록 그리려고 했다. (…중략…) 이 작품이 지금으로부터 7, 8년 전에 출판됐다면 화를 내는 독자들이 훨씬 많았을 것이라고 생각한다. (…중략…) 섹스라는 게 그처럼 혼탁한 혐오감을 주는 게 아니라, 훨씬 담백하게 생각될 수 있다는 관념이 형성되고 있는 셈이다. 그걸 외설이라고 생각하는 사람은 일종의 성적인 억압 상태에 빠져 있다고 보아야 한다.[14]

위 인용문의 후반부는 13, 4세 정도의 일본 독자들이『노르웨이의 숲』의 섹스 묘사에서 '구원'을 받았다고 보내온 편지에 대한 답으로 말하는 표현이다. 일본의 독자들은 'クンニリングス'라는 낯선 외래어에서

---

14 무라카미 하루키, 유유정 역,『상실의 시대』, 문학사상사, 2000(3판), 499~500쪽.

그다지 '혐오감'을 맛보지는 않았을 것이다. 만약 『상실의 시대』 번역자가 섹스 묘사에 대해 '자기검열'을 가하고 있다면, 무라카미 하루키의 표현대로라면 한국어 문화 환경에서 학습된 '성적인 억압 상태'에서 비롯되고 있는지도 모른다. 그와 반대로 김난주 번역본은 역자 주까지를 포함해 일본어텍스트에서 선명히 드러나지 않는 성적 묘사를 지나치게 부각시키고 말았다. 김난주 번역본의 '쿤닐링구스'에 대한 역주 "cunnilingus : 여성의 성기를 구강으로 애무하는 성행위"는 무라카미 하루키가 일본어텍스트에서 지양하고자 했던 '혐오감'을 한층 도드라지게 만들었던 것이다.

무라카미 하루키는 허호 역의 『노르웨이의 숲』에 기고한 「한국어판을 위한 서문」에서 "자신의 작품이 이렇게 외국어로 번역되어 외국 독자의 손에 쥐어진다는 것은 작가에게 아주 기쁘고 또 스릴 있는 일입니다. (…중략…) 그·그녀는 대체 어떤 식으로 내 책을 읽어줄까……하고. 이 이야기는 외국이 아닌 일본에서의 일인데, (…중략…) 뭐가 어찌되었든 나는 실제로 사람을 움직이는 소설을 쓰고 싶습니다"(7~8쪽)라고 말하고 있다. 이러한 작가의 바람은 문화와 문화가 교차되는 과정에서 역자나 편집자의 '자기검열' 혹은 '과잉' 대응으로 인해 그저 '바람'으로 끝나고 말 수도 있다. 번역은 '원작'과는 무관하게 한국어읽기로 또다시 자리매김하는 행위라고 말할 수 있다. 동성애라는 한국 문화에서는 섣불리 언급하기 어려운 상황과 직면했을 때 번역은 어색해지고, 이상해지고, 불안해진다. 나아가 김난주가 붙인 역주까지를 읽는 한국어독자는 일본어로 읽는 독자보다도 훨씬 더 혐오감에 사로잡힐 수 있다. 번역이 서로 다른 텍스트 간의 안정된 행복만을 약속하지 않는 현장을 여기에서 목격할 수 있는 것이다. 번역은 문화가 서로 교차되는 지점에서 발생하는 다양한 문화의 불완전성만을 보여줄 뿐이다.

『상실의 시대』가 보여준 '성'의 묘사는 한국사회, 한국문학에서는 '리얼'한 느낌을 부여해, 운동권 신세대 작가들을 동요시켰으나, 한편으로는 그 '리얼함'이 번역되는 과정에서 문학적으로 형상화되기보다는 오히려 더 현실적으로 '섹스 묘사'만이 부각되어(책의 마케팅 차원과 표현에서) '혐오감'을 부추기면도 없지 않다. 이처럼 일본어텍스트『노르웨이의 숲』이 한국어로 번역되어 한국문학에 안겨준 혼란은 적지 않았다. 1990년대 한국문학의 신세대 작가들에게는 '자기 성찰'의 기회를 부여했고, 2006년도의 국내 평단에는 '문학'에 대한 회의를 되묻게 하는 계기를 촉발시켰다. 아울러 번역이 아무리 '원전'을 상정한다고 해도 출발텍스트와 목표텍스트가 만나는 지점은 엇갈리면서 마주한다는 사실도 간과할 수 없다.

4. 다가가면 비껴서는 '원작'

2008년에『노르웨이의 숲』의 최신 번역본을 출판하면서 임홍빈은 「역자의 말 다시 읽어도 언제나 새로운 감동─『노르웨이의 숲』의 새 번역본을 내놓으며」에서 여느 번역본에서는 찾아보기 쉽지 않은 '번역 원칙'을 다음과 같이 밝히고 있다.

내가 이번 번역에서 가장 주안점을 둔 것은 원작에 최대한 가깝게 번역해서, '원작 그대로의 감동을 전하자'는 것이었다. 사실 성공작 『상실의 시대』에는 한국 독자들의 구미에 맞춘, 번역가와 편집자의 수많은 정성의 손길이 들어가 있다. 제목 바꾸기부터, 소제목 달기, 읽기 쉽도록 나누어진 문단나누기, 부드럽게 윤문된 문장, 그런 것들이 편집자의 일이었던 때가 있었다. 그리고 증명되었듯이 그러한 작업은 성공적이기도 했다. 나는 그러한 성공적인 번역작을 든든한 배경으로 믿고, 오로지 한 글자 한 글자 소홀함 없이 최대한 원작에 가깝게, 현대적 감각으로 번역하는 것에만 신경을 쓰면 되었다. 그리고 나중에 편집국과 상의 끝에 이왕이면 하루키가 고안한 표지 디자인까지 똑같이 하자고 의견이 모아져, 결과적으로 이 고지식한(?) 번역서가 탄생하게 되었다. (297쪽)

위의 인용문을 쓴 역자 임홍빈은 『상실의 시대』를 일본어텍스트 『노르웨이의 숲』의 번역본이 아닌 별개의 한국어텍스트로 자리매김하도록 하는 데에 공헌한 인물이다. 『상실의 시대』를 출판한 문학사상사의 발행인과 고문을 겸하고 있는 그가 『상실의 시대』의 탄생 배경을 여기에 밝히고 있는 점이 흥미롭다. '최대한 원작에 가깝게'라는 말로 '원작'에 매우 근접한 번역본을 산출시키려는 의지 표명은 『상실의 시대』가 국내에서 『노르웨이의 숲』의 번역본이 아닌 독립된 소설로 우뚝 서 있는 데에 대한 자부심의 발로인지도 모른다. '원작'을 충실하게 반영하겠다는 번역 방침에 따라 '원작'의 표제대로 '노르웨이의 숲'이란 제목으로 번역 출판하고 있다. 1989년의 시점에서 '상실의 시대'로 제목을 변경해 출판한 것은 "출발어와 도착어 사이에서 파생될 수 있는 문화적, 언어적, 역사적, 혹은 지리적 차이에서 기인"할 것이며, "출발어텍스트의 질을 떨어뜨리거나 인위적으로 더 나은 텍스트로 다시 쓰는 것이 아닌 범위 내에서, 작품이 가지고 있는 낯설음을 가능한 최소화함으로써 도착어권 독자들이 작품을 쉽게 받아들일 수 있도록"[15] 하기 위한 의도에서 이루어졌을 것이다. 『노르웨이의 숲』이 아닌 『상실의 시대』라는 책이 한국어 번역본으로서 '성공'할 수 있었던 데에는 문화적 차이를 의식함과 동시에 '낯설음을 가능한 최소화'한 전략이 주효했던 것이다. 일본어텍스트의 타이틀 '노르웨이의 숲'은 그 제목만 보아서는 소설의 내용을 쉽게 가늠하기가 어렵다. 이야기의 주제는 '상실의 시대'가 아닌 '노르웨이의 숲'이란 제목에서는 드러나지 않는다. 이러한 타이틀에 담긴 함축성이 한국어텍스트 『상실의 시대』에서는 제목 변경으로 인해 상쇄되었고, 소설 주제가 번역본 제목의 변경으로 인해 돋보였다. '상실의 시대'라는 제목이 이야기 내용을 직설적으로 드러내 보인 것이다.

그런데 한국어텍스트에 나타난 이러한 직설적인 표현법은 비록 '원작에 최대한 가깝게'라는 모토를 내세워 '노르웨이의 숲'이라는 일본어텍스트의 제목을 따르고 있어도, 2008년 번역본에서도 감춰지지 않고 있다. 임홍빈 역 『노르웨이의 숲』은 책 제목은 물론이고 "하루키가 고안한 표지 디자인까지 똑같이" 따르고 있다. 외관에서부터 '원작에 최대한 가깝게'를 추구하고 있다. 그러한 책 장정임에도 불구하고 일본어텍스트에서는 보이지 않는 몇몇 특징이 눈에 띤다. 책 표지 뒷면에 들어간 저자 후기의 인용문은 그렇다손 치더라도, 표지의 안쪽 날개마다 장황하게

---

15 Clifford E. Landers, 이형진 역, 『문학 번역의 세계 – 외국문학의 영어 번역』, 한국문화사, 2009, 265쪽.

새겨진 글귀는 '노르웨이의 숲'이라는 제목이 지닌 책의 함축성을 말소시키고 있다. 상권 앞장의 안 날개에는 '세계인의 사랑받는 글로벌 작가'라는 문구를 시작으로 무라카미 하루키를 상세하게 소개하고 있고, 뒷장의 안 날개에는 '하루키 문학은 새로운 문학의 지평'이라는 카피 아래에 '하루키의 팬에서 하루키의 전달자가 된' 옮긴이의 감상문과 그의 이력이 소개되고 있다. 번역서에 원저자와 역자에 대한 소개가 붙는 것은 이해할 수 있다. 그런데 하권의 안 날개에 적힌 문구는 사태를 달리한다. 하권 앞면의 날개를 보면 "하루키 스스로 '100% 연애소설'이라고 말한 『노르웨이의 숲』 등장인물들의 삼각관계"라는 문구가 큼직하게 적혀 있고, 그 아래에 각각의 등장인물 사이에 어떤 삼각관계가 형성되고 있는지를 도식화해서 설명하고 있다. 뒷면의 날개에는 심지어 "『노르웨이의 숲』 표지의 '빨강'과 '초록'이 의미하는 것"이란 큼지막한 문구 아래에, "빨강 : 피, 생명력을 나타내는 동시에 '죽음'을 내포"하며, "초록 : 깊은 숲, 죽음을 나타내는 동시에 '삶'을 내포"한다라는 설명이 하루키가 『노르웨이의 숲』을 간행할 때 빨강과 초록의 표지를 고집했다는 에피소드와 함께 장황하게 씌어있다. 이와 같이 2008년 번역본은 '원작'의 장정을 지향하더라도 일본어텍스트와는 별개의 책으로 구성되어 '노르웨이의 숲'이라는 일본어텍스트의 타이틀에 담긴 이야기 내용의 함축성을 사라지게 하고 있다.

상권을 두르고 있는 책 띠 앞면에는 "하루키 신드롬을 불러일으킨 『상실의 시대』 오리지널 원본!"이라는 문구와 함께 "수만 가지의 말보다 마음에 남는 이야기를……"이란 카피가 적혀 있다. 기이한 점은 이 번역본을 『상실의 시대』의 '오리지널 원본!'이라고 말하고 있는 점이다.『상실의 시대』가 번역본인데, 그 '원본'으로서 또 다른 번역본이 존재한다는 말일까. 그렇지 않고『상실의 시대』보다 '원작'에 가까운 번역본이라는 의미로 쓰인 말일 터이나, 이 번역서 띠에 새겨진 '오리지널 원본!'이라는 문구는 한국어 번역본 간의 경합 관계를 여실히 보여준다. 또한『노르웨이의 숲』이 '수만 가지의 말'을 함축한 이야기라고 광고하면서도, 이 '최대한 원작에 가깝게'를 지향하는 번역본은, 앞에서 살펴본 바와 같이 표지 여기저기에 많은 문구를 새겨 넣어『노르웨이의 숲』을 읽기도 전에 이 책의 스토리가 어떻게 전개되는지를 독자들에게 노출시키고 있다. 일본어텍스트의 표지 장정에서는 책 제목과 저자이름, 출판사명 이외에는 책날개 등에 어떤 문구도 적혀 있지 않다.『상실의 시대』와는 달리 '오리지널 원본'으로서 옮긴이가 후기에 쓰고 있듯이 '더도 덜도 말고 '원작의 감동' 그대로'를 전하려는 임홍빈 역의『노르웨이의 숲』이 그 '원작'의 의도와는 얼마나 비껴서 있는지를 알 수 있다.

이 번역본은『상실의 시대』와는 다른 '현대적 감각'을 전달하기 위해 재번역되었다. 2008년 번역본이 이를 어떻게 살리고 있는지 살펴보자. 그런데『상실의 시대』가 아닌『노르웨이의 숲』이라는 한국어제목의 출판물이 2008년의 시점에서 '상실의 시대'와는 다른 현대성을 확보하고 있다고 보기는 어렵다. '원작'을 지향할수록 도착어문맥에서는, 그 표현이 굴절되어 나타나기 때문이다. 번역문의 일례를 들어 '원작'에 충실하며, '현대적 감각'을 추구한 한국어텍스트가 어떻게 '원작'과 비껴서 있는지를 살펴보도록 하겠다. 소설 속의 주인공이라 할 수 있는 와타나베와 미도리가 처음 만나는 장면에서는 다음과 같은 대화가 두 사람 사이에서 오고간다.

「ワタナベ君、でしょ?」

(…中略…)

「ちょっと座ってもいいかしら? それとも誰かくるの、ここ?」

僕はよくわからないままに首を振った。「誰もこないよ。どうぞ」(上、91쪽)

2008년판 임홍빈 역은 이 부분을 다음과 같이 옮겼다.

"와타나베 맞지?"

(…중략…)

"잠깐 앉아도 돼? 아니면 누구 올 사람 있어. 여기?"

나는 어리둥절한 채 고개를 저었다. "아무도 올 사람 없어. 앉아." (상, 110쪽)

이 장면을 보면 '원작'의 "와타나베 씨이지요?"에 해당하는 모르는 남녀대학생이 처음 만나는 장면에서 여학생이 남학생에게 곧바로 '와타나베 맞지?'라는 반말투를 사용하고 있다. '원작'의 '君'(한국어로 옮기면 '군'이나 '씨'에 해당한다)도 번역에서 누락되면서, '원작'을 상정하지 않더라도 번역본을 읽으면 이야기의 흐름에서 이 장면은 다소 생뚱맞게 그려지고 있다. 반말투로 옮기면서 도착어텍스트에서 '현대적 감각'을 살릴 의도였다고는 하나, 한국어로 읽더라도 모르는 남녀가 처음 만나는 장면에서 호칭뿐만 아니라 말투를 이렇게 전개하는 상황은 쉽게 찾아보기 힘들 것이다. 그러므로 도착어텍스트의 문맥에서도 '원작'과 상관없이 이 장면은 어긋나 있다. 1989년판 『상실의 시대』에서는 다음과 같이 옮겼다.

"와타나베 씨죠?"

(…중략…)

"잠깐 앉아도 될까요? 아니면 누가 올 사람이 있나요?"

나는 어리둥절한대로 고개를 저었다.

"아닙니다. 어서 앉아요."(100쪽)

이 장면은 '원문'과 상관없어 대학 선후배 사이인 와타나베와 미도리가 캠퍼스에서 처음 만나는 모습을 그린 장면으로 자연스럽다. 한국어 문맥에서 서로 모르는 남녀대학생이 처음 대면할 때 보통 이 정도의 말투를 구사할 것이다. 일본어텍스트는 미도리가 와타나베에게 처음 말을 걸 때의 첫 마디를 제외하고는, 이후 전개되는 두 사람의 대화에서 거의 정중한 말투를 사용하고 있지 않다. 그에 비해『상실의 시대』에서는 이 장면에 이어서도 계속 두 사람 사이에 정중한 말투가 오고간다. 와타나베는 미도리와 처음 만났을 때 대학 2학년이었고, 미도리는 3년 반을 더 다녀야 한다고 설정되어 있기 때문에 1학년쯤에 해당할 것이다. 두 사람은 같은 대학의 1년 선후배 사이라고 할 수 있다. 그러므로『상실의 시대』에서 이런 두 사람의 정중한 말투는 한국어로 읽어도 전혀 부자연스럽지 않다.

2008년에 번역된『노르웨이의 숲』은 모르는 남녀 대학생들이 처음 말을 걸면서 곧바로 반말투를 사용하는 식으로 묘사되어 있다. 하지만 2008년 당시 한국 대학 사회에서 1년 선후배 사이, 그것도 전혀 모르는 남녀 선후배 사이에서 이와 같은 말투가 성립되는지는 의문이다. 이렇게 보자면 '원작에 최대한 가깝게' 번역한다는 지향점은 '원작'에 근접할수록 번역텍스트의 문맥은 그 원작과 상관없이 어긋나며 '원작'의 내용에서 비껴난다는 점을 알 수 있다. 번역의 오류를 운운하는 것이 아니라 번역을 통한 문화 교차 속에서 '원작'에 다가가면 다가 갈수록 그 '원작'에 비껴선 번역텍스트가 생성된다는 점을 말하고 싶다. 2008년의 『노르웨이의 숲』의 번역본이 '현대적 감각'을 지향했어도, 역시 그 의도와는 달리 한국어로 읽었을 때 왜곡될 우려가 없지 않다. 일본어텍스트에 다가갈수록 도착어텍스트의 문화 상황과는 별개의 텍스트가 생성되는 것이다.

『상실의 시대』 초판은 한국어 문맥에서 대학 선후배는 서로 존댓말을 써야 한다는 관념에서, '원작'과 다르게 와타나베와 미도리 사이의 대화가 정중한 말투로 바뀌어 이어지고 있다. 그런데 2판까지는 이와 같은 정중한 표현을 유지하고 있으나,[16] 2000년에 출판된 『상실의 시대』 3판에서는 다음과 같이 '원작'에 가깝게 바뀌었다.

"와타나베 군, 맞죠?"

(…중략…)

"잠깐 앉아도 될까? 아니면 누구 올 사람이 있어, 여기에?

성격이 무척 활달한 듯, 그녀는 처음부터 허물없는 반말로 대화를 시작했다.

나는 어리둥절한 채로 고개를 저었다.

"아무도 올 사람 없어, 앉아요."(89쪽)

---

16 2판의 이 부분은 다음과 같다.
"와타나베 씨, 맞죠?" / (…중략…) "잠깐 앉아도 될까요? 아니면 누구 올 사람이 있나요, 여기에?" / 나는 어리둥절한 채로 고개를 저었다. / "아닙니다. 앉아요."(111쪽).

처음 말을 걸 때 첫 마디의 '맞죠?'를 제외하고는 두 사람이 반말투로 대화를 이어가고 있다. 일본어텍스트를 그대로 따르는 번역이다. 그런데 '맞죠?'에서 바로 '될까?' 등으로 말투가 바뀌는 것을 우려한 탓인지 초판과 2판에서는 보이지 않는, 또한 일본어텍스트에는 없는 밑줄 친 부분이 3판에서 첨가되어 있다. 이는 도착어텍스트 문맥에서 미도리 말투의 흐름이 뭔가 어색하다고 판단했기 때문에, 미도리의 '성격'을 미리 노출시킨 것이다. 현재 시중에 유통되고 있는『상실의 시대』3판은 이렇게 판을 거듭하면서 문장의 변화가 생겼음을 보여 주고 있다. '원작'에 다가갈수록, 번역의 '오류'가 아닌 '원작'과 별개의 텍스트가 생성되는 것이다. 그런데 위 인용문에서 2판까지 "와타나베 씨, 맞죠?"라고 되어 있던 부분이 "와타나베 군, 맞죠?"로 호칭이 바뀌었다는 점에 유의할 필요가 있다. 3판에서 '군'이란 호칭이 들어간 것은 '원작'의 일본어 '君'의 번역일 터이지만, 한국어 문맥에서 대학의 여학생이 선배 남학생에게 '군'이라는 호칭을 사용하는 일은 있을 수 없다. 한국어 문맥에서 '군'은 남성과 남성 사이에서 친구 혹은 아랫사람에게 사용하는 호칭이다. 그 쓰임 자체가 특별하기 때문에, 일본어 '君'을 여대생의 발화에 살리므로 해서,『상실의 시대』3판은 어색한 호칭을 구사하는 미도리를 탄생시켰던 것이다. 이렇듯 번역으로 인한 문화적 교차는 '원작'과 무관하게 한국어텍스트를 읽는 독자에게 혼란을 불러일으킬 수도 있다.

와타나베와 미도리가 두 번째 만나는 장면에서 미도리는 와타나베를 맛있는 식당에 데리고 가기 위해 와타나베에게 "そうだ、少し遠くだけれどあなたをつれていきたい店があるの。ちょっと時間がかかってもかまわないかしら?"(上, 106쪽)라고 말을 건넨다. 2008년의 임홍빈 역은 이 대사를 "그래, 좀 멀긴 하지만 자기를 데리고 가고 싶은 가게가 있거든. 좀 시간이 걸려도 괜찮겠지?"(상, 127쪽)라고 옮기고 있다. 미도리가 와타나베에게 'あなた'라고 부른 호칭이 '자기'로 옮겨지고 있다. 이 장면의 'あなた'는 2008년 이전의 한국어 번역본에서는 각각 '당신'(1, 113쪽), '와타나베'(2, 102쪽), '형'(3, 102쪽), '당신'(4, 99쪽), '자기'(5, 112쪽), '선배'(6-2판, 123쪽), '자기'(6-3판, 101쪽)로 번역되어 있다. 말투는 6)의 『상실의 시대』 3판을 제외하고는 모두 정중한 표현으로 옮겨지고 있다. 2008년의 임홍빈 역은 『상실의 시대』 초판과 3판에서 사용된 '자기'라는 말을 채용하고 있는 것 같다. 한국어 문맥에서 남녀 사이에 주고받는 '자기'라는 호칭은 주로 연인사이에서 통용된다. 그런데 아직 미도리와 와타나베는 선후배의 지인일 뿐 연인으로 발전하지 않은 상황에서 '자기'라는 호칭이 한국어텍스트에서 돌출되고 있다. 3)의 1993년 김난주 역은 미도리가 와타나베를 '형'이라 부르고 있는데, 이는 1980년대 한국의 대학 사회에서 학생운동을 하던 남녀 선후배 사이에서 통용되던 호칭을 이용한 것이리라. 그러나 3)을 읽다보면 미도리에게서 학생운동을 하는 여대생의 이미지를 좀처럼 발견하기 어렵다. 일본어 'あなた'에 해당하는 '당신'이라는 한국어 번역어는 공손한 말투로 생소하지는 않으나, 일본어텍스트에서 '성격이 무척 활달한' 미도리가 와타나베를 한국어텍스트에서 '당신'이라고 부른다면, 미도리의 발랄한 이미지가 반감될 뿐이다.

이와 같이 출발어텍스트에서는 하나의 호칭에 불과했던 말이 도착어텍스트에서는 각각 다른 말로 바뀌면서 '원작'에서와는 다른 모습으로 자기 자리를 찾는 것이다. 임홍빈은 「역자의 말」에서 "2인칭 존칭을 어떻게 번역할 것인가, 하는 문제에 있어서, 나는 『상실의 시대』에서 그렇

게 하고 있듯이, '너(당신 / 자기)'라는 표현을 대상에 따라 자연스럽게 '선배', '학생', '오빠', '아가씨' 같은 친근한 표현으로 바꾸고 싶은 충동을 눌러 참았다. 지나치게 토착화됨으로써, 그 안에 흐르는 독특한 분위기를 망치는 것을 경계했던 것이다"(하, 301~302쪽)라고 번역의 고충을 토로하고 있다. 일본어텍스트에서 사용되는 'あなた'는 한국어텍스트에서는 갖가지 호칭으로 바뀔 수 있다. 호칭이나 말투에서만 보더라도 출발어텍스트와 도착어텍스트 사이에서는 커다란 '간격'과 '틈새'가 생기며, 하물며 도착어텍스트 사이에서도 어떠한 호칭을 사용할 것인가, 어떠한 말투로 번역할 것인가는, 번역자의 선택에 따라 달라진다. 각각의 '번역' 간에는 항상 틈새가 발생한다. 이를 두고 어느 쪽이 '오류'라고만 말할 수 없다. 다만 문화와 문화가 서로 만나고 엇갈리는 번역의 현장이 그러한 도착어텍스트 사이의 간격에서 표출될 뿐이다. 일본어 'あなた'라는 말은 한국어로 '당신'이란 말로 번역할 수 있지만, 앞에서 본 바와 같이 미도리와 와타나베가 사용하는 'あなた'를 한국어 '당신'으로만 옮긴다면 도착어텍스트 어디에서도 그 '당신'이 빚어내는 색깔은 '원작'의 '독특한 분위기'와 멀어질 것이다. 그러므로 번역은 단순히 외연적인 의미 전달에 그치는 것이 아니라 내포하는 의미까지 옮겨야하며, 도착어의 문화 환경에서 번역 표현은 고정되지 않고 『상실의 시대』 초판과 2판, 3판 사이의 간극에서 보더라도 알 수 있듯이 유동적이고 서로 미끄러질 수밖에 없다.

무라카미 하루키는 『바람의 노래를 들어라』에서 "완벽한 문장 같은 건 존재하지 않아"라고 쓰고 있다. 이 말에 기대어 말하자면 '완벽한 번역 같은 건 존재'하지 않는다라고 말할 수 있다. 그렇다면 번역은 '왜' 존

재하는 것일까. 2009년에 출판된 이희재의『번역의 탄생』(교양인)은 20여 년 동안 전문 번역가로 활동한 저자의 독창적 번역론으로 호평을 받았다. 이 책의 부제로는 '한국어가 바로 서는 살아 있는 번역 강의'라는 말이 붙어 있다. 번역을 통해 '한국어의 개성'을 찾는 작업은 그 나름의 의미를 지닌다. 그러나 '완벽한 한국어'가 있다는 믿음이 뿌리내리면 안된다. 마찬가지로 '원작에 최대한 가깝게'라는 사명감으로 '번역'에 임해도 '원작'은 '완벽한 번역'을 보장하지 않는다. 무라카미 식으로 말하자면 '완벽한 원작' 따위는 있을 수 없기 때문이다.『노르웨이의 숲』도 입부에서 18년 전의 '기억'을 쫓는 화자는 "文章という不完全な容器に盛ることができるのは不完全な記憶や不完全な想いでしかないのだ[문장이라는 불완전한 용기에 담을 수 있는 것은 불완전한 기억이나 상념밖에 없다]"(上, 20)라고 말하고 있다. '불완전한 문장'으로 쓰여진 출발어텍스트를 도착어텍스트라는 '불완전한 용기'에 담는 번역은, 결국 도착어 독자 앞에 불완전한 출발어텍스트의 '기억'만을 보여준다. 그렇다고 여기에서 '불완전한' 성질을 들어 번역의 '불가능성'을 말하려는 것이 아니고, 번역은 "문화와 문화가 서로의 타자성을 대면함으로써 이웃의 관계를 형성할 수 있는 이념적 지평"[17]을 열어준다는 점을 다시 새겨보고 싶은 것이다. 한국에서『노르웨이의 숲』의 번역은 출발어텍스트와는 별개의『상실의 시대』라는 작품을 탄생시켰다. 출발어텍스트의 타이틀과 그 외형, 구성을 탈피한『상실의 시대』는 그 어떤『노르웨이의 숲』의 한국어 번역본에 뒤지지 않고 여전히 왕좌의 자리에서 군림하고 있다.

---

17 이명호, 「문화 번역이라는 문제 설정 – 비교 문화에서 문화 번역으로」,『세계의 문학』 36-3, 민음사, 2011, 341쪽.

5. 문화의 교차점 번역

『노르웨이의 숲』 이래 무라카미 하루키가 처음으로 선보였다고 하는 리얼리즘 소설 『색채가 없는 다자키 쓰쿠루와 그가 순례를 떠난 해』가 한국어로 번역 출판되는 과정에서 선인세 문제가 다시 뉴스거리가 되었다.[18] 그런데 여기에 더해 흥미로운 사실 하나가 더 있다. 『색채가 없는 다자키 쓰쿠루와 그가 순례를 떠난 해』를 번역 출판하는 민음사에서 2013년 9월에 『노르웨이의 숲』을 다시 번역해 출판했다는 점이다. 『상실의 시대』가 아직 건재하게 유통되고 있는 현실에서 민음사판 『노르웨이의 숲』이 어느 정도 약진할지는 두고 봐야 할 일이다. 거기에다가 『노르웨이의 숲』이 민음사 세계문학전집의 하나로 출간된다니[19] 이는 실로 놀랄만한 사실이다. 『노르웨이의 숲』이 '세계문학전집'에 포함됨으로 해서 『상실의 시대』를 '음담패설집'이라고 폄하한 비평가 유종호가 민음사 세계문학전집의 편집위원 가운데 한사람으로서 어떤 반응을 보였을지가 궁금하다. 번역이 낳는 여러 파장의 일면을 여실히 볼 수 있는 사건이기 때문이다. 또한 국내에서 『노르웨이의 숲』이 어느새 '세계문학전집'의 반열에 올라 고전 명저로 꼽힐 수 있는 위치까지를 점하고 있다는 것도 특기할 만하다. '세계문학전집'이라는 시리즈가 문학작품의

---

18 국내에서 7월 1일에 발매되는 무라카미 하루키의 신작 『색채가 없는 다자키 쓰쿠루와 그가 순례를 떠난 해』는 확실한 금액은 밝혀지지 않았지만, 그 선인세가 16억 원 이상이었다고 보도되었다. 2000년에 번역 출판된 『1Q84』(전 3권)는 11억 원을 웃돌아서 당시에 화제가 되었다.

19 한승동, 「하루키 신작 선인세 16억 원 넘을 듯」, 『한겨레신문』, 2013.5.27, http://www.hani.co.kr/arti/culture/book/589288.html

정전 구축에 한 몫을 담당한다는 점에서 『상실의 시대』는 민음사판 『노르웨이의 숲』과는 별개로 이미 국내에서 무라카미 하루키의 『노르웨이의 숲』 한국어판으로 '왕좌'의 자리를 차지하고 있다. 그렇다면 '세계문학전집'의 한 권으로 수록된 민음사판 『노르웨이의 숲』은 『상실의 시대』와는 어떻게 다르게 그 '세계문학'으로서의 위치를 확보할 수 있을지 지켜볼 일이다. 아니 일본어텍스트 『노르웨이의 숲』이 한국에서는 『상실의 시대』와 『노르웨이의 숲』으로 양분되어 번역문학의 '권력'을 어떻게 서로 나눠 가질지는 두고 볼 일이 아닐 수 없다.[20]

『노르웨이의 숲』의 번역은 국내에서 일본문학, 아니 세계적인 베스트셀러 작가의 한 문학작품의 '번역' 차원을 넘어서서 한 시대의 문화현상을 대변하고 있는 추세다. 그 중심에는 출간된 지 30여 년에 가까워지는 데도 여전히 매년 수만 권의 판매 실적을 보이고 있는 『상실의 시대』가 있다. 『상실의 시대』는 초판, 2판, 3판으로 이어져 출판되고 있으며 각각의 판본은 그 구성과 번역문에서 약간의 차이를 보인다. 『상실의 시대』에서 그려진 운동권 세대의 '상실감', 그리고 그에 동반한 '사랑과 성'은 1990년대 신세대 작가들에게 지대한 영향을 미쳤다. '섹스 묘사'

---

[20] 『동아일보』 2012년 12월 10일 자에는 「'노르웨이의 숲' vs '상실의 시대' 승자는?」이라는 흥미로운 기사가 실렸다. "무라카미 하루키의 다른 제목 같은 작품 내년 나란히 서점에……"라는 내용이 담고 있는 것은, 민음사에서 2013년 9월에 『노르웨이의 숲』이 나올 수 있도록 출간 계약을 마쳤다는 소식이며, 『상실의 시대』도 역시 계속 출간되는데, 이것이 가능한 것은 『상실의 시대』에 대해서는 계약기간이 종료되어도 계속 나올 수 있는 '회복저작물 출판권'이 적용되기 때문이라는 설명이다(http://news.donga.com/3/all/20121209/51452768/1). 무라카미 하루키 독자가 아닌, 일반 독자에게는 아직도 낯설게 느껴질 '노르웨이의 숲'이란 타이틀을 달고 출간된 민음사판 『노르웨이의 숲』이 『상실의 시대』와는 달리 어떻게 무라카미 하루키의 『노르웨이의 숲』으로 다가갈지 흥미롭기만 하다.

는 그대로 한국 작가들의 작품에도 흡수되어 '표절' 시비마저 일었다.[21] 또한 이 작품의 성적 묘사는 '음담패설집'이라고까지 한국의 문학 상황에서 폄하되기도 했다. 이는 『노르웨이의 숲』의 번역이 일본문학 혹은 무라카미 하루키 문학의 일방적인 수용에 그치지 않았다는 것을 의미한다. 번역문학으로서의 『상실의 시대』와 한국문학의 관계는 "고정적이라기보다는 유동적이며" 각각이 "서로 중심부를 차지하기 위해 끊임없이 대립적이고 전복적인 관계를 형성한다"[22]는 사실을 보여주고 있다. 또한 아직 한국 사회에서 생경한 성적 묘사는 번역하는 과정에서 멈칫거리며, 혹은 과잉으로 표출되는 양상을 보인다. 번역의 오류 문제가 아니라 문화와 문화가 교차되는 상황에서 문화적 성격이 출발어텍스트와 다른 차이를 보일 때, 도착어텍스트는 번역 오류가 아닌 번역 미학의 빛을 발하는 것이다. 일본어텍스트 『노르웨이의 숲』에 쓰인 '쿤닐링구스'라는 표현 하나가 한국 사회와 만날 때 거기에서 발하는 '차이'는 번역자의 태도 문제만이 아니라, 문화 교차 속에서 발생하는 혼란이자 갈등, 혹은 생성의 문제까지도 안고 있다. 김난주와 같이 일본문학의 전문 번

---

21 예를 들어 『상실의 시대』의 "눈을 뜨면 옆에 알지 못하는 여자아이가 쿨쿨 자고 있고, 온 방에는 술냄새가 풍기고 …… 나의 머리는 숙취로 해서 흐리멍텅해 있다. 얼마 후 여자아이가 눈을 뜨고, 슬금슬금 속옷을 찾아 두리번거린다. 그리고 스타킹을 걸치면서 …… 투덜대면서 ……"와 같은 표현이, 1992년에 간행된 이인화의 『내가 누구인지 말할 수 있는 자는 누구인가』에 "잠에서 깨어나면 아직은 낯선 여자가 옆에서 코를 골며 자고 있는 아침. 방안에 온통 술냄새가 진동하고 머리는 숙취로 지끈지끈 아픈 아침. 이윽고 도깨비처럼 머리가 헝클어진 여자가 옆에서 트림을 하며 일어나는 아침 …… 여자가 '아, 저리 좀 비켜 봐요. 내 스타킹 한 짝 어디갔어' 어쩌구 투덜대는 아침"과 같은 표현으로 흡수되었다(장필선, 「한국의 무라카미 하루키, 신세대 소설가들」, 『월간 말』 11월호, 1992, 217쪽).

22 이형진, 「문학 번역 평가의 딜레마와 번역비평의 방향」, 『안과밖』 24, 영미문학연구회, 2008, 101쪽. 이 관계는 한국문학의 무라카미 하루키에 대한 애증관계이기도 하다. 『상실의 시대』의 실적을 부러워하면서도 평가를 주저하는 현상이 이를 반영한다.

역가가 굳이 여기에 역주까지 달았던 이유는 이 표현에 대한 '혼란'이 아니라, 낯선 것을 도착어텍스트에 '생성'시키고자 하는 의도에서였는지도 모른다. 그러므로 번역에서 상정하는 '원작'은 도착어텍스트에서 비껴서 있다.

2008년에 번역 출판된 임홍빈 역의 『노르웨이의 숲』이 지향했던 '원작에 최대한 가깝게'라는 모토는 이미 책의 외형에서부터 일그러져 있고, 도착어텍스트의 문맥에서는 보기 드문 남녀대학생의 초면 대화에 엉뚱한 말투를 담고 말았다. 출발어텍스트와 도착어텍스트의 문화적 차이는 번역된 텍스트에게 이질성을 부여하며, 이로 인해 도착어텍스트의 환경은 끊임없이 자기에 대한 성찰과 회의를 요구받게 된다. 본고는 번역 작품을 대상으로 고찰하고 있지만, 번역 내용의 '충실성'이나 '가독성'을 말했던 것은 아니다. 이 두 개념은 서로 상반되어 보이지만, 실은 '좋은 번역'을 지향한다는 점에서는 같다. '좋은 번역'의 지향은 결국 어떤 "원칙과 기준들을 강조하는 방향으로 흐르게 된다. 그리고 모든 규율의 속성이 그렇듯 이는 다시, 마련된 원칙과 기준에 맞지 않는 모든 것을 '잘못된' 혹은 '나쁜' 것으로 폄하하도록 하는 규범적이고 규정적인 사고 속으로 우리를 몰아간다."[23] 본고는 오히려 이러한 '규율의 속성'에서 비껴가는 문화적 교차로서의 번역 현장에 주목했던 것이다.

한국에서 출판된 『노르웨이의 숲』 번역본을 살펴보면 출발어텍스트와 도착어텍스트가 각각 따로 있는 것이 아니라, 상이한 문화가 서로 섞이는 형태로 『상실의 시대』가 존재한다는 사실을 일깨워준다. 이것이

---

23 조성원, 「번역평가 기준으로서의 '충실성'과 '가독성'에 대하여」, 『안과밖』 23, 영미문학연구회, 2007, 107쪽.

문화가 교차하는 가운데 생성되고 변화를 맞이하게 된 번역의 현재 지점이기도 하다. 앞으로『노르웨이의 숲』의 번역이 국내에서 '세계문학전집'의 한 권으로서 어떤 위상을 보이느냐는『상실의 시대』와 어떤 경합 양상을 전개하느냐와 관련이 있을 것이다. 문화가 교차되는 현장에서 이를 받아들이는 독자의 수요에 따라 우열이 좌우되리라는 점만은 분명하다.

제3부
수용의 역학

제6장

한국의 '사소설' 인식과 번역

1. '사소설'과 일본문학

일본문학 특유의 소설형식으로 일컬어지는 '사소설'이 한국에서 어떻게 인지되고 있으며, 사소설 작품을 한국어로 번역할 경우에 언어적으로 어떠한 문제가 발생되었을까. 본고는 '사소설'을 둘러싼 국내의 반응과 번역의 관련성을 살필 것이다. 일본에서 사소설이라는 문학용어가 등장한 것은 1920년대 무렵으로 1930년대에 사소설은 한국문학에 유입되어 사소설 양식을 받아들인 창작이 나왔으며, 사소설을 둘러싼 담론이 한국문학에서 형성되기도 했다.[1] 한국에서 사소설이란 말은 오랫

---

1   진영복, 「한국 근대소설과 사소설 양식」, 『현대문학의 연구』, 한국문학연구학회, 2000.8, 78쪽.

동안 사용되었지만, 지금까지 이 말이 어떻게 인식되었는가, 실제 사소설 작품을 한국어로 번역할 경우에 발생되는 언어적 문제가 무엇인가에 대한 논의는 이루어지지 않았다. 일본 특유의 문학 표현이 한국의 문화 상황 속에서 어떻게 인식되었으며, 한국어 번역에서 사소설의 어떠한 언어 표현이 문제가 되는지를 살펴보고자 한다.

한국에서 '사소설'은 특정의 문학용어로 통용된다. 가령 한국 독자들이 사소설에 대해 알고 싶을 때에 가장 용이하게 접근할 수 있는 것은 인터넷 사이트의 백과사전이라 할 수 있는데, 여기에서 사소설이 어떻게 설명되고 있는가를 살펴보자.

> 자신의 경험을 허구화하지 않고 그대로의 모습을 써 나가는 소설. <u>일본 특유의 소설 형식</u>이며, 원류는 자연주의 및 시라카바파[白樺派]의 문학에서 찾을 수 있다. (…중략…) 일본문학의 주류 혹은 저류(底流)로서 현재에 이르렀다. 작품 속에 '<u>나</u>'라는 1인칭을 사용하는 수가 많으나 그 인물이 3인칭으로 씌어진 경우라 할지라도 <u>작가 자신이 분명할 경우</u>에는 역시 사소설로 간주하였다.[2]

독자는 이 문장을 통해 사소설이 '일본 특유의 소설 형식'이며, 주로 1인칭의 '나'를 사용해 쓰여지며, 작자의 경험이 이야기의 소재가 된다는 것을 알 수 있을 것이다. 사소설이란 말과 함께 일본소설, 1인칭, '작가 자신'의 이야기란 말이 연상될 것이다.

---

2 http://100.naver.com

이러한 백과사전의 설명뿐만이 아니라, 사소설은 다른 경로로도 인지된다. 예를 들어 필자도 관여했던 사소설에 관한 앙케이트에서 '사소설을 무엇을 통해 알게 되었는가'라는 문항에 대해 '42.86%'에 해당하는 다수가 '문학연구서·문학비평'을 통해 알았다고 대답했다. 그 밖에 '40.82%'가 '학교의 수업'을 통해 사소설을 알게 되었다고 답했는데, 특기할 말한 것은 실제 사소설 작품을 읽고 사소설을 알게 되었다는 대답은 '6.12%'에 불과했다.[3] 한국의 독자들은 사소설 작품을 읽고 사소설을 인지하지 않았다. 대부분 학교수업이나 연구서, 혹은 문학비평을 통해 알았다.

그렇다면 일본의 사소설에 관해 한국어로 읽을 수 있는 어떤 연구서와 문학비평서가 있는가를 살펴보자.

① 이토 세이, 「도망노예와 가면신사」·나카무라 미쓰오, 「풍속소설론」·히라노 겐, 「사소설의 이율배반」「전후의 사소설」·미요시 유키오 「사소설의 동향」, 유은경 편역, 『일본 사소설의 이해』(소화, 1997)

② 가라타니 고진, 박유하 역, 『일본근대문학의 기원』(민음사, 1997)

③ 고바야시 히데오, 「사소설론」, 백철 편역, 『비평의 이해』(현음사, 1981)·유은경 역, 『고바야시 히데오 평론집』(소화, 2002)

④ 스즈키 토미, 한일문학연구회 역, 『이야기된 자기 일본 근대의 사소설 언설』(생각의 나무, 2004)

⑤ 안영희, 『일본의 사소설』(살림, 2006)

3　彭丹・姜宇源庸・梅澤亞由美, 「中国、韓国における'私小説'認識」, 『日本文學誌要』75, 法政大学国文学会, 2007.3, 別表.

⑥ 노구치 다케히코, 노혜경 역, 『일본의 '소설' 개념』(소명출판, 2010)

이 가운데에서 최초로 번역된 사소설에 관한 비평은 일본에서도 널리 알려진 고바야시 히데오의 「사소설론」이다. 이 책을 편역한 백철은 「사소설론」을 소개하는 간략한 편역자주에서 사소설에 대해 다음과 같이 쓰고 있다.

> 사소설(私小說)의 사(私) 즉 나라는 말은 본래 루소오가 처음 쓴 말이라고 하지만 사소설은 일본문학에서 자기 나름의 특이한 소설 스타일을 만든 것이다. 말하자면 근대의 서구소설이 일본에 도입되어 생성한 결과는 서구의 사회소설로 발전을 못하고 그것이 <u>작가 개인의 심경적인 세계로 귀착되어 일본적인 사생아(私生兒)의 소설이 된 것</u>이다. 그러나 사소설은 그 나름대로의 일본적인 성격을 나타내고 있다고 보아야겠으며, 특히 이 사소설은 한국의 현대 문학에도 영향을 끼쳤다.[4]

백철은 사소설을 "작가 개인의 심경적인 세계"를 표현한 "일본적인" 소설이라고 명확히 규정짓고 있다. 앞에서 살펴보았던 백과사전의 기술과 크게 다르지 않다. 또한 백철은 근거를 제시하지 않은 채 사소설이 한국의 현대 문학에 영향을 끼쳤다고 언급했다.

백철이 말한 한국문학과 사소설의 영향관계에 대해서는 1958년에 발표된 박영준의 글에서 발견할 수 있다. 박영준은 해방이전의 작가들

---

4 백철 편, 『비평의 이해』, 현음사, 1981, 193쪽.

에 의해 사소설이 쓰였다고 말하면서, 그 이유를 "현실에 대하여 비판 또는 항거를 할 수 없었기 때문"으로 보고, "자기개인의 신변적인 이야 기를 씀으로 작품을 무난하게 만들려는 경향"이 있었다고 말했다. 그는 식민지 시대의 작가들이 "현실도피의 한 방법"으로 사소설을 썼다고 파악했다. 한국의 '수필'이 신변적이거나 시정적인 이야기로 엮어지는 것은 "신변적인 사소설의 영향"[5]을 받았기 때문일 것이라고 말했다. 사소설과 수필의 관련성을 언급하고 있는 점에 유의해 보면, 사소설을 수필류에 비유해 폄하하고 있다는 것을 엿볼 수 있다.

그런데 박영준은 사소설을 다루면서, 1981년의 시점에서 백철이 사소설을 일본적인 것이라고 분명히 했던 점과는 달리, 일본문학과 관련을 짓는 말을 한마디도 하지 않았다. 사소설이 일본에 뿌리를 두고 있다는 것을 그가 이미 인지하고 있었다는 것은 두말할 나위가 없을 것이다. 박영준이 사용한 '현실도피'라는 말은 이미 같은 시기에 일본의 사소설을 현실도피의 일종으로 본 이토 세이의 비평에 따른 것이다. 1948년에 발표한 글에서 이토 세이는 일본 사소설의 특징을 설명하기 위해 '현실도피'[6]라는 말을 사용했다. 박영준은 같은 말을 사용해 사소설을 설명하고 있지만, 사소설이 일본에서 발생했다는 말은 일절 덧붙이지 않았던

---

5 박영준, 「私小說의 是非 이 傾向은 警戒해야 옳다」, 『동아일보』, 1958.3.20.
6 1948년 8월호의 『新文學』에 발표한 「도망노예와 가면신사」에서 이토 세이는 "일본의 작가는 무산자 출신이거나 현실에서 무산자였고, 또한 문사는 배우 등과 함께 저속하고 비천한 존재였다. 그런 탓에 그들의 현실도피는 용이하게 달성되었다. 겨우 먹고 살 수 있었던 문사의 세계에서조차도 농민, 교원, 점원 등보다는 다소 나은 편이었다. 나는 문사를 일본 사회의 도망노예라 생각한다"고 말하면서 현세를 포기한 문사들의 태도에서 사소설이 등장했음을 지적하고 있다(유은경 편역, 『일본사소설의 이해』, 소화, 1997, 18~19쪽).

것이다. 그는 사소설은 "개인의 고백적이고 신변적인 이야기"를 쓰는데, 이것이 진실에 육박하는 힘을 갖고 있을 리가 없으므로, 사소설을 경계해야 한다고 했다.[7]

박영준과 같은 해에 안수길도 사소설을 다룬 글을 쓰면서 "사소설적 경향이 머리를 들고 있는 요즘 우리 문단"에서 사소설의 허용이 어느 한도에서 가능한가를 되묻고 있다. 그는 사소설을 "작가가 나체가 되어 자신의 꼴을 독자 앞에 드러내 보이는 소설"이라고 정의하면서, 루소의 『참회록』이나 괴테의 『젊은 베르테르의 슬픔』에서 나타나는 '고백체(告白體)'가 사소설의 최초의 한 형태였다고 보았다. 이러한 고백체는 사회에 대한 개인의 자각에서 나온 것인데, 19세기의 자연주의를 거치면서 "그 사상적 근거를 상실한 채 일상생활의 쇄말묘사(瑣末描寫)에 치중한 나머지 신변잡기나 심경의 술회(述懷)"로 나아갔다고 했다. 안수길의 사소설에 대한 인식은 박영준의 인식과 크게 다를 바 없다. 그런데 안수길은 19세기의 자연주의를 운운하면서 사소설이 일본적 자연주의라고는 언급하지 않았다. 사소설이 서구의 자연주의와 다른 형태로 발전한 일본적 자연주의의 사생아라는 말은 앞에서 인용한 백철의 문장에서도 나온다.

이와 같이 안수길도 박영준과 마찬가지로 사소설을 말하면서 일본문학을 일절 거론하지 않았다. 그러면서 그는 "작자가 작자개인의 이야기를 썼는데, 그것이 독자에게는 독자자신의 이야기를 써 준 것같이 읽혀질 때 그것은 사회화된 나이며 전형(典型)으로서의 '아(我)'가 될 수 있는

---

7   박영준, 「私小說의 是非 이 傾向은 警戒해야 옳다」, 『동아일보』, 1958.3.20.

것"이기 때문이라며, '사회화된 나'를 통해 사소설의 가능성을 말했다.[8] 그런데 안수길이 사용한 '사회화된 나'란 말은 이미 1935년에 발표된 고바야시 히데오의 「사소설론」에서 사용된 말이다. 안수길이 고바야시 히데오의 「사소설론」을 따라 사소설을 말하고 있다는 것은, 그가 인용하는 루소나 괴테의 언급이 고바야시 히데오의 문장에서 보인다는 점에서도 알 수 있다. 고바야시 히데오는 서구 자연주의와 다른 일본의 사소설이 리얼리즘으로 나갈 수 있는 가능성을 '사회화된 나'[9]로 설명하고 있었다. 박영준이나 안수길은 사소설을 말하는 정보를 일본문학에서 가져오고 있었으며, 사소설이 일본문학에 뿌리를 두고 있다는 것을 알고 있었다. 그렇지만 그들은 사소설이 일본에서 발생했다는 사실을 문제삼지 않았다. '현실도피'의 수단이나 작가의 '신변잡기'로써 사소설이 일본에서 발생했다는 것을 밝히지 않음으로써 한국문학에 나타난 사소설을 일본과 관련시키지 않았다.

1966년에 윤병로는 「자리잡히는 사소설」이란 제목의 월평에서 손창섭의 작품이 "신상(身上)이나 주변을 착실히 보고해 주고" 있는 '신변잡기의 수준'에서 "자신을 중심한 현실로 밀착되고 있"는 경향으로 바뀌어간다고 하면서 사소설에 대해 다음과 같이 말했다.

여태껏 사소설이라면 무조건 배타하던 순수의 구습(舊習)에서 벗어나 대중독자와의 넓은 공동광장(共同廣場)을 위해서 발버둥친다는 것은 다행한 일이다. 그러면서도 이제 겨우 자리 잡혀가는 사소설의 흐름이나 기도(企圖)

---

8 安壽吉, 「私小說의 限界 個人으로서 '나' 社會化된 '나'」, 『동아일보』, 1958.12.28.
9 백철 편, 『비평의 이해』, 현음사, 1981, 196쪽.

가 높은 예술성(藝術性)을 외면(外面)한다면 큰일이다. 더욱이 그것이 바로 통속적(通俗的)인 대중독자(大衆讀者)의 구미(口味)나 일본(日本)의 그것을 그대로 모방(模倣)하는 데 그친다면 더욱 금물(禁物)이다.[10]

한국문학에서 사소설의 경향이 계속 나타나는 점을 들면서 '예술성(藝術性)'을 강조하고 있다. 여기에서 윤병로는 한국에서 생산되는 사소설이 피해야하는 것으로 통속성과 일본의 사소설을 모방하는 점을 들고 있다. 더욱이 '일본(日本)의 그것'이란 말로 일본의 사소설을 부정한다. 그렇지만 윤병로가 말하는 사소설에 있어서 '예술성'은 이미 1951년에 히라노 겐이 발표한 「사소설의 이율배반」이란 비평에서 다루고 있는 문제였다. 히라노 겐은 이토 세이의 소설을 비평하면서 "사소설류의 비참한 인간인식을 확고한 발판으로 삼으면서 (…중략…) 예술처리 속에서만 그 인간 인식을 봉해 보려고 했던 것"을 "사소설적 문학 정신의 방법화로 부르고 싶다"[11]고 말했다. 현실도피나 작가의 신변잡기를 다루는 일본적 사소설의 극복을 예술성에서 보았다. 윤병로가 사소설에 있어서 '예술성'을 말하는 것은 히라노 겐과 같은 문맥이라 할 수 있다. 윤병로의 월평을 받아 한국의 사소설의 새로운 가능성을 다시 거론한 것이 김우종의 「사소설(私小說)의 방법론(方法論)」이란 글이다. 김우종은 사소설이 "개인(個人)의 자서전(自敍傳)이나 경험담(經驗談)으로 끝나지 않기 위해서는" "한 개인(個人)으로서가 아니라 각각 그들의 민족의 커다란 운명(運命)을 말해주는 역사적(歷史的) 위치(位置)에 서서 주인공(主人公) '나'

---

10 尹柄魯, 「月評 자리잡히는 私小說」, 『현대문학』, 1966.2, 138쪽.
11 유은경 편역, 『일본사소설의 이해』, 소화, 1997, 211쪽.

속에 투영"시켜야 한다고 말하고 있다.[12] 사소설이 '개인'의 이야기를 쓰는 것이지만, 개인은 민족이나 역사와 관련을 맺어야 한다는 것이다. 사소설이 작가 개인의 신변잡기를 기록한 것으로 이해되면서, 여기에서는 작가의 이미지가 희박해지면서 소설에서 그려지는 한 '개인'의 이야기를 사소설로 보고 있다는 점에 유의할 필요가 있다.

2. 개인의 일상과 소설

앞 절에서 살펴 본 바와 같이 1958년과 1966년에 한국문학에 있어서 사소설의 경향을 진단하는 글에서 사소설이 일본문학에 뿌리를 두고 있다는 언급은 없었다. 그렇다고 사소설이 일본문학과 아무런 상관없이 인식되고 있었던 것은 아니다. 같은 시기인 1968년에 세계문학전집의 한 권으로 일본문학이 엮어졌다. 해설을 쓴 소설가 최인훈은 글의 첫머리에서 사소설에 대해 다음과 같이 말했다.

전쟁 전까지의 일본의 문학에서 '사소설'이라고 불리는 경향의 작품들이 차지하는 자리는 매우 중요한 것이었다. 이 경향의 작품은 소재의 범위가 작자의 신변이거나, 허구(虛構)인 경우에도 소설가 자신의 경험반경(經驗半徑)

---

12 金宇鐘, 「私小說의 方法論」, 『현대문학』, 1966.2, 233~234쪽.

에서 과히 벗어나지 않는 것으로, 일종의 예술가 소설이라 할 수 있는 성격의 것이었다. (…중략…) '사소설'이 작품에서 다루는 범위를 작가의 둘레에 한정한다는 것은 소설의 본질적 지평을 포기한 것이었다고 할 수 있다. 또 기술의 형식에서도 그렇다. 근대 작가들의 문체는 '사소설'적 금욕성(禁慾性)과는 다른 것이다.[13]

일본 근대소설의 주류가 사소설이라는 점을 명확히 하면서 사소설은 '작자의 신변'을 소재로 하는 소설이라고 말한다. 사소설을 설명하는 내용은 1958년의 박영준의 것과 별반 차이가 없다. 다만 최인훈은 사소설이 '예술가 소설'이라고 전제한 뒤에, 사소설의 소재나 기술은 '소설의 본질적 지평을 포기한 것'과 다를바 없다고 잘라 말했다. 사소설이 일본문학에서 중요한 위치를 차지한다면, 일본문학은 소설의 본질적 기능을 상실한 작품을 생산한 것이 된다. 박영준이 신변잡기를 쓴다는 점에서 수필과 사소설을 같은 부류로 보려는 시각과 마찬가지로, 최인훈의 관점에서 보아도 사소설에 대한 한국문학의 인식은 부정적인 것이었다.

1981년에 소설가 이호철도 세계문학전집의 일본편을 직접 번역 담당하면서 일본의 근현대문학의 흐름에서 사소설이 차지하는 비중을 크게 다루고 있다.

명치 유신 후의 일본의 근대·현대문학은 주로 소설이었는데, 그 특색을 필자는 대강 다음 세 가지로 개괄해 보았다. 첫째, 사(私)소설 요소. 둘째, 첫째

---

13 최인훈, 「觀念과 風俗」, 『금각사 / 모래의 여인 / 자유의 저쪽에서』 현대세계문학전집 12, 신구문화사, 1968, 435~436쪽.

항과 관련되는 것이지만, 일본 민중과의 괴리. 셋째, 에로티시즘. 물론 오늘의
일본소설 전체를 이상 세 가지 특색 속에 묶는 건 다소의 무리가 없는 건 아니
지만, 적어도 우리가 일본소설을 접하려고 들 때는 이 세 가지 점은 먼저 전제
로서 인식하고 들 필요가 있을 것 같다.[14]

일본문학을 인식할 때에 '사(私)소설 요소'는 필수적으로 수반되어야
한다는 점과 사소설은 '민중'과 동떨어진 지점에서 이야기되는 것이라
고 말하고 있다. 이렇게 해서 한국에서 일본문학이라고 하면 곧 사소설
이라는 등식이 성립되었다. 사소설이 근간을 이루는 일본소설은 한국소
설과 달리 '민중'에 대해 개인의 이야기에 침잠하는 경향을 보인다는 암
시를 내포하고 있다. 1992년에 발표된 김춘미의 현대 일본문학을 조망
하는 글에서도 사소설의 경향이 주요 테마로 다루어져, "명치문학의 귀
결이며, 다이쇼오[大正]기 이후의 일본근대문학의 토대라고 나까무라
미쓰오[中村光夫]가 정의한 일본적 자연주의문학이 귀착한 사소설의 전
통이, 가장 패셔너블하고 모던한 의상을 걸친 사소설성으로 오늘 일본
을 활보한다"[15]고 말해졌다. 일본문학을 말하는 자리에서 사소설이 빠
짐없이 거론된다는 점을 엿볼 수 있다.
　이와 같이 한국에서 일본문학을 논할 경우에 사소설이 필연적으로 거
론된 양상을 살펴보았는데, 이러한 관점이 한국에서 일본문학을 바라보
는 한국의 문학자나 연구자의 일방적인 태도로서만 나타나는 것이 아니

14　이호철, 「도망노예적 속성으로서의 일본소설」, 『한실세계문학 6 - 일본소설선 1』, 한
　　길사, 1981, 5쪽.
15　김춘미, 「'모던'의 옷을 걸친 일본소설의 뿌리 - 사소설성(私小說性)으로의 회귀」, 『문
　　학사상』, 1992.4, 275쪽.

다. 가령 한국에서 일본문학이 소개될 때 일본의 평론가가 해설을 맡은 경우에도 사소설은 예외 없이 언급되었다. 1993년에 번역 소개된 『일본 현대 소설 8선』의 해설을 쓰고 있는 가와무라 미나토는 일본근대문학이 서구문학을 받아들이면서도, "작가의 개인성에 입각한 '사소설'이라 하는 일종의 심경소설로 '축소'되어 버린"[16] 경향을 지적하고 있다. 또한 '일본 현대문학 대표작가 자선집'에서 한국독자들에게 일본소설의 현주소를 소개하는 아라카와 요오지의 해설에서도 일본 현대문학의 "이러한 새로운 동향 속에서도 일본문학에서 오래 전부터의 특질인 '사소설(私小說, 사생활의 긍정적인 묘사를 통해 삶의 미묘한 여러 측면을 그려내는 것)'의 이념은 면면히 이어져 내려오고 있다"[17]고 언급하고 있다. 한국어로 번역 소개되는 일본문학을 읽을 때에 독자들은 대개 사소설이라는 말과 만난다. 일본소설에서 사소설이 차지하는 중요한 위치를 확인하는 것이다.

가와무라 미나토나 아라카와 요오지의 해설은 일본문학을 해외에 소개할 때 사소설은 반드시 언급되어야 한다는 전제에서 거론되고 있다고 보아야할 것이다. 이렇게 해서 "한국의 대다수 소설 독자들은 여전히 사소설을 전형적인 '일본적' 문학 형식으로 인식하"면서, "심지어 무라카미 하루키[村上春樹] 소설에 대한 독후감에서조차 작품 내용과 관련하여 '사소설적'이라는 표현"[18]을 말하고 있는 것이다. 실제 사소설에 관한 앙케이트 조사에서 사소설 작가로 다야마 가타이, 시가 나오야, 시마자

---

16 가와무라 미나토, 「일본의 현대문학을 대표하는 작품들」, 김석희 역, 『일본 현대소설 8선』, 우석, 1993, 256쪽.
17 아라카와 요오지, 「일본소설의 새로운 동향―한국의 독자 여러분께」, 『제비가 있는 집의 침입자 일본 현대문학 대표작가 자선집』, 신구미디어, 1996, 8쪽.
18 윤상인, 「'사소설 신화'와 일본 근대」, 『당대비평』, 2004 가을, 310쪽.

키 도손, 다자이 오사무 등과 함께 '무라카미 하루키, 나쓰메 소세키, 가와바타 야스나리'와 같이 한국에서 일본문학을 대표하는 작가로 알려진 이름들이 거명되었다.[19]

독자의 이러한 반응을 반영하듯이 일본소설이 한국에서 많이 읽히는 요인을 분석하는 글에서 이성욱은 "일본소설에 대해 흔히 언급되는 사소설적 경향이 현대적인 개인주의 문화와 만나 색다른 향기를 만들어낸다고 할까. 사회적 관계와 여기서 파생되는 문제들보다 나와 너의 감정과 소통이 소중히 다뤄진다"[20]고 일본문학을 사소설과 관련에서 비평하고 있다. 사소설을 일본의 '현대적인 개인주의 문화'와 관련지여 말하고 있는데, 이렇게 일본문화의 현상으로 '사소설'을 인식하는 현상이 한국의 평론가나 연구자에게서 보여진다. 박현수는 2001년에 간행된 『일본문화 그 섬세함의 뒷면』의 「들어가는 말」에서 다음과 같이 말하고 있다.

> 이 책은 사소설을 주요 소재로 다룰 것이다. 사소설은 일본의 특수한 소설 형식으로 그리 낯설지 않은 대상이다. 사소설은 말 그대로 사적인 소설로, 개인에게 초점을 맞춰 그 심리의 변주나 일상의 경험 등을 세밀히 그린다는 특징을 지닌다. 이러한 사소설의 특성은 섬세함을 일본문학의 중심에 놓이게 한 중요한 계기가 된다. 이러한 과정을 통해 등장한 섬세함은 이후 사소설이 40년 이상의 생명을 이어가며 하나의 전통을 이루어가는 동안, 문학 나아가 문화의 주류로 자리매김된다.[21]

---

19 彭丹・姜宇源庸・梅澤亞由美, 「中国、韓国における'私小説'認識」, 『日本文學誌要』 75, 法政大学国文学会, 2007.3, 82쪽.

20 이성욱, 「일본의 사소설이 풍기는 개인주의의 향기」, 『씨네21』, 2006.3.9.

21 박현수, 『일본 문화 그 섬세함의 뒷면』, 책세상, 2001, 8~9쪽.

사소설을 '사적인 소설로, 개인에게 초점'을 맞추고 있는 소설로 보았
다. 일본에서 사소설을 말할 때 초점이 되는 작자의 문제는 언급되지 않
고 있다. 나아가 사소설을 문학의 범주 안에서만 다루지 않고 일본 문화
의 특징을 읽을 수 있는 코드로 인식하고 있다. 이와 같이 사소설을 일본
문화를 읽는 요소로 보려는 경향이 근래에 한국에서 나타났다. 한국에
서 처음으로 일본의 사소설을 개괄한 『일본의 사소설』에서 안영희는
'일본문학의 특수성을 논할 대 반드시 등장하는 것이 일본의 사소설'이
라고 전제한 뒤, 일본의 선(禪)사상에서 보이는 '개인의 인격'이 쉽게 변
화하지 않는 요소라든가, 독자들의 '엿보기 취미'와 관련하여 사소설을
일본문화의 독특한 현상으로 파악했다.[22] 한국에서 사소설은 단지 하나
의 문학 양식일 뿐만 아니라, 일본문화를 이해하는 코드로도 인식되고
있는 것이다.

앞에서 언급했던 한국의 사소설의 인식에 관한 앙케이트 조사에서도
'사소설은 일반적인 소설과 비교해서 어디가 다르다고 생각하는가'라
는 설문에 '고백성이 있는 점, 작가의 실생활을 반영한 점, 개인의 체험
에 의거한 점, 사회전체에 통용되기 보다는 자기자신에게 유용한 범위
의 소설이라는 점' 등으로 답하면서, '사적인 감각'에서 쓰여진 소설이
사소설이라고 했다. 또한 장래에 사소설 작품이 쓰여질 가능성에 대해
묻는 설문에서 '앞으로 개인주의가 진전될 것이므로 사소설이 쓰여질
것'이라든가 '한국은 집단적인 특수성이 강한 점도 있지만, 개인의 자유
에 대해 사회적으로 표현하는 방법이 다양해지고 있기' 때문에 사소설

---

22 안영희, 『일본의 사소설』, 살림, 2006, 3 · 84쪽.

의 형태를 띤 소설이 나타날 것이라고 답하고 있다.[23] '고백성'이나 '작가의 실생활'이 반영된 것이 사소설이라는 회답은 일본에서 논의되어 한국에서도 그대로 받아들여진 사소설에 대한 일반적인 견해를 말하는 것이다. 그렇지만 '개인주의'와 '개인의 자유'를 사소설과 관련해 말하는 것은 일본에서 사소설을 말하는 인식과 다른 측면에서 이야기하는 것이라고 보아야 할 것이다. 최근 한국에서 사소설은 '작가'의 신변을 이야기 한 것이라기보다 한 '개인'의 일상을 쓴 소설로 인식하고 있다. 무라카미 하루키가 그리는 사회와 유리된 '개인'의 모습을 묘사한 소설을 사소설로 인식하는 것은 이러한 이유에서가 아닐까 생각된다.

3. 일본어 '나'와 한국어 번역

사소설은 1인칭뿐만 아니라 3인칭의 시점으로도 쓰여지나, 한국에서는 주로 '1인칭'으로 쓰여진 소설로 인식되고 있다. 예를 들어 앞에서 인용했던 이성욱의 글에서 일본소설의 사소설적인 성격은 다음과 같이 말해졌다.

---

23 彭丹・姜宇源庸・梅澤亞由美,「中国、韓国における'私小説'認識」,『日本文學誌要』75, 法政大学国文学会, 2007.3, 83쪽. 설문의 답에 대한 내용은 앙케이트 회답에 의거해 필자가 추가한 부분이 있다. 그리고 '사소설에 대해 뭔가 생각이 있으면 자유롭게 쓰시오'라는 설문에 여러 회답자가 사소설은 '일본 근대문학의 대표적인 표현양식으로 일본문학의 특질'을 나타낸다고 했으며, '1인칭의 신변적인 주제'를 다룬 소설이라고 답했다.

롤랑 바르트가 지적한 바, 과거시제는 하나의 행위를 다른 행위와 연결시키며 사실의 영역에 위계를 구축한다. 사건의 연쇄, 즉 분명한 내러티브를 요구하며 이는 3인칭 화자와 결합해 작가를 신적인 세계의 창조자로 위치지운다. 한국소설과 한국영화는 이 범주에서 크게 이탈해오지 않았다. 그러나 일본소설은 1인칭과 현재시제를 즐겨쓴다. 사람들은 '가면'을 쓰지 않고 직접 말하고 서술하며 자신의 일상을 들려준다. 그것이 하나의 사건이며 플롯이 된다.[24]

3인칭과 과거시제로 쓰여지는 소설에 대해 사소설로 대표되는 일본소설은 주로 '1인칭과 현재시제'로 쓰여져, '자신의 일상'이 소설의 '사건이며 플롯이 된다'는 인식이다. 1인칭 소설이야말로 작가의 신변을 들려주는 것처럼 쓰여지는 사소설의 성격에 부합하는 것이다. 사소설의 형식과 의식적으로 거리를 두면서 소설을 쓰기 시작했다는 오에 겐자부로가 "나는 장애를 갖고 태어난 큰아들을 모델로 한 단편과 장편을 쓰면서부터 이야기하는 내러티브에, '나'를 사소설의 방식으로 사용했다"[25]고 말하는 것에서 1인칭의 '나'가 지니는 사소설적 성격을 엿 볼 수 있다. 그렇다면 1인칭으로 쓰인 사소설을 한국어로 번역할 때 어떤 장애가 발생하는지를 살펴보자.

1920년대에 일본에서 사소설이란 용어가 막 등장할 무렵에 발표된 시가 나오야의 『기노사키에서』는 '사소설, 심경소설의 대표작'[26]으로 평가되는 작품이다. 그 첫머리는 다음과 같이 시작된다.

---

24 이성욱, 「일본의 사소설이 풍기는 개인주의의 향기」, 『씨네21』, 2006.3.9.
25 오에 겐자부로, 김유곤 역, 『'나'라는 소설가 만들기』, 문학사상사, 2000, 45쪽.
26 小林幸夫, 「『城の崎にて』における'自分'」, 『日本近代文学』49, 1993.10, 5쪽.

山の手線の電車に跳飛ばされて怪我をした、その後養生に、一人で但馬の城崎温泉へ出掛けた。（…中略…）頭は未だ何だか明瞭^{はっきり}しない。物忘れが激しくなった。（…中略…）<u>一人きりで誰も話相手はない。</u>讀むか書くか、ぼんやりと部屋の前の椅子に腰かけて山だの往来だのを見ているか、それでなければ散歩で暮していた。（…中略…）<u>自分</u>はよく怪我の事を考えた。一つ間違えば、今頃は青山の土の下に仰向けになって寝ているところだったなど思う。**27**

이 소설은 마지막 부분에 언급되고 있는 것처럼 일본어로는 '自分'인 '나'로 등장하는 주인공이 3년 전의 사고로 인해 기노사키 온천에 요양을 떠났을 때의 일을 회상하는 형식으로 쓰여지고 있다. 먼저 이 작품의 특징으로 확인해 두고 싶은 것은 이야기가 시작되고 나서 한참이 지나도 화자이자 등장인물인 '나'가 밑줄 친 곳의 '自分' 앞에서는 모습을 드러내지 않고 있는 점이다. 또한 3년 전의 일을 쓰고 있는데, 중간 중간에 현재시점이 사용되어 실제 기노사키온천에 머물고 있는 상황처럼 그리고 있다는 것이다. 이 두 가지 특징이 한국어로 번역될 경우에 어떻게 옮겨지고 있는가를 살펴보자. 앞의 첫머리의 인용부분은 한국어로 다음과 같이 번역되었다.

야마노테선 전차에 치여 부상을 당한 후, 요양삼아 혼자 다지마의 기노사키 온천으로 향했다. （…중략…） ① 머리는 아직도 뭔가 선명치 않고 건망증도 심해졌다. （…중략…） ② 이곳에서는 나 혼자 뿐 이야기 상대는 아무도 없

---

27 志賀直哉, 『城の崎にて・小僧の神様』, 新潮社, 1985, 24쪽.

었다. 책을 읽거나 글을 쓴다든가, 멍청히 방 앞 의자에 앉아 산을 둘러보거나 큰길을 내다본다든가 하지 않으면 산책을 하면서 지내는 것이 고작이었다. (…중략…) 나는 자주 부상에 대해 생각했다. 하마터면 지금쯤 청산의 땅 밑에 똑바로 누운 채 ③잠들어 있을 뻔했다.²⁸

여기에서 ①은 "頭はまだ何だか明瞭しない。物忘れが烈しくなった"를 한국어로 옮긴 것인데, 두 문장을 한 문장으로 번역하면서 앞 문장의 현재시제를 과거로 바꿔 옮겼다. ②도 "一人きりで誰も話し相手はない"라고 하는 현재시제를 과거로 바꿔 번역했다. 특히 이 부분의 한국어 번역은 일본어텍스트에서 아직 등장하고 있지 않은 '나'라는 1인칭의 화자이자 등장인물이 삽입되어 있다. 소설이 시작되어 한참이 지났는데도 주어에 해당하는 화자나 등장인물이 나오지 않는 것을 염려해 '나'를 첨가했던 것이다.

한국어에서 "문맥으로 보아 주어가 명시되지 않아도 그 문장의 주어가 무엇인지 알 수 있는 경우에는 주어를 생략할 수 있"다. 하지만 문장에서 주어가 무엇인지 정보가 전혀 없는 경우에, "문맥이 주어지지 않은 독립된 문장에서 주어는 절대로 생략되지 않는다."²⁹ 아직 일본어텍스트에서 나오지 않는 '나'를 한국어 번역에서 추가해야 했던 것은 주어의 필요성을 느꼈기 때문일 것이다. ③의 번역문은 '~寝ているところだったなど思う'를 번역한 것이다. 일본어텍스트에서 사용된 '~など思う'라는 문말 표현은 '~라든가 생각한다'로 현재시제이다. 번역문에서 이 말

---

28 오에 겐자부로 외, 김정미 외역, 『일본대표단편선』1, 고려원, 1996, 56~57쪽.
29 남기심·고영근, 『표준국어문법론』 개정판, 탑출판사, 1993, 244~245쪽.

은 생략되었다. 일본어텍스트의 현재시제는 한국어 번역에서 대개 과거
시제로 바뀌어 번역되었다.

『기노사키에서』는 소설의 첫머리에 '나'로 번역될 수 있는 '自分'이
등장하지 않았지만, 소설이 전개되면서 '自分'은 빈번하게 나온다. '自
分'을 군이 직역하여 한국어로 번역하면 '자기'로 옮길 수 있을 것이다.
그러나 한국어에서 '자기'는 1인칭대명사로 사용할 수 없기 때문에 '나'
로 번역될 수밖에 없다.

今自分にあの鼠のような事が怒ったら①自分はどうするだろう。自分はやは
り鼠と同じような努力をしはしまいか。②自分は自分の怪我の場合、それに近
い③自分になった事を思わないではいられなかった。自分は出来るだけの事を
しようとした。自分は自身で病院をきめた。それへ行く方法を指定した。**30**

여기에서 '自分'은 지나치게 많이 사용되고 있다. 예를 들어 ①의 '自
分'은 생략되어도 의미가 전달되는 데에 전혀 문제가 없다. 위의 문장은
한국어로 어떻게 번역되었는가.

지금 나 자신에게 저 쥐와 같은 일이 벌어졌다면 어떻게 했을까? 나 역시
쥐와 마찬가지로 필사의 노력을 기울이지 않았겠는가. 내 부상의 경우도 그
쥐와 다를 바가 전혀 없었다. 나는 할 수 있는 한 모든 것을 하려고 했다. 나는
스스로 병원을 지정해서 거기로 가는 길까지 알려 주었다. **31**

---

30 志賀直哉, 『城の崎にて・小僧の神様』, 新潮社, 1985, 28쪽.
31 오에 겐자부로 외, 김정미 외역, 『일본대표단편선』 1, 고려원, 1996, 60쪽.

일본어텍스트의 ①과 ②, ③의 '自分'이 한국어 번역문에서 생략되었다는 것을 알 수 있다. 앞에서 인용한 서두 부분의 한국어 번역은 일본어텍스트에 없는 '나'를 첨가했다. 여기에서는 반대로 일본어텍스트에서 빈번하게 사용된 '나'에 해당하는 '自分'을 번역과정에서 일부 생략했다. 『기노사키에서』와 같은 사소설은 작가와 작품의 관계를 중요시한다. 작가로 상정되는 1인칭 '나'의 사용이 다른 소설에 비해 큰 비중을 차지하지만, 한국어 번역에서 이러한 역할은 약화된다. 현재시제의 사용은 작가의 현재적 시점을 연상하게 한다. 한국어로 번역되면서 일본어텍스트에 나타난 1인칭 사용을 통한 작자의 연상과 현재시제를 활용한 현재시점의 성격이 희박해지는 것을 알 수 있다.

한국어 번역본에서 '나'로 번역되는 일본어로 앞에서 예를 든 '自分'을 비롯해 '私, わたし'나 '僕, ぼく', '俺, おれ' 등이 있다. 일본어에서 1인칭의 이러한 말들은 생략될 수도 있고 섞여서 사용할 수도 있다. 이와 같은 다양한 일본어의 1인칭은 "때와 장소에 따라 얼마든지 변용해 가는 관계성"[32]을 나타낸다. 한국어 번역에서 이러한 말들의 역할이 '나'로 단순화되는 것은 피할 수 없다. 예를 들어 일본의 대표적인 사소설 작가 중의 한 사람인 가사이 젠조의 다음 문장을 보자.

> わたしが、今更らしく、自分のことを、自分から悪党だなぞと言つたとしたら、可笑しなもんでせう。それ程の悪党とは、自分では思つてゐないとしたところが、他人はさうは思やしない。だが、他人がさう思ふ、思はない、それ

は、それだけのことぢやないか。俺は何故そんなことまでが気になり出した
か、そのことのほうが余つ程をかしい。 **33**

짧은 한 단락에서 이와 같이 다양한 1인칭을 구사하는 것은 일본어 문장으로서도 약간 극단적인 예라 할 수 있지만, 만약 이 문장에서 사용된 'わたし', '自分', '俺'를 한국어로 옮긴다면 '나'로 밖에 옮길 수 없을 것이다.

이상에서 살펴본 바와 같이 한국에서 사소설은 일본문학을 대표하는 소설 양식으로 인식되고 있었다. 사소설을 통해 일본문학뿐만 아니라 일본문화를 이해하려는 경향이 나타났다. 한국 독자는 사소설을 통해 일본문학과 문화를 알 수 있으리라 기대한다.

무라카미 하루키의 작품을 사소설로 보는 경향은 일본소설이 곧 사소설이라는 막연한 인식에서 비롯되었다. 또한 점차 개인이 중시되는 한국의 시대 변화 속에서 사회와 유리된 개인을 그린 소설이 사소설이라는 인식에서 연유한다. 본래 일본에 기원을 둔 사소설은 '작자'의 신변을 쓴 것이며, 현실도피의 수단으로 쓰인 것으로 이해되었다. 사소설이 한국어로 번역되면서 작자의 신변을 모르는 독자에게 그 의미는 그다지 크게 작용하지 않았다. 오히려 1인칭으로 서술되는 개인의 이야기에 관심이 기울이면서 한국에서 사소설은 '작자'라는 수식어가 빠진 '개인'의 문제를 다룬 소설로 인식되었다. 따라서 사소설은 작자와 관계없는 한 개인이 1인칭의 '나'로 그려지는 소설로 이해되고 있다.

---

33 葛西善蔵, 「酔狂者の独白」, 『編年体 大正文学全集 1926』 15, ゆまに書房, 2003, 269쪽.

일본어에서 사용되는 1인칭대명사에 해당하는 말은 다양하다. 한국어로 옮길 때, 이 다양한 말의 사용이 '나'로 단순화된다. 일본어에 발달해 있는 다양한 1인칭은 상황에 따라 변하면서 여러 모습의 '나'를 조형해 내지만, 한국어로 번역되면서 여러 관계성 속에서 그려지는 '나'의 다양한 모습은 감소된다. 일본어에서 '自分'이라고 하면 한국어로 '나'이지만, 이 말은 작가 자신의 심경을 더 리얼하게 표현하기 위한 '자기' 정도를 의미한다. 한국어로 번역되면서 '나'로 바뀌어 작가의 심정에 대한 울림이 감소된다. 대신에 한국어 번역에서 '나'로 일관되어 표현되면 익명의 개인 이야기로 더 다가온다.

한국어로 번역되면서 사소설의 발생에서 중요한 요소를 차지했던 작자의 이야기라는 요소가 희박해졌다. 사소설은 사회와 유리된 개인이 부각되는 한국의 상황에서 작가의 신변과는 크게 상관없는 익명의 개인이 영위하는 소소한 일상을 담담히 그린 소설로 인식이 되고 있는 것이다.

제7장

2010년에 본 일본소설의
국내 점령

1. 국내 번역출판 시장의 일본소설

이 장에서는 2005년 이후부터 2009년까지 국내에 번역되어 출판된 일본소설의 현황을 개괄한 후, 2010년 현재 이에 대한 국내 대중매체의 반응을 통해 번역된 일본소설이 어떻게 받아들여져 한국에서 어떤 의미로 다가오는지에 대한 고찰을 시도한다.

대한출판문화협회의 자료에 따르면 국내 출판물에서 일본문학이 차지하는 점유율은 1990년대 3%였던 것이 2009년에는 6%까지 상승했다. 「국가별번역도서출판현황」에서 일본도서 중 문학의 발행종수를 보아도 1997년 143종, 2000년 311종, 2004년 339종, 2006년 580종, 2008년 837종, 2009년 886종으로 매년 증가추세에 있다. 2009년 611

종으로 점유율 2위를 차지한 미국문학에 훨씬 상회하는 수치다. 일본문학이 국내 번역출판 시장에서 미국문학을 앞선 것은 이미 2006년도부터이다.[1] 그러한 상황이 현재까지 이어져 일본문학의 번역출판이 강세를 보이는 현상은 수그러들지 않고 있다.

2010년 8월 첫째 주의 교보문고 종합베스트셀러에 의하면 무라카미 하루키의 신작『1Q84』3권이 1위를 차지했다. 종합베스트셀러 100위 권 안에 일본소설은 모두 5권이 포함되어 있다.『1Q84』3권을 비롯하여 동일 작가의『상실의 시대』(81위), 히가시노 게이노의『명탐정의 규칙』(38위)과『다이 아이』(90위), 니시오 이신『괴물이야기』상(94위)이 이에 해당한다. 100위 권 안에 한국소설 5권, 프랑스소설 2권, 영미소설 1권이 들어있는 점을 감안하면 일본소설 5권은 한국소설과 동등하며, 어느 외국소설 번역보다도 국내에서 많이 읽힌다는 것을 엿볼 수 있다.

이에 비해 일본의 한국문학 번역 현황을 보면 한국문화예술위원회가 발간한『2009 문예연감』자료가 예시하듯이 최근 5년간 일본에서 번역된 한국소설은 13권에 불과하다. 영어 번역이 69권, 프랑스어가 61권, 독일어 43권, 중국어 35권, 스페인어 30권에 훨씬 못 미친다.[2] 문학 번역의 불균형 현상을 여실히 보여준다. 한국문학의 일본어 번역이 차지하는 비율이 이처럼 아주 미비한 데에 반해 일본문학의 한국어 번역은 해방 이후 일정한 비율을 차지하며 상승했다.

2005년 이후 일본소설의 국내 번역 현황에 관한 선행연구로는 다음 두 논저를 들 수 있다. 2008년에 간행된『일본문학 번역 60년 현황과

---

1 「일본문학 뜨고 미국문학 지다」,『연합뉴스』, 2007.1.8.
2 「韓문학 많이 번역된 언어는 영-불-독어順」,『연합뉴스』, 2009.12.27.

분석』은 1945년에서 2005년까지 국내에 번역된 일본문학 작품의 목록을 제시하며 그에 대한 분석을 시도했다.[3] 그리고 역시 같은 해에 집필된 「일본소설의 국내 번역 출판 현황과 특성에 대한 통사적 고찰」은 2007년까지 국내에 번역되어 유통되는 일본소설의 출판 현황과 특징을 고찰하고 있다. 본고는 위 선행연구를 참고하면서 2010년 8월 현재적 시점에서 일본소설의 번역 현황을 개괄하며, 그에 반응하는 국내 대중매체의 기사를 통해 국내에 번역된 일본소설의 특성과 그 문학 번역의 역학관계를 살필 것이다.

이를 위해 먼저 다음 절에서는 1945년 이후 일본문학 번역의 경향을 선행연구를 참고하여 개괄한다. 그리고 3절에서는 2005년부터 2010년 8월까지의 일본소설의 번역 현황을 베스트셀러 중심으로 살핀다. 그 다음 4절에서는 2005년 이후 일본소설 번역에 대한 국내 대중매체의 반응을 검토하면서 일본소설의 특성이 국내에서 어떻게 포착되어 어떤 문화담론을 낳는지를 고찰한다.

---

3 두 논고의 서지 사항은 다음과 같다. 윤상인 외, 『일본문학 번역 60년 현황과 분석』, 소명출판, 2008; 문연주, 「일본소설의 국내번역 출판 현황과 특성에 대한 통사적 고찰」, 『한국출판학연구』 34-1, 한국출판학회, 2008, 189~219쪽.

2. 1945년부터 2005년까지 일본소설 번역의 흐름

해방 후 일본문학 작품이 처음 번역된 것은 1950년대 들어서이다. 1950년대에 번역된 일본문학 작품은 7편이 있다. 가가와 도요히코[加賀乙彦]의 『나는 왜 크리스찬이 되었는가[キリスト入門]』와 『사선(死線)을 넘어서[死線を越えて]』, 구라타 햐쿠조[倉田百三]의 『사랑과 인식(認識)의 출발(出發)[愛と認識との出発]』, 니와 후미오[丹羽文雄]의 『일본(日本)은 패(敗)했다[日本敗れたり]』, 후지와라 데이[藤原てい]의 『내가 넘은 삼팔선[流れる星は生きている]』, 그리고 야스모토 스에코[安本末子]의 『にあんちゃん』을 번역한 『구름은 흘러도』와 『재일한국소녀의 수기』가 이에 해당한다.

|표1| 연도별 번역 작품편수와 번역된 주요작가[4]

연도	작품 편수	번역된 주요작가(편수)
1950~59	7	
1960~69	353	가와바타 야스나리(28), 이시카와 다쓰조(17), 이시자카 요지로(12), 겐지 게이타(10), 가지야마 도시유키(10), 미시마 유키오(9)
1970~79	231	미우라 아야코(23), 미시마 유키오(13), 가지야마 도시유키(11) 모리무라 세이치(10), 마쓰모토 세이초(9)
1980~89	540	미우라 아야코(83), 모리무라 세이치(26), 가지야마 도시유키(24) 마쓰모토 세이초(23), 이노우에 야스시(14), 엔도 슈사쿠(13), 소노 아야코(13), 오치아이 노부히코(13)

---

4 〈표 1〉과 〈표 2〉의 데이터는 『일본문학 번역 60년 현황과 분석』에 수록된 김근성의 「무엇이 번역되었나」와 『일본문학 번역 60년 서지목록』을 토대로 작성했다.

연도	작품편수	번역된 주요작가(편수)
1990~99	1030	무라카미 하루키(94), 무라카미 류(46), 도미시마 다케오(35), 미우라 아야코(29), 오에 겐자부로(28), 와타나베 준이치(25), 모리무라 세이치(20), 아카가와 지로(18), 요시모토 바나나(17), 가지야마 도시유키(12), 아사다 지로(11), 나쓰메 소세키(10)
2000~05	629	아쿠타가와 류노스케(25), 아사다 지로(21), 무라카미 류(20), 하이타니 겐지로(20), 다자이 오사무(13), 무라카미 하루키(13), 진순신(11), 유미리(10), 에쿠니 가오리(9), 히구치 이치요(9)
합계	2789	

〈표 1〉에서 알 수 있듯이 1960년대는 가와바타 야스나리의 노벨문학상 수상(1968년)으로 국내에서 그의 개인 전집이 최초로 번역되었다. 이후 일본작가의 전집 번역은 1998년 오에 겐자부로의 노벨문학상 수상으로 다시 한 번 시도되지만, 완역에 이르지 못했다. 가와바타 야스나리와 오에 겐자부로 이외에 개별 작가의 작품이 전집 형태로 묶여 번역이 기획된 예는 없다. 그러나 무라카미 하루키의 작품은 중국에서 전집형태로 번역된 것과는 달리 단행본 번역이 주를 이루지만 거의 모든 작품이 번역되었다.

1960년대부터 이시자카 요지로 등 대중작가의 작품이 번역되었고, 이러한 경향은 2000년대 다양한 장르의 작품이 번역되고 있는 현상으로 이어지고 있다. 1970년대에 미우라 아야코와 미시마 유키오 작품에 대한 번역 편수가 증가했다. 이와 함께 1970년대에 새롭게 번역된 작품으로 모리무라 세이치 등의 추리소설을 들 수 있다. 추리소설의 번역은 1980년도에도 이어졌고, 역사소설가 이노우에 야스시와 기독교를 주제로 다룬 엔도 슈사쿠의 작품이 다수 번역되었다. 1989년에 무라카미 하루키의 『노르웨이의 숲[ノルウェイの森]』이 『상실의 시대』라는 제목으

로 번역되어 현재까지 꾸준히 읽히고 있는데, 1990년대에는 단연 무라카미 하루키의 소개가 큰 물결을 이루었다. 1997년에는 와타나베 준이치의 소설『실낙원』(불륜을 소재로 한 남녀의 정사를 다룬 이야기로 적나라한 성애묘사가 화제가 된 작품)을 원작으로 한 영화가 일본에서 개봉되어 화제가 되었고 이듬해에 국내에서 리메이크되었다. 그 영향에서인지 그의 작품은 이 시기에 수십 권 번역되었고 그 외 선정적인 작품의 번역도 늘었다. 1990년대에 들어 나쓰메 소세키의 작품 번역도 증가하는데, 이는 2000년대에 들어 일본 근대문학에 대한 관심으로 이어져 아쿠타가와 류노스케 등 근대 작가의 번역도 많아진다. 무라카미 하루키와 함께 무라카미 류, 에쿠니 가오리 등 현대작가의 번역이 2000년대에 접어들면서 급증한다.

|표2| 연도별 번역된 주요 작품

연도	작가 및 작품집명
1960~69	『戰後日本新人受賞作品選』(을문사), 『日本文學選集』(전 7권, 청운사), 『日本戰後問題作品集』(신구문화사), 『芥川賞受賞作品選』(육림사), 고미가와 준페이『人間의 條件』(전 3권), 『自由와의 契約』(전 3권), 기쿠타 가즈오『그대 이름은』, 다니자키 준이치로『열쇠』, 『細雪』, 요코미쓰 리이치『寢園』, 이시하라 신타로『太陽의 季節』, 하라다 야스코『輪唱』, 『挽歌』, 하야시 후미코『浮雲』, 가와바타 야스나리『雪国』, 미우라 아야코『氷点』, 이시자키 요지로『푸른 산맥』, 이사카와 다쓰조『인간의 벽』, 『金環蝕』 등
1970~79	야마오카 소하치『대망』(전 32권), 『가지야마 도시유키『이조잔영』, 『족보』, 시미즈 잇코, 시바타 렌사부로, 시로야마 사부로『경영대망』, 모리무라 세이치『인간의 증명』, 『야성의 증명』, 마쓰모토 세이쵸『점과 선』, 엔도 슈사쿠『침묵』, 시바 료타로『국운』, 『언덕 위의 구름』, 『후대망』(전 10권, 원제『龍馬がゆく』와『丘の上の雲』), 요시카와 에이지『미야모토 무사시』, 야마오카 소하치『대망』(전 20권)
1980~89	엔도 슈사쿠『침묵』, 야마오카 소하치『大傑』, 『大顎』, 『英雄의 大業』, 『英雄路』(원제『織田信長』), 니시무라 교타로『러브호텔 살인사건』, 가스메 아쓰사『복수, 복수, 복수』, 겐지 게이타『0시의 여비서』, 구로이와 주고『야망의 사냥개』, 니시무라 주고『도망자』, 하시다 스가코『오싱』, 야마자키 도요코『하얀 거탑』, 야마자키 도요코・하나토 고바코・미우라 아야코『족벌』(전 20권), 『대벌』(전 14권), 이양지『유희』, 무라카미 하루키『상실의 시대』

연도	작가 및 작품집명
1990~99	『일본현대소설8선』(우석), 『일본대표단편선』(전 3권, 고려원), 『한림신서 일본현대문학대표작선』(도서출판 소화), 『일본프롤레타리아문학 걸작선』(보고사), 시마다 마사히코『드림메신저』, 무라카미 류『한없이 투명에 가까운 블루』, 요시모토 바나나『키친』, 스즈키 코지『링』, 호시 신이치『미래환상특급』, 『J미스터리 걸작선』(전 3권), 『일본 서스펜스 걸작선』, 무라사키 시치부『겐지이야기』, 이하라 사이카쿠『호색일대남』, 이회성『백년동안의 나그네』
2000~05	에쿠니 가오리『냉정과 열정사이 ROSSO』, 히가시노 게이고『백야행』(전 3권), 도몬 휴우지『불씨』(전 2권), 야마오카 소하치『도쿠가와 이에야스』(전 32권), 가네시로 가즈키『GO』, 오가와 요코『박사가 사랑한 수식』, 와타야 리사『발로 차 주고 싶은 등짝』, 이시다 이라『4teen』, 미야베 미유키『이유』, 요시다 슈이치『퍼레이드』, 이치카와 다쿠지『지금 만나러 갑니다』, 오쿠다 히데오『공중그네』

일본문학 번역은 주로 근현대 소설의 번역에 집중되어 있다. 고전문학으로 1973년『겐지이야기』(전 2권), 1975년『도연초(徒然草)』가 을유문화사에서 번역되었고 고전문학 번역은 2000년대 들어 활발히 이루어진다. 1960년대 일본소설 번역은 '선집'이나 '작품집' '문학상수상집' 등 엔솔로지 번역이 많았다. 1970년대에는 일본의 대하소설 번역이 붐을 이루었다. 그 시초가『도쿠가와 이에야스[德川家康]』를 원작으로 하는 야마오카 소하치의『대망』, 『대웅』 등이다. 또한 원작이 존재하지 않는 여러 작가의 작품을 모아『대망』과 같은 형태로 번역한 것으로『경영대망』 등이 있다. 일본의 경제성장과 더불어 '지일(知日)'의 분위기에서 '대(大)'자 제목을 붙인 역사 및 기업소설이 붐을 이루었다. 이는 반드시 지일에만 그치지 않고 '대권' 등 '대'를 지향하는 국내 정치지형이나 경제개발과도 관련이 있을 것이다. 시바 료타로의『신선조혈풍록(新選組血風錄)』은 1981년에 허문열(許文列)에 의해 삼한문화사(三韓文化社)에서『실록대하소설 대업(大業)』이란 타이틀로 원작의 타이틀과 동떨어진 제목을 달고 번역되었다. 이러한 흐름은 1990년대까지 이어져 1993년 번역

된 쓰모토 요[津本陽]의 『소설 대몽(大夢)』(전 5권)은 『천하는 꿈인가(天下は夢か)』를 원작으로 한 작품이다.

1990년대의 특징으로 1960년대와 마찬가지로 근현대소설의 작품집 번역이 시도된 것도 들 수 있다. 무라카미 하루키, 요시모토 바나나의 작품 등이 다수 소개되면서 일본소설 번역은 1970년대와 1980년대의 대중소설이나 대하소설 번역과는 달리 근현대 작가의 다양한 작품 소개의 성격도 띠게 된다. 1994년에는 웅진출판에서 '20세기 일문학의 발견' 시리즈를 간행하였고, 기존의 근대작가와 함께 다카하시 겐이치로, 야마다 에이미 등 현대 일본에서 중요한 젊은 작가들의 작품을 번역 소개하였다. 특히 1997년부터 현재까지 이어지고 있는 도서출판 소화의 '한림신서 일본현대문학대표작선' 시리즈는 근현대를 망라한 주요작품을 다수 번역하고 있다. 이 총서의 발간사를 보면 "일본은 전통적으로 문학 속에 사상을 담아 왔기 때문에 일본 사회를 알기 위해서는 일본문학을 알아야 한다고들 흔히 말한다. 그럼에도 불구하고 지금까지 상업성을 위주로 하는 일반적인 출판사업에서는 일본문학의 전모를 알리기에는 어려운 사정이 많았던 것이 사실이다"라고 말하면서 "한일간의 문화교류를 더욱 촉진하기 위하여" '일본현대문학대표작선'을 간행한다고 표방하고 있다.[5] 1999년에는 '일본 프롤레타리아문학 걸작선'(보고사)도 간행되었으며, 2000년대에 들어서는 '일본교과서에 수록된 일본단편소설 Best15'(거송미디어), '슬픈집착 성애(근현대일본거장단편집)'(소담) 등 작

---

5 다자이 오사무, 유숙자 역, 『만년』 한림신서 일본현대문학대표작선 1, 소화, 1997, 258
   쪽. 이 총서는 2009년 현재 38권을 발간하고 있다. 단편집, 장편소설, 희곡, 시집에 이
   르기까지 기존에 번역 소개되지 않은 주요 작품을 위주로 일본문학의 주요 작품을 번역
   출판하고 있다.

품집 간행이 이어졌다. 2000년대에 야마자키 도요코의 『하얀거탑』(전 3 권, 2005)등이 다시 출판되었고, 야마오카 소하치 『도쿠가와 이에야스』 (전 32권, 2000~2003)가 재번역되었고, 『대망』(전 36권, 요시카와 에이지, 시 바 료타로 작품도 포함)이 다시 출판되었다(초판은 1970년). 2000년에서 2005 년에는 가네시로 가즈키, 에쿠니 가오리, 요시다 슈이치, 와타야 리사, 오쿠다 히데오, 히가시노 게이고 등 아쿠타가와상 및 나오키상 등 문학 상 수상작의 번역이 주를 이루었다.

3. 라이트노벨과 문학상 수상작 번역

2010년 2월 15일 자 『주간조선』은 '일본대중문화 전면개방 10년'을 맞이하여 「日소설 2차 공격이 시작됐다」는 자극적인 타이틀로 특집 기 사를 꾸몄다. 2차라는 것은 1999년 10월 일본어판 단행본, 만화, 잡지 의 전면 개방 허용 이후 지난 10년의 일본소설 번역 붐을 가리키며, 2009 년 하반기부터 무라카미 하루키의 『1Q84』를 시작으로 다시 일본소설 번역이 국내 출판계를 공격하기 시작했다는 것이다. 대한출판문화협회 에서 제공받은 일본문학 도서 목록에 의거해 살펴보면 2005년부터 2010 년 현재까지 번역된 주요작가 중 작품 수가 다수를 차지하는 소설가는 무라카미 하루키를 비롯하여 히가시노 게이고, 에쿠니 가오리, 미야베 미유키, 오쿠다 히데오, 이사카 고타로, 온다 리쿠, 호시 신이치 등이다.

주로 추리소설 작가와 나오키상 등 문학상 수상 작가들이다.[6] 히가시노 게이고는 2009년에 교보문고에서 판매된 1,000위 도서 중에서 가장 이름을 많이 올려놓은 저자 2위에 해당한다(1위는 영어학습서 해커스 시리즈의 DAVID CHO). 3위가 공지영과 베르나르 베르베르라는 점을 생각하면 일본소설 번역의 위세를 알 수 있다(5위 에쿠니 가오리, 8위 무라카미 하루키).[7]

이러한 일본 현대소설의 강세에 힘입어 일본 고전 소설의 번역도 병행해서 활발히 이루어지고 있다. 2007년에 고전문학 대표작인『겐지이야기』전 10권이 김난주 역에 의해 한길사에서 간행되었다. 그리고『고사기』(전 3권, 2007),『헤이케이야기』(2006),『소네자키 숲의 정사』(2007),『우게쓰이야기』(2008),『일본영대장』(2009) 등 주요 고전문학 작품이 속속 번역 출판되었다. 근대문학을 대표하는 나쓰메 소세키 작품도 다수 재번역 또는 새로 번역되었는데, 특히『도련님』과 같은 작품은 2005년 이후 11명에 달하는 역자에 의해 재번역 출판되었다.[8] 이 밖에 그동안 국내에 소개되지 않았던 대표적인 근대문학 작가인 이즈미 교카(『외과실』2007)와 나가이 가후(『묵동기담』2010) 등의 주요 작품의 첫 소개도 2005년 이후 활발히 이루어지고 있다. 그러나 이와 같은 다양한 일본문학의 번역소설 중에 베스트셀러로 읽히는 작품은 현대소설에 해당한다.

---

6 이 연구에서 2005년까지의 목록은 윤상인 외의 앞의 저서에 수록된 자료를 참고하였고, 2005년부터 2009년까지는 대한출판문화협회로부터 제공받은 일본문학목록을 토대로 작성하였다. 학술연구를 위해 흔쾌히 목록을 제공해준 대한출판협회에 감사드린다.

7 1,000위 도서 중 16종의 번역서를 올린 사람은 일본문학 전문 번역가 김난주이다. 번역자로서 1위에 해당하며, 3위에 랭크된 양억관도 일본문학 번역자이다.

8 2000년 이후『도련님』의 국내 번역 양상과 특징에 대해서는 이한정,「번역된 텍스트의 이질적 공간―나쓰메 소세키『도련님』의 한국어역에 대하여」,『일본어교육』50, 2009, 225~240쪽을 참고할 수 있다.

|표3| 2006~2009년 교보문고 소설 분야 베스트셀러 20위 중 일본소설

연도	순위	번역도서명	저자	출판년도
2006	7	공중그네	오쿠다 히데오	2005
	10	사랑 후에 오는 것들	츠지 히토나리	2005
	12	플라이 대디 플라이	가네시로 가즈키	2006
	17	언젠가 기억에서 사라진다해도	에쿠니 가오리	2006
2007	4	공중그네	오쿠다 히데오	2005
	13	도쿄타워	릴리 프랭키	2007
	17	홀리가든	에쿠니 가오리	2007
	19	아르헨티나 할머니	요시모토 바나나	2007
2008	11	공중그네	오쿠다 히데오	2005
2009	2	1Q84 1	무라카미 하루키	2009
	15	용의자 X의 헌신	히가시노 게이고	2006

오쿠다 히데오의 『공중그네』는 2004년 나오키문학상 수상작으로 그 이듬해 2005년에 번역된 이후 꾸준히 베스트셀러의 반열에 올라서 있다. 릴리 프랭키의 『도쿄타워』는 2006년 일본 서점대상 1위 작품이다. 2004년에 설립된 일본 서점대상[本屋大賞]은 일본 전국의 서점 직원에 의해 뽑히는 작품이다. 이 서점대상의 수상작 역시 대부분 국내에 번역되었다. 이 밖에 2006년 이후 국내에서 많이 읽히는 작가는 무라카미 하루키, 히가시노 게이고, 에쿠니 가오리, 요시모토 바나나를 들 수 있는데 이들은 2010년 현재까지도 베스트셀러 반열에 올라있다.

2010년 1월 8월까지 교보문고 소설 분야 월별 베스트셀러 20위를 보면 무라카미 하루키의 『1Q84』과 『상실의 시대』, 히가시노 게이고의 『명탐정의 규칙』과 『다잉 아이』, 에쿠니 가오리의 『빨간장화』, 요시모토 바나나의 『데이지 인생』 등이 들어 있다. 무라카미 하루키의 『1Q84』 1권과 2권은 일본에서 2009년 5월에 출간되어 8월과 9월에 각각 국내에서 번역 출판되었다. 1권과 2권의 선전으로 일본문학 판매부수는 2008년

보다 2009년에 약 25%가 증가했다. 3권은 2010년 4월에 일본에서 간행되어 7월에 번역되어 간행된 이후 곧바로 베스트셀러 1위를 차지했다.『1Q84』(전 3권)의 영향으로 1989년에 번역 소개된『상실의 시대』가 다시 읽히고 있다는 점도 눈에 띈다.『상실의 시대』는 2009년 8월에 1,000만 부 판매를 돌파했다고 한다.[9]

특히 2010년 6월에 15위로 베스트셀러 목록에 들어있는 나리타 류우코의『듀라라라』4권이 주목된다. 이 소설은 '라이트노벨'에 해당한다. 라이트노벨은 '가볍다'는 의미의 'light'라는 수식어를 단 소설을 말하는데, '일본의 만화나 애니메이션풍의 일러스트가 표지와 삽화로 쓰고 있는 점'이 외관상으로 다른 소설과 구별된다. 청소년을 대상으로 한 오락소설의 성격을 띠고 있으나 현재는 성인들도 읽으면서 차츰 독자층이 넓어지고 있다. 2007년 기준으로 일본 출판 시장의 1할을 라이트노벨이 차지하고 있다. 라이트노벨을 쓰는 작가 중에서는 사쿠라바 가즈키와 같이 2008년에 나오키상을 수상하면서 그 영역을 넓혀가는 작가도 있다.[10] 즉 라이트노벨과 대중소설 등의 경계가 애매해지고 있다는 점을 시사한다. 국내에서 일본의 라이트노벨을 번역하여 출판하는 대표적인 출판사로 대원씨아이와 학산문화사, 현대지능개발, 서울문화사가 있다. 대한출판문화협회 자료에 의하면 2000년부터 2007년까지 번역된 일본소설은 총 2,616종인데, 위 네 출판사에서 번역된 라이트노벨은 1,303종으로 일본소설 전체 번역의 50%에 달한다.[11] 2008년에 이들

---

9   최혜원, 「1989년『상실의 시대』서 2009년『1Q84』까지」,『주간조선』2093, 2010, 64쪽.
10 박전열·전태호, 「라이트 노벨을 기반으로 형성되는 오타쿠의 공유 공간」,『日本文化研究』35, 2010, 163~166쪽.
11 문연주, 「일본소설의 국내 번역 출판 현황과 특성에 대한 통사적 고찰」,『한국출판학연

네 출판사에서 번역하여 출판한 라이트노벨은 280여 종에 이르며, 2009
년에만 국내에 번역된 라이트노벨은 무려 480여 종으로 증가했다.[12] 이
와 같은 라이트노벨의 번역 현상에 대해 국내 매스컴에서는 「공습 경보!
'라이트노벨'이 몰려온다」라는 자극적인 타이틀로 대량공세를 경계하
고 있다.[13] 이 기사에 따르면 1990년에 일본에서 정착된 라이트노벨은
2004년 8월에 닛케이BP무크가 『라이트노벨 완전독본』을 출간하면서
부터 일본에서 주목받기 시작했다. 2005년에 이미 국내에서 180여 종
이 번역되고 있는 현상[14]을 보면 일본과 시차 없이 라이트노벨이 국내
에 유입되고 있다는 점을 알 수 있다. 라이트노벨 커뮤니티 카페 'New
Type Novel'에서 카에루라는 닉네임을 사용하는 회원은 라이트노벨을
읽고 나서 변화된 것에 자신에 대해 "개방적" "자유로워지고" "좀 반항
끼"도 생겼다는 글을 남기면서, 라이트노벨을 접하면서 읽는 것만 아니
라 소설쓰기도 시작했으나, 대신 일반소설에 대한 관심은 많이 줄어들
었다고 말하고 있다.[15]

　　라이트노벨 이외에 국내 번역된 일본소설 중에는 일본의 각종 문학상
수상작이 다수를 차지한다. 그 가운데 아쿠타가와상과 나오키상 수상작
은 일본의 대표적인 문학상 가운데 하나이다. 2006년 이후 국내 번역된

　　구』 34-1, 한국출판학회, 2008, 214쪽에 의한다.

[12] 2008년과 2009년에 국내에서 번역출판된 라이트노벨 통계는 대한출판문화협회에서
　　제공받은 일본문학목록에서 필자가 파악한 수치다. 2009년 통계에는 상기의 네 개 출
　　판사 D&C미디어와 신영미디어에서 번역 출판된 라이트노벨도 포함되어 있다.

[13] 2009년 11월 28일 자 『오마이뉴스』의 「해외리포트」 기사. http://www.ohmynews.com

[14] 2005년 수치는 상기 네 출판사에서 번역된 라이트노벨을 필자가 대한출판문화협회에
　　서 제공받은 일본문학목록에서 파악한 수치다.

[15] http://cafe.naver.com/newtypenovel.cafe

아쿠타가와상과 나오키상 수상작 현황은 다음과 같다.

|표4| 2006년 이후 아쿠타가와상 · 나오키상 수상작과 번역현황

연도		아쿠타가와상 수상작 (번역작품명, 번역연도)	나오키상 수상작 (번역작품명, 번역연도)
2006	상반기	伊藤たかみ「八月の路上に捨てる」 (8월의 길 위에 버리다, 2007)	三浦しをん『まほろ駅前多田便利軒』 (마호로역 다다 심부름집, 2007) 森絵都 『風に舞いあがるビニールシート』 (바람에 휘날리는 비닐시트, 2007)
	하반기	青山七恵「ひとり日和」 (혼자 있기 좋은 날, 2007)	해당작 없음
2007	상반기	諏訪哲史「アサッテの人」 (안드로메다 남자, 2009)	※松井今朝子『吉原手引草』
	하반기	川上未映子「乳と卵」(젖과 알, 2008)	桜庭一樹『私の男』(내 남자, 2008)
2008	상반기	楊逸「時が滲む朝」 (시간이 스며드는 아침, 2009)	※井上荒野『切羽へ』
	하반기	※津村記久子「ポトスライムの舟」	※天童荒太『悼む人』 山本兼一『利休にたずねよ』 (리큐에게 물어라, 2010)
2009	상반기	※磯崎憲一郎「終の住処」	※北村薫『鷺と雪』
	하반기	해당작 없음	※佐々木譲『廃墟に乞う』 ※白石一文『ほかならぬ人へ』
2010	상반기	※赤染晶子『乙女の密告』	※中島京子『小さいおうち』

* 작가명 앞에 ※가 붙은 것은 번역되지 않은 것을 가리킴.

앞서 보았던 베스트셀러 목록에 들어있던 오쿠다 히데오의 『공중그네』와 히가시노 게이고의 『용의자 X의 헌신』은 각각 2004년과 2005년 나오키상 수상작이다. 2000년부터 2005년까지 아쿠타가와상 수상작 15편 중 4편을 제외하고는 모두 번역되었다. 나오키상 수상작 17편 중 3편을 제외하고는 모두 번역되었다. 그러나 위 표에서 보듯이 2008년 이후에는 수상작 번역이 주춤하는 현상을 알 수 있다. 또한 아쿠타가와

상 작품 중 번역이 안 된 작품에는 신흥종교 이야기(靑来有一『聖水』)나 고교 윤리 선생이 윤락녀와 함께 폭력 살인 등의 과도한 욕망에 사로잡히는 이야기(吉村萬壱『ハリガネムシ』)를 담은 작품이 있다. 나오키상 작품 중에는 두부 장수 부부의 인생의 희노애락을 에도 시대의 정서로 묘사한 이야기(山本一力『あかね空』) 등이 있다. 이들 작품은 국내에 없는 색다른 소재이거나 일본 문화의 배경을 짙게 살린 작품들이지만 국내에 번역 소개되지 않았다. 2007년 상반기 나오키상 수상작은 요시하라라는 일본 특유의 유곽을 소재(『吉原手引草』)로 하고 있으나 번역 소개 되지 않고 있다. 번역은 분명 상업성의 요소도 반영될 것이고 일본 문화의 소개라는 측면도 개입될 터이지만, 문학상을 수상한 작품이라고 해서 모두 번역되고 있는 것은 아니다. 다음 장에서는 번역된 일본소설의 강세에 대한 국내 대중매체의 반응을 통해 문학 번역과 연관된 문화담론의 측면에 주의를 기울여 보고자 한다.

4. 일본소설 번역에 관한 대중매체의 반응

일본소설이 국내에서 많이 읽히고 있다는 사실은 사회적인 이슈가 되기도 하였다. 2006년 12월 25일 자 『국민일보』는 「대학생들 지금 '일본소설 탐닉중' …… 도서관 대출 싹쓸이」라는 선정적인 타이틀로 수도권 대학 도서관 대출 상위권에 일본소설이 다수 차지하고 있다는 점을 소개하고 있다. 이 기사의 말미에는 "젊은 세대들은 논리적이고 무거운 주제를 다룬 긴 소설보다 감각적이고 가볍고 짤막한 소설에 더 흥미를 느낀다", "이는 취업대란 등 암울한 현실의 스트레스를 가벼운 소설로 풀어보려는 경향이 있는 것 같다"는 중앙대 중앙도서관 관장 정정호 교수의 말이 인용되어 있다.[16] 여기에서 일본소설은 '가벼운 소설'로 정의되고 있다. 이러한 일본소설에 대한 대학생들의 '탐닉'은 여전히 이어지고 있다. 2010년 6월 25일 자 『서울경제』는 「경기 주요 대학 도서관 한·일 문학 도서 인기」라는 기사에서 일본소설 중에서 무라카미 하루키의 『1Q84』과 히가시노 게이고의 『백야행』 등이 대출순위가 높았다고 소개하면서 "각 대학 순위 10위권 내 도서를 살펴보면 한국문학이 30%, 일본문학이 15%를 각각 차지했다"고 밝혔다.[17] 그런데 여기에서 한 가지 눈에 띄는 것은 일본문학보다 한국문학의 대출이 앞서 있다는 점이다. 그렇다면 2006년에서 2010년 사이에 국내에서 일본소설 번역 강세에 대해 어떤 변화가 일어난 것일까. 일본소설의 번역이 팽창한 것과 관련하여 쌍으로 논의되는 사항이 한국문학 혹은 한국소설에 관한 것이다. 최근 5년간 일본소설 번역에 대한 국내의 대중매체는 어떤 반응을 보였는가? 이를 통해 국내에 번역된 일본소설의 특성에 주목하면서 일본소설 번역이 국내에서 어떤 의미를 띠는지를 고찰해 보자.

2006년 이후 국내 일본소설 번역 현황을 언급하는 매체의 기사 타이틀을 보면 앞 장에서 언급했던 2010년 『주간조선』의 특집 기사에서 와 같이 '공습' '공격' '점령' '고공행진' '습격' 등의 전쟁 용어와 같은 어휘

---

16 「대학생들 지금 '일본소설 탐닉 중' …… 도서관 대출 싹쓸이」, 『국민일보』, 2006.12.25.
17 「경기 주요 대학 도서관 한·일 문학 도서 인기」, 『서울경제』, 2010.6.25.

가 눈에 띄며, 여기에 '한국문학'과 '한국소설'이란 말이 결부를 맺어진다. 2007년 6월 12일에 발행된 주간지 『뉴스메이커』는 「한국소설 그래도 희망은 있다」는 특집기사를 꾸미고 있다. 이 특집은 「일본소설에 점령당한 한국소설 상상력을 자극하라!」라는 캐치플레이즈를 내걸고 있다. 분석 기사인 「한국 출판시장에 일본소설 러시」라는 글에서는 일본소설이 국내에서 잘 읽히는 요인으로 '마니아 열풍'을 꼽았다. 일본문화 전면 개방 뒤 일본만화 매출은 국내 시장에서 80%를 차지했다고 말하며, 여기에 전 세계 시장의 65%를 석권하는 애니메이션도 가세해 "이처럼 일본만화를 열심히 읽은 세대가 이제 성장해 일본소설 붐까지 일으킨다"고 분석했다. 또한 요시모토 바나나와 에쿠니 가오리 등과 함께 한국 출판 시장에서 인기를 끈 인터넷소설과 카툰만화는 모두 "일상과 비일상을 넘나드는 몽환적인 분위기나 상상력을 매우 섬세한 문체로 그려내고 있다는 점"에 공통점이 있다고 말한다. 그러면서 "이들 작품에서는 공통적으로 진지함이란 찾아볼 수가 없다. 마치 지나간 일기장을 들추어보는 듯하다"는 결론을 내린다. 이것은 앞서 들었던 일본소설은 '가벼운 소설'이라는 공식이 반복임을 알 수 있다. 이어서 세대론적인 관점에서 국내 일본소설의 인기를 진단한다.

지금 한국의 젊은 세대는 절대 빈곤과는 거리가 멀다. 물질적 풍요를 누렸다. 부족한 것이 있으면 '과외'를 받아서라도 채우면 된다는 것을 체감한 세대였다. 하지만 가슴 속으로는 끝없는 <u>상실의 고통을 느끼는</u> 세대이기도 하다. 가족과도 떨어져 원룸에서 살고 휴대전화나 메신저 등 '1인용'으로 세상과 '소통'한다. 정치·경제·사회문제에는 아예 관심을 두지 않으면서 남의 시선을 전혀 의식하지 않고 주체적으로 살고자 하는 욕망을 가진다. 그러면서도 늘 '관계의 쓸쓸함'에 젖어 있다.[18]

이 글에서 알 수 있듯이 번역된 일본소설을 국내에서 읽는 독자는 '젊은 세대'에 해당한다. 이는 일본소설 수용에 세대 간의 차이가 작용하고 있다는 점을 의미한다. '정치·경제·사회문제'에 관심이 없는 젊은 세대가 일본소설을 읽으므로 일본소설이 다루는 것 역시 이러한 문제와 동떨어져 있다는 문화담론이 위 글에서 내포되어 있다.

또한 일본소설은 다양한 장르에 걸쳐 쓰여지고 있다는 점도 주목된다. 국내에 번역 소개된 일본소설은 "연애소설에서 에쿠니 가오리·쓰지 히토나리·가타야마 교이치, 미스터리에서는 미야베 미유키·이사카 고타로·온다 리쿠, 사회심리소설에서는 이시다 이라·야마모토 후미오·요시다 슈이치, 성장소설에서는 가네시로 가즈키 등이 유명 작가로 꼽힌다." 이들 다양한 장르에 걸친 작품들의 공통적 속성에는 "'오타쿠'(특정 분야에 광적으로 집착하는 이들) 문화"가 자리한다고 하면서 "'오타쿠' 문화에서 볼 수 있는 개성적인 정신세계를 발견할 수 있다"고 하면서 "거대담론을 주로 그려온 국내 작가들과 확연히 다른 점이 있다"고 분석했다. 또 "일본소설이 비교적 쿨한 내용을 담고 있고, 젊은이들의 감수성을 자극하고 있는 것이 사실"이라면, "이 같은 현상은 세계화가 고도로 진전된 일본문화와 연관시켜 생각해야 한다"고 설명했다.[19]

마찬가지로 일본소설의 인기는 한국소설과 비교되어 논의된다. 한국

18 한기호, 「한국 출판시장에 일본소설 러시」, 『뉴스메이커』 728, 2007, 47쪽.
19 「일본문학 뜨고 미국문학 지다」, 『연합뉴스』, 2007.1.8.

소설에 비해 '일본소설이 덜 무겁고, 이야기의 종류도 다양한 편'이며, 그리고 '무엇보다 중요한 건 재미있다'는 점과 '한국문학에서 다루기 힘든 과감하고 다양한 소재'를 일본소설에서는 다룬다는 점을 꼽는다. "한국소설이 사건을 겪는 인물의 내면을 통해 사회를 성찰한다면 일본소설은 도발적인 사건과 과감한 소재를 택하면서도 상처와 콤플렉스 투성이인 인물들을 등장시켜 이 캐릭터들의 감수성에 의해 스토리를 전개시키는 경우가 많다. 그것이 사람들이 지닌 불안감과 외로움, 소통에 대한 갈증을 해결해주지는 못하다라도 공감하게 만들어주는 매력을 지닌다"는 분석도 싣고 있다.[20] 한국문학에 비해 일본소설들은 초현실적 내용, 미스터리 공포물, 사회문제를 유머러스하게 터치하는 소재 등 다양한 서사성을 갖추고 있다는 점을 말한다.

「번역문학 범람, 한국문학의 위기」라는 타이틀을 내건 『경향신문』 2007년 12월 18일 자 기사에서 문학나눔 사업추진위원회 정우영 사무국장은 다음과 같이 말하고 있다.

20~30대는 일본만화를 보면서 자란 세대인데, 요즘 일본소설이 뜨는 데는 그런 문화의 연속성도 작용할 겁니다. 이들에게는 하루키마저도 어렵지요. 우리는 뭉뚱그려서 중국소설과 일본소설을 이야기하는데 중국소설의 현실묘사는 회귀의 정서를 자극하고 상당한 문학성이 있습니다. 반면 일본소설은 사소설과도 다르게, 상당히 대중화된 로맨스소설이지요. 그걸 수입해서 과거의 허접한 미국소설의 공간을 메우고 있습니다.

---

20 김혜선, 「일본 장르문학 대사냥」, 『FILM2.0』 350, 2007.9.4, 28~29쪽.

중국소설이나 미국소설에 비해 일본소설이 국내에서 적극적으로 받아들여지는 이유를 '로맨스소설'에서 찾고 있다. 이것은 역시 일본만화에 익숙한 세대들에게 적용되는 이야기이다. 또한 2008년 7월 10일에 발행된『주간한국』의 특집기사「한국의 번역문학, 그 자화상을 말하다」에서는 일본소설이 국내 독자에게 쉽게 받아들여지는 것은 "일제시대에 강제로 주어진 일본문화가 우리에게 거의 무의식이 돼버린 결과이기도 하기 때문이다"라고 하면서, "번역서에 대한 지나친 의존은 문화 종속으로 이어질 수 있다"[21]는 분석을 하고 있다. 이 기사는 일본소설의 번역을 문화 식민지주의 관점에서 해석하고 있다. 즉 일본소설이 국내에서 많이 번역되는 사태를 '문화 종속'의 현상으로 포착하고 있다. 이러한 관점은 일본소설 번역가 양억관이 2009년 9월 15일에 발행된『주간동아』의「콘텐츠왕국 일본(日本)」특집 기사 인터뷰에서 말하듯이 "우리 문학사회는 우리 것을 못 만들고 남의 것을 가져와 즐기는 소설 식민지다"라는 인식과 상통한다.[22] 그러나 한편으로 이 기사에는 국내의 일본소설의 열풍을 200개가 넘는 문학상에 있다고 본다. 개성 있는 일본의 각종 문학상이 작가를 발굴하며 스토리를 양산한다는 분석을 하면서 다음과 같은 말로 끝맺고 있다.

우리나라도 문학상 수만 따지면 일본에 뒤지지 않는다. 하지만 개성 있는 작가를 발굴하고 독자들의 관심을 불러일으킬 만한 상은 많지 않다. 독자들

---

21 「한국의 번역문학, 그 자화상을 말하다」,『주간한국』, 2008.7.10.
22 양억관,「우리 것 못 만들고 남의 것 수입 …… 한국은 소설 식민지」,『주간동아』703, 2009, 29쪽.

이 책을 안 읽는다고 한탄하기 전에 개성과 색깔이 분명한 문학상을 제정해 재능 있는 신인 작가들을 발굴하면 어떨까. 이러한 방법으로 일본소설에 뺏긴 독자들을 다시 불러모을 수 있지 않을까.[23]

이와 같이 일본의 소설 열풍에 대해 단지 국내 동향만을 주시하지 않고 일본 현지의 주목하는 기사는 일본소설 번역 열풍을 곧 한국소설의 발전으로 잇자는 의도일 것이다. 『주간동아』는 이 특집 기사의 카피로서 "일류(日流) Story 부럽다 그리고 두렵다"라는 말을 쓰고 있다. 이러한 '부럽다'와 '두렵다'의 양면성이 현재 일본소설의 번역에 대한 국내 매체의 솔직한 심정일 것이다.

그러나 단지 '두렵다'에 초점을 맞추기 보다는 '부럽다'에도 포인트를 두어 일본소설이 힘을 가진 현상을 파악하는 기사가 최근에도 이어진다. 일본소설 열풍을 다룬 2010년 2월 15일 발행의 『주간조선』은 「4가지 코드로 살펴본 일본소설의 힘」이라는 기사에서 「무엇이 한국인의 지갑을 열게 하나」라는 타이틀을 내걸고 "코드 1. 수요를 배려한 공급 …… 기획단계부터 독자를 생각" "코드 2. 쉽다, 재미있다, 다양하다 …… 소재에 금기가 없다" "코드 3. '끝'이 아닌 '시작' …… 영화·드라마 등으로 '무한변신'" "코드 4. 200여 개 문학상이 창작열 자극"으로 분석한다. 이와 더불어 교보문고 베스트셀러 담당자의 말을 빌어 "2010년 활약이 기대되는 작가" 다섯 명을 들고 있다. 그 다섯 작가로 ① 국내서 가장 인기 있는 추리 작가, 히가시노 게이고 ② 일본 문단의 젊은 피, 히

---

23 박혜경, 「개성 있는 문학상 작품 살찌우고 독자 끌고」, 『주간동아』 703, 2009, 31쪽.

라노 게이치로 ③ 일본 내 인기 여성작가 2위이며 라이트노벨 작가인 아리카와 히로 ④ 요시모토 바나나 이후 가장 참신하다고 평가받는 미우라 시온 ⑤ 발표하는 작품마다 문학상 후보에 오르는 이사카 고타로를 들고 있다.[24]

지금까지 일본소설이 국내에 대량으로 번역되어 다수의 독자가 일본소설에 기울면서 한국소설을 압박한 사례가 국내 대중매체를 통해 보았다. 그러나 단지 이러한 일본소설이 '공습'으로 끝나지 않고 한국소설에 대해 자극이 되고 발전의 요인이 되는 움직임도 감지할 수 있었다. 일본 문예 잡지 『군조』의 편집장은 2007년 1월 26일 『한겨레21』 특집 「천만 개의 공감 제3의 니혼 뉴웨이브」의 인터뷰 기사에서 "한국에서 현재 일본소설이 인기 있다는 것은 한국소설의 발전 가능성을 말해준다고 해석할 수 있지 않을까. 감동하고 놀라고 하면서 우리도 쓰고 싶다 하는 젊은 작가들의 욕망이 새 원동력이 될 수 있다고 본다"는 의견을 피력했는데, 이는 일본소설과 한국소설의 역학 관계를 힘의 우위로만 파악하지 않고 양쪽의 발전가능성으로 보려는 지적이라고 할 수 있다.[25]

지금까지 살펴본 것처럼 1950년대부터 번역되기 시작한 일본소설은 2010년 현재에도 지속적인 상승세를 이어가며 국내의 번역 소설 부분에서 가장 우위를 점하고 있다. 뿐만 아니라 일본소설의 번역은 한국소설의 변화에도 관련을 맺고 있다.

2010년 8월을 기점으로 2005년 이후의 일본소설의 번역 현황에서 아쿠타가와상, 나오키상, 서점대상 등 2000년부터 2005년 사이에 시작

---

24 최혜원, 「4가지 코드로 살펴본 일본소설의 힘」, 『주간조선』 2093호, 2010, 66~67쪽.
25 「토론에서 소설이 태어난다」, 『한겨레21』 645, 2007.1.26.

된 일본의 각종 문학상 수상 작품이 여전히 시차를 두지 않고 번역되고 있다는 점이다. 한국독자들은 일본 현지의 작품과 동일한 감각으로 일본어가 아닌 한국어로 된 작품을 읽고 있다. 그에 반해 한국소설이 일본에 소개되는 예는 많지 않다. 다행히 최근에 공지영의『우리들의 행복한 시간』이 2007년에 번역 소개되어 영화 개봉과 함께 인기를 얻어 2008년에는 만화로도 제작되었다는 점을 들 수 있다. 즉 일본소설의 장르간의 변신처럼 공지영 소설이 일본에서 그러한 변신을 꾀했다는 것이다.[26]

국내의 일본소설 번역에 대해 여론을 조성하는 대중매체의 반응을 보면, 일본소설이 한국에서 많이 읽히는 이유는 가벼운 소설을 찾는 젊은 세대의 지지 때문이다. 그리고 일본소설이 그동안 한국소설에서 개발하지 않았던 다양한 소재를 이야기로 끌어내기 때문이다. 국내 일본소설 번역의 물량공세를 바라보는 대중매체는 '공격'이나 '점령' 등의 자극적인 용어를 구사하지만, 일본소설의 번역을 둘러싼 문화담론에서 발화하는 공격하는 대상은 '한국소설'이기도 하다. 이로써 한국소설이 일본소설 번역 붐 속에서 2000년대 들어 변화를 모색하면서 2007년 이후에는 약진하고 있다는 점도 부정할 수 없다.[27] 이것은 일본소설 열풍이 '문화종속'만은 아닌 점을 반영한다. 이는 예전에 없었던 현상이다. 1960년

---

26 공지영 소설의 일본 번역본은 2007년 5월에 蓮池薫 訳, 『私たちの幸せな時間』로 新潮社에서 간행되었다. 만화는 佐原ミズ의 그림으로 『私たちの幸せな時間(Bunch Comics Extra)』, 新潮社, 2008이다. 이 소설을 원작으로 한 한국영화〈우리들의 행복한 시간〉은 2007년 7월 14일에 일본에서 개봉되었다.

27 2007년 8월 3일『독서신문』동영상 뉴스「2007년은 '한국소설 르네상스'의 해!」참고 (http://readersnews.onbooktv.co.kr/movieView.php?category=bk16&seq_no=1483). 또한 2008년 1월 11일 자『매일경제』기사「日 소설 비켜 한국소설 약진」참고(http://news.mk.co.kr/v3/view.php?year=2008&no=20922).

대에는 일본소설 번역은 일본문학을 "올바로 받아들인다는 데"(『일본단편문학전집』 백철 편집위원 말)에 초점이 맞춰진 '교류'의 성격을 지닌 수용이었다. 1970, 80년대에는 반일과 지일 감정의 이중주 속에서 대중소설이 일본을 엿보는 창구구실을 했다. 1990년대에는 무라카미 하루키라는 일본이나 국내에서도 접해보지 못한 개성적인 현대 작가를 맞이하면서 역시 현대작가의 교류에 초점이 맞추어진 일본소설 번역이었다 (1993년 '한일문학 심포지엄' 자선 출품작 『일본현대소설 8선』). 그러나 2005년 이후에는 일본소설 번역은 일본작가의 화려한 멤버로 진용이 갖추어졌음에도 국내의 대응은 결코 이전과는 다른 양상을 띠고 있다. 즉 수동적인 일본소설 수용이 아니라 능동적인 대응이라는 점에서 한국소설의 '자기탈바꿈'과 맥을 같이 하고 있다. 번역은 문화교섭의 균형이나 불균형을 떠나 결국 번역되는 목표지점에 자극이 되고 때론 타격을 가한다. 일본소설 번역에 대한 국내 대중매체의 과도한 반응은 한국소설에 대해 자극과 타격을 조율한 것이다. 국내 매체의 반응은 안이한 일본소설 수용에 방파제 구실을 하면서 한국소설의 전진을 재촉한 것이다.

양산된 번역, 문화의 불균형

1. 번역의 부재와 과잉

1945년부터 2005년까지의 국내 일본문학 번역의 현황을 짚어본 『일본문학 번역 60년 현황과 분석』의 서문에서 윤상인은 "대중문학, 순수문학을 막론하고 한국인 성인 독자의 외국문학 독서 총량 속에서 일본소설이 차지하는 비중은 가장 크다"는 사실에도 불구하고 "일본소설 이입 양상이 제대로 다뤄지지 않았다는 자각과 반성이야말로 이 책의 출발지점"이라고 말하고 있다.[1] 203페이지 분량의 「일본문학 번역 60년 서지 목록—해방 후 일본문학 번역 현황 조사 1945~2005」를 부록으

---

1   윤상인 외, 『일본문학 번역 60년 현황과 분석』, 소명출판, 2008, 4쪽.

로 싣고 있는 이 책은 2006년에서 2009년까지의 번역 현황 데이터를 보완하고, 번역 작품의 일본어 저본을 추가로 조사하여 2012년에는 일본에서도 출간되었다.[2] 일본문학의 번역은 2009년 이후에도 지속적으로 증가일로에 있으며 결코 수그러들지 않고 있다. 대한출판문화협회의 자료에 따르면 2010년 2011년에 일본문학은 매년 800종 이상이 지속적으로 번역되었다.[3]

본고에서는 개화기 이후부터 현재까지의 국내 일본문학 번역의 흐름을 문학 전집·선집 그리고 대하소설, 무라카미 하루키 작품, 추리소설, 작가 전집, 고전문학의 번역을 중심으로 살피고, 일본문학 번역에 대한 평가와 연구의 현재 상황을 검토하고 이에 대한 방향성을 도출해 보고자 한다. 문학 전집이나 대하소설 및 주요 작가 등의 번역은 국내 일본문학 번역의 양산 요소로 작용하며 번역 양상을 파악하는 주요 참고점이 될 수 있는데, 아직 여기에 집중한 분석은 시도되지 않았다. 본고는 이를 중점적으로 살펴서 번역의 한 흐름을 짚어 보고, 일본문학 번역이 '일본 이해'와 '문화 교류'라는 명목으로 이루어지는 현상을 검토할 것이다. 이를 통해서 이제까지 번역 작품에 대한 평가나 연구가 단지 작품의 원문 대조에 머물고 있는 현상을 진단하고, 앞으로의 번역 연구의 향방을 가늠해 볼 생각이다.

19세기 중반부터 20세기 초반에 걸친 반세기 동안 일본이 번역이라는

2 館野晳・蔡星慧 譯, 『韓国における日本文学翻訳の64年』, 出版ニュース社, 2012.
3 김보라, 「2000년대 일본문학의 국내 번역 출판 양상과 베스트셀러 요인에 관한 연구」, 중앙대 석사논문, 2012. 또한 2014년 6월 29일 『연합뉴스』는 "교보에 따르면 일본소설은 2006년 이후 전체 소설 시장에서 꾸준히 20% 안팎의 점유율을 유지해오고 있다"는 사실을 전하고 있다.

수단을 통해 근대화 과정에 수반하는 서구문명을 적극적으로 받아들였다는 사실은 익히 알려져 있다. 또한 가라타니 고진이 지적했듯이 일본의 근대문학은 '번역'을 매개로 하지 않았다면 성립할 수 없었다.[4] 이처럼 번역이 타자와 만나는 현장의 최전선에 자리한다는 사실은 간과할 수 없다. 그런데 근대에 들어 한국과 일본은 긴밀한 타자로서 조우했으나, 서로의 만남에 번역이 끼친 영향은 그리 크지 않다. 근대 초기에 한일 양국의 문학 간에 이루어진 번역은 그 범위나 분량이 소수에 불과했다.

한국문학의 일본어 번역은 아마도 나카라이 도스이가 1882년 6월 『계림정화 춘향전(鷄林情話 春香傳)』을 『아사히신문』에 20회 연재한 데에서 시작되었을 것이다. 일본문학이 한국에 번역되어 소개된 것은 1883년에 일본에서 간행된 야노 류케이의 『경국미담』이다. 이 작품은 1904년에 『한성순보』에 역자 미상으로 연재되었다가 미완으로 끝맺었고, 1908년에 현공렴의 번역에 의해 『경국미담』 단행본으로 간행되었다. 한국문학의 일본어 번역은 일본문학의 한국어 번역보다 이른 시기에 이루어졌다. 나카라이 도스이가 『계림정화 춘향전』을 출판한 것은 그의 한국에 대한 관심과 당시 일본의 세력 팽창과 맞물려 있다.[5] 『경국미담』은 중국과 한국에서 동시기에 출판된 책[6]으로 동아시아의 긴박한 정세 속에서 '정치소설' 수요로 번역되었다. 이후 오자키 고요의 『금색야

---

4 가토 슈이치·마루야마 마사오, 임성모 역, 『번역과 일본의 근대』, 이산, 2000; 柄谷行人, 「翻訳者の四迷−日本近代文学の起原としての翻訳」, 『国文学』 46-10, 2004 참고.

5 櫻井信栄, 「半井桃水 『鷄林情話 春香傳』について」, 『일본학』 31, 동국대 일본학연구소, 2010, 225쪽.

6 양뢰·티안밍, 「정치소설 『경국미담』의 동북아 연쇄 번역 양상 연구−순한글판 및 상무인서관 단행본 『경국미담』을 중심으로」, 『한국문예비평연구』 43, 한국문예비평학회, 2014 참고.

차(金色夜叉)』가 1913년에 조중환이 번안한 『장한몽』으로 출판되면서 본격적으로 일본문학이 국내에 소개되었다. 그러나 '번역'이 아닌 '번안'으로 지금도 사람들의 뇌리에 남아있는 『장한몽』의 주인공은 '이수일과 심순애'이다. 이는 『금색야차』의 '간이치와 미야'의 다른 이름으로 낯선 일본문학이 아닌 한국식으로 번안된 일본문학이 한국인의 일상에 자연스럽게 유입된 것이다. 일본에서도 근대 초기에는 번안을 통해 서양문학을 받아들였으나 그 수용방식은 결국 '번역'으로 기울어졌다. 그러나 국내의 일본문학은 번역보다 번안 형태가 많았고 특히 가정소설에서 두드러졌다.[7] 도쿠토미 교카의 『불여귀(不如帰)』는 조중완에 의해 한글 번역본 『불여귀』로 간행되었으나, 일제 강점기에 일본문학 번역은 아주 저조했다. 번역이 되더라도 신문연재에 머물렀고 그나마 누락·생략, 가필, 내용 변형 등이 행해졌다.[8] 단행본 번역은 1939년에는 전쟁문학의 대표작 히노 아시헤이의 『보리와 군인(麦と兵隊)』이 조선총독부의 일본인에 의해 『보리와 병정(兵丁)』이란 제목으로 한국어로 옮겨져 전시 상황을 고양시키기 위해 시중에서 유통되는 정도였다. 그런데 그 1년 뒤인 1940년에는 김소운의 『젖빛 구름 조선시집(乳色の雲 朝鮮詩集)』(河出書房)을 비롯하여 『조선소설대표작집(朝鮮小説代表作集)』(教材社), 『조선문학선집(朝鮮文学選集)』(赤塚書房) 등이 일본에서 잇달아 출간되어 이상, 이광수, 김동인, 이효석, 이태준, 채만식 등 당시에 조선에서 활약했던 작가들의 시와 소

---

7   권정희, 「일본문학의 번안―메이지 '가정소설'은 왜 번역이 아니라 번안으로 수용되었나」, 『아시아문화연구』 12, 경원대 아시아문화연구소, 2007, 207·223쪽.

8   1922년 신문연재 소설 기쿠치 간의 「火華」가 『매일신보』에 같은 시기에 「불꽃」으로 『매일신보』에 번역 연재되면서 발생한 누락 등에 관해서는 이민희, 「식민지기 제국 일본문학의 번역 양상―1920년대 신문 연재소설 「불꽃(火華)」과 「불꽃」을 중심으로」, 『비교문학』 62, 한국비교문학회, 2014에서 알 수 있다.

설이 일본어로 번역되었고, 1943년에는 『조선국민문학집(朝鮮国民文学集)』 (東京書籍) 등의 출판이 이어졌다.[9] 나쓰메 소세키나 모리 오가이 등 당시의 일본 근대작가의 작품이 한국어로 거의 번역되지 않았던 데 비해 다수의 한국 근대작가의 작품이 일본어로 옮겨진 것이다.

일본문학의 번역은 일제 강점기에는 부재했고, 이 같은 상황은 해방 직후부터 1960년까지 이승만 정부의 배일정책 등 국내 정세의 영향으로 지속되었다. 그러던 것이 4·19혁명을 거친 1960년대에 이르러 일본문학은 봇물이 터지듯 대량으로 번역되기 시작했다. 그 양상은 이전 일제 강점기와 해방 직후 10여 년의 일본문학 번역 공백기를 무색하게 만드는 번역 출판 시장으로 연출되었다.

1960년대 일본문학은 가히 폭발적이라 할 만큼 번역되었다. 일본문학 번역은 전집·선집의 형태 혹은 단행본으로 양산되었는데, 일부 단행본은 이 시기에 꾸준히 베스트셀러 목록에 이름을 올리고 있었다. 1960년대 일본문학 번역이 한국사회에 미친 파장을 규명한 강우원용은 "1960년대는 일본문학이 아닌, 번역된 '일본문학'이 한국의 문학계를 채워왔다고 해도 과언이 아니다"라고 말하고 "한국전쟁 이후 눈에 띄게 성장하지 못하고, 다양성이 결핍된 한국문학의 '갈증'"이 "일본문학을 빠르게 흡수하는 내적 동기로 작용했"다고 분석했다.[10] 이 무렵에 출판된 일본문학 번역을 전집과 선집만을 간추려 살펴보면 『일본전후문제작품집(日

9   임미진, 「'번역'을 둘러싼 제국일본과 식민지조선의 정치학-1940년대 일본에 소개된 조선소설을 중심으로」, 『민족문학사연구』 48, 2012, 194쪽.

10 강우원용, 「1960년대 일본문학 번역물과 한국-'호기심'과 '향수'를 둘러싼 독자의 풍속」, 『일본학보』 93, 한국일본학회, 2012, 92쪽. 또한 동일 필자의 「1960년대 초기 베스트 셀러를 통해 본 일본소설 번역물과 한국 독자-하라다 야쓰코, 이시자카 요지로, 박경리를 중심으로」(『일본학보』 97, 2013)도 참고된다.

本戰後問題作品集)』(新丘文化社, 1960),『일본아쿠타가와상소설집[日本芥川賞小說集]』(新丘文化社, 1960),『전후일본문학선집(戰後日本文學選集)』(전 2권, 科學社, 1960),[11]『일본문학선집』(전 5권, 1960~61, 6권, 7권은 1963),『전후일본신인상수상작품선(戰後日本新人賞受賞作品選)』(隆文社, 1961),『일본걸작단편선집(日本傑作短篇選集)』(전 2권, 文興社, 1960),『일본신예문학작가수상작품선집(日本新銳文學作家受賞作品選集)』(전 5권, 靑雲社, 1964,『전후일본단편문학전집(戰後日本短篇文學全集)』으로 일광출판사(日光出版社)에서 1965년 재간행,『일본수상문학전집(日本受賞文學全集)』으로 풍남출판사(豊南出版社)에서 1968년에 재재간행),『최신일본문학작품선(最新日本文學作品選)』(受驗社, 1966),『일본대표작가백인집(日本代表作家百人集)』(전 5권, 希望出版社, 1966,『일본단편문학전집(日本短篇文學全集)』으로 신태양사(新太陽社)에서 1969년 재간행),『가와바타 야스나리 전집[川端康成全集]』(전 6권, 新丘文化社)에 이르기까지 매우 광범위하게 수많은 일본작가의 작품이 번역되었다. 일제 강점기의 소량 번역과 해방 직후의 번역 부재 상황을 무색하게 할 정도로 1960년대에 일본문학은 무차별적으로 번역된 것이다. 이러한 일본문학 선집 및 전집의 총서에는 정한숙, 신동문, 김동립, 오상원, 계용묵, 안수길, 최정희, 선우휘, 정한모, 차인석, 이원수, 오상원, 이철호, 김용제, 최인훈, 김수영, 김세환 등

---

11 科學社 판 전 2권은 原田康子의『挽歌』(1권, 李顯子 譯)와 石原愼太郎『太陽의 季節』(2권, 千世旭 譯)을 가리키나, 이 '戰後日本文學選集' 시리즈명을 단 작품으로 金秀一 譯으로 改造閣에서 출판된『挽歌』(1960)를 비롯해 原田康子의『輪唱』(李星姬 譯, 立文社, 1960), 望月一宏의『反抗期』(李元一 譯, 哲理文社, 1960) 原田康子의『聖少女』(崔哲 譯, 惠明出版社, 1967), 原田康子의『환희』(상지사편집부 역, 上智社, 1967) 등이 있으며, '전후일본문학총서'로 출판된 五味川純平의『人間의 條件』(전 3권, 李容求 譯, 一友社, 1961)이 있다. 1963년에 三協出版社에서 간행된『人間의 條件』下(李容求 譯)는 '戰後日本文學全集'라는 이름이 붙어 있다.

당시의 현역작가들이 대거 번역자로 참가하고 있는 점도 간과할 수 없다. 일본어를 독해하는 세대가 일본어를 모르는 세대를 위해 일본문학을 적극적으로 소개하는 형국이었다. 문예평론가 백철은 일본문학 번역은 서구문학 일변도를 벗어나 "아시아 각국의 자주적인 문학운동의 의식과 개성"을 명확히 하기 위해 "일본의 문학작품의 질적인 것을 정당하게 평가해서 교류하는 것은 한국 현대문학을 위하여 필요한 과제"라고 말하고 있다.[12] 그러나 대하소설 형태의 일본문학 번역이 대량으로 산출되면서 백철이 말하는 '한국 현대문학'을 위한 일본문학의 역할이 퇴색해진다. 번역문학이 입신출신이나 일본알기의 수단으로 호도되는 형국이 초래되기 때문이다.

2. '일본알기'의 대용물 대하소설

1960년대에 시작된 일본문학 전집과 선집의 발간은 1970년대와 1980년대에 들어서서는 다소 수그러들었으나 지속적으로 이어졌다. 1973년에는 『전후일본대표문학전집(戰後日本代表文學全集)』(평화출판사)과 『현대일본대표문학전집(現代日本代表文學全集)』(평화출판사)이 동일출판사에서 동일번역도서이면서 다른 시리즈 이름으로 출판되고 있고, 1960년대에 출

---

12 백철, 「어느 外國文學보다 우선 日本文學을」, 『日本短篇文學全集』 V, 新太陽社, 1969, 4쪽.

판된 것을 재간행한『일본문학선집(日本文學選集)』이 1973년에 한국독서문화원에서 나왔다. 특히 새로『일본문학대전집(日本文學大全集)』전 10권은 1975년에 동서문화원에서 간행된 것이 주목되며, 이 전집은 이후 1978년에 대호출판사에서도 출판되었고, 1986년에는『일본대표문학전집(日本代表文學全集)』이란 이름으로 한국교육출판공사에서 간행되었다. 다음 장에서 살펴보듯이 1980년대에 들어서는 '일본문학전집'이란 형식의 출판은 자취를 감추나, 1990년 이후에도 문학 선집과 개인전집의 출판이 이어졌다. 대하소설 형식을 취한 역사소설과 기업소설 등은 일본문학 전집과 선집의 발간이 약화되면서 그 자리를 메우듯이 1970년대와 1980년대에 대량 출판되었다. 이들 대하소설은 일본에서도 출판된 적이 없는 타이틀 '대망'과 같은 이름을 달고 우후죽순 나왔다.

국내에서 출판된 일본 대하소설은 경제대국 일본에 대한 관심에서 비롯되어 아울러 국내의 경제 성장 속에서 출세를 꿈꾸는 사람들에게 읽혔다. 1974년부터 1975년에 걸쳐 전 46권으로 출판된 이경남(李京南) 역『인간경영(人間經營)』은 가지야마 도시유키[梶山季之]의 소설을 번역한 것이다. 1권 무전창업(無錢創業), 2권 입지돌파(立志突破), 3권 재각파형(財覺破型), 4권 경영속전(經營速戰), 5권 천면능수(千面能手)와 같이 이 시리즈의 각 권 제목은 사자성어와 닮아 있고, 45권 독립독주(獨立獨走)와 46권 인간완성(人間完成) 두 권은 시바타 렌자부로[柴田鍊三郎]의 책을 옮긴 것이 끼어들어 있다. 물론 가지야마 도시유키의 일본어판『인간경영』은 존재하지 않는다. 한국어 번역본의 제목과는 전혀 다른 가지야마 도시유키의 여러 단행본을 모아 출간한 것이『인간경영』이며, 이 대하소설은 1975년에 동서문화사에서 전 10권, 1978년에 학진출판사(學進

出版社)에서 전 30권, 1986년에는 대호출판사(昊浩出版社)에서 전 15권 등 제각기 다른 형태로 중복 간행되었다. 이러한 기업소설은 가지야마 도시유키 작품의 번역만이 아닌 다른 작가의 작품들도 가세하면서 줄을 이었다. 1975년에는 강서해(康曙海) 역『기업소설(企業小說) 경영대망(經營大望)』이 선경도서공사(鮮京圖書公社)에서 전 20권으로 출판되었는데, 각 권은 1권 백전백승(百戰百勝), 2권 최고기밀(最高機密), 3권 흑자경영(黑子經營), 4권 계략달도(計略達道), 5권 무자거부(無資巨富), 6권 쾌남대성(快男大成), 7권 쾌속돌파(快速突破), 8권 칠전팔기(七顚八起), 9권 경세대망(經世大望), 10권 웅장대기(雄壯大器), 11권 맹인중역(盲人重役), 12권 인생삼매(人生三昧), 13권 거물대욕(巨物大欲), 14권 악인설계(惡人設計), 15권 가명회사(假名會社), 16권 상략달인(商略達人), 17권 투기대업(投機大業), 18권 사장천하(社長天下), 19권 상류인생(上流人生), 20권 허업집단(虛業集團)으로 구성되어 있다.『기업소설 경영대망』은 시로야마 사부로(城山三郎, 1, 3, 11, 14, 16, 19), 시미즈 잇코(清水一行, 2, 4, 10, 12, 15, 17, 20권), 가지야마 도시유키(5, 9, 13, 18권), 시바타 렌자부로(6, 8권) 네 작가들의 책을 중구난방으로 모아 엮어 출판한 것이다. 당연히 일본에는 존재하지 않는 것으로 1980년에는『현장소설(現場小說) 인간대망(人間大望)』이란 타이틀로 한국법조사(韓國法曹社)에서 다시 발간되었다. 이 책에 적힌 역자의 머리말「인간승부(人間勝負)의 경전(經典)」에는 '기업소설'을 다음과 같이 소개하고 있다.

기업소설(企業小說)은 기업 경영에 따른 모든 인간 역학(人間力學)을 주제(主題)로 보다 차원 높은 인생 경영(人生經營)의 현장(現場)을 리얼하게 원색적(原色的)으로 보여주는 소설이다. 그리고 맹렬 인생(猛烈人生)들의 경세소설(經世小說)이기도 하다. (…중략…) 경쟁 시대에 살고 있는 현대인의 본성을 예리하게 파헤치면서 인간의 적나라한 모습과 조직의 냉혹성을 고발하고, 지금까지 볼 수 없었던 충격적인 새 인간상을 창조해 낸 '멋진 신세계(新世界)'가 바로 이 기업소설이다.[13]

'경세소설'의 역할을 담당하는 소위 '기업소설'은 경쟁사회를 살아가는 사람들의 자화상을 보여주듯이 비슷한 종류의 책들을 모아서 '대하소설'의 형태로 번역되었다. 가지야마 도시유키의 작품이 들어간 이런 유형의 대하소설만 나열해 보더라도 『신인간경영(新人間經營)』(전 16권, 1978), 『대물인간(大物人間)』(전 16권, 1976), 『입지실록 신대물(立地實錄 新大物)』(전 16권, 1976), 『대인간경영(大人間經營)』(전 20권, 1981), 『대명(大命)』(전 5권, 1985), 『대물인간(大物人間)』(전 6권, 1999) 등이 있다.

이뿐만 아니라 야마오카 소하치[山岡荘八] 『도쿠가와 이에야스[德川家康]』[14]의 한국어 번역본은 『대망(大望)』(1970), 『대야망(大野望)』(1973), 『대웅(大雄)』(1979)이란 제목으로 번갈아 번역되었고, 동일 작가의 『오다 노부나가[織田信長]』는 한국어 번역본 『대명청이』(1971)로 번역된 이후 『대걸(大傑)』(1983), 『영웅(英雄)의 대업(大業)』(1985), 『대악(大顎)』(1983)이라는 '대'자를 넣은 제목을 바꾸어 줄줄이 출판되었다. 야마자키 도요코[山崎豊子]의 『화려한 일족[華麗なる一族]』과 『불모지대(不毛地帶)』 역시

---

13 城山三郎, 康曙海 譯, 『現場小說 人間大望 1 ─ 百戰百勝』, 韓國法曹社, 1980, 2쪽.
14 山岡荘八 『德川家康』는 1950년 3월부터 1967년 4월까지 『北海道新聞』, 『東京新聞』, 『中日新聞』, 『西日本新聞』에 연재되었다. 1953년부터 단행본 간행을 시작으로 베스트셀러가 되었고, 1967년에 전 26권으로 완결, 1970년에 국내 번역본 출판됨.

두 작품을 묶어 대하소설의 형태를 띤『대하소설 대벌(大河小説 大閥)』(1979),
『대재벌(大財閥)』(1982)이라는 제목으로 번역되었고, 요시카와 에이지
[吉川英治]의『미야모토 무사시[宮本武蔵]』는『대인(大人)』(1982)으로,『신
헤이케 이야기[新平家物語]』는『대하역사장편소설 대도(大河歴史長篇小説 大
道)』(1993)라는 타이틀을 달고 번역 출판되었다. 시바 료타로[司馬遼太郎]
의 세 작품『타오르라 검(燃えよ剣)』,『세월(歳月)』,『날아오르듯(翔ぶが如く)』
과 시모자와 간[子母澤寛]의『가쓰 가이슈[勝海舟]』를 함께 묶어 번역 출판
한 것이『실록대하소설 대업(大業)』(1981) 전 29권이다. 이 책의 역자 허
문열은 다음과 같이 말하고 있다.

> 『대업(大業)』의 진가는 정계(政界), 기업계(企業界), 군부(軍部), 사회(社
> 會) 등 모든 분야에서 경세(經濟)의 바이블이라는 평가까지 받은『대망(大
> 望)』을 훨씬 앞지르고 있다. 한 무장이 천하의 대권을 잡는 이야기가『대
> 망』이라면 현대의 정치, 경제, 군사, 문화, 사회의 원류가 태동되어 형성되는
> 이야기가 바로『대업』이기 때문이다. (…중략…)『대업』의 완전 이해를 위해
> 서는 그 수원지(水源池)라고 할 수 있는『대도』의 세계와 본류(本流)인『대
> 망』의 세계를 알면 큰 도움이 될 것이다. 혼란 이외의 아무것도 아닌 전국난
> 세(戰國亂世)에서 세계 제2의 경제대국으로 발전한 일본의 근대국가 형성까
> 지를 일관성 있게 이해할 수 있는 이 3부 연작(三部連作)의 통독을 권하고 싶
> 다.[15]

---

15 許文烈, 「大轉換期의 政治革命・經濟革命・人間革命의 이야기」, 『실록대하소설 大業』, 三
韓文化史, 1981, 2・12쪽.

여기서 말하는 『대망(大望)』은 야마오카 소하치의 『도쿠가와 이에야스[德川家康]』의 한국어 번역본을 가리킨다. 『대도(大道)』는 아마도 야마오카 소하치의 『도요토미 히데요시[豊臣秀吉]』를 번역한 작품일 것이나 실물은 확인할 수 없었다. 이 해설은 『대망(大望)』 등 당시 대하소설 번역이 얼마나 난무하고 있었는가를 증언하고 있고 '경제대국' '일본'을 '이해'할 수 있는 책으로 『대망(大望)』, 『대도(大道)』, 『대업(大業)』을 소개하고 있다.

'대(大)'자를 붙인 번역본의 제목은 기업소설이나 역사소설만이 아니라 추리소설에도 나타난다. 원작을 알 수 없는 마쓰모토 세이초[松本清張]의 작품이 『대남(大男)』(전 10권, 1976)으로 번역되었고, 역시 마쓰모토 세이초를 비롯한 시로야마 사부로, 시미즈 잇코, 구로이와 주고[黑岩重吾]의 작품을 함께 묶어 출판한 『대승부(大勝負)』도 1권 욕망군국(欲望軍國), 2권 인생계급(人生階級), 3권 원색지대(原色地帶), 4권 야성시대(野性時代), 5권 인간승부(人間勝負) 등의 제목을 달고 전 14권으로 번역 출판되었다. '대'자를 활용한 번역도서는 오다 노부나가의 이야기를 담은 쓰모토 요[津本陽]의 『천하는 꿈인가(天下は夢か)』(1986년 12월 1일부터 1989년 7월 30일까지 32개월간 『일본경제신문』에 연재된 소설)를 1993년에 『대몽(大夢)』(전 5권, 매일경제신문사)이란 제목으로 출판하고 있는 데에서도 1990년대까지 유행처럼 이어졌다는 것을 알 수 있다. 이러한 국내판 일본 '대하소설'은 다음의 역자의 말에 나타나 있듯이 국내에서는 '일본알기'의 일환으로도 소비되었다.

왜 오늘날 일본의 정치가, 기업인, 직장인, 공무원, 학생, 군인, 언론인들이

쓰모토 요[津本陽]의 '오다 노부나가'를 탐독하고 있는가? 우리는 이 같은 '노부나가 신드롬'을 남의 나라 일로 보아 넘겨서는 안 될 것이다. 우리는 이 책을 읽고 그 해답을 찾고 이에 대한 대응책을 생각해 보아야 한다. 그것만이 역사의 쓰라린 교훈을 살리는 길이다.[16]

갖은 권모술수로 일본 전국시대에 통일 기반을 닦았던 오다 노부나가의 이야기가 일본에서 공전의 히트를 치고 있는 점에 주목해, 역시 당시의 일본인들이 무엇을 생각하고 있는지를 요모토 요의 작품을 읽고 알아야 한다고 말하고 있다. 인용문에서 언급하는 '이에 대한 대응책'은 단지 경영서나 입신출세의 문제만이 아니라 한일 간의 역사문제를 가리킨다. 임진왜란이나 일제 강점기 등 일본에게 다시 수탈당하는 일을 겪지 않기 위한 '대응책'을 말한다. 즉 일본문학 번역은 일본과의 사이에서 발생한 '역사의 쓰라린 교훈'을 되새기는 역할도 하리라는 기대감에서 이루어지고 있는 것이다.

일본전국시대에 활약한 영웅을 그린 소설로 국내에 널리 알려진 것은 단연 『대망』이다. 이 책은 1970년에 전 32권으로 간행되었다. 야마오카 소하치와 요시카와 에이지의 작품을 함께 묶어서 출판한 것이다. 그리고 이 『대망』은 그동안 여러 출판사에서 중복 간행되었고, 현재 시중에 유통되는 『대망』 제2판 전 36권은 2005년에 출판되었다. 제2판은 1970년 초판과는 달리 야마오카 소하치의 『도쿠가와 이에야스』(1~12), 요시카와 에이지의 『신서태합기(新書太閤記)』(13~17), 『미야모토 무사시』

---

16 임종한, 「역자의 말」, 『大夢』 1, 매일경제신문사, 1993, 7쪽.

(18~21), 『명문비첩(鳴門秘帖)』(22), 시바 료타로의 『나라 훔치는 이야기 (国盗り物語)』(23~24), 『료마가 간다(竜馬がゆく)』(25~27), 『미야모토 무사 시』(28), 『타올라라 검(燃えよ剣)』(29), 『날아오르듯(翔ぶが如く)』(30~33), 『구름 위의 언덕(坂の上の雲)』(34~36)을 번역하여 한 데 묶어 36권으로 발간한 것이다. 이와 같이 국내에서 가장 많이 읽힌 『대망』도 여러 번역 본이 존재하며, 현재 입수할 수 있는 제2판 『대망』은 세 작가의 번역 작 품들을 '대하소설'이라는 형태로 출판하고 있는 것이다.

『대망』 제2판 안표지에는 '완역명역 『대망』을 보는 거장들의 시각' 이라는 문구가 새겨져 있고 여기에 유진오, 김소운 등 각계각층의 저명 인사들의 추천사가 게재되어 있다. 그리고 1권 해설 「인간시대 대망시 대」를 쓴 김인영은 "『대망』은 한국과 일본에서 모든 분야의 지도자급과 진취적인 젊은이들에게 처세와 입신의 지혜를 가르쳐주는 책으로 자리 잡아 왔다"고 말하고 "1970년 봄, 동서문화사가 한국어판 『대망』을 펴 내자, 삽시간에 전국의 독서계를 석권하여 이른바 '대망 독자층'을 형성 하는 경이적인 독서 붐을 일으키며 중판을 거듭했다"[17]라고 말하면서 35년이 지난 2005년에도 『대망』은 부동의 베스트셀러라는 점을 피력 한다. 1970년에서 2000년대에 이르기까지 『대망』이 일본은 물론 한국 사회에 얼마나 커다란 파장을 일으켰는지를 증언하고 있다. 나아가 제 36권의 해설에서 김인영은 "우리는 일본을 알아야 한다. 그래서 그들을 읽는다. 『대망(大望)』은 일본역사의 불가결한 사건들이 집적(集積)된 인 간경영사라고 말할 수 있다"[18]라는 말로 『대망』이 일본을 공부할 수 있

---

17 박재희 역, 『大望』 1, 동서문화사, 2005, 21~22쪽.
18 박재희 역, 『大望』 36, 동서문화사, 2005, 23~24쪽.

는 역사서의 성격을 지닌 점을 어필한다. 일본을 알기 위한 '知日'의 책이『대망』이라는 어조이다. 일본에도 없는 '대하소설' 출판은 1970년에 나온『대망』의 성공에 크게 힘입고 있다.『대망』은 야마오카 소하치의『도쿠가와 이에야스』의 대명사이기도 하지만, 한국어 번역본『대망』에는『도쿠가와 이에야스』이외의 다른 작가의 작품도 들어 있어 일본을 총체적으로 이해하는 책으로 유통되었다. 그리고『도쿠가와 이에야스』의 한국어 번역본은 1970년 번역본을 시작으로 1971년 김가평 역『도쿠가와 이에야스』, 1973년 유일근 역『대야망』, 1979년 안동민 역『대웅』, 1982년 김석만 역『대망』, 1984년 나명호 역『도쿠가와 이에야스』, 박준황 역『도꾸가와 이에야스』, 1985년 고려문화사 편집부 역『도쿠가와 이에야스』, 1992년 신동욱 역『대망』, 1999년 이성현 역『도쿠가와 이에야스 야망』, 2000년 이길진 역『도쿠가와 이에야스』등 타이틀을 달리하는 각종 번역서로 출판되었다. 이길진 역의 안표지 첫 장에는 '『도쿠가와 이에야스』를 바로 읽기 위해'라는 문구가 새겨져 있고, 그 아래에 "일본의 대표적 역사 소설『도쿠가와 이에야스[德川家康]』는 수준 높은 문학작품일 뿐만 아니라 일본의 역사, 문화, 사회, 전통 생활, 정신세계 등 일본을 총체적으로 이해하는 데 훌륭한 길잡이 역할을 할 것입니다"[19]라는 글귀가 적혀 있다. 소위 '대망'으로 통용되는 한국어판『도쿠가와 이에야스』는 무분별하게 대량 출판되었는데, 이는 '일본알기'의 대용물 역할도 수행했던 것이다.

이러한 '대'자를 명시한 일본 대하소설은 기업소설이나 실록역사소

---

19 이길진 역,『도쿠가와 이에야스-제1부 대망 : 1 출생의 비밀』, 솔, 2000.

설 등의 수식어를 달고 판을 거듭하거나 중복 출판의 형태로 국내에 살포되었다고 말해야 옳을 것이다. '인간경영'이나 '대망' 등의 제목에서 엿볼 수 있듯이 출세지향의 독자들에게도 어필한 경향도 있으나, 일본을 알기 위해 읽힌 책이라는 점도 명백하다. 그 출판 형태는 일본의 원작과 무관하게 '대하소설'이란 레테르를 달고 있다. 번역이 반드시 원작과 번역 작품의 일대일 대응관계로만 존재하지 않는다는 사실을 보여준다. 국내에서 '일본'을 공부할 대상으로 소비하면서 일본에도 존재하지 않는 국내판 일본 대하소설이 양산되었다. 그리고 이러한 대하소설을 통한 '일본알기'는 반드시 적절하다고만 볼 수 없다. 일본에서 시바 료타로 역사소설이 '시바사관'이라고 비판받는 측면[20] 등을 고려한다면 국내에 번역된 소위 일본 대하소설은 한 작가가 그린 역사이야기일 뿐, 이를 일본이해의 대용물로 곧바로 신뢰한다면 일본을 오독할 수 있는 소지를 남긴다.

3. 문화 교류와 무라카미 하루키 이후

일본 대하소설이 국내 일본문학 번역의 자리를 독점하고 있는 사이에 1994년에 오에 겐자부로가 일본작가로는 두 번째로 노벨문학상을 수상

---

20 코모리 요우이치, 이규수 역, 「문학으로서의 역사, 역사로서의 문학」, 『내셔널 히스토리를 넘어서』, 삼인, 2000 참고.

했다. 그 보름 직후에 국내의 한 일간지는 「올노벨문학상수상 일(日) 오에 겐자부로 전집 나온다」라는 기사를 내보내고 있다.[21] 소설 20권 평론 강연 이론집 12권 전 32권의 전집 구성이다. 그리고 이 기획은 고려원에서 전 24권의 '오에 겐자부로 소설문학 전집' 발간으로 성사된다. 국내에서 일본작가의 개인 전집과 선집은 1968년에 가와바타 야스나리가 노벨문학상을 수상한 직후 신구문화사에서 발간한 『가와바타 야스나리 전집』 전 6권이 최초였고,[22] 오에 겐자부로의 전집이 두 번째이다.[23] 1995년부터 발간된 이 전집의 「편집위원의 말」을 보면 야심찬 포부가 엿보인다.

오에 겐자부로 소설문학 전집 전 24권을 발간한다. 이것은 한국의 일본문학 번역, 나아가서 외국문학 번역 사상 획기적인 일로 기록될 것이다. 그 이유는 일본작가의 작품집으로서 규모의 방대함에서도 그렇고, 무엇보다도 현대 일본문학의 본격적인 소개라는 점 때문이다. (…중략…) 이번 『오에 겐자부

---

21 『매일경제』, 1994.10.30.

22 이 전집은 구상, 황순원, 안수길, 김동리, 한말숙 등 당대의 작가들을 편집위원으로 하고 있으며, 1권 「설국(雪國)」 외 3편, 2권 「센바즈루[千羽鶴]」 외 3편, 3권 「이즈[伊豆]의 무희」 외 9편, 4권 「여자라는 것」 외 3편, 5권과 6권 「도쿄[東京] 사람」 상·하로 이루어져 있다.

23 이 전집은 1권 중단편집 「죽은 자의 사치」, 2권 「나쁜 싹은 어릴 때 제거하라·우리들의 시대」, 3권 「늦게 온 청년」, 4권 「성적 인간·외침 소리」, 5권 「일상생활의 모험」, 6권 「개인적 체험」, 7권 「만연원년의 풋볼」, 8권 「우리들의 광기를 참고 견딜 길을 가르쳐 달라」, 9권 「홍수는 나의 영혼에 넘쳐 흘러」, 10권 「핀치러너 조서」, 11권 「동시대 게임」, 12권 「레인트리를 듣는 여인들」, 13권, 「새로운 인간이여 눈을 떠라」, 14권 「하마에게 물리다」, 15권 「M/T와 숲의 이상한 이야기」, 16권 「그리운 시절로 띄우는 편지」, 17권 「킬프 군단」, 18권 「인생의 친척」, 19권 「조용한 생활」, 20권 「치료탑·치료탑 혹성」, 21권 「타오르는 푸른나무 제1부」, 22권 「타오르는 푸른나무 제2부」, 23권 「타오르는 푸른나무 제3부」, 24권 「오에 겐자부로론」으로 구성되어 있으나, 출판사의 사정으로 이 가운데 6~8, 10~12, 14~17, 19~23권만 출간되었다.

제8장 | 양산된 번역, 문화의 불균형 267

로 소설문학 전집』 발간으로 일본문학의 소개와 연구가 더욱 활성화되고 한일 간에 순수문화 교류가 늘어나, 두 나라의 상호 이해에 보탬이 되리라 믿는다.[24]

여기에서 알 수 있는 것은 오에 겐자부로의 전집이 '현대 일본문학의 본격적인 소개'와 '한일 간의 순수문화 교류'의 활성화를 촉진시키는 계기가 되기를 바라고 있다는 점이다. 1995년 이전에도 일본문학의 번역은 있었지만, 1960년대의 일본문학 전집과 선집을 제외하고 1970년대와 80년대에는 주로 기업, 역사소설과 같은 대하소설이 일본문학 번역의 주요 자리를 차지했다. 따라서 '본격적인 소개'라는 말은 대하소설과 같은 대중소설이 아닌 문학작품의 소개를 뜻한다. 1960년대의 전집과 선집 번역은 근대와 패전 후의 문학을 광범위하게 담고 있었으나 그 이후 '현대' 문학작품의 소개는 지속되지 못했다. 뒤에서 언급할 무라카미 하루키도 1995년 이전부터 번역되고 있었으나, 이 '본격적인 소개'와는 별개였다. 여기에서는 오에 겐자부로와 같은 작가들의 작품이 "한일 간에 순수 문화 교류"에 이바지할 수 있고, "두 나라의 상호 이해에 보탬이 되리라"는 믿음이 전제되고 있다. 또한 오에 겐자부로 전집이 발간되던 같은 해에 '현대 일본문학의 본격적인 소개'가 다른 출판사에서 기획되고 있었던 점도 주목된다. 웅진출판에서 간행한 '20세기 일문학(日文學)의 발견' 시리즈이다.[25] 이 선집의 책임편집자인 박유하는 다음과 같이

---

24 오에 겐자부로, 신인섭 역, 『동시대 게임』 오에 겐자부로 소설문학 전집 11, 고려원, 1997.
25 이 시리즈는 나쓰메 소세키 『꿈 열흘 밤·마음』, 아쿠타가와 류노스케 『어느 바보의 일생』, 미야자와 겐지 『봄과 아수라』, 가와바타 야스나리 『산소리』, 다자이 오사무 『인

말하고 있다.

음악이나 미술분야는 물론, 문학에 관해서도 우리는 그들의 정신적 지주가 되어 있는 작가며 작품을 모르고 있습니다. 그도 그럴 것이, 그동안 우리에게 소개된 일본문학이란 세계문학전집 중에 한두 권 끼어 있는 정도에 지나지 않았기 때문입니다. 그 밖에는, 대중문학이나 일본에서 베스트셀러가 되었던 작품들만이 상업성을 노린 출판사들에 의해 무분별하게 출판되는 실정으로, 우리의 일본관은 더더욱 왜곡될 수밖에 없었다고 말할 수 있습니다. (…중략…) 또한 그들을 '아는' 것이 우리의 과제라고 한다면, 문학은 그 가장 기본적인 자료가 될 것입니다.[26]

이러한 언급은 오에 겐자부로 전집의 「편집위원의 말」과 별반 다르지 않다. 하지만 1995년을 시점으로 일본문학 번역에 새로운 양상이 감지된다. 1970년과 1980년대의 대중소설의 대량 번역과 소비가 이러한 순수문학의 소개를 재촉했을 것이다. 1996년 1월에는 '일본의 현대 문학을 대표하는 작가 13명이 한국 독자를 위해 스스로 엄선한 우수 단편소설'이라는 카피를 뒤표지에 새긴 '현대 일본문학 대표작가 자선집' 『제비둥지가 있는 집의 침입자』가 발간되었다. 수록 작가 13명 중 8명이 아쿠타가와상 수상 작가이고 5명 또한 각종 문학상 수상자로 구성된 작품

간실격」, 사카구치 안고『활짝 핀 벚꽃나무 아래에서』, 오오카 쇼헤이『포로기』, 미시마 유키오『금각사』, 오에 겐자부로『인생의 친척』, 다카하시 겐이치로『우아하고 감상적인 일본야구』, 무라카미 류『오 분 후의 세계』, 야마다 에이미『풍장의 교실』로 구성되어 있다.
26 박유하, 「'20세기 日文學의 발견'을 내면서」, 다카하시 겐이치로, 박혜성 역, 『우아하고 감상적인 일본야구』, 웅진출판, 1995, 214~215쪽.

집이다.[27] 이 번역 선집의 해설 「일본소설의 새로운 동향─한국 독자 여러분께」라는 글에서 일본 시인이자 문예평론가인 아라카와 요지[荒川洋治]는 "이 선집에 수록된 작품들을 통해 현대 일본의 언어 표현에 대한 실상과 문제점이 한국의 독자 여러분들에게 어느 정도는 인식될 수 있을 것으로 믿고 있다. 이 선집의 출간이 상호간의 문학을 만나기 위한 첫 걸음이 되기를 기원한다"[28]라고 쓰고 있다. 문학작품의 번역은 일본이해와 문화 교류의 장에 일정한 역할을 담당할 것으로 인식되고 있는 것이다. 이러한 경향은 1997년부터 간행되기 시작한 '한림신서 일본현대문학대표작선' 시리즈에서도 잘 나타난다. 이 기획물은 2003년까지 전 40권이 발간되었다.[29] 그 간행 취지는 다음과 같이 제시되고 있다.

일본문학은 이미 세계 문학사에서 확고한 자리를 차지하고 있다. 일본은 전통적으로 문학 속에 사상을 담아 왔기 때문에 일본 사회를 알기 위해서는 일본문학을 알아야 한다고들 흔히 말한다. 그럼에도 불구하고 지금까지 상업성을 위주로 하는 일반적인 출판사업에서는 일본문학의 전모를 알리기에는 어려운 사정이 많았던 것이 사실이다. 그러므로 본 연구소는 일본을 바로 이해

---

27 수록작품은 아오노 소오[青野聰] 「제비둥지가 있는 집의 침입자」, 츠시마 유우코 「쟈카・도후니─여름철 집」, 카나이 미에코[金井美惠子] 「조리장(調理場) 연극」, 다카하시 미치즈나[高橋三千綱] 「가물치」, 마스다 미즈코[増田みず子] 「어린 하느님」, 나기 케이시[南木圭士] 「다이아몬드 더스트」, 후지와라 토모미[藤原智美] 「회색의 버스」, 쇼오노 요리코[笙野頼子] 「등 구멍」, 호사카 카즈시[保坂和志] 「꿈꾼 뒤」, 요시메키 하루히코[吉目木晴彦] 「고가(古家)에서」, 츠지 히토나리[辻仁成] 「오픈 하우스」, 타와다 요우코[多和田葉子] 「빛과 젤라틴의 라이프치히」, 나카무라 카즈에[中村和惠] 「E」이다.
28 아오노 소오 외, 권택명 역, 『제비둥지가 있는 집의 침입자 일본 현대무학 대표작가 자선집』, 신구미디어, 1996, 13쪽.
29 이 선집의 포함된 작품에 관한 정보는 도서출판 小花의 홈페이지에서 확인할 수 있다.

하기 위하여, 한일 간의 문화 교류를 더욱 촉진하기 위하여 여기에 일본현대
문학대표작선을 간행하기로 했다. 이러한 노력이 우리 문화발전에도 크게 이
바지할 수 있기를 바라면서 일본에서도 한국 문화를 일본에 알리기 위한 노
력이 일어나서 한일 간에 새로운 세기를 좀 더 밝게 전망할 수 있게 되기를
바란다.[30]

여기에서도 확인할 수 있는 것은 일본을 알기 위한 일환으로 일본문
학의 번역이 이루어진다는 사실이며, 또한 문학 번역이 '문화 교류'의
차원에서 중요한 역할을 할 수 있다는 인식이다. 그러나 '일본알기'라는
명목은 어느 정도 달성될 수 있다고 해도 '한일 간의 문화 교류' 촉진에
문학 번역이 얼마나 이바지할 수 있는지는 의문이다. 왜냐하면 한일 간
문학 번역의 불균형은 심각하기 때문이다. 2008년부터 2010년 3년간
에 국내의 일본문학 번역이 2,555종이었다면 같은 기간에 일본에서 번
역된 한국문학은 불과 58종에 그쳤다[31]는 사실이 이를 말해준다. 또한
과연 '일본이해'라는 측면이 문학 번역에서 얼마나 작용하는지도 생각
해보지 않을 수 없다. 해방 후부터 2009년까지 64년간 국내에서 가장
많은 작품 편수가 번역된 작가는 미우라 아야코로 134편의 작품이 307
회에 걸쳐 번역되었고, 그 뒤를 이어 무라카미 하루키의 작품 106편이
259회 번역되었다.[32] 그러나 이 두 작가의 작품이 한국어로 번역되어

---

30 이부세 마스지, 김춘일 역, 『검은비』한림신서 일본현대문학대표작선 14, 小花, 1999.

31 舘野晳, 「なぜ韓国で日本の小説はよく読まれるのか―日韓の出版事情を比較する」, http://w
   ww.wochikochi.jp/special/2011/05/tateno.php(2014.5.23 검색).

32 미우라 아야코의 『빙점』을 비롯해 그의 작품이 다수 번역된 점에 대해서 강우원용은
   "인간이라면 대부분 공감할 수 있는 감성적 수단으로 종교와 인간성에 대한 성찰"이

'일본알기'와 '문화 교류'의 역할을 일정하게 수행했느냐고 묻는다면 이에 대해서는 의문이 든다. 미우라 아야코나 무라카미 하루키 작품은 '일본'이라는 글자와는 무관하게 국내에서 소비되는 경향이 있기 때문이다. 두 작가가 국내에서 대량 소비되는 현상은 대등한 교류가 아닌 문화 교류의 불균형을 초래하는 요인으로도 작용한다.

그리고 미우라 아야코에 비해 생존 작가인 무라카미 하루키는 2009년 이후에도 꾸준히 번역되고 있다. 신작이 나오는 속속 불과 얼마 지나지 않은 시차로 번역되는 것은 물론이거와 그간 번역되지 않은 에세이를 비롯해 거의 전 작품이 번역되었다고 해도 무방할 것이다. 그리고 그의 존재가 한국문학계에 미친 파장도 적지 않다. 무라카미 하루키는 1987년에 일본에서 출판된 『노르웨이의 숲(ノルウェイの森)』(전 2권)이 1988년에 『노르웨이의 숲』(전 2권, 노병식 역)으로 번역되면서 국내에 처음 알려진 작가이다. 이듬해 1989년에는 『노르웨이의 숲(ノルウェイの森)』의 또 다른 한국어 번역본 『상실의 시대』(유유정 역)가 문학사상사에서 출간되는데, 이 책은 현재까지 4판을 찍으면서 베스트셀러로 굳건히 자리 잡고 있다. 나아가 이 책은 한국의 저명한 평론가로부터 '특이한 음담패설집'이라고 폄하되기도 했으며,[33] 1980년대 이후에 등장한 국내의 신세대 작가들에게는 큰 영향을 끼쳤다. 무라카미 하루키의 번역 작품은 국내의 문학계에서 표절시비와 같은 스캔들을 일으켰다.[34] 최신작

작품에 내재한 까닭이며, "더욱이 같은 이웃과 형제가 서로 죽이고 죽는 전쟁을 경험한 '전후세대'들에게 비참했던 과거의 죄를 씻고, 새로운 삶을 영위할 명분이 필요했다. 기독교는 그런 의미에서 한국사회에 일종의 '기여'를 했고, '빙점 붐'도 같은 맥락에서 해석할 수 있다"라고 말하고 있다(윤상인 외, 『일본문학 번역 60년 현황과 분석』, 소명출판, 2008, 68쪽).

33 유종호, 『과거라는 이름의 외국』, 현대문학, 2011, 113쪽.

『색채가 없는 다자키 쓰쿠루와 그가 순례를 떠난 해』의 번역 선인세는 16억에까지 육박하는 등 무라카미 하루키 자체가 국내에서 늘 화제를 낳고 있다. 근래에는 노벨문학상에 가장 접근한 문학자로 꼽히며 주목을 받고 있을 뿐만 아니라, 일본의 생존 작가로는 노벨문학상 수상자인 오에 겐자부로, 오키나와 작가 메도루마 슌과 함께 『노르웨이의 숲』이 국내의 '세계문학전집'(민음사)에 수록된 작가이기도 하다.[35]

그러나 일본문학 번역을 생각할 때, 이제는 무라카미 하루키의 지대한 영향만이 문제가 아니다. 2000년대에 국내에서 가장 많이 번역된 작가는 무라카미 하루키가 아니라 히가시노 게이고이다. 1999년에 『비밀』이라는 번역 작품으로 국내에 첫 선을 보인 히가시노 게이고는 2009년에는 11권, 2010년에는 13권의 작품이 한국어로 번역 출판되면서 국내에서 가장 많은 작품이 번역되고 있는 일본작가로 알려졌다. 2011년 6권, 2012년과 2013년에는 각각 4권의 번역본이 출간되었으나, 2014년 6월 현재 벌써 7권의 히가시노 게이고 작품이 출판되고 있다. 그의 작품은 모두 장편소설인데, 현재 50권을 상회하는 작품이 번역된 상태이다. 2014년 6월 29일 자 『연합뉴스』의 「히가시노 게이고, 국내서 하루키 인기 뛰어넘나」라는 기사는 다음과 같은 흥미로운 사실을 말하고 있다.

---

34 문학평론가 이성욱이 이인화의 소설 『내가 누구인지 말할 수 있는 자는 누구인가』에 대해 무라카미 하루키 작품 표절을 제기한 것으로 시작된 논쟁. 이성욱, 『비평의 길』, 문학동네, 2004 참고.

35 오에 겐자부로의 『개인적 체험』은 '을유세계문학전집'에 수록되어 있고, 『아름다운 애너벨리 싸늘하게 죽다』는 메도루마 슌의 『물방울』과 함께 '문학동네 세계문학전집'에 포함되어 있다.

29일 교보문고에 따르면 올해 하루키 소설의 판매량 대비 히가시노 게이고 소설 판매율은 156.1%. 하루키 소설 1권이 팔릴 때마다 1.6권이 팔린 꼴이다. 이는 워낙 다산(多産)의 작가인데다가 영화화 등을 통해 국내에서도 꾸준히 인지도를 높인 데 따른 것으로 분석된다. 무라카미 하루키 대비 히가시노 게이고 소설의 판매율은 지난 2005년 1.5%에 불과했으나 2008년 101.4%로 대등한 위치에 오른 데 이어 2009년 62.2%, 2010년 45.6%, 2011년 71.6%, 2012년 79.7% 등으로 꾸준히 하루키와 어깨를 나란히 해왔다.[36]

이 기사는 히가시노 게이고 소설이 2014년 6월 현재 일본 번역소설 가운데 차지하는 점유율이 16.5%로, 11권이 번역된 2009년의 14.3%를 넘어 최고치를 기록하고 있다고 전하고 있다. 히가시노 게이고와 같은 추리작가의 번역서는 최근 일본문학 번역에서 큰 비중을 차지하고 있다. 아래의 「일본 추리·공포소설에 안방 내주나」라는 기사가 그 사실을 전하고 있다.

교보문고의 2003년부터 2013년까지 공포 및 추리소설 베스트셀러 집계에 따르면 지난해 각국 출판물 판매 비중에서 1위와 2위는 일본 및 영미소설로 각각 43.96%, 37.01%를 점하며 사실상 독점적 지위를 점유했다. 이에 비해 국내 소설 비중은 5.09%로, 10.01%인 독일 및 북유럽소설에도 뒤지는 4위에 그쳤다. 우리 소설의 비중은 2003년 13.03%에서 2009년 3.77%로 급감한 뒤 2010년 9.64%로 반짝 비중을 올렸지만, 이후 줄곧 5%대의 침체 수준

---

36 http://www.yonhapnews.co.kr/(2014.6.30 검색).

을 면치 못한다. 반면 2003년 6.0%에 머물던 일본소설의 비중은 2009년 49.98로 과반에 육박하는 성장세를 보인 뒤 줄곧 국내 시장 판매 비중 1위 자리를 지키는 중이다.[37]

2003년 무렵에는 무라카미 하루키가 국내에서 널리 읽힐 무렵으로 이 시기에 일본의 추리, 공포 소설은 그다지 수용되지 않았다. 하지만 현재는 에도가와 란포, 요코미조 세이지, 마야베 미유키, 마쓰모토 세이초 등 일본의 주요 추리소설 작가가 국내에서 인기를 모으고 있다. 일본에서 미야베 미유키의 편집으로 나온 『마쓰모토 세이초 걸작 단편 컬렉션』 전 3권이 2009년 번역되었고 '마쓰모토 월드', '마쓰모토 세이초 장편 미스터리' 시리즈도 연달아 출간되면서 다수의 마쓰모토 세이초 작품이 한국에 소개되고 있다. 또한 미야베 미유키의 추리소설도 에도시대를 배경으로 펼쳐지는 시대 미스터리 시리즈 '미야베월드 제2막'을 포함하여 주요 작품들이 대부분 번역되고 있다. 2008년에는 『에도가와 란포 전단편집』 전 3권이 번역되었고, 요코미조 세이시의 추리소설도 속속 번역되었다. 여기에 라이트노벨까지를 시야에 두면 일본문학은 번역을 통해 국내에 광범위하게 유입되고 있다.[38] 하지만 미우라 아야코, 무라카미 하루키, 추리소설, 라이트노벨 등이 '일본알기'나 '문화 교류' 차원에서 번역되는 일본문학 작품이 아니라는 사실에는 주목할 필요가 있다.

한편으로는 추리소설이나 라이트노벨의 확산일로 속에서도 일본문

---

37 http://www.yonhapnews.co.kr/(2014.7.23 검색).
38 이한정, 「일본소설의 한국어 번역 현황과 특성─2006년 이후를 중심으로」, 『일본어문학』 51, 일본어문학회, 2010, 339~340쪽.

학사에 등장하는 순수문학의 번역 소개도 작가 전집이나 작품 선집의 형태로 지속적으로 이루어지고 있으며, 2005년 이후에는 고전문학에 이르기까지 그 소개의 폭이 상당히 넓혀지고 있다. 『미야자와 겐지 전집』은 전 3권 구성으로 2012년과 2013년에 각각 1권과 2권이 출간되었다. 『다자이 오사무 전집』은 전 10권이 출간 예정으로 현재『만년』, 『사랑과 미에 대하여』, 『유다의 고백』, 『신햄릿』, 『판도라의 상자』, 『정의와 미소』, 『쓰가루』 등 모두 7권이 번역되어 나왔다. 또한 2013년부터 2016년까지 현암사에서 나쓰메 소세키 사후 100년 기념『나쓰메 소세키 소설 전집』전 14권을 출간하고 있다. 여기에 포함된 나쓰메 소세키의 작품은 이미 모두 번역된 작품이다. 그럼에도 불구하고 이러한 기획이 이루어지는 것은 나쓰메 소세키가 한국에서 일본 근대작가로 새롭게 조명되고 있는 데에서 비롯될 것이다. 이 전집은 2015년까지『나는 고양이로소이다』, 『도련님』, 『풀베개』, 『태풍』, 『우미인초』, 『갱부』, 『산시로』, 『그 후』, 『문』, 『춘분지나고까지』, 『행인』 등 11권이 간행되었고, 『마음』, 『한눈팔기』, 『명암』이 2016년까지 순차적으로 출간될 예정이다. 번역 작품의 해설은 모두 현역 소설가, 시인, 문예평론가 등이 담당하고 있다는 점이 눈에 띄며, 번역도 나쓰메 소세키 연구자가 아닌 일본문학 전문 번역자에 의해 이루어졌다. 이에 반해 일본문학 연구자가 중심이 된 전집 번역도 있다. 전 10권으로 출간 예정인『아쿠타가와 류노스케 전집』으로 2015년 현재 6권까지 출간되었다. 전 2권의『고바야시 다키지 선집』도 1권이 2012년, 2권이 2014년에 간행되었다.

소위 문학사에서 거론되는 '순수문학' 작품의 번역은 근현대문학 작품뿐만 아니라 고전문학의 번역에서도 활발하다. 먼저 운문 작품을 보면 2012년부터 이연숙 역으로 『한국어역 만엽집(万葉集)』이 전 20권으로 간행 중에 있으며, 일본 최초의 한시집 『회풍조(懷風藻)』도 고용환의 번역으로 2010년에 완역되었고, 구정호에 의해 『고킨와카슈[古今和歌集]』가 전 2권으로 2010년에 번역되었다. 또한 2008년에는 임찬수에 의해 『백인일수(百人一首)』가 번역되었다. 하이쿠는 1998년에 민음사 세계시인선의 한 권으로 유옥희 역 『마쓰오 바쇼의 하이쿠』가 간행된 이후, 2006년에는 오석윤 역 『일본하이쿠 선집』이 출간되었고, 2008년에는 요사 부손과 고바야시 잇사의 하이쿠가 최충희 역으로 각각 『봄 여름 가을 겨울』과 『밤에 핀 벚꽃』이란 제목으로 간행되었다. 이밖에도 몇몇 하이쿠 번역본이 존재하며, 특히 2000년에는 시인 류시화의 하이쿠 모음 『한 줄도 너무 길다』가 출간되어 널리 읽히고 있다. 고전문학의 주요 산문의 번역 작품은 아래와 같다.

|표1| 일본 고전문학 주요 산문 번역 작품

원작명	번역서명	번역자명	출간년도
古事記	일본신화 코지키	박창기	2006
	고사기	권오엽, 권정	2007
	고사기	노성환	2009
風土記	풍토기(抄譯)	강용자	2008
日本靈異記	일본영이기	정천구	2011
伊勢物語	이세 이야기	구정호	2012
源氏物語	겐지 이야기	김난주	2007
落窪物語	오치쿠보 이야기	박연정 외	2010
堤中納言物語	쓰쓰미추나곤 모노가타리	유인숙 외	2008
土佐日記	기노 쓰라유키 산문집	강용자	2010
蜻蛉日記	청령일기	정순분	2009

원작명	번역서명	번역자명	출간년도
枕草子	마쿠라노소시	정순분	2004
平家物語	헤이케 이야기	오찬욱	2006
沙石集	모래와 돌	정천구	2008
方丈記	방장기	조기호	2004
徒然草	쓰레즈레구사	김충영, 엄인경	2010
御伽草子	오토기소시슈	이용미	2010
紫式部日記	무라사키시키부 일기	정순분	2011
和泉式部日記	이즈미시키부 일기	노선숙	2014
更級日記	사라시나 일기	정순분, 김효숙	2012
讃岐典侍日記	사누키노스케 일기	정순분	2013
御伽婢子	오토기보코	이용미	2013
好色一代男	호색일대남	손정섭	1998
日本永代蔵	일본영대장	정형	2009
雨月物語	우게쓰 이야기	이한창	2008
春雨物語	하루사메 모노가타리	조영렬	2009
曽根崎心中	소네자키 숲의 정사	최관	2007
仮名手本忠臣蔵	47인의 사무라이	최관	2007
奥の細道	바쇼의 하이쿠 기행	김정례	2008
東海道中膝栗毛	짓펜샤 잇쿠 작품선	강지현	2010
春色梅児誉美	춘색매화달력	최관	2009

〈표 1〉에서 알 수 있듯이 일본 고전문학사에서 다루어지는 모노가타리, 일기문학, 수필, 기행문, 근세의 골계본과 인정본 등에 이르기까지 주요 고전 산문은 현재 거의 한국어로 읽을 수 있다. 『호색일대남』을 제외하고는 고전문학 번역본이 모두 2005년 이후에 출간되었다는 점이 특징이다. 물론 1973년 유정 역의 『겐지이야기』, 1975년 송숙경 역의 『도연초(徒然草)』, 1987년 노성환 역의 『고사기(古事記)』 등 일본 고전문학 번역이 이전에도 있었으나, 이렇게 한 시기에 집중적으로 번역된 일

은 2005년 이후가 처음이다. 번역자가 거의 현역 일본문학 연구자라는 점도 특기할 사항이다. 고전문학에서는 연구자가 번역자의 역할도 병행하고 있다.[39]

무라카미 하루키가 소개된 이후 일본문학 번역이 국내 문화권에 미친 여파는 적지 않았다. 무라카미 하루키 작품이나 추리소설, 라이트노벨 등은 '일본알기'나 '문화 교류'와는 거리가 있는 지점에서 대거 번역되었다. 하지만 이 번역물들은 '일본'이라는 상표와 전혀 무관하지는 않다. 2005년 이후의 일본 근대작가의 개별전집이나 고전문학 작품의 번역이 성황을 이루는 현상은 어쨌든 '일본'에서 출판된 문학작품의 번역에 익숙한 독자들의 광범위한 수요가 수반되기 때문일 것이다. 또한 근래의 나쓰메 소세키 전집이나 『겐지모노가타리』의 번역이 반드시 일본이해나 문화 교류의 명목에 따른 작업은 아닐 것이다. 현재 일본문학 번역이 과거처럼 순수문학이나 대중문학 등의 구별 없이 고전문학까지를 포함해 전방위로 이루어지는 상황을 어떻게 보아야 하며, 이들 번역 작품에 대한 평가는 어떻게 이루어져야 할 것인가. 일본문학 연구자들이 방관할 수 없는 사태가 목전에 펼쳐진 것이다.

---

[39] 2005년 이후 일본 고전문학 번역의 집중 현상에 대하여 최관은 일본고전문학 번역이 "1990년대부터는 자연스럽게 해당분야 전문가에 의한 번역으로 바꾸어진다. 난해한 고전 작품을 원문에 입각하여 충실히 번역해야 된다는 사회적 요구와 맞물려, 일본에서 해당분야를 정식으로 공부한 세대들이 고전번역 작업에 뛰어들게 된 것임을 의미한다. 이들 고전 번역출판이 활발히 이루어진 시기는 유학 2세대가 귀국하여 완전히 자리를 잡은 21세기에 들어서서이다"라고 말하고 있다(「한국에서 일본고전문학연구 동향— 2005년~2011년을 중심으로」, 『일어일문학연구』 83, 한국일어일문학회, 2012, 74쪽).

4. 일본문학 번역을 어떻게 볼 것인가

　이상으로 전집 및 선집 번역, 대하소설과 무라카미 하루키의 번역, 최근에 부상하고 있는 추리소설, 그리고 고전문학의 번역에 관해 살폈다. 1960년대 이후부터 일본문학 번역은 한국의 독서계에서 중심적인 자리에 있었고 근래 10년은 더 두각을 나타내며 일본문학 번역이 호황을 구가하고 있다. 그렇다면 국내에서 출판된 방대한 분량의 일본문학 번역에 대한 평가 및 연구는 어떻게 이루어지고 있는지를 생각해보자.

　한국어로 번역된 외국문학 작품에 대한 번역 평가 및 연구가 주목을 받게 된 것은 2002년부터 영미문학연구회에서 영미고전번역평가사업을 수행해 2005년과 2007년에 전 2권으로 『영미 명작 좋은 번역을 찾아서』를 간행한 이후이다. 이 작업에 이어 2008년에는 고려대학교 불어불문학과에서 "프랑스 명작소설 번역 평가─번역DB 구축, 번역 품질 평가, 번역사전 편찬"사업을 시작하였고, 아울러 한국번역비평학회가 창립되어 『번역비평』이라는 학술지를 현재 5호까지 발간하고 있다. 또한 『교수신문』에서도 2006년과 2007년에 걸쳐 『최고의 고전 번역을 찾아서』전 2권을 간행하여 고전으로 간주되는 작품들의 번역 실태를 점검하고 비판적 번역문화를 모색하였다. 이 책에서 일본문학 작품은 가와바타 야스나리의 『설국』과 나쓰메 소세키의 『마음』 번역본이 다루어졌다. 2005년 4월호 문예지 『문학사상』은 광복 60주년 특집으로 「한국의 외국문학 수용 양상─일본 편」을 실었는데, 여기에서 김응교가 미우라 아야코의 『빙점』 번역본을 「일본문학 번역의 왜곡상」[40]이란 글로 살펴 일본문학 번역 평가를 시도한 이후, 2007년에는 최재철의「무라카미 하루키[村上春樹] 문학과 한국－텍스트와 번역·수용」(『일본연구』34)이 발표되면서 번역 평가 및 연구가 본격적으로 이루어졌다. 단행본으로는 『최고의 고전 번역을 찾아서』에 수록된 글이 처음으로 일본문학 번역에 대한 평가였다고 말할 수 있다.

그리고 앞에서 언급한 『일본문학 번역 60년 현황과 전망』이 2008년에 출간되었다. 이 책은 일본문학 번역 작품의 서지 목록을 포함해「한국인에게 일본문학은 무엇인가」,「무엇이 번역되었는가」,「어떻게 읽었는가」,「어떻게 옮겨졌는가」라는 논문을 싣고 있다. 일본문학 번역을 '현황' '수용' '실태'의 관점에서 분석하고 있는 것이다. 이 연구의 후속으로 일본문학 번역의 현황과 수용에 관한 연구가 이어졌다. 문연주(2008)의「일본소설의 국내 번역 출판 현황과 특성에 대한 통사적 고찰」(『한국출판학연구』54), 박종진(2008)의「한국에 있어서의 미야자와 겐지 작품의 수용－번역을 통해본 겐지」(『동화와 번역』16), 이선이(2010)의「일본문학의 '번역'에서 보이는 역사인식 고찰－역사소설『도쿠가와 이에야스』를 중심으로」(『아시아문화연구』18), 강우원용(2012, 2013)의「1960년대 일본문학 번역물과 한국－'호기심'과 '향수'를 둘러싼 독자의 풍속」(『일본학보』93)과「1960년대 초기 베스트셀러를 통해 본 일본소설 번역물과 한국독자－하라다 야쓰코, 이시자카 요지로, 박경리를 중심으로」(『일본학보』97) 등을 들 수 있다.

---

40 이 특집에는 김응교 글 이외에도 홍전선「공감과 거부의 일본문학 수용사」, 박광현「경계를 넘어선 화해의 시대」, 장석주「세계성을 획득한 하루키의 '무국적성'의 문학」이 게재되었다.

그리고 번역 실태에 관한 연구는 주로 원문과의 대조를 통한 한일 간 언어 표현 및 문화 차이, 특징을 주시하면서, '충실성'과 '가독성'의 실현, 혹은 '오역과 오류'의 문제, '직역투' 등 일본어 문장을 한국어로 옮길 때 발생하는 언어표현과 문화 사항의 특징을 원문과의 대조를 통해 살피고 있다.[41] 이러한 연구 방법은 2010년과 2011년에 각각 단행본으로 출간된 오경순의 『번역투의 유혹』과 유은경의 『소설 번역 이렇게 하자』에서도 잘 나타나 있다.

『번역투의 유혹』은 '일본어가 우리말을 잡아먹었다고?'라는 부제가 보여주듯 일본문학 작품의 번역만을 대상으로 하지 않고 국내의 일본어 번역물의 단편적인 문장을 실례로 들어 일본어 문장을 한국어로 옮길 때 나타나는 일본어투 표현을 고찰하고 있다. 그리고 신문기사나 문학

---

41 김정례, 「일본 문학작품의 한국어 번역 상의 문제점－가나와 고유명사의 한글 표기를 중심으로」, 『日本語文學』 1, 1995; 황경자, 「日本文學作品의 한국어 번역에 따른 諸問題－요시모토 바나나의 作品을 중심으로」, 『번역학연구』 1, 2000; 호사카 유지, 「일본 현대소설의 오역사례」, 『번역학연구』 2, 2001・「일본 대중소설에 대한 직역과 의역 및 개작에 관한 소고」, 『번역학연구』 4, 2003・「日本近代小說의 韓國語飜譯本考察」, 『일본학보』 58, 2004; 김정경, 「일한문학 번역의 독자지향적 경향 연구－『도련님』 번역본을 중심으로」, 『일어일문학』 35, 2007; 유은경, 「오역의 양상과 오역방지를 위한 제안－번역본 『도련님』 1~2장을 중심으로」, 『일본어문학』 42, 2008; 이한정, 「번역된 텍스트의 이질적 공간－나쓰메 소세키 『도련님』의 한국어역에 대하여」, 『일본어교육』 50, 2009; 김종덕, 「한국에서의 『겐지 이야기』번역에 관한 연구」, 『통번역학연구』 12, 2009; 이예안, 「일한문학 번역작품의 고유명사 번역에 대한 연구－미야자와 겐지의 『은하철도의 밤』을 중심으로」, 『일본근대학연구』 29, 2010; 최재철・정인영, 「일본현대소설의 한국어 번역 고찰－무라카미 하루키[村上春樹], 『세계의 끝과 하드보일드 원더랜드』의 번역본 대조를 통하여」, 『일어일문학연구』 58, 2011; 정인영, 「일본현대소설의 문화관련 어휘 번역 小考－村上春樹 『ノルウェイの森』의 번역텍스트 비교」, 『일본문화학보』 50, 2011・「일・한 소설번역에서 문체번역의 문제－무라카미 하루키[村上春樹] 『양을 둘러싼 모험[羊をめぐる冒險]』을 중심으로」, 『일본연구』 52, 2012; 박경화. 「헤이안[平安] 문학의 한국어역에 대하여」, 『일본어학연구』 35, 2012; 윤호숙, 「일본문화의 한국어 번역 양상－일한번역소설 및 한국인 일본어학습자의 일한번역을 중심으로」, 『일본어교육연구』 28, 2014 등.

작품 등에 그 일본어투 표현 즉 '번역투'가 얼마나 광범위하게 나타나는지를 살폈다. 이 책은 '번역투'는 "번역자가 원문 내용을 정확히 이해하지 못했거나 혹은 우리말 구사 능력이 부족하기 때문에 나타나게 된다. 그러므로 자연스럽고 아름다운 우리말 번역을 위해서는 우리말 표현 능력이 전제되어야 함을 물론, 번역자는 번역투의 문제를 사전에 충분히 인식하고 이를 가급적 줄여나가도록 노력해야 한다"[42]고 말하고 있다. 『소설 번역 이렇게 하자』는 표지에 새겨진 '『봇짱』의 올바른 감상과 일본소설 번역의 기술'이란 문구에서 알 수 있듯이 2000년 이후에 국내에서 발간된 나쓰메 소세키 『봇짱』의 한국어 번역본 수종을 검토하고 있다. 기존의 번역본의 '세세한 오류'를 지적하면서 일본문학을 어떻게 번역하면 좋은지 그 번역 '기술'을 설명하고 있다. 그나마 이 책이 고찰하고 있는 부분은 『봇짱』 전 11장 가운데 4장까지이다. 일본문학 번역 연구서로서 앞의 『일본문학 번역 60년 현황과 분석』 이외에 유일한 일본문학 번역 평가 및 연구 성과라 할 수 있는 이 책은 기존 번역의 '문제점'을 원문과 번역문의 대조에 치중하는 편이다. 저자 역시 몇몇 작품을 번역하고 있는 처지이다. 그러면서도 다른 번역의 오류와 오역을 중심으로 문제 삼는 것은 어떤 취지에서일까.

이 책의 구성상 필자는 기존 번역서의 오류나 오역을 많이 지적했는데, 그것은 번역자의 실력 부족이거나 자료 찾기를 게을리 한 때문이기도 하겠지만 외국인으로서 한계에 부닥치는 경우도 있고, 열악한 번역 환경에서 초래된

---

42 오경순, 『번역투의 유혹』, 이학사, 2010, 33쪽.

면도 적지 않다. (…중략…) 이 책을 통해서도 알 수 있듯이 우리나라의 일본

소설 번역 수준이 너무 좋지 않다는 점이다. (…중략…) 한 번쯤은 번역에 대

한 자세를 환기시키고 번역 수준을 업그레이드시키는 계기를 마련할 필요가

있다고 본다. 어떤 번역서를 읽느냐에 따라 일본문학에 대한 우리나라 독자

의 인식이 달라진다. 이 책이 일본소설 번역에 대한 인식을 새로이 심어 훌륭

한 번역서가 양산되는 계기가 됐으면 하는 바람이다.[43]

  기존의 번역서를 검토하여 번역의 '오류나 오역'을 지적하는 것은 번

역 평가나 연구의 일차적 작업이다. 그러나 이것이 얼마나 지난한 작업

이라는 것은 앞에서 언급한 영미고전평가사업을 주도했고, 한국문학번

역원장으로서 한국문학의 영어권 번역물의 번역평가사업을 벌였던 윤

지관 교수도 말하고 있다. 그러므로 번역 평가에서 중요한 것은 제시되

는 '기준'이다. 흔히 '원전을 얼마나 정확하게 이해하고 적절하게 번역

했는가 하는' '충실성'과 '번역문이 우리말로 얼마나 잘 구사되었는가 하

는' '가독성'이 그 '기준'이 된다. 하지만 "번역이라는 활동 자체가 번역

자에게 끊임없는 선택과 판단을 요구하고, 여기에는 어떤 법칙으로 포

괄되지 않는 느낌이나 감각의 차원이 개입"하므로 "번역평가가 학문으

로서 수립되기 위해서는 불가피할지" 모르지만, 번역평가의 '체계화' 역

시 간단치 않은 것도 사실이다.[44] 그래서 최근 국내의 문학 번역의 평가

---

43 유은경, 『소설 번역 이렇게 하자』, 향연, 2011, 7~8쪽.
44 윤지관, 「문학 번역 평가—누가 어떻게 할 것인가?」, 이창수·임향옥 편, 『통번역학 연
    구 현황과 향후 전망』 II, 한국문화사, 2013, 342~355쪽. 한국문학번역원은 2007년
    에 『문학 번역 평가 시스템 연구』라는 연구서를 발간하고 있다. 또한 조성원 「번역평가
    기준으로서의 '충실성'과 '가독성'에 대하여—영미문학연구회 번역평가 사업에 대한
    소고」(『안과밖』 23, 2007)는 영미명작번역평가사업의 문제점을 조목조목 짚고 있다.

나 연구에서는 '문학 번역 평가에서 문학 번역 비평으로'의 전환이 논의되고 있다. "문학 번역 평가에서 문학성이 평가의 중심이 되어야 한다"는 '번역 비평'이 최근의 문학 번역 평가 및 연구의 쟁점사항이다.[45] 이렇게 살펴보자면 일본문학 번역에 대한 평가와 연구는 아직 '오류나 오역'에 대한 사례 지적에 머물러 있지 그것이 번역 작품 읽기에 어떤 관련을 맺고 있는지는 살피고 있지 못하다.

번역물의 '오역'은 이미 1993년부터 국립국어연구원에서도 실시하였는데, 이 보고서의 '머리말'에서는 "잘못된 번역으로 독자들의 문화적, 지적 욕구를 만족시켜 주지 못함은 물론, 외국 문화에 대한 왜곡된 시각을 조장할 우려까지 있는 형편입니다. 또한 번역서에는 국어의 여러 가지 언어 규범에 부합되지 않은 점이 많아서 번역에 대한 관심의 제고는 국민의 올바른 국어 생활 영위 차원에서도 반드시 짚고 넘어가지 않으면 안 되는 과제인 것"이라고 기술하고 있다.[46] '오류와 오역'의 지적은 '외국 문화에 대한 왜곡된 시각'의 교정이나 '올바른 국어 생활 영위 차원'에서 이야기된다. 앞에 인용한 『소설 번역 이렇게 하자』의 서문에서 언급한 논조와 다르지 않다. 번역의 '오류나 오역'의 지적은 마땅히 이루어져야 한다. 그러나 '오류나 오역'의 지적은 번역 평가의 첫 발일 뿐, 번역 평가나 연구의 외연 확장으로 이어지지 못한다. 자칫하면 번역 평가나 연구가 '외국어 / 외국문화' 대 '국어 / 우리문화'라는 경계를

부실 번역을 가려내는 평가에 치중하여 문학성 재현 여부에 대한 평가가 유되었다는 점을 지적하며, 번역의 질적 평가를 바탕으로 번역비평까지 확대하겠다는 목표로 '프랑스명작소설번역평가연구단'이 발족되었다.

45 정혜용, 『번역 논쟁』, 열린책들, 2012, 137쪽.

46 국립국어연구원 편, 『번역 출판물의 오역에 관한 기초적 연구 조사 보고서』, 1993, 1쪽.

획정하는 역할에 봉사할 우려가 있다. 국내의 문학 번역 평가 및 연구는 근래에 고조되고 있다. 영미문학계와 프랑스문학계의 문학 번역 평가 사업은 물론이거니와, 한국문학번역원과 한국고전번역원의 사업 등 문학과 고전 번역을 둘러싼 논의가 활발하다.[47] 일본문학 번역의 평가와 연구도 이러한 흐름에서 새로운 물꼬를 터야 할 것이다. 그 방향성을 생각해 보면 다음과 같다.

첫째로 번역은 언어의 이동이다. 그러므로 일본어 원문과 번역문의 대조를 통한 평가는 그 출발지점이 된다. 지금까지 일본문학 번역 연구도 대부분 이런 선상에서 이루어졌다. 번역 작품을 원문과 대조하면서 '오류와 오역'을 파악하는 데에는 평가 지표나 기준이 있어야 한다. 그러나 이제까지 일본문학 번역 연구에서는 이런 논의가 이루어지지 못했다. 연구자 각자의 자의적이고 주관적인 평가에 의존할 뿐이다. 그러므로 원문과 번역문의 대조는 번역 상태의 파악에 머물고 어떤 번역 작품이 과연 좋은 번역인가를 논한 질적 평가 및 번역비평 및 연구는 아직 제대로 수행되지 못했다. 일본문학 번역 평가를 위해 일정한 평가지표가 마련되어 일본문학계에서 공감될 필요가 있다. 영미학계나 불문학계에서 시행한 것을 참고할 수도 있으나, 일본어와 한국어의 관계, 일본문화와 한국문화의 관계를 충분히 고려한 평가 방법이 요구된다. 또한 운문과 산문 작품, 고전문학과 현대문학, 대중소설, 장르문학 등 각각의 문학작품의 성격을 염두에 둔 다각적인 기준을 시야에 두어야 한다. 이

---

47 한국문학번역원의 사업은 2011년에 간행된 『한국문학번역원 10년사』, 한국고전번역원의 사업은 2010년부터 발행되고 있는 『고전번역연감』에서 알 수 있다. 이들 연구원의 사업은 주로 번역 수행과 현황 파악, 평가에 쏠리고 있지만, 국내의 번역 평가 및 연구의 일면을 엿볼 수 있다.

로써 일본문학 번역의 좋은 번역 사례를 제시할 수 있고, 이러한 사례가 축적됨으로써 일본문학 번역 연구가 국내의 일본문학 독자에게 양질의 번역본을 고를 수 있는 자료로 제공될 것이다. 그리고 번역 평가를 통한 연구에서는 작가의 문체와 작품성도 충분히 번역에서 살아나 있는지도 살펴야 한다.[48] 문학작품의 번역이라는 점을 명심하고 작가 특유의 문체도 고려해야 하며, 한 작가의 문체가 번역자마다 달라지거나, 혹은 한 번역자의 번역문체로 바뀌어 고정되는 양태도 연구 시야에 두어야 한다.

　둘째로 번역은 언어의 이동이지만, 앞에서 보았듯이 '일본이해'나 '문화 교류'의 수단으로도 중요한 위치를 차지한다. 외국문화 수용의 측면에서 살펴야 한다. 그런 의미에서 번역된 일본문학의 번역 출판 현황을 통해 시대별 독자수용 및 사회상을 살피려는 연구가 필요하다.[49] 나아가 문학작품이 번역되기 위해 어떤 작품이 선정되는지와 번역자의 역할, 편집자 등의 관여 등 번역 출판을 둘러싼 환경도 연구 대상에 넣어야 한다. 언어의 이동은 진공 상태에서 이루어지지 않는다는 점을 인지하고 번역의 주변 상황도 포괄해야 한다. 일본문학 번역이 국내의 문화권에 끼치는 영향은 앞으로 다각적인 측면에서 적극 규명될 필요가 있다. 그리고 이러한 영향 관계는 반드시 부정성만을 띠지 않는다. 문학 번역이 문화를 풍요롭게 하는 데 기여한 예는 근대 일본에서뿐만 아니라 여러 문화권에서 찾을 수 있기 때문이다.

48　이에 대한 연구로 성혜경의 「무라카미 하루키의 「하나레이 만(ハナレイ・ベイ)론―한국어 번역을 중심으로」, 『외국문학연구』 37, 한국외대 외국문학연구소, 2010의 논고가 참고된다. 번역을 통해 작가 특유의 문체, 작품성을 연구한 사례이다.

49　앞서 언급한 강우원용(2012, 2013)의 연구나 이한정의 「미우라 아야코 『빙점』의 한국어 번역과 '재번역'」(『비교문학』 58, 2012)과 「『노르웨이의 숲』의 번역과 문화적 교차」(『일본학보』 96, 2013)가 이러한 연구의 시도라 할 수 있다.

셋째로 일본문학을 '타자'로 살필 수 있는 안목이 번역 연구에 반영되어야 한다. 일본문학 번역은 국내에서 무차별적으로 소비되고 있다. 최근에는 '한류'와 대립하는 말로 '일류' 소설이 등장하면서 일본소설의 대량 유입을 경계하는 기미도 보이고 있으나, 살포된 『대망』 등의 예에서 보더라도 일본문학이 '번역'으로서 인식되는 경향은 적었다. 즉 번역이라는 관점에서 일본문학이 연구자의 시야에 들어오지 않았다. 그러나 일본문학은 엄연히 번역을 통해 우리 앞에 등장한 '타자'이다. 이 점을 충분히 인식한 번역 연구가 요구된다. 일본문학을 읽는 독자들은 일본문학과 번역된 작가들에 대한 정보도 부족하고 원본과 번역서의 비교를 통해 번역을 평가할 수도 없다. 이들이 일본문학 번역의 타자성을 인식할 수 있도록 발판을 마련해 주는 역할은 일본문학을 원문으로 읽을 줄 아는 연구자의 몫이다. 그러므로 번역의 현장에 적극 개입하여 일본문학의 이질성과 외래성을 보여주어야 한다.

이상, 몇 가지 관점을 생각해 보았는데, 무엇보다 우선은 개별 연구자의 자의적이고 주관적인 번역평가가 아닌 일본문학계에서 공감할 수 있는 지표를 통한 연구의 활로를 개척하는 것이 요구된다. 하지만 아무리 모범적인 평가 기준을 만들더라도 그것이 절대적일 수 없다. 그러므로 시대마다 다른 번역이 나오는 것이다. 시대와 함께 살아 움직이는 문학 번역의 평가는 '절대적 기준'이나 확고한 평가를 주저하게 만들고 불편하게 한다. 번역에 대한 절대적 평가의 부재에서 역으로 일본문학 번역 연구의 지평이 넓혀진다는 점도 간과해서는 안 된다. 그리고 번역이 수행되는 과정에 주시함으로써 일본문학이 국내에 번역 상품으로 자리하는 현장의 내적 · 외적 구조를 알 수 있게 된다. 여기에 덧붙이자면 위와 같이 방대한 국내의 일본문학 번역에 비해 일본에서의 한국문학 번역은 해방 후 지금까지 매우 적은 분량에 그치고 있다는 점이다. 번역이 문화 교류의 일환이기도 하다면 그 불평등, 불균형, 비대칭의 관계는 실로 크다는 사실도 간과할 수 없으며, 이에 대해서도 일본문학 번역 연구와 함께 살펴야 한다.

그동안 일본문학의 번역은 일정한 부분에서 한국문학을 풍요롭게 했으며 일본문화의 이해에 기여하였다. 한국 사람은 번역을 통해 일본문학과 교류할 수 있다. 일본문학은 한국인 안에 깊숙이 자리해 있다. 멀리 있는 듯 아주 가까이에 있는 것이다. '번역'이라는 경로를 통해서 깊이 내재해 있다. 일본문학 번역 연구는 위에서 제시한 것 이외에도 다각적인 관점에서 이루어져 일본학 연구의 한 축에 새로운 전기를 마련하는 방향으로 나가야 할 것이다.

참고문헌

제1장 | 1960년대의 일본문학 번역과 한국문학

• 자료

川端康成, 『川端康成全集』 1, 新丘文化社, 1968.

_____, 『설국 '68 노오벨文學賞作家 川端康成 小說集』 世界베스트셀러 북스 1, 三耕社, 1968.

金治洙, 「『雪國』 번역판의 범람과 日本 文學 受容의 문제점」, 『경향신문』, 1968.11.27.

白鐵, 「韓國을 찾자 7-韓國의 文學」, 『매일경제신문』, 1967.8.25.

____, 「나는 이 전집을……」, 『노오벨賞文學全集 10-川端康成編』, 新丘文化社, 1972.

「새共和國誕生 前과后 8-倭色 붐」, 『경향신문』, 1960.12.28.

樹州, 「三重譯的文藝」, 『동아일보』, 1925.9.2.

「餘滴」, 『경향신문』, 1968.10.19.

吉川英治, 金龍濟 譯, 『劍豪 宮本武藏』 日本文學選集 別冊 1, 靑雲社, 1964.

『日本新銳文學作家受賞作品選集』 1, 靑雲社, 1964.

『日本芥川賞小說集』 世界受賞小說選集 1, 新丘文化社, 1960.

『日本戰後問題作品集』 世界戰後文學全集 7, 新丘文化社, 1962.

『日本短篇文學全集』 V, 新太陽社, 1969.

『日本代表作家百人集』 1, 希望出版社, 1966.

『日本代表作家白人集』 3, 希望出版社, 1966.

『日本芥川賞小說集』 世界受賞小說選集 1, 新丘文化社, 1960.

『日本文學選集』 1, 靑雲社, 1964(3판).

『日本短篇文學全集』 전 7권, 新太陽社, 1969.

「日本小說의 拙速竊盜輸入」, 『경향신문』, 1965.9.1.

龍仁濬, 「日本文學飜譯出版의 問題點 民族의 矜持를 위하여」, 『동아일보』, 1961.2.28.

「전통감각 지닌 서구적 화법 노벨문학상 川端康成 씨의 작품세계」, 『경향신문』,

1968.10.19.

『戰後日本新人受賞作品選』, 隆文社, 1960.

『제 구렁 속에서・바다와 毒藥』現代世界文學全集 6, 新丘文化社, 1972.

『코/羅生門外・이즈의 춤아가씨外・敦煌/風濤』世界文學全集 35, 正音社, 1972.

『風濤・野火・짓밟히는 싹들』現代世界文學全集 62, 新丘文化社, 1968.

• 논문과 단행본

강우원용, 「1960년대 일본문학 번역물과 한국-'호기심'과 '향수'를 둘러싼 독자의
　　　풍속」, 『日本學報』93, 2012.

_____, 「1960년대 초기 베스트셀러를 통해 본 일본소설 번역물과 한국독자-하라
　　　다 야스코, 이시자카 요지로, 박경리를 중심으로」, 『日本學報』97, 2013.

金秉喆, 『韓國現代飜譯文學史硏究』上, 을유문화사, 1998,

김주현, 「1960년대 소설의 전통 인식 연구」, 중앙대 박사논문, 2007.

더글러스 로빈스, 정혜욱 역, 『번역과 제국』, 동문선, 2002.

박주연, 「일본소설에 점령당한 한국소설 상상력을 자극하라! 독자는 다시 돌아온다」,
　　　『뉴스메이커』728, 경향신문사, 2007.6.12.

이영희, 「한국의 베스트셀러 유형 연구-1948년부터 1997년까지 50년간을 중심으
　　　로」, 이화여대 정보과학대학원 석사논문, 1999.

이한정, 「일본소설의 한국어 번역 현황과 특성-2006년 이후를 중심으로」, 『일본어문
　　　학』51, 일본어문학회, 2010.

한수영, 「'상상하는 모어'와 그 타자들-'김수영과 일본어'의 문제를 통해 본 전후세대의
　　　언어인식과 언어해방의 불/가능성」, 『상허학보』42, 상허학회, 2014.

• 기타

http://nannohidonnahi.sakura.ne.jp/20seiki/20seiki.htm(2014.11.20 검색).

제2장 | 대중소설『대망』의 유통과 수용

• 자료

『경향신문』, 『동아일보』, 『매일경제』, 『조선일보』, 『오마이뉴스』 등 신문.

城山三郎 外, 廉曙海 역, 『人間大望』1, 한국법조사, 1980.

시바 료타로, 안동민 역, 『德川家康』 상, 인문출판사, 1990.

야마오카 소하치, 박재희 역, 『大望』 전 20권, 동서문화사, 1970.

_____, 안동민 역, 『大雄』 전 26권, 지경사, 1978.

_____, 신동욱 역, 『德川家康』 전 6권, 고려문화사, 1984.

_____, 박준황 편역, 『도구가와 이에야스』 다이제스트판, 전 2권, 고려원, 1984.

_____, 박재희 역, 『德川家康』 1, 동서문화사, 1992.

_____, 박재희 역, 『大望』 1, 중앙문화사, 1993.

_____, 이성현 평역, 『야망』, 큰방, 1999.

_____, 이길진 역, 『도쿠가와 이에야스』 전 32권, 솔, 2000.

_____, 박재희 외 역, 『대망』 전 36권, 동서문화사, 2005.

山崎豊子, 石仁海 역, 『大閥』 1, 삼한문화사, 1979.

지명관, 「小說 德川家康이 웬말이냐 包裝紙文化, 表皮文化 排擊論」, 『月刊中央』 36, 중앙일보사, 1971.

花登筐, 尹淑寧 역, 『大成』 1, 양우당, 1981.

山岡荘八, 『德川家康』 1, 講談社, 1954.

_____, 『德川家康』 전 26권, 講談社, 1973.

• 논문과 단행본

石仁海, 『大望經世語錄』, 동서문화사, 1981.

신인섭, 「일본의 영웅서사와 역사소설-현대 일본소설에서 본 내셔널리즘과 '지식인 대중'」, 『비교문학』 32, 한국비교문학회, 2004.

야마오카 소하치, 요코야마 미쓰데루 작화, 이길진 역, 『만화 도쿠가와 이에야스』 1, AK커뮤니케이션즈, 2005.

윤상인 외, 『일본문학 번역 60년 현황과 분석』, 소명출판, 2008.

서동진, 『자유의 의지 자기계발의 의지』, 돌베개, 2009.

홍정선, 「일본 대중소설에 나타난 전쟁과 평화의 양면성-『대망』과 『오싱』을 중심으로」, 『실천문학』 7, 1985 여름.

児玉幸多, 「德川家康」 『人物日本の歴史 11-江戸の開府』, 小学館, 1975.

坪井秀人, 「山岡荘八」 『国文学解釈と鑑賞』 49-15, 至文堂, 1984.

山岡賢次, 『いまなぜ家康か-父・山岡荘八と德川家康』, 講談社, 1982.

제3장 | 미우라 아야코 『빙점』 번역본의 여러 양상

• 자료

三浦綾子, 『氷点』 上・下, 朝日新聞社, 1978.

_____, 孫玟 譯, 『氷點』 上・下, 春秋閣, 1965.

_____, 李時哲 譯, 『氷點』, 無等出版社, 1978.

_____, 최현 역, 『빙점』 전 2권, 범우사, 1981.

_____, 최호 역, 『빙점』, 홍신문화사, 1978.

미우라 아야코, 정난진 역, 『빙점』 전 2권, 눈과마음, 2004.

• 논문과 단행본

김시몽, 「번역을 향한 증오」, 『비교문학』 54, 한국비교문학회, 2011.

김웅교, 「일본문학 번역의 교두보인 『빙점』을 중심으로」, 『문학사상』 34-4, 문학사상사, 2005.

앙트완 베르만, 윤성우・이향 역, 『번역과 문자―먼 것의 거처』, 철학과현실사, 2011.

오경순, 『번역투의 유혹』, 이학사, 2010.

윤상인 외, 『일본문학 번역 60년 현황과 분석』, 소명출판, 2008.

유은경, 『소설 번역 이렇게 하자』, 향연, 2011.

임순정, 「고전문학 작품의 재번역 양상―스탕달의 『적과 흑』을 중심으로」, 『번역학연구』 11-2, 2010.

Anthony Pym, 武田珂代子 訳, 『翻訳理論の探求』, みすず書房, 2010.

岡野裕行, 『三浦綾子 人と文学』, 勉強出版, 2005.

제4장 | 나쓰메 소세키 『도련님』의 번역과 이질적 공간

• 자료

夏目漱石, 『坊っちゃん』 新潮文庫, 新潮社, 1950.

나쓰메 소세키, 「도련님」, 이종열 역, 『일본문학선집』 1, 청운사, 1960.

_____, 김성한 역, 『봇짱』 을유문고 28, 을유문화사, 1984(초판 1962).

_____, 오유리 역, 『도련님』, 문예출판사, 2001.

_____, 양윤옥 역, 『도련님』, 좋은생각, 2007.

_____, 권남희 역, 『도련님』, 책만드는집, 2007.

• 논문과 단행본

김정경, 「일한문학 번역의 독자지향적 경향 연구-『도련님』 번역본을 중심으로」, 『일어일문학』 35, 2007.

손지봉, 「번역과 문화」, 한국문학번역원, 『문학 번역의 이해』, 북스토리, 2007.

윤상인 외, 『일본문학 번역 60년 현황과 분석』, 소명출판, 2008.

유은경, 「오역의 양상과 오역방지를 위한 제안-번역본 『도련님』 1·2장을 중심으로」, 『일본어문학』 42, 2008.

이은숙, 『번역의 이해』, 동인, 2009.

Jeremy Munday, 정연일·남원준 역, 『번역학 입문』, 한국외대 출판부, 2006.

전용태, 『한국어의 모든 것』, 언어논리, 2007.

클리포드 랜더스, 이형진 역, 『문학 번역의 세계-외국문학의 영어 번역』, 한국문화사, 2009.

히라코 요시오, 김한식·김나정 역, 『번역의 원리』, 한국외대 출판부, 2007.

제5장 | 무라카미 하루키의 『노르웨이의 숲』과 『상실의 시대』

• 자료

村上春樹, 『ノルウェイの森』 上·下, 講談社, 1987.

무라카미 하루키, 노병식 역, 『노르웨이의 숲』 상·하, 삼진기획, 1988.

_____, 유유정 역, 『상실의 시대』, 문학과지성사, 1989.

_____, 이미라 역, 『노르웨이의 숲』, 동하, 1993.

_____, 김난주 역, 『노르웨이의 숲』, 한양출판(모음사), 1993.

_____, 유유정 역, 『상실의 시대』, 문학과지성사, 1994(2판).

_____, 허호 역, 『노르웨이의 숲』, 열림원, 1997.

_____, 유유정 역, 『상실의 시대』, 문학과지성사, 2000(3판).

_____, 임홍빈 역, 『노르웨이의 숲』 상·하, 문사미디어, 2008.

_____, 양억관 역, 『노르웨이의 숲』 세계문학전집 310, 2013.

• 논문과 단행본

김춘미, 「한국에서의 무라카미 하루키[村上春樹]-그 외연과 내포」, 『일본연구』8,
　　　2007.

유은경, 『소설 번역 이렇게 하자』, 향연, 2011.

유종호, 『과거라는 이름의 외국』, 현대문학, 2011.

이명호, 「문화 번역이라는 문제 설정-비교 문화에서 문화 번역으로」, 『세계의 문학』
　　　36-3, 민음사, 2011.

이형진, 「문학 번역 평가의 딜레마와 번역비평의 방향」, 『안과밖』24, 영미문학연구회,
　　　2008.

장필선, 「한국의 무라카미 하루키, 신세대 소설가들」, 『월간 말』11월호, 1992.

Jeremy Munday, 정연일·남원준 역, 『번역학 입문-이론과 적용』, 한국외대 출판부,
　　　2006.

정인영, 「무라카미 하루키[村上春樹] 소설의 한국어 번역 연구」, 한국외대 박사논문,
　　　2012.

조성원, 「번역평가 기준으로서의 '충실성'과 '가독성'에 대하여」, 『안과밖』23, 영미문
　　　학연구회, 2007.

조재룡, 『번역의 유령들』, 문학과지성사, 2011.

Clifford E. Landers, 이형진 역, 『문학 번역의 세계-외국문학의 영어 번역』, 한국문
　　　화사, 2009.

최성실, 「일본문학의 한국적 수용과 특징-무라카미 하루키 소설과 '문화' 번역」, 『아
　　　시아문화연구』13, 경원대 아시아문화연구소, 2006.

최재철·정인영, 「일본현대소설의 한국어 번역 고찰-무라카미 하루키[村上春樹]
　　　『세계의 끝과 하드보일드 원더랜드』의 번역본 대조를 통하여」, 『일어일문연
　　　구』58, 한국일어일문학회, 2011.

ユンヘウォン, 「韓国における村上春樹の役割と意義-代表作『ノルウェイの森』の受容
　　　様相」, 『専修国文』89, 専修大学日本語日本文学文化学会, 2011.

• 기타

http://www.hani.co.kr/arti/culture/book/589288.html(2013.6.30 검색).

http://news.donga.com/3/all/20121209/51452768/1(2013.6.30 검색).

• 자료

金宇鐘, 「私小說의 方法論」, 『현대문학』, 1966.2.

백철 편, 『비평의 이해』, 현음사, 1981.

박영준, 「小說의 是非 이 傾向은 警戒해야 옳다」, 『동아일보』, 1958.3.20.

安壽吉, 「私小說의 限界 個人으로서 '나' 社會化된 '나'」, 『동아일보』, 1958.12.28.

尹柄魯, 「月評 자리잡히는 私小說」, 『현대문학』, 1966.2.

이호철, 「도망노예적 속성으로서의 일본소설」, 『한실세계문학 6 - 일본소설선 1』, 한
　　길사, 1981.

최인훈, 「觀念과 風俗」, 『금각사 / 모래의 여인 / 자유의 저쪽에서』 현대세계문학전집
　　12, 신구문화사, 1968.

• 논문과 단행본

가와무라 미나토, 「일본의 현대문학을 대표하는 작품들」, 김석희 역, 『일본 현대소설
　　8선』, 우석, 1993.

남기심 · 고영근, 『표준국어문법론』 개정판, 탑출판사, 1993.

박현수, 『일본 문화 그 섬세함의 뒷면』, 책세상, 2001.

아라카와 요오지, 「일본소설의 새로운 동향 - 한국의 독자 여러분께」, 『제비가 있는
　　집의 침입자』, 신구미디어, 1996.

안영희, 『일본의 사소설』, 살림, 2006.

오에 겐자부로, 김유곤 역, 『'나'라는 소설가 만들기』, 문학사상사, 2000.

오에 겐자부로 외, 김정미 외역, 『일본대표단편선』 1, 고려원, 1996.

유은경 편역, 『일본사소설의 이해』, 소화, 1997.

윤상인, 「'사소설 신화'와 일본 근대」, 『당대비평』, 2004 가을.

이성욱, 「일본의 사소설이 풍기는 개인주의의 향기」, 『시네21』, 2006.3.9.

진영복, 「한국 근대소설과 사소설 양식」, 『현대문학의 연구』, 한국문학연구학회,
　　2000.8.

葛西善藏, 「醉狂者의 独白」, 『編年体 大正文学全集 1926』 15, ゆまに書房, 2003.

勝又浩, 「私小説ノート」, 『日本近代文学』, 1990.6.

小林幸夫, 「『城の崎にて』における '自分'」, 『日本近代文学』 49, 1993.10.

志賀直哉, 『城の崎にて · 小僧の神樣』, 新潮社, 1985.

彭丹・姜宇源庸・梅澤亞由美, 「中国、韓国における‘私小説’認識」, 『日本文學誌要』75, 法政大学国文学会, 2007.3.

• 기타

http://100.naver.com

제7장 | 2010년에 본 일본소설의 국내 점령

• 자료

김혜선, 「일본 장르문학 대사냥」, 『FILM2.0』 350, 2007.9.4.
대한출판문화협회, 2005년~2009년 일본문학목록.
박혜경, 「개성 있는 문학상 작품 살찌우고 독자 끌고」, 『주간동아』 703, 2009.
양억관, 「우리 것 못 만들고 남의 것 수입 …… 한국은 소설 식민지」, 『주간동아』 703, 2009.
최혜원, 「1989년 『상실의 시대』서 2009년 『1Q84』까지」, 『주간조선』 2093, 2010.
한기호, 「한국 출판시장에 일본소설 러시」, 『뉴스메이커』 728, 2007.

• 논문과 단행본

다자이 오사무, 유숙자 역, 『만년』 한림신서 일본현대문학대표작선 1, 소화, 1997.
문연주, 「일본소설의 국내 번역 출판 현황과 특성에 대한 통사적 고찰」, 『한국출판학연구』 34-1, 한국출판학회, 2008.
박전열・전태호, 「라이트 노벨을 기반으로 형성되는 오타쿠의 공유 공간」, 『日本文化研究』 35, 2010.
윤상인 외, 『일본문학 번역 60년 현황과 분석』, 소명출판, 2008.
이한정, 「번역된 텍스트의 이질적 공간─나쓰메 소세키 『도련님』의 한국어역에 대하여」, 『일본어교육』 50, 2009.
http://www.ohmynews.com(2010.8.1 검색).
http://cafe.naver.com/newtypenovel.cafe(2010.8.5 검색).
http://readersnews.onbooktv.co.kr/movieView.php?category=bk16&seq_no=1483(2010.9.15 검색).
http://news.mk.co.kr/v3/view.php?year=2008&no=20922(2010.9.15 검색).

제8장 | 양산된 번역, 문화의 불균형

• 자료

박재희 역, 『大望』 1, 동서문화사, 2005.

_____, 『大望』 36, 동서문화사, 2005.

백철, 「어느 外國文學보다 우선 日本文學을」, 『日本短篇文學全集』 V, 新太陽社, 1969.

城山三郎, 康曙海 譯, 『現場小說 人間大望 1－百戰百勝』, 韓國法曹社, 1980.

아오노 소오 외, 권택명 역, 『제비둥지가 있는 집의 침입자 일본 현대문학 대표작가
    자선집』, 신구미디어, 1996.

오에 겐자부로, 신인섭 역, 『동시대 게임』 오에 겐자부로 소설문학 전집 11, 고려원.
    1997.

이부세 마스지, 김춘일 역, 『검은비』 한림신서 일본현대문학대표작선 14, 小花, 1999.

임종한, 「역자의 말」, 『大夢』 1, 매일경제신문사, 1993.

許文列, 「大轉換期의 政治革命・經濟革命・人間革命의 이야기」, 『실록대하소설 大業』,
    三韓文化史, 1981.

• 논문과 단행본

강우원용, 「1960년대 일본문학 번역물과 한국－'호기심'과 '향수'를 둘러싼 독자의
    풍속」, 『일본학보』 93, 한국일본학회, 2012.

국립국어연구원 편, 『번역 출판물의 오역에 관한 기초적 연구 조사 보고서』, 1993.

김보라, 「2000년대 일본문학의 국내 번역 출판 양상과 베스트셀러 요인에 관한 연구」,
    중앙대 석사논문, 2012.

권정희, 「일본문학의 번안－메이지 '가정소설'은 왜 번역이 아니라 번안으로 수용되었
    나」, 『아시아문화연구』 12, 경원대 아시아문화연구소, 2007.

박유하, 「'20세기 日文學의 발견'을 내면서」, 다카하시 겐이치로, 박혜성 역, 『우아하고
    감상적인 일본야구』, 웅진출판, 1995.

오경순, 『번역투의 유혹』, 이학사, 2010.

유은경, 『소설 번역 이렇게 하자』, 향연, 2011.

유종호, 『과거라는 이름의 외국』, 현대문학, 2011.

윤상인 외, 『일본문학 번역 60년 현황과 분석』, 소명출판, 2008.

윤지관, 「문학 번역 평가－누가 어떻게 할 것인가?」, 이창수・임향옥 편, 『통번역학
    연구 현황과 향후 전망』 II, 한국문화사, 2013.

이한정, 「일본소설의 한국어 번역 현황과 특성－2006년 이후를 중심으로」, 『일본어문학』 51, 일본어문학회, 2010.

임미진, 「'번역'을 둘러싼 제국일본과 식민지조선의 정치학－1940년대 일본에 소개된 조선소설을 중심으로」, 『민족문학사연구』 48, 2012.

정혜용, 『번역 논쟁』, 열린책들, 2012.

櫻井信栄, 「半井桃水『鷄林情話 春香傳』について」, 『일본학』 31, 동국대 일본학연구소, 2010.

館野晳·蔡星慧 譯, 『韓国における日本文学翻訳の64年』, 出版ニュース社, 2012.

최관, 「한국에서 일본고전문학연구 동향－2005년～2011년을 중심으로」, 『일어일문학연구』 83, 한국일어일문학회, 2012.

• 기타

『매일경제』, 1994.10.30.

『연합뉴스』, 2014.6.29.

http://www.wochikochi.jp/special/2011/05/tateno.php(2014.5.23 검색).

「히가시노 게이고, 국내서 하루키 인기 뛰어넘나」, http://www.yonhapnews.co.kr/(2014.6.30 검색).

「일본 추리·공포소설에 안방 내주나」, http://www.yonhapnews.co.kr/(2014.7.23 검색).

초출일람

1. 1960년대의 일본문학 번역과 한국문학
   → 「일본문학 번역과 한국문학」, 『현대문학의 연구』 55, 한국문학연구학회, 2015.

2. 대중소설 『대망』의 유통과 수용
   → 「일본 대중소설 『대망』의 수용 양상과 특징」, 『대중서사연구』 21, 대중서사학회, 2015.

3. 미우라 아야코 『빙점』 번역본의 여러 양상
   → 「미우라 아야코 『빙점』의 번역과 '재번역'」, 『비교문학』 58, 한국비교문학회, 2012.

4. 나쓰메 소세키 『도련님』의 번역과 이질적 공간
   → 「번역된 텍스트의 이질적 공간─나쓰메 소세키 『도련님』의 한국어역에 대하여」, 『일본어
   교육』 50, 한국일본어교육학회, 2009.

5. 무라카미 하루키의 『노르웨이의 숲』과 『상실의 시대』
   → 「『노르웨이의 숲』의 번역과 문화적 교차」, 『일본학보』 96, 한국일본학회, 2013.

6. 한국의 '사소설' 인식과 번역
   → 「한국에 있어서 '사소설'의 인식과 번역」, 『일본어문학』 34, 일본어문학회, 2007.

7. 2010년에 본 일본소설의 국내 점령
   → 「일본소설의 한국어 번역 현황과 특성─2006년 이후를 중심으로」, 『일본어문학』 51, 일본
   어문학회, 2010.

8. 양산된 번역, 문화의 불균형
   → 「일본문학 번역의 양상과 연구 향방」, 『일본학보』 100, 한국일본학회, 2014.